홀
이
금
하
❶

忽而今夏(홀이금하) : 我爱过的男孩,有世界上英俊的侧脸 1
by 明前雨后

홀 忽
이 而
금 今
하 夏

, 그해 여름

①

명전우후 지음
이지윤 옮김

위즈덤하우스

차례

제3악장

불안한 프레스토; 두 도시

사랑하는 사람아, 왜 내 곁에 없나요?
혼자 보내는 하루가 1년 같네요
바다 너머 저쪽은 먹구름으로 가득해요
당신을 위해서라도 행복해지고 싶은데
사랑하는 사람아, 왜 내 곁에 없는 건가요?

by 장메이치 '사랑하는 사람아, 왜 내 곁에 없는 건가요?'

친구들 모두 허뤄가 한곳에 정착하지 못하고 정처 없이 떠돌고 있다고 말했다.

스물여섯의 어느 이른 봄날, 허뤄의 절친인 리윈웨이는 오랫동안 만나온 남자친구와 결혼식을 올릴 예정이었다. 필라델피아 인근 마을에서 근무하고 있던 허뤄는 결혼식에 참석하려고 했지만 마지막 한파가 북상하며 폭설이 계속되는 바람에 참석할 수가 없었다.

이튿날 저녁 무렵에서야 눈이 그쳤고 눈은 1미터나 넘게 쌓인 상태였다. 창밖에는 시청의 제설차가 윙윙 소리를 내며 눈을 치우고 있었다. 문을 열고 밖으로 나가 보니 부지런한 어느 이웃이 벌써 삽으로 문 앞의 눈을 치워 길을 내두었다. 얼마 전까지만 해도 태양이 작열하는 캘리포니아에서 살았던 그녀는 사람 키만큼 쌓인 눈더미를 보니 새삼 동심이 발동한 모양이다. 집으로 돌아가 노스페이스 롱코트를 챙겨 입고 코트에 달린 모자를 푹 눌러쓴 채 참호처럼 구불구불 이어진 눈 사이의 길을 따라 걸어 나왔다.

서너 명의 갈색 곱슬머리를 한 푸에르토리코 소년들이 소란을 떨며 차례로 뛰어왔다. 그중 마지막 한 소년이 실수로 허뤄를 치는 바람에 그녀의 몸이 잠시 휘청했다. 소년은 돌아보며 찬란한 미소를 지었다. "Sorry!" 스페인 억양이 강해 'r' 발음이 어색했지만, 왠지 직설적이고 열정적으로 느껴졌다.

"That's all right! (괜찮아)" 허뤄는 진심으로 웃어 보였다.

"There's a nice restaurant ahead! (저 앞에 끝내주는 레스토랑이 있어요)" 소년은 길모퉁이를 가리키며 엄지손가락을 들어 보였다.

지금의 내 모습이 꽤나 처참해 보이겠구나 싶었다. 눈보라가 휩쓸고 지나가자마자 홀로 외로이 길을 헤매는 꼬락서니라니, 딱 먹이를 찾아 헤매는 갈까마귀 같아 보였겠지. 한참 생각에 잠겨 있는데 배 속에서 꼬르륵 소리가 나기 시작했다.

* * *

길모퉁이에 자리 잡은 식당은 밖에서 보면 굉장히 아담해 보였지만 실제로 안으로 들어가 보니 별천지가 펼쳐졌다. 왼편에 커피숍이 있어 진한 푸에르토리코 커피 향이 가득했다. 오른편에는 체어가 높은 바가 있었다. 해피 아워가 지났지만, 폭설 탓에 손님은 거의 없었다. 정중앙은 조명이 환히 들어오는 가정식 뷔페들이 놓여 있었고, 유리 진열대 안에는 제대로 발음하기도 어려운 음식들이 진열되어 있었다.

"립스 플리즈." 그녀는 그중 유일하게 식별이 가능한 음식 하나를 주문했다.

주인은 빨갛고 먹음직스러운 립을 친절하게 한 국자 크게 퍼주었다. 길고 거친 쌀밥 위에 콩으로 만든 걸쭉한 소스가 뿌려져 있었다.

허뤄는 식판을 들고 창가에 자리 잡고 앉았다. 탁자 위 고개를 쳐든 수탉 모형이 있었고 벽에도 역시 수탉의 그림과 함께 푸에르토리코 국기가 붙어 있었다. 푸에르토리코는 카리브해의 작은 섬나라지만 사실 미국의 자치령 중 하나다. 두 나라의 관계는 가까운 듯 멀고, 먼 듯 가까운, 서로 필요로 하다가도 이따금 싫증을 내는 마치 소원한 연인 사이 같았다.

시계를 보니 8시가 가까워 오고 있었다. 어느 정도 결혼식 준비는 끝났겠지 싶어 전화기를 집어 들었다. 육중하기만 하고 아기자기한 맛이라고는 전혀 없는 서양식 전화기를 1347번째 욕해준 뒤 수화기를 들어 전화를 걸었다. 낯선 여자가 전화를 받았다. "리원웨이를 찾나요? 오늘이 결혼식이라 지금 메이크업 중인데…….공적인 일이 아니라면 다음에 다시 걸어주세요."

"아, 전 허뤄라고 미국에 사는 친구예요."

전화기 저편에서는 대답 대신 웅성거리는 소리만이 들려왔다. 리원웨이의 휴대폰이 이 손에서 저 손을 거쳐 전달되다 누군가 중간에 실수로 바닥에 퍽 하고 떨어뜨린 모양이었다. 그 소리에 놀라 허뤄도 하마터면 전화기를 놓칠 뻔했다.

"축하해. 26년, 그 오랜 사랑이 결국 결실을 맺는구나." 그녀는 웃으며 말했다.

"친구, 그러지 말고 엄마 배 속에 있을 때부터 1년으로 치지 그래?" 큰소리로 대답하던 리원웨이가 갑자기 목소리를 낮추더니 "어떤 사람도 오늘 여기 왔는데." 했다.

"응." 다 동창들이니까 그도 올 것이라고 짐작은 하고 있었다.

"허뤄…… 아직도 떠돌아다니는 거야." 리원웨이가 잠시 머뭇거렸다. "너도 알겠지만 여자는 너무 강한 척해도 안 돼."

"결혼한다고 성격까지 변한 거야? 왜 개과천선해서 현모양처라도 되게? 그리고 우리 약속 있진 않았겠지? 먼저 시집가는 사람은 축의금 받지 않기로 한 약속 말이야." 허뤄는 능글맞게 웃으며 리원웨이를 놀려댔다.

"쳇. 너 그래서 미국으로 도망간 거지? 달러로 축의금을 받을수도 있어!" 리원웨이는 여전히 호들갑스러웠다.

"신부가 여기 숨어서 전화하고 있으면 어떻게 해. 얼른 나와."
누군가의 우렁찬 목소리가 들려왔다.

"여기, 허뤄의 국제 전화. 장위안, 통화해볼래?" 리원웨이가 손
짓했다.

"아니, 난 싫어." 허뤄는 엄지를 붉은색 전원 버튼에 둔 채 "창평
이랑 백년해로하고 잘 살아. 바이바이." 하며 서둘러 용건만 말하
고는 급히 끊어버렸다.

거절당하느니 먼저 거절하는 편이 나았다.

어차피 헤어진 마당에 적어도 자존심만은 지키고 싶었다.

* * *

하지만 사랑에 자존심이 어디 있을까? 사실 딱히 그 어떤 말도
떠오르지 않아서 차라리 피하는 게 속 편하겠다 싶었다.

어쩌면, 다음에는 푸에르토리코로 갈지도 모르겠다. 허뤄는 머
리를 처박고 식사하며 생각했다. 그곳에는 립이나 소고기 말고 채
소도 있었으면 좋겠네.

장위안과 헤어지고 허뤄는 누군가를 사랑하는 방법에 대해 잊
은 지 오래였다. 그녀는 자신이 이렇게 모든 것을 내던지며 누군
가를 사랑하게 될 줄은 생각지도 못했다.

장위안이 아닌 다른 누군가는 상상할 수 없었다.

열여섯의 허뤄는 장위안을 사랑하게 되었다. 그리고 그 후로도
10년 동안 허뤄의 세계에는 오직 장위안뿐이었다.

제1악장

사랑의 안단테; 추억 저 너머

제1장 난 네가 부러워

가끔은, 세찬 바람이 불어, 나도 모르게, 널 또 떠올리곤 해
지금은 나에게서 멀리 떠나가버린 널

by 장메이치 '난 네가 부러워'

고1의 겨울방학.

눈이 내려 교실은 텅텅 비어 있었다. 허뤄는 방학 동안 수학 경
시대회 수업을 듣기 죽기보다 싫었지만 결국 학교에 왔고, 제일
뒷줄, 구석에 자리를 잡았다. 그 옆, 손이 데일 것처럼 따뜻한 난로
위에는 벌써 진한 남색 털장갑이 두 손을 쩍 하고 벌린 채 놓여 있
었다. 허뤄도 자신의 것을 벗어 그 옆에 놓아두었다. 엷은 보라색
털장갑의 손목에는 흰색 토끼털로 된 방울 두 개가 달려 있었다.
허뤄는 장갑의 새끼손가락을 일부러 남색 장갑 위에 얹어두었다.

그 손가락이 상대적으로 야리야리하고 가녀려 보였다.

허뭐는 마치 자신의 새끼손가락이 그 넓은 손바닥 위에 놓인 것처럼 흐뭇한 미소를 지으며 장갑을 내려다보았다.

이번 수업은 대학수학에서 배울 법한 극한정리 시간이다. 고등 교과 과정은 아니지만 전국 수학 경시대회에 이 단원이 포함되어 수업이 신설된 것이다. 수업을 2주나 건성건성 들었던 탓에 이번 수업은 하나도 알아들을 수가 없었다. 하지만 허뭐는 '이제 겨우 고1인데, 극한정리쯤 몰라도 돼.'라고 생각하고 있었다. 게다가 부 모님도 베이징 외국어대학에만 가면 된다고 한 터라 수학 점수는 아무래도 상관없었다.

그럼에도 불구하고 그녀가 이 수업을 듣는 진짜 이유는 그저 못 다한 한을 풀기 위해서였다. 허뭐는 공책과 연필을 꺼냈다. 눈 을 들어 보니 앞자리 모델은 여전히 전 시간과 같은 자세로 엎어 져 있었다. 두 팔로 턱 아래를 받친 채 책상에 대놓고 엎드려 잠을 자고 있었다. 이 자세만 벌써 3교시째 그리다 보니 허뭐도 조금은 실망스러웠다. 짧고 단정한 머리, 살짝 움푹 팬 눈두덩, 오뚝한 콧 날, 선이 분명한 턱선 등 제대로 된 그의 옆모습을 그리고 싶었다.

비록 온전한 옆모습은 아니었지만 지금까지 허뭐가 본 것 중에 가장 아름다운 옆모습이었다. 그래서 그의 옆모습은 그려두지 않 으면 너무 아쉬울 것만 같았다. 하지만 그는 여전히 미동도 없이 잠들어 있다. 선생님이 낸 연습 문제를 푸느라 교실은 온통 조용 했고, 학생들의 사각거리는 연필 소리와 앞줄에 앉은 남학생들의 긴 호흡 소리만이 들렸다. 잠 귀신이 붙었나. 일어나면 팔에 쥐가 나 있을걸. 원망스러웠다.

허뤄는 칠판에 쓰인 문제를 전혀 이해할 수 없어, 군것질이나 할까 싶어 책가방에서 막대 과자를 꺼내 바스락거리며 비닐을 뜯었다. 뭐지? 과자가 두 개나 비는데. 허뤄는 아예 과자 봉투를 꺼내 책상 위에 얹어두고 하나하나 세기 시작했다. 하나, 둘, 셋……여러 번 세어도 똑같이 스물여덟 개뿐이었다. 장사치들, 두 개나 떼어먹어! 허뤄는 인상을 쓰며 다음에는 다른 제품을 사야겠다고 결심했다.

그때 앞자리에 앉아 있던 남학생이 손으로 책상 모서리를 짚으며 천천히 상체를 일으켰다. 그의 몸이 점점 뒤로 가까워 올수록 엷은 회색 니트 조직이 점점 더 크게 늘어났다. 그녀는 호흡을 멈추고 본능적으로 몸을 피했다. 드디어 그렇게 고대하던 그의 옆모습을 볼 수 있게 된 거다.

눈을 게슴츠레 뜬 그의 얼굴에는 니트의 조직 무늬가 그대로 새겨져 있었다. "이봐. 조용히 좀 해줄래. 민폐 끼치지 말고." 변성기가 채 끝나지 않은 날카로운 그의 목소리가 교실의 정적을 깼다. 선생님과 학생들 모두 일제히 그를 쏘아보았다.

이어폰을 꽂고 있어 그랬구나. 허뤄는 자신도 모르게 픽 하고 웃었다. 그리고 갑자기 쑥스러움이 몰려왔다. 모두 장위안을 쏘아보고 있다는 것을 알면서도 자신이 가시방석에 앉은 것처럼 불편했다. 마치 그 우렁찬 목소리가 자신의 목구멍에서 튀어나온 것처럼, 아니면 자신이 그와 한통속의 공범인 것처럼 뜨끔했다.

교단에 선 선생님은 시 교육 위원회에서 거금을 들여 모셔온 전국 최고의 강사였다. 환갑이 다 된 선생은 내내 품위를 지키며 눈살 한번 안 찌푸리고 담담하게 이야기했다. "거기 둘, 여기 나와서 한번 이 문제를 풀고 친구들에게 설명해보겠나?"

허뤄는 분필을 얼마나 꼭 쥐었던지 기어이 두 동강을 내고 말았다. 난로가 너무 뜨거워서였을까? 이마에 땀이 흐르기 시작했다. 슬쩍 옆에 선 장위안을 훑어보니 머리카락에 분필 가루가 날리도록 재빠르게 문제를 풀고 있었다.

어떻게 풀어야 하지? 허뤄는 문제를 뚫어지게 쳐다보았다. 'lim'를 쓰고 'x가 무한대로 갈 때'를 쓰려다 말고 무한대 부호를 어떻게 써야 할지 몰라 한참 고민했다. 그러다 소문자 'o' 두 개를 나란히 그려 넣었다. 선생님이 어처구니없어 했고, 자리에 있던 학생들이 키득키득 웃고 있는 것이 느껴졌다.

옆에 섰던 남학생이 허뤄를 한번 슬쩍 훑어보더니 다시 제 문제를 풀기 시작했다. 특히 무한대 부호를 천천히 그리고는 일부러 지우더니 다시 써 내려갔다. 이번에는 허뤄도 분명하게 보았다. 원래 한 획으로 8을 뉘어 그리면 되는 거였구나.

뭐 그게 그거지. 허뤄는 자신만 들리도록 중얼거렸다. 아니, 자신만 들었을 것이라고 착각한 것일지도 모르겠다. 남학생은 그 소리를 들었는지 고개를 돌려 허뤄를 향해 미소를 짓더니 보란 듯 손에 묻은 분필 가루를 탁탁 털었다. "선생님, 다 풀었는데요." 그는 간단명료하게 문제 풀이를 했고 선생님은 줄곧 고개를 주억거렸다. "잘했다. 돌아가 자리에 앉도록."

허둬는 머리털이 다 삐죽삐죽 섰다. 겨우겨우 두 줄은 써 내려갔는데 도무지 앞뒤가 맞지 않는 공식이었다. 이게 바로 개망신이라는 거구나. 허둬는 고개를 떨구고 그대로 칠판 속으로 들어가버리고 싶었다.

벽에 걸린 그림. 그녀는 어깨까지 들썩이며 전설 속 소림사 절대 무공을 상상하며 키득거렸다.

갑자기 뒤통수가 따가웠다. 자신의 뒤통수에 신묘한 눈이 하나 달린 것처럼 그 녀석의 간사한 표정이 다 보이는 것 같았다. 심장박동이 얼마나 빨라지던지 폐에 산소가 채 다 채워지기도 전에 피가 빠르게 돌며 솟구쳐 오르는 것 같았다. 그리고 이내 얼굴까지 빨갛게 물들었다.

"네 공식은 너무 복잡해." 그는 성큼성큼 앞으로 걸어 나와 옆으로 물러나라는 듯 허둬의 어깨를 탁탁 쳤다. 뒤이어 칠판지우개를 들더니 쓱쓱 문질러 두 줄을 모두 지워버렸다.

그는 직접 문제를 풀면서 설명을 덧붙였다. 단 두세 마디 말로 핵심만 찔러 문제를 풀었다.

"미안, 내가 성질이 좀 급해서." 그는 학생들을 등지고 분필을 허둬 손에 다시 돌려주며 윙크했다. "사실, 너도 이렇게 풀려던 거지?"

허둬는 부끄럽지만 고개를 끄덕였다.

겨우겨우 위기를 모면했다.

* * *

수업이 끝나고 두 사람이 동시에 손을 뻗어 장갑을 집어 들었다.

"고마워." 허뤄는 진심이었다.

"맨입으로?" 치켜뜬 그의 눈동자가 반짝였다.

"자. 너 다 줄게." 과자 하나를 통째로 넘겼다.

"이봐. 학생." 그는 입을 삐죽이면서도 과자를 받아 우걱우걱 씹어 먹었다. "응. 맛있군. 그래서 수업 시간에도 참을 수가 없었구나."

"소리가 그렇게 컸어? 이어폰을 꽂고도 들릴 정도로?"

"아무 노래도 안 나와. 그냥 조용히 자려고 꽂은 건데."

"아~ 그럼 일부러 큰소리로 말한 거야." 뒤통수를 얻어맞은 기분이었다.

"넌 28까지 세 번을 세더라. 내가 1을 셀 때 넌 1을 셌어. 내가 29를 세려는데 너는 다시 1을 셌지. 그리고 내가 57을 세려는데 넌 다시 1을 세고." 얼마나 빨리 말하는지 잰 말놀이를 하는 줄 착각할 정도였다. "근데 내가 85를 세려는데 네가 갑자기 멈추는 거야. 네가 내 최면을 방해한 거지." 그는 가지런한 하얀 치아가 다 드러나도록 아이처럼 해맑게 웃었다. 그때의 그는 소년 같았다.

너도 그럼 날 신경 쓰고 있었던 거니? "그럼, 날 왜 도와준 건데?"

"네가 칠판 속으로 들어가버릴까 봐. 그래서 학교 망신시킬까 봐." 그 말에 심통이 난 허뤄는 장위안을 향해 장갑을 던졌는데, 장위안은 의미심장한 미소를 지으며 별 다른 대거리 없이 떨어진 장갑을 주어 들었다.

"날 알아?" 그녀가 옆을 돌아보았다.

"2반, 허뤄잖아." 그는 허뤄의 장갑을 찢는 시늉을 했다. "은혜를 원수로 갚아. 평생 기억하겠어!"

"내 이름이 뭐라고?"

"허뤄. 아냐? 허~뤄~."

물론 틀리지 않았다. 그저 그가 내 이름을 불러주는 게 좋았고 더 듣고 싶었던 것뿐이었다.

"그러는 넌 나 알아?" 그가 물었다.

허뤄는 웃기만 할 뿐 대답하지 않았다.

"난 장위안이야. 6반이고. 우리 반 담임이 너희 영어 선생님이야."

"장~위안~." 허뤄는 천천히 발음했다. 가슴속에 오래 담아두었던 그 이름은 처음으로 입안을 맴돌다가 부드러운 혀끝을 통해 미끄러져 나왔다. 마치 낯선 것처럼 조심스럽게 발음했다. 웃음을 참기 힘들었다. 입가에 활짝 핀 꽃에서 달콤한 꿀이 흘러 다시 가슴으로 흘러내렸다.

* * *

둘은 함께 버스를 기다렸다.

어느 겨울 오후 5시, 북방의 하늘은 먹장구름으로 가득했다. 주황색 가로등은 머리 위 밤하늘을 따뜻하게 물들였고, 굵어진 눈발은 온 하늘을 뒤덮으며 춤추듯 흩날리고 있었다. 허뤄의 속눈썹에 내려앉아 녹아버렸던 눈꽃송이가 영하 20도의 날씨에 곧장 얼어버렸다. 속눈썹 위에 앉은 조그만한 결빙으로 인해 온 세상이 찬란하게 빛나고 있었다.

그녀는 슬쩍 장위안의 옆모습을 훔쳐보며 삐져나오는 바보 같은 웃음을 겨우 겨우 참아냈다.

"이과야, 문과야?" 너무나 갑작스러운 질문이었다.

"어?"

"겨울방학 끝나고 반이 나뉘잖아."

"응. 고민 중이야." 새빨간 거짓말, 이미 다 결정했으면서. 허뤄는 입술을 깨물었다. "넌 수학 잘하니까 이과겠네?"

"당연하지!" 장위안은 자신만만하게 말했다. "바보들이나 문과를 가지."

"편견이야……." 그녀는 소리 죽여 강변했다.

"아, 미안. 넌 당연히 문과지? 우리 담임이 그러는데 너는 영어도 잘하고 작은아버지가 외교관이라며."

"외삼촌이야. 그리스에서 20년 동안 계셨어. 우리 부모님은 나도 유학 가서 외국어 공부하거나 정치 외교를 공부했으면 하셔."

"그러면서 수학 올림피아드반에는 왜 온 거야?"

"내가 어디까지 무식한지 테스트해보려고."

"그런 애가 수업 시간에 농땡이 피우며 과자를 먹은 거야."

"이봐. 너도 수업 시간에 잤잖아."

"난 다 아는 내용이니까. 학년 부장이 날 추천해서 온 건데 체면은 세워줘야 할 것 같아서."

"……"

"근데 넌 왜 온 거야?" 아예 궁지로 몰아넣으려는 듯 장위안이 계속해서 캐물었다.

"노코멘트." 지구인이면 모두 다 아는 형식적인 말이었다. 허뤄는 그를 한번 흘끗 훔쳐보고는 다시 고개를 숙여 그림자를 내려다보았다. 길고 짧은 두 개의 그림자가 비스듬히 겹쳐 있었다.

* * *

'만약 너 때문이라고 한다면 넌 펄쩍 뛰겠지? 너의 고공 점프. 난 다 기억해. 난 아직 기억해.' 허뤄는 노트 위에 일기장을 펼쳤다.

"방학도 했는데 너무 열심히 하지 마. 텔레비전도 좀 보고 그래." 그녀의 엄마가 따뜻한 과일 차를 들고 들어왔다.

"응. 오늘 문제 정리 다 하면." 허뤄는 대답과 동시에 후다닥 일기를 덮고 노트를 펼쳐 그 위를 가렸다.

"문과 간다며? 수학 올림피아드반은 뭐 하러 가니." 엄마가 고개를 들이밀며 책상 위를 둘러보았지만, 온통 알아볼 수 없는 글자들뿐이었다. "차라리 이번 방학에는 불어를 배워보는 게 어때?"

"바보나 문과를 가지." 자기도 모르게 말이 입 밖으로 튀어나왔다.

"그런 말이 어디 있어!" 허뤄의 아빠 역시 역사학과 출신이었다. 2년 전에 공직을 떠나 지금은 장사를 하고 있었지만 허뤄의 말에 상처를 받은 듯했다. 뉴스에 온 정신이 팔려 있는 줄 알았는데 텔레비전 볼륨을 저렇게 크게 틀어놓고도 두 사람의 대화를 모두 들고 있었던 모양이다.

청력이 동화《완두콩과 공주》에 나오는 공주보다 예민하다.

허뤄는 문득 청력이 좋은 어떤 사람이 떠올랐다. '네가 셈을 멈추는 바람에 최면에 방해가 됐잖아.'

'왕자병일 줄 알았어.' 엄마가 방을 나서자마자 허뤄는 일기를 마저 써 내려가기 시작했다. '자기가 대단한 줄 알지. 저만 잘나고 남들은 다 바보인 줄 아나 봐. 물론 똑똑한 건 사실이야. 그래도 난 왜 바보처럼 걔 앞에만 서면 어쩔 줄 몰라 하는 걸까.'

눈을 지그시 감고 처음 보았던 그의 모습을 떠올렸다. 재빠르게 돌진해 민첩하게 상대 선수를 제친 뒤 골대 높이 뛰어올라 몸을 한껏 뒤로 젖힌 그의 모습. 그의 손을 떠난 농구공이 공중에서 우아한 포물선을 그리며 골대 안으로 들어가던 그때. 그는 공이 손을 떠나자마자 신속하게 다시 방어 태세로 돌아갔다. 마치 정확하게 공이 들어갈 것을 이미 알고 있었던 것처럼 한 치의 망설임도 없었다. 힘 있고 민첩한 그 소년은 쭉 뻗은 두 다리와 팔, 그리고 적어도 허뤄의 눈에는 세상에서 가장 완벽한 옆모습을 가지고 있었다.

* * *

이처럼 준수하고 총명한 그가 조금 전까지만 해도 분명 그녀의 눈앞에 서서 '허뤄. 평생 기억하겠어.'라고 말하지 않았던가.

그래 꼭 기억해줘. 그녀는 바보처럼 웃고만 있었다.

제2장 행복이 부르는 노래

저들의 미소를 배우고 싶어요
청춘의 아름다운 시절
요람 속처럼 평온하기를
by 장메이치 '행복이 부르는 노래'

정월 초사흘, 허뤄는 절에서 영어 선생님 린수전을 만났다. 선생님은 마침 남자친구와 팔짱을 끼고 앉을 자리를 찾고 있었다.

"선생님, 새해 복 많이 받으세요." 이렇게 서로 눈이 마주친 이상 공손하게 인사하는 게 상책이었다.

"허뤄구나." 린 선생은 서둘러 남자친구의 팔을 빼며 얼른 자리를 비키라고 남자친구에게 눈치를 주었다.

둘은 이런저런 얘기를 나누다 개학 후 문과와 이과 분반에 대한 이야기가 나왔다.

"허뤄는 역시 문과지? 분반이 되면 선생님들도 다시 배정될 테니, 자주 못 보겠네. 난 아마 문과 영어는 가르치지 않게 될 거야."

"저도 문과에 가지 않을 수도 있어요." 허뤄는 손에 들고 있던 과일 사탕 탕후루를 돌리며 대답했다.

"지난번 영어 작문 시간에 외교관이 되고 싶다고 하지 않았니?" 선생님은 웃으며 물었다. "아주 진솔하게 참 잘 썼던데."

"작문이란 게 현실을 바탕으로 하지만 약간의 허구도 들어가니까요."

"부모님은 뭐라 하시고?"

"제 뜻에 맡기신대요." 허뤄는 잠시 침묵했다. "선생님 반에 갈 수만 있다면 저도 이과로 갈래요." 허뤄는 이내 다시 둘러댔다. "선생님 수업은 분위기도 좋고, 무엇보다 꼭 큰언니 같아서, 많은 것을 배울 수 있을 것 같아서 좋아요."

도대체 뭐라는 거야? 허뤄는 탕후루가 아닌 제 손을 빨기 시작했다.

"좋지. 이과에 온다면 우리 6반에 꼭 오렴." 역시 아부 싫어하는 사람은 없는 모양이었다.

꿍꿍이속이 따로 있었던 허뤄는 행복감에 젖어들었다.

* * *

개학하던 날, 허뤄는 바라던 대로 6반에 배정되었다. 그녀는 늦잠을 자다 지각이라도 할까 봐 밤새 잠을 설쳤다. 차라리 이럴 바

에는 일어나는 게 나을 것 같아 이부자리를 정리하고 방 밖으로
나왔다.

허뤄의 엄마가 일어났을 때는 이미 세수를 마치고, 식탁에 앉
아 따뜻한 우유와 계란 프라이로 아침 식사를 하고 있었다.

"어라. 해가 서쪽에서 뜨겠네. 우리 딸이 매일 이렇게 부지런을
떨어준다면 나야 늦잠도 자고 좋지."

"이번에 반이 바뀌잖아. 첫날인데 쪽팔리게 지각할 순 없지." 허
뤄가 입을 쓱쓱 문지르며 책가방을 집어 들었다. "다녀오겠습니다."

"반이 총 열 개라며? 매일 반이 바뀌었으면 좋겠네." 허뤄 엄마
는 현관에 서서 딸의 뒷모습을 향해 손을 흔들었다.

* * *

허뤄는 교실 문 앞에서 기다렸다. 너무 일찍 온 탓이었다. 담임
린수전도 출근 전이라 도대체 어느 자리에 앉아야 하는지 막막하
기만 했다. 다시 문밖으로 한 발짝 물러섰다. 6반 친구들이 하나하
나 그녀 앞을 지나갔다. 알 듯 모를 듯 낯선 얼굴들뿐이었다. 어쩌
다 그녀 앞에 멈춰 선 친구들은 호기심에 그저 그녀를 한번 훑고
지나갈 뿐이었다. 허뤄는 마치 벌을 받고 있는 것처럼 심기가 불
편했다.

그러다 장위안과 남학생이 함께 허뤄의 앞을 지나갔다. 손짓
발짓까지 해가며 겨울방학 NBA 올스타 게임에 대해 신나게 떠들
고 있었다. 장위안은 문 앞을 지나다 말고 멈춰 서더니 다시 문밖

으로 몇 걸음 물러나 몸을 뒤로 젖혔다. "설마? 내가 반을 잘못 찾았나?" 머리를 내밀어 반패를 살피더니 웃으며 말했다. "네가 잘못 찾았네. 새해에 뭐 잘못 먹었어?"

"나 2반으로 옮겼어. 아니, 6반." 젠장. 또 긴장했군! 허뤄는 책가방을 움켜쥐었다. 연기가 역시 낙제 수준이었다.

장위안은 허리를 굽어 허뤄와 눈높이를 맞췄다. 이마 위에 여드름이 다 보일 정도로 이렇게 가까운 거리에서 그를 마주하는 것은 처음이었다.

"왜 이렇게 긴장하는데? 우리 반에서 누가 널 잡아먹기라도 한대?" 장위안도 눈치챈 걸까? 오른손 엄지를 치켜세워 자신의 콧등을 때리며 "걱정 마. 내가 지켜줄게."

"얼마면 되겠니?"

"지난번 먹던 과자 정도로 하지."

동행했던 남학생이 장위안을 바라본다.

"새로 온 여학생마저 가만두질 않는구나. 토끼도 제 집 앞 풀은 뜯지 않는다고."

"장위안이 모르는 여학생이 어디 있겠어?"

"날 모르는 여학생이 없는 거지." 이제 아주 대놓고 제 자랑을 한다.

모두 시시덕거리며 교실 안으로 들어갔다.

복도에 다시 고요가 찾아왔다. 허뤄는 길게 한숨을 몰아쉰 뒤 교실 안 시끄러운 잡음들 속에서 그의 목소리를 찬찬히 찾고 있었다. 앞으론 매일 그 애를 볼 수 있겠지. 그런 생각만으로도 허뤄는 충분히 행복했다.

* * *

허뤄의 자리는 앞에서 다섯 번째 줄로 장위안의 대각선 뒤쪽이었다. 허뤄의 새로운 짝꿍 자오청제는 붙임성 있는 남자였는데, 반나절이 채 지나기도 전에 반 전체 상황을 시시콜콜 이야기해주었다.

점심시간, 허뤄가 도시락을 챙겨 자리로 돌아오자 단발의 리원웨이가 호들갑을 떨며 뛰어와서는 자오청제를 한쪽으로 밀쳤다.

"저리 가, 내 자리로 꺼져." 그녀가 손을 휘저었다. "오전 내내 허뤄를 독점했으면 됐잖아."

"말이 좀 그러네. 내가 뭐 여자만 밝히는 것처럼 들리잖아." 말대꾸를 하면서도 자오청제는 순순히 도시락과 물병을 들고 뒷자리로 물러났다. 그리곤 장위안의 긴 다리를 한 번 걷어찼다. "네 짝꿍 관리 좀 잘해. 점점 더 기고만장이잖아!"

"할 수 있으면 네가 해봐." 장위안이 성가시다는 듯 대답했다.

"내 짝은 괜찮아." 자오청제는 생각을 바꾼 듯 "걔는 그래도 사리분별은 할 줄 아는 애 같거든."

"그럼 난 사리분별 못한다는 거야?" 리원웨이가 돌아보며 호통을 쳤다. "밥 먹고 책상 안 닦으면 죽을 줄 알아."

허뤄는 목청만 큰 이 아이가 참 좋았다. 화 낼 때 눈이 동그래지는 게 꽤나 호탕한 강호의 소녀 같기도 하고, 토끼 같은 앞니는 왕년의 영화배우 미쉐를 닮기도 했다.

보기에만 그런 것은 아니었다. 리원웨이는 실제로도 의리 있는 애였다. 무엇을 하든 늘 허뤄를 챙겼고, 체육 수업에는 늘 허뤄 옆을 지켰다. 간식을 사도 꼭 허뤄 몫을 챙겼고 심지어 쉬는 시간마다 "허뤄, 화장실 갈 거야?" 하고 꼭 챙겨 물었다.

그러면 장위안은 귀를 틀어막았다. "제발, 그런 얘기까지 꼭 큰소리 얘기해야 해?"

리원웨이가 껄껄껄 웃으며 세차게 툭툭 장위안의 어깨를 두드렸다. "같이 갈래? 어차피 방향도 같은데." 그렇게 아무 거리낌 없이 장위안과 농담을 주고받다니 허뤄는 부럽기만 했다.

* * *

물론 허뤄 역시 내성적인 편도, 남자들과 얘기하며 얼굴을 붉히는 수줍은 소녀도 아니었다. 개학 후 얼마 되지 않아 작년에 같은 반이었던 남학생이 허뤄를 찾아왔다. "허뤄. 《대중 소프트웨어(大衆軟件)》에 '선검(仙劍) 공략법'이 나왔는데 볼래?"

그녀는 한달음에 교실 밖으로 나와 그 남학생과 잠시 이야기를 나누고는 다시 자리로 돌아왔다. 장위안이 제 가방을 안고 허뤄의 자리에 앉아 책상 위 연습장을 뒤적거리고 있었다.

"함부로 보지 마!" 허뤄는 후다닥 뛰어가 연습장을 덮었다.

"다 봤는데 뭘." 음흉한 웃음이었다.

"뭐? 뭘 봤다는 거야?" 허뤄는 말하면서도 어딘가 찔렸다. 종이마다 팔등신 남자의 옆얼굴과 떡 벌어진 어깨, 쭉 뻗은 다리가 그려져 있었다. 설마 그가 자신을 알아본 걸까?

"도대체 무슨 만화를 보는 거야?《두 별 이야기(일본 작가 나리타 미나코의 작품으로, 우리나라에서는《사이퍼》란 제목으로 출간되었다.—옮긴이)》같던데. 순정 만화 중 내가 유일하게 본 만화야. 선이 깔끔하긴 한데 이야기를 너무 질질 끌어서 문제지."

"맞아.《두 별 이야기》. 비밀이야." 허뤄는 얼른 노트를 집어 들었다. 이 녀석이 못 알아봤다고 해서 다른 친구들이 못 알아보란 법은 없으니까. 대부분은 자신의 특징을 자신이 제일 모르기 마련이다.

"네가 수업 시간에 딴짓하는 거 난 한 번도 고자질 안 했다. 벌써 몇 번째더라." 장위안은 두 손을 꼽으며 마치 허뤄가 상습범이라도 되는 양 말했다.

"그래, 그래. 지켜줘서 고맙네. 근데 오늘은 과자 안 가져왔는데."

"《대중 소프트웨어》면 돼."

"없는데."

"없다고?"

"난 그 판 다 깼거든."

"설마 그 많은 퀘스트를 다 깼다고?" 장위안이 원망스럽다는 듯 물었다. "이번 호는 불티나게 팔려서 가판대에서 찾아보기도 힘들다고. 제발, 네가 빌려와서 나 좀 보여주면 안 될까?"

"그래, 좋아. 오늘 저녁에 전화해볼게."

"고마워. 내가 아이스티 쏠게." 장위안은 허뤄가 가방을 다 챙길 때까지 기다렸다.

"아니. 요구르트."

"왜? 홍차가 갈증 해소에 좋아."

"요구르트는 소화 촉진에 좋아. 우리 엄마가 그랬어."

"하긴 군것질을 그렇게 해대니." 장위안이 낄낄 웃었다.

* * *

"허뤄. 밥 먹자!" 허뤄의 엄마가 허뤄를 불렀다. "오자마자 거기서 뭘 그렇게 뒤적거리는 거야. 얼른 와서 숟가락이라도 놔."

"아~ 네!" 허뤄는 대답은 해놓고 여전히 상자를 하나하나 뒤지고 있었다.

"뭘 찾는 거야? 무슨 보물이라도 감춘 거야?" 허뤄의 아빠가 신문지를 들고 성큼성큼 걸어왔다. "아직 손도 안 씻었네. 어이쿠! 온통 먼지투성이잖아."

"아빠, 《두 별 이야기》 못 봤어?"

"그게 뭔데? 책이야?" 허뤄 아빠는 한심하다는 듯 한숨을 내쉬며 신문을 내려놓더니 책장 서랍에서 얇은 책 하나를 꺼내 들었다. "이과라 다행이지. 자, 《두 도시 이야기》. 영국 작가 찰스 디킨스의 대표작이지."

"알아. 파리와 런던을 배경으로 한 남자가 사랑을 위해 자신을 희생하는 위대한 사랑 이야기를 그린 거잖아." 허뤄는 아빠의 등을 떠밀며 말했다. "저리 가. 책장 가리지 말고, 내가 찾는 건 만화책이라고."

"그 책들 내가 베란다로 옮겼는데." 허뤄 아빠는 눈살을 찌푸리며 말했다. "나이가 몇인데 아직도 만화를 봐!"

"오 마이 갓. 내 보물들이라고." 허뤄는 씩씩거리며 곧장 문을 박차고 베란다로 뛰어갔다.

"옷 좀 더 걸치고 나가. 밖에 추워!" 허뤄의 엄마는 주방에서 고개를 내밀었다. "계집애, 다 큰 애가 무슨 만화야."

"아직 소녀인 게 더 나을지도 몰라." 허뤄 아빠는 아내의 귓가에 조용히 속삭였다. "《두 도시 이야기》가 위대한 사랑 얘기라잖아……."

"사랑 얘기 맞잖아." 허뤄 엄마는 주걱을 휘두르며 자신의 손등으로 남편의 이마를 톡톡 건드렸다. "당신한테나 프랑스 대혁명을 배경으로 한 작품이겠지. 우리 모녀는 그저 평범한 서민일 뿐 당신 같은 대단한 역사학자가 아니란 말이지."

허뤄의 아빠는 껄껄 웃더니 근심스러운 듯 물었다. "요즘 남학생이 자주 전화하는 것 같던데. 한 번 전화기를 들었다 하면 30분이야."

"어차피 우리 딸이 거는 것도 아닌데, 뭐 어때?" 허뤄 엄마는 가슴을 내밀며 대답했다. "난 우리 딸 믿어."

"그래, 두 모녀가 아주 나만 따돌리고 속닥거리더라." 허뤄 아빠는 왠지 쓸쓸했다. 늘 자신이 신문 볼 때마다 두 모녀가 몰래 서재에 숨어 속닥거렸다. 일부러 가정 대소사에 자신만 소외시키는 느낌이었다.

"허뤼 예전 반 친구인데 문과래." 허뤼 엄마는 토마토 소고기 수프의 간을 보면서 말했다. "우리 딸이 그놈한테 관심이 있었으면 그렇게까지 이과로 가겠다고 고집폈겠어?"

허뤼 아빠는 일전에 딸이 이과를 가겠다고 말했던 이유를 떠올리니 다시금 속이 상했다.

"이과를 나와야 선택의 폭도 넓어진다고. 전교 30등 중 문과생이 있기나 한 줄 알아?" 허뤼는 전교 성적표를 흔들었다. 그리고 "베이징대, 칭화대에서 문과생을 몇이나 뽑는다고?"

아무래도 오늘은 고기라도 든든히 먹어둬야겠다.

이른 봄날의 베란다는 천연 냉장고나 다름없었다. 허뤼는 배추를 이리저리 치우며 박스 안에 담긴 자신의 보물을 코가 빨개지도록 찾았다. 마치 보물이라도 되는 듯 두 손으로 《두 별 이야기》를 받쳐들었다.

웃고 있는 사이퍼, 넓은 흰색 셔츠를 입고 있는 사이퍼, 책가방을 비스듬히 맨 사이퍼, 온 얼굴에 검은 줄이 간 사이퍼, 확실히 장위안을 닮긴 했다. 특히 제4권 사이퍼와 아니스가 같은 체육 수업을 선택하지 않았던가. 티셔츠에 반바지를 입고 농구공을 옆구리에 긴 채 운동장 한쪽에 미소 지으며 서 있는 사이퍼의 모습은 정말이지 장위안과 너무 비슷했다.

아니스가 정말 부러웠다. 허둬는 만화책을 들고 침대에 똑바로 누웠다.

* * *

'내가 잡지 빌려줄 테니까 넌 농구를 가르쳐줘.' 허둬는 마치 둘 둘 말린 잡지를 내밀 듯 손에 들고 있던 컵을 앞으로 내밀며 속으로 되뇌었다. 이건 아냐. 마치 빚쟁이처럼 표정이 너무 무서워. 그녀는 양치하며 거울을 보고 미소를 지어 보였다.

그냥 책을 뒤에 숨기고 고개를 살짝 갸우뚱한 채 눈웃음을 짓는다면 괜찮지 않을까? 허둬는 입안 가득 거품을 문 채 자세를 취하고 있었다. 어디서 교태야! 온몸에 닭살이 돋았다.

"딸, 양치만 벌써 10분째야!" 아빠가 문을 두드렸다.

"허둬, 얼른 나와. 아빠 돌아가시겠다." 엄마는 웃음을 참을 수 없었다. "저녁에 수프를 어째 많이 먹는다 싶었다."

제3장 행복한 예감

바람도 피해 가고 아무래도 행복할 것만 같은 예감
아이스크림을 머금은 입안에는 오렌지 향이 가득
달콤한 맛 때문인지 시큼한 맛은 전혀 느껴지지 않아
by 허우상팅 '행복한 예감'

장위안이 정말 허뭐에게 농구를 가르치기로 했다.

4월 말 학년별 여자 농구 대회가 열리는데 리원웨이의 등쌀에
못 이겨 허뭐도 반강제로 반 대표로 참가하게 되었다. 남학생들은
선뜻 명예 코치직을 받아들였다.

훙성 유치원 역사에 길이 남을 무적의 피구왕 허뭐, 아직 죽지
않았다. 허뭐는 자오청제와의 제자리 드리블 내기에서도 속도 면
에서나 지속 시간 면에서나 뒤지지 않았다. 허뭐는 신이 난 나머
지 동요까지 흥얼거리기 시작했다. "한 다리를 걸고도 고무공처럼

34

튀네, 쑥부쟁이 꽃 20, 21 ~ 25, 26 ~ 29, 30(고무줄 노래—옮긴이)."

여학생 다섯이 떼로 몰려와 재잘거리며, 자오청제를 놀려댔다. 자오청제의 머리가 순간 터져버릴 것만 같았다. 화가 난 자오청제가 골대 밑으로 달려와 고함을 질렀다. "고막 터져버리겠네."

"이번엔 전술을 가르쳐주지." 장위안이 자리에서 일어나 교복 외투를 벗었다. "적을 칠 땐 두목부터 잡아야 해!"

"좋았어. 네 짝꿍 콧대를 납작하게 해줘!" 자오청제가 오른손을 들고 실눈을 뜨며 총을 쏘는 시늉을 했다.

"아니지, 네 짝이지."

* * *

장위안은 소매를 걷어붙이고 운동장 중앙으로 걸어 나왔다. "네가 드리블을 해. 내가 가로채볼게."

그가 이렇게까지 가까이 서 있었다. 허뤄는 암갈색의 농구공을 들고 농구공의 검은 선을 따라 시선을 이리저리 움직였다. 그리고 그의 반짝이는 눈 때문에 긴장한 나머지 허뤄는 겨우 두 번의 드리블 만에 공을 발등에 떨어뜨렸고 공은 저 멀리 통통 굴러갔다.

장위안이 공을 주웠다. "아직 시작도 안 했는데 벌써 놀라면 어떻게 해."

이번만큼은 집중해서 드리블했다. 공이 시멘트 바닥을 '펑펑' 두드리자 암갈색 동선이 하나의 선을 이루었다.

"간다!" 장위안의 함성과 함께 공은 이미 장위안의 수중으로 들어갔다.

"놀라서 간 떨어질 뻔했잖아!" 지켜보던 여학생들이 일제히 발톱을 드러내며 으르렁거렸다. "이건 무효야."

장위안은 아무 대답 없이 미소만 짓더니 무릎을 살짝 굽혀 상반신을 앞으로 구부렸다. 허뭐도 장위안을 따라 무게 중심을 낮추고 공을 앞에서 오른쪽으로 드리블했다. 그래도 장위안의 블로킹은 피해갈 수는 없었다.

"내가 졌어!" 오른팔이 빠지는 고통을 감내하느니 차라리 순순히 투항하는 편이 나았다.

"나도 꽤나 공들여 블로킹한 거니, 너도 그만하면 훌륭해." 장위안은 한 손으로 농구공을 옆구리에 끼고 다른 한 손으로는 허뭐의 손목을 잡았다. "거기 여학생들 다 이리 와봐." 그는 허뭐와 나란히 서서 그녀의 손바닥을 펼쳐 보였다.

오른손이 장위안의 큼지막한 손바닥 위에 놓였다. 그의 길고 강한 손가락이 그녀의 손바닥 중앙으로 미끄러졌다. "봐, 여기가 제일 더럽다는 건 손바닥으로 볼을 컨트롤한다는 거야. 정확히는 손가락으로 공을 잡아야 스냅도 부드럽고 공의 곡선과도 일치하지." 장위안은 허뭐의 손가락을 바로 잡았다. "이렇게 뻣뻣하면 안 돼. 지금 무슨 구음백골조 무공 연마하는 것도 아니고."

어떻게 경직되지 않을 수가 있겠어. 뒷골이 다 뻣뻣해질 지경인데. 고개만 살짝 돌려도 난이도 4.0의 위험한 동작이 연출된다고. 허뭐는 기계적으로 고개를 끄덕이며 열심히 듣는 척 연기했다.

장위안은 이미 그녀의 손을 놓고 시범을 보이며 설명하고 있었다. "자, 드리블할 때는 무릎을 살짝 굽혀 무게 중심을 낮춰야지. 그리고 공만 쳐다보지 말고 전방을 주시하고……."

그리고 또 무슨 말을 했더라? 허뤄는 그 이후로는 아무것도 기억나지 않았다. 그저 장위안의 손이 크고 따뜻했다는 것밖에. 섬세한 손가락에 힘이 넘쳤다는 것밖에. 꼭 움켜쥔 오른손 손바닥이 축축하게 젖어왔다.

* * *

"여자애들 농구는 완전 코미디야!" 경기 당일 장위안이 낄낄 웃었다. "바닥에 굴러다니는 공을 잡으러 다니는 꼴이 꼭 술안주로 닭 잡으러 다니는 것 같잖아."

자오정체가 장위안의 말을 받았다.

"우리 반 여학생 정도면 훌륭해. 가오팅팅은 일단 키가 되고, 리원웨이는 주 공격수로 민첩하고 강단 있어! 바이렌은 슛이 안정적이고. 허뤄가 가장 열심인데 드리블이 꽤 안정적이던데."

"그럼 톈샹은? 네가 직접 꽂아 넣은 거잖아."

"목청이 크잖아! 예전에 벨칸토 발성법을 배웠거든. 누가 다가오면 '성희롱이야' 하고 소리 지르면 되잖아."

"그 방법을 생각하다니." 장위안은 짐짓 진지한 척 대답했다. "그건 분명 너한테 '성희롱'이라고 얘기한 여자가 있다는 건데?"

* * *

6반이 10점을 얻으며 압도적으로 앞서고 있었다. 그에 비해 상대편은 유효 점수가 4점뿐이었다. 린수전 선생님은 활짝 웃으며 여학생 선수와 남학생 코치에게 음료수를 쐈다. 심부름을 맡은 장위안은 홍차, 녹차, 콜라, 스프라이트를 골랐다. 냉장고 앞에서 잠깐 생각하는 듯싶더니 딸기 맛 요구르트 두 개를 집어 들었다. "사장님, 이것도 계산해주세요."

* * *

허뤄는 공부할 때보다 농구 할 때 더 열심이었다. 그리고 농구 할 때보다 먹을 때 더 열심이었다. 허뤄는 요구르트 껍데기를 까서 뒷면에 묻은 요구르트까지 싹싹 핥아먹었다. 허뤄는 콧등에 묻은 것도 모르고 승리감에 젖어 손발을 다 동원해가며 경기 당시를 설명하고 있었다.

자오청제가 장위안에게 물었다. "뭘 보는 거야?"

"허뤄의 흰 코."

시선이 허뤄에게 쏠리며 모두 박장대소했다.

"장위안은 눈썰미도 좋아." 바이렌의 말에는 놀리려는 의도는 전혀 없었다. 그녀는 반의 학습 부장으로 평소 열심히 공부만 할 뿐 크게 소리 내 웃거나 떠드는 법이 없었다. 하지만 경기장에서는 과감하게 상대방의 허점을 정확히 공략했다. 오늘은 뿔테 안경도 벗어 던지고, 평소 양 갈래 머리도 하나로 질끈 묶었다. 예전에 모범생 이미지는 온 데 간 데 없고 오늘은 유난히 늘씬하고 아름다워 보였다.

* * *

총명하고 여성스러운데다 얼굴까지 예쁜 이런 여자를 누가 싫어할 수 있을까?

글씨까지 예쁜 바이렌은 늘 선생님에게 불려가 등사 원지에 글자를 썼다. 장위안은 수학 · 물리 · 화학 성적은 좋았지만 영어 성적이 형편없었고 어학 성적은 마치 롤러코스터처럼 들쭉날쭉했다. 쪽지 시험 때문에 골머리를 앓던 장위안은 바이렌이 과제물을 들고 교무실에서 돌아오는 것을 보고는 냉큼 달려가 물었다. "금요일에 시험 있다며. 힌트 좀 주면 안 돼."

"날 하루이틀 봐?" 바이렌은 사사로운 정에 이끌려 부정을 저지를 아이가 아니었다. 노트를 건네며 말했다. "과목 부장한테 나눠주라고 해. 난 등사 원고가 아직 반이나 남아서 가봐야 해."

장위안은 받으려다 말고 다시 손을 거두었다. "이러니 가오팡이 너보고 의리가 없다는 거야!"

장위안이 장난으로 손을 빼는 바람에 노트가 바닥에 널브러졌다. 안타깝게도 제일 위에 놓여 있던 그녀의 노트가 조금 전에 당번이 닦아둔 바닥 위로 떨어져 노트 겉면이 빠르게 얼룩으로 물들기 시작했다.

장위안도 그녀가 얼마나 자신의 노트를 아끼는지 잘 알고 있었기 때문에 속으로 '난 이제 죽었다'만 연신 되뇌었다.

하필 아이스크림을 들고 돌아오던 여학생들이 얼굴이 창백해진 바이롄을 보고는 달려와 위로했다.

"홍. 평소 신사인 척하더니 다 연기였구나!" 리윈웨이가 그를 향해 혀를 내밀었다. "너와는 이제 삼팔선을 그을 테다."

"호호, 가오팡한테 일러야지!" 텐샹이 눈을 돌렸다. "가오팡이 바이롄을 위해 복수의 칼을 빼들고 장위안을 무찌를 거야!"

"함부로 말하지 마!" 바이롄은 괴로웠다. "가오팡하고 엮지 말아줄래!"

그렇게까지 성급하게 가오팡과의 관계를 부정할 필요는 없잖아? 허뤄는 팥빙수 아이스크림을 한입 베어 물며 생각했다. 마지막 어금니가 시려오며 통증이 밀려왔다.

이게 뭐야? 허뤄는 자신을 원망했다. 바이롄은 최근 두 달 사이 새로 사귄 친구가 아니던가? 이럴 때는 당연히 위로를 해줘야 하는데 도리어 질투가 웬 말인가.

아, 질투? 허뤄도 흠칫 놀랐다. 하긴, 장위안처럼 똑똑하고 빛나는 남자애한테 눈이 한 번 더 가는 것은 당연한 이치다. 그래도 질투하는 내가 너무 속 좁고 속물 같잖아?

자칭 털털하다고 자부하는 허뤄도 자신의 감정에 도무지 갈피를 잡을 수가 없었다. 그래도 그녀는 자신 안의 이 옹졸한 소녀를 이제 그만 떨쳐버리고 바이롄의 편에 서기로 결심했다.

"나도 속 좁은 남자가 제일 싫더라." 허뤄가 웃으며 말했다.

"나도 네 맘에 들 생각 없거든." 장위안은 얼른 대거리를 하긴 했지만 실은 미안하다, 고의가 아니었다고 사과할 작정이었다. 그런데 여자 네 명이 육천 마리 거위 떼처럼 몰려와 조잘조잘 떠드는 바람에 사과는 잠시 접어두기로 했다. 그런데 누가 '속 좁은 남자'라고 비난하는 말은 몹시 귀에 거슬렸다. 장위안이 언제 여자들과 얼굴을 붉혀가며 싸운 적이 있었던가? 게다가 여자에게 냉정하게 말한 적은 한 번도 없었다.

하지만 이젠 그렇게 말하는 것도 멋쩍은 일이 되어버렸다.

방금 자신이 쌀쌀맞고 속 좁게 여자와 대거리를 하지 않았던가. 허뭐는 이미 창밖으로 눈을 돌리고 죽상을 한 채 아이스크림을 먹고 있었다. 그 모습을 보자 장위안은 순간 아무 생각도 들지 않았다.

장위안은 바이롄의 노트를 집어 들었다. "내가 이따 노트 표지 새로 사줄게."

"됐어." 바이롄은 분위기가 싸해진 것을 감지하고는 얼른 상황을 무마하려 애썼다. "에이, 별일도 아닌데, 됐어."

"누님, 누굴 밴댕이로 만들려고 그러시나요?" 장위안은 웃으면서 허뭐를 살폈다. 허뭐는 아무것도 못들은 사람처럼 여전히 창가에 뛰어다니는 참새를 지켜보고 있었다.

장위안은 노트를 보며 수업 시간 내내 고심하다 펜을 들어 겉면에 그림을 그리기 시작했다. 잎맥과 잎사귀를 그려 넣자 얼룩진 노트가 수묵화로 변했다. 그리고 꽃봉오리 아래 심혈을 기울여 두 줄을 썼다.

1학년 6반

바이렌

그는 자신의 걸작이 맘에 들었다. 그는 노트를 전달했다.

노트가 허뭐의 손을 지날 때 그녀의 눈이 빛나는가 싶더니 빠르게 장위안을 한번 쳐다보았다. 노트를 받아든 바이렌은 웃으며 손을 흔들었고, 입가에 예쁜 볼우물이 패었다. 허뭐는 바이렌을 바라보다 다시 장위안을 떠올렸다. 왠지 의문의 1패를 당한 느낌이었다.

* * *

수업이 끝나고 허뭐가 여학생들과 배드민턴을 치는데 장위안이 농구공을 치며 다가왔다.

"잘 치네."

바이렌은 라켓을 장위안에게 넘기며 입으로 신호를 보냈다. "너라도 허뭐를 이기긴 힘들걸."

"그래? 어디 두고 볼까!" 장위안이 라켓을 돌리며 두어 번 힘차게 휘둘렀다.

"너희들끼리 해. 난 좀 피곤해서." 허뭐는 라켓을 바이렌 손에 쥐어주고는 교실로 가방을 가지러 갔다.

허뭐가 또 자신에게 면박을 준 것 같아 장위안은 마음이 언짢았고, 공을 치다 하마터면 라켓을 떨어뜨릴 뻔했다. 장위안은 허뤄가 건물에서 나와 운동장을 지나가며 친구들과 작별 인사하는 것을 줄곧 지켜보고 있었다.

톈샹이 운동장으로 신나게 뛰어왔다. "청소 겨우 다했네! 누가 나한테 라켓 좀 줘봐."

"자!" 장위안은 라켓을 그녀 손에 쥐어주며 급하게 책가방을 챙겨 들었다. 교문으로 뛰어나와 멈춰서 사방을 둘러보았으나 길 어디에서도 허뤄의 모습을 찾을 수가 없었다. 그는 길모퉁이에서 잠시 서성이다 결국 포기하고 학교로 자전거를 가지러 가려던 참이었다. 마침 뒤돌아 학교로 돌아가려는데 교문 앞 노점에 서서 만화책을 보느라 정신이 팔린 허뤄가 눈에 들어왔다.

"허뤄!"

"왜?" 말투가 싸늘했다.

"아. 아무것도 아냐." 순간 자신이 왜 쫓아왔는지 멍해졌다. 조금 전까지만 해도 허뤄를 놀려주려고 이런저런 말들을 준비했는데 머릿속이 온통 백지가 되었다. "양쪽 얼굴이 다르네?" 그녀의 오른쪽 얼굴이 확실히 부어 있었다.

"다를 게 뭐야?"

"여기, 사탕이라도 문 거야?" 흡사 입안에 열매를 가득 넣어둔 다람쥐 같았다.

"치통 때문에." 허뤄는 짜증스럽게 대답했다. 설마 얼굴까지 부어오른 거야? 뺨을 문지르며 들고 있던 만화책을 내려놓았다. 창피해서 쥐구멍이라도 숨고 싶었다. 얼른 버스를 타러 가는 수밖에 다른 방도가 없었다.

"병원에는 가봤어?" 장위안이 따라왔다.

"너희 집은 이쪽이 아니잖아." 허뤄는 얼굴을 가린 채 그를 올려다보았다.

"나⋯⋯." 어떻게 대답해야 좋을지 떠오르지 않았다. "치통이라며 쓸데없이 말하지 마." 장위안이 웃었다.

* * *

허뤄는 장위안과 나란히 걷지 않으려고 일부러 그보다 한 발 앞서 걸었다. 서로 아무 말 없는, 침묵이 계속됐다.

5월의 중국 북방은 버들솜이 안개처럼 일렁였고, 화단에 벽도나무와 개나리가 서로 어우러져 피어났다. 연두색, 분홍, 밝은 노랑, 형형색색이 석양 속에 부드럽게 넘실대고 있었다. 길가의 아름다운 풍경을 놓칠세라 둘은 걸음을 늦추었다.

정거장 표지판 밑에 서서 허뤄가 입을 열었다. "난 여기서 타."

"난 매일 자전거를 타." 장위안도 버스 정류장에 멈춰 섰다. "꼭 치과에 가봐. 내가 아는 괜찮은 의사 선생님이 계신데 우리 이웃이야. 내가 다음에 전화 줄게!"

"응. 고마워."

"집 전화번호가 뭐야?" 장위안이 서둘러 둘러댔다. "집에 돌아가자마자 엄마한테 물어보고 바로 알려줄게. 저녁에 아프면 잠도 못 자잖아."

"진통제가 있잖아." 허뤄는 그러면서도 전화번호를 알려주었다. "그리고 맹장염도 아닌데 죽기야 하겠어."

"맹장염은 배를 갈라야 하는데." 장위안은 턱을 받쳐들고 고심하는 척했다. "그건 도와주고 싶어도 도와줄 수가 없네. 아는 도축업자가 없거든."

"도축업자?" 허뤄는 발을 굴렀다. "네 맹장 떼어낼 때나 도축업자 찾아라."

치통도 느껴지질 않았다.

* * *

2번 버스는 3분마다 한 대씩 왔다. 버스에 오른 허뤄는 '도축업자를 찾아보겠다'는 장위안의 진지한 얼굴이 떠올라 웃음이 새어나왔다. 괜한 말대꾸를 한 것 같아 함부로 그를 쳐다볼 수조차 없었다. 그러다 말실수라도 하면 장위안이 자신을 미워할까 두려워서였다. 그런데 그는 아무렇지 않은 듯 오히려 허뤄를 쫓아와 꼭 병원에 가보라며 신신당부했다.

허뤄는 그 장면이 자꾸 떠올라 웃음을 참을 수 없었다.

그래서 뭐? '나도 네 맘에 들 생각 없거든.' 그게 뭐라고 그의 말이 허뤄의 가슴에 가시처럼 박혀 있었다. '그럼 넌 누구 맘에 들고 싶은데? 바이렌?' 정말 수천 번은 묻고 싶었다.

* * *

　도대체 내가 언제부터 이렇게 오락가락 조울증 환자 같아진 거지? 허뤄는 일기를 쓰며 입이 찢어져라 웃다가도 갑자기 긴 한숨을 내쉬기도 했다.

　허뤄의 아빠와 엄마는 뭔가를 안다는 듯 서로의 얼굴을 마주 보았다.

제4장 어디에나 네가 있다

네 따뜻한 손을 어떻게 놓아야 하는지 알려줄래
너와 함께했던 과거를 어떻게 놓아야 하는지도 알려줘
어디로든 갈 수만 있다면
난 너와의 추억 속에 영원히 살고 싶어

by 판샤오쉬안 '어디에나 네가 있다'

물리 단원 평가 시험지를 받아들었다. 온통 피바다였다.

허뤄는 두 손으로 시험지를 가린 채 차마 오른쪽 상단의 점수를 볼 엄두가 나질 않았다.

'운명을 받아들여. 어쩌면 난 천성적으로 이과와 안 맞을지도 모르지만, 다 뿌린 만큼 거두기 마련이야.' 허뤄는 울상을 지으며 생각했다.

"짝꿍, 2번 답이 뭐야?" 자오청제가 고개를 들이밀었다.

허뤄는 신속하게 책상에 엎드려 시험지를 완전히 가려버렸다.

"묻지 마. 완전 죽 쒔으니까."

"나만 할라고?" 휘릭 점수를 보여주었다. 47점.

"아. 피차일반이야." 허뤄는 시험지 한쪽을 살짝 들췄다. "나도 낙제야."

"이번 단원 평가는 총 네 명만이 통과했고 평균은 43점이다." 물리 선생님의 말이 떨어지자 반 전체가 일순간 조용해졌다. 대부분의 학생들이 안도의 한숨을 내쉬었다.

"곡선 운동 부분이 어렵기는 하지만 제대로 알고 넘어가야 하는 단원이야. 그러니 연습 문제 많이 풀도록." 선생님의 얼굴에서 뿌듯한 표정을 읽을 수 있었다.

"전 학년에서 유일하게 90점대가 두 명 있는데 모두 우리 반이다."

"유일한 두 명……." 실없는 웃음이 자꾸 새어 나왔다.

* * *

"너도 90점이야? 대단한데." 수업이 끝나고 장위안이 다가와 물었다.

허뤄가 제 짝꿍을 손으로 가리키며 "우리 둘이 합쳐 99점."이라고 말했다.

"근데 뭘 그렇게 신나게 웃어."

"츄 선생님이었다면 아마 뒤로 넘어갔을 거야. 유일한 두 명이라니." 국어 선생님 츄핑은 학생들 사이에서 작은 일에도 소스라치게 놀라는 것으로 유명했다. 허뤄는 초조할 때마다 안경을 썼다

벗었다 해 생긴 선생님 특유의 붉은 안경 자국과 우울한 장발이 생각나 도저히 웃음을 참을 수 없었다.

"아, 참." 갑자기 생각이 난 듯 물었다. "'너도'라는 건?" 일부러 허둬는 두 글자를 늘여서 물었다.

"아! 난 너인 줄 이미 알았지." 자오청제가 끼어들었다. "아무 말 마. 아이스크림 쏴!"

"내가 왜?"

"나보다 점수가 높으니까. 내가 너보다 잘 보면 그땐 내가 쏠게!" 자오청제가 가슴까지 탕탕 치며 말했지만 어차피 기약 없는 공수표였다.

"나는 녹색정인."

"난 아이스크림 샌드위치."

……

"바삭한 콘으로 부탁해. 땡큐."

이렇게까지 공손하게 부탁하니 날강도라고 할 수도 없고…….
장위안은 주변에 온통 굶주린 늑대들 뿐이라는 걸 모르는 바 아니었다. "하나씩 말해. 내가 기억 못하는 건 못 사온다." 다시 허둬에게 물었다. "넌 뭐라고 했지? 팥빙수?"

"어? 난 말 안 했는데. 이가 아파서 안 먹을래."

"그럼 내가 두 개 먹을게!" 누군가 말을 가로채며 대답했다.

서너 명의 남학생이 장위안을 포위해 매점으로 끌고 갔다. 아마도 지갑이 다 털리겠다 싶다.

* * *

허뤄는 병원에 가야겠다고 생각하면서도 치과 의사가 자신의 입속을 들쑤실 것을 생각하니 두려웠다. 얇은 치과용 드릴이 치아를 뚫으면, 칙 소리와 함께 입안 가득 연기가 피어올라 입을 벌리면 불이 뿜어져 나올 것만 같았다. 게다가 치아 하나를 건드리면 온몸의 206개 뼈들이 덜그럭거릴 것만 같아 오른쪽 위 제일 마지막 어금니가 부어올라 심하게 아팠지만 엄마가 알려준 민간요법대로 오른손 엄지와 검지 사이를 꾹 눌렀다.

집에 돌아가 필통을 열어 보니 又자형으로 접힌 쪽지가 들어 있었고, 겹치는 부분에는 깃털이 그려져 있었다.

쪽지에는 흘림체의 '긴급 서신'이라는 글자와 그 아래 치과 의사 연락처가 쓰여 있었다.

전화한다더니? 허뤄는 쪽지를 펼치고 여러 번 자세하게 읽었다. 이것도 나쁘진 않아. 처음으로 그가 써준 편지잖아. 물론 달랑 두 줄이지만 역사에 길이 남을 순간이니까! 일기장을 펼쳤다. 갈색 표지에는 기타가 그려져 있었는데 마치 누렇게 바랜 사진 같았다.

그 안에 쪽지를 밀어 넣었다. 일기장 속 물건들이 점점 하나하나 늘어났다. 수학 경시대회 우승자의 학습 노하우가 실린 학보 기사, 둘이 함께 경시대회 준비반에서 돌아오면서 탔던 차표, 장위안이 모두에게 나눠주었던 도브 다크 초콜릿의 포장지……. 하루하루 늘어나는 물건들 때문에 급기야 일기장 책등이 거의 떨어져 나가기 일보 직전이었고, 이제 더는 열쇠가 달린 일기장 케이스에 들어가지 못할 지경이었다.

* * *

6반이 여학생 농구 결승전에 올랐다는 소식에 리윈웨이는 꽥 꽥 소리를 지르며 수업 끝나고 다시 연락하자고 했다. 허뤄는 줄 곧 고민하다 집에 돌아가 공부하겠다고 답했다. "기말고사 성적이 안 좋으면 우리 부모님이 날 가만 안 둘 거야."

"나의 우상. 성적이 그 정도면 됐지!" 톈샹은 과장되게 손짓 발짓 까지 해가며 "평균보다 10점이나 높잖아."라며 그녀를 추켜세웠다.

"9점이거든." 허뤄가 정확하게 정정했다.

"에이, 그게 그거지. 우리 반 평균을 떨어뜨리는 나 같은 사람도 가만있는데." 리윈웨이는 허뤄의 가방을 잡아당겼다. "모두 바이 렌이나 장위안 같을 순 없는 법."

장위안은 체육부에서 네다섯 개의 공을 빌려 망에 담아 들고 들어왔다.

"왜 아직까지 꾸물거리는 거야. 농구 연습하는 데도 꽃단장이 필요해? 여자들이란."

"허뤄가 도망간대!" 톈샹이 인정사정없이 고자질을 했다. "물리 시험을 못 봤다나."

"난 탕이천이 오늘 수업에 안 와서 필기한 거 빌려주러 가야 해." 바이렌은 태양혈을 부드럽게 문질렀다. "이것만 아니면 너한 테 문제 풀이해줄 수도 있었는데."

"학습 부장이라 역시 책임감 있어." 장위안은 웃으며 엄지를 치켜들었다. "그럼 내가 허둬한테 알려주면 되지?"

"어?"

"내가 문제 풀이해줄게. 넌 남아서 농구해." 장위안의 한마디에 일순간 모든 것이 정리되었다.

* * *

여고생들의 농구는 한편의 코미디로 통한다. 연습 경기 30분 만에 모두 웃음바다가 되어버렸다. 톈샹이 하프코트에서 공을 받은 후 품에 꼭 끌어안은 채 골대 밑까지 뛰었다.

"럭비 하니?" 장위안은 웃을 수도 그렇다고 울 수도 없었다. "한두 걸음이야 심판이 눈감아주면 그만이지만, 한달음에 열 걸음이나 달리다니 심판을 도발하겠다는 거야?"

"누군 경기 규칙을 몰라서 그래? 손발이 말을 안 듣는 걸 어떻게 해." 톈샹이 눈을 부릅떴다.

"손발이 말을 안 들으면 잘라야지." 자오청제가 말꼬리를 잡더니 이번에는 직접 톈샹을 잡으러 뛰어나갔다. 두 사람이 운동장을 뱅뱅 돌기 시작했다.

"남 말 할 필요 없어." 장위안은 허둬를 돌아봤다. "연습은 잘하고 있어?"

"봐." 두 손을 쫙 펼쳐 보였다. 손바닥 중앙은 깨끗하고 다섯 손가락만 더러워져 있었다.

"바로 그거야!" 장위안의 큰 두 손이 그녀의 손바닥을 내리쳤다. "파이팅!"

* * *

"내일 상대는 1반이야. 전체적으로는 수준은 별로지만, 중학교 때부터 농구를 한 에이스가 하나 있어." 남학생들 몇몇이 전략을 분석했다.

"허뤄가 상대편 포인트 가드를 맡고, 톈샹을 스몰 포워드로 바꾸는 게 좋겠어."

장위안의 말에 자오청제가 대답했다.

"톈샹이 너무 작은 거 아냐?"

"그러는 너는 얼마나 커서? 루트 3인 주제에!" 되로 주면 반드시 말로 되돌려 받는 법.

"루트 3?" 허뤄는 아직 반 친구들 별명을 잘 몰랐다.

"1.732, 누가 제 키가 1미터 76이라고 떠벌이고 다녔거든. 근데 개학날 신체 검사를 했는데 글쎄 겨우 루트 3밖에 안 되는 거 있지." 톈샹이 실실거리며 말했다.

"지는 루트 2인 주제에!"

"이제 그만들 해." 장위안이 두 사람을 갈라서며 말했다. "좀 더 크다고 점프해서 바스켓이 손에 닿는 것도 아니고, 어차피 하나나 둘이나 명중률이 형편없으니."

"너무 그러지 마. 공을 받아 슛을 하려고 멈춰 서면 상대편 선

수 다섯 명이 무섭게 우르르 에워싸는데, 그럼 어떻게 해?" 허뤄가
비참한 듯 말하자 장위안이 대답했다.

"왜 꼭 서서 슛을 해야 하는데? 세 발짝 뛰며 레이업슛을 해도
되잖아."

"복권 당첨 확률이 더 높겠네."

* * *

남학생들이 계획한 전술대로 허뤄는 경기 중 공을 드리블해 하
프코트를 넘기는 임무를 맡았다. 상대방이 속공할 수 있는 기회를
원천 봉쇄하기 위해서라도 최대한 공을 안정적으로 드리블해야
한다. 그리고 일단 상대방의 에이스 손에 공이 들어가면 다섯 명
이 몰려가 마킹한다.

장위안은 말을 이었다. "다른 선수들은 공을 던지든 말든 신경
쓸 것 없어. 우리가 골대 뒤에서 방해 공작을 할게. 물론 떳떳한
짓은 아니지만 니들이 지고 나서 훌쩍거리는 것보다는 낫잖아."

"미남계!" 가오팡이 요상한 눈빛을 흘리며 엄지와 중지를 안으
로 구부리는 손동작을 하며 다가와 장위안의 하관을 어루만졌다.

"머리에 똥만 차가지고." 장위안이 대뜸 가오팡을 밀쳤다. "소리
를 꽥 지르면 되잖아."

* * *

전반전 5대 4로 6반이 조금 앞서고 있었다.

"이게 다 내 덕인 줄 알아." 톈샹은 코에 휴지를 밀어 넣은 채 깔깔 웃었다. 동점 상황에서 상대방 선수가 패스를 하면서 어찌된 일인지 그녀의 얼굴에 공을 집어던졌고, 톈샹의 코피가 터졌다.

"아~~." 톈샹은 초등학교 때부터 벨칸토 창법을 연습해 목소리에 사람의 마음을 움직이는 힘이 있었다. "쟤들이 일부러 태클을 건 거야!" 우는 것도 어찌나 요란을 떨면서 울던지 목소리가 떨리는 것이 흡사 민속 음악 창법과 비슷했다.

"낡은 사회가 나를 채찍질하니, 어머니는 그저 눈물을 흘리며……." 자오청제가 경기장 밖에서 모창을 하며 처량하게 노래를 불렀다. '당을 향한 산가(唱支山歌給黨聽)'는 톈샹이 학급 회의에서 부르는 십팔번이었다.

심판을 보던 고3 남자 선배가 시끄러워 머리가 터질 것 같았는지 귀찮다는 듯 손을 휘저으며 "알았어, 알았다고. 1반 테크니컬 파울, 6반 자유투."라고 선언했다.

톈샹은 복수의 칼날을 갈며 두 개 중 하나의 자유투를 성공시켰다. 관중석에 있던 친구들은 손뼉을 치며 환호했다. "좋았어, 제대로 한방 갈겨줬네."

* * *

후반전 5분, 양측 모두 팽팽했다. 5월 말 하늘은 온통 버들솜이 흩날렸다. 더불어 여학생의 발걸음도 점점 가벼워지기 시작했다. 허뤄는 이마의 땀을 닦았다. 네 명의 선수가 상대방 에이스를 바짝 에워쌌다. 노련한 상대 선수는 안정적으로 공을 드리블했고,

우리 팀 선수가 붙어도 경기장 왼쪽에서 오른쪽으로 이동하면서 너무나 여유로웠다.

'뒤에서 상대방의 공을 가로챌 수도 있어.' 허뤄는 장위안의 말이 떠올랐다. '상대방 에이스는 너희들과 레벨 자체가 달라. 그러니 분명 자만하기 쉬워. 하지만 이 방법은 기회를 잘 봐야 해. 기회는 딱 한 번이야. 다음에는 경계를 할 테니까.'

바로 지금이다! 에이스가 오른쪽으로 한걸음 물러서는 것처럼 페이크를 쓰며 공을 등 뒤로 돌려 왼손으로 잡은 뒤 포위망을 뚫고 나가려는 찰나, 전광석화처럼 허뤄가 공을 힘차게 낚아챘다.

공이다! 다음 순간, 농구공은 이미 허뤄의 손에 들어와 있었다. 워킹을 해선 안 된다. 리듬을 타면서 오른쪽 발 앞에서 공을 드리블한다……. 장위안이 했던 말이 하나하나 머릿속에 떠올랐다. 허뤄는 그 어느 때보다 빠르게 공을 드리블하며 마킹하는 상대 선수를 하나하나 제쳤다. 허뤄는 단숨에 3초 바이얼레이션 지점까지 돌파했다. 귀에서 휙휙 몰아치는 바람 소리에 톈샹의 청아한 목소리가 묻혀버렸다.

그녀에게는 이미 아무 소리도 들리지 않았다. 그저 골대 밑에서 온몸을 흔들고 있는 장위안만이 보일 뿐이었다. 짙은 남색 줄무늬 셔츠에 검은 청바지, 그리고 검은색 나이키 농구화.

용기 백배. 두 손으로 공을 받쳐들고, 한 걸음, 두 걸음, 가볍게 튀어 올라 자연스럽게 공을 던졌다.

들어갔다! 예! 허뤄는 활짝 웃으며 손으로 V를 만들어 장위안을 향해 흔들어 보였다.

어째서 환호하지 않는 거지?

"내가 못살아." 장위안은 '휙' 하고 돌아서서는 한숨을 내쉬며 고개를 가로저었다.

뭐야, 우리 골대 밑에서 미남계를 쓴다더니? 순간 멍해지더니 정신이 확 들었다.

후반전, 이미 코트 체인지했다는 사실을 까맣게 잊고 있었다.

* * *

"이겼어? 졌어?" 교실에 들어서자 경기를 관람하지 않았던 게으른 친구들이 교실로 머리를 들이밀며 물었다.

"직접 보던가." 허뭐는 퉁명스럽게 대답했고 뒤이어 장위안이 말을 보탰다.

"묻긴 뭘 물어."

개망신. 허뭐는 책상에 엎드려 머리를 팔 속에 묻었다. 그녀는 교실로 돌아오는 내내 관중의 조롱을 견뎌야만 했다. "6반 그 여자애 너무 웃기지 않아. 자살골이라니."

"더 웃긴 건 1반 선수가 그걸 막으려 했다는 거야."

심판이 장위안의 어깨를 탁탁 두드렸다. "한 달 후에도 여자 후배들의 쇼를 보고 싶은데. 그럼 웃으면서 고사장에 들어갈 수 있을 것 같아."

바이렌이 옆에 앉아 부드럽게 허뭐를 달랬다.

"허뤄. 이러지 마. 진 게 뭐 대수라고. 우리 기술이 부족해서 그런 것이지 네 잘못은 아냐."

"나 너무 추하지 않았어?" 허뤄는 머리를 더 깊게 묻었다.

"아니, 재밌었어." 장위안의 목소리가 들렸다.

뒷덜미가 써늘했다. 허뤄는 그 소리에 놀라 튕기듯 상체를 일으켰고, 순간 그녀의 눈과 그의 웃고 있는 눈이 마주쳤다. 한손에 들고 있던 팥빙수 비닐 겉면에 서리가 맺혀 있었다.

"이번 여자 농구에서 레이업 슛을 성공시킨 건 너와 상대팀 에이스가 유일했어." 장위안은 눈썹을 치켜올리며 웃었고 과장된 동북 사람 말투로 말했다. "진짜야, 아가씨. 대박 웃겼어!"

허뤄도 따라 웃었다. 마음까지 따뜻해졌다.

* * *

장위안은 약속대로 허뤄의 물리 공부를 도왔다. "연습 문제집이 이렇게 깨끗하니까 낙제하는 거야."

"네 것도 깨끗하잖아." 허뤄가 그를 노려보았다.

"다 할 줄 아는데 뭐 하러 시간 낭비를 해? 내가 수업 시간에 잠을 자도 무한대 기호를 그릴 줄 아는 거랑 비슷하지." 장위안은 지난겨울 허뤄가 망신당했던 일을 들춰냈다.

"또 놀리는 거야!" 허뤄는 그의 문제집을 낚아챘다. "그럼 내가 아무 문제나 내본다."

"이봐. 내가 널 과외하는 중이거든요. 근데 날 시험하겠다?"

"아얏. 피 나." 허뤄의 검지가 날카로운 종이에 베였다.

"멍청이! 칼이 아닌 게 다행이지. 하마터면 '신조협려' 양과처럼 팔이 잘려나갈 뻔했잖아." 장위안은 필통에서 반창고를 꺼냈다.

"없는 게 없네. 도라에몽의 4차원 주머니 같아."

"연습 경기 때 너희들 때문에 다쳐서 장만한 거야." 장위안은 허뤄에게 반창고를 붙여주고는 자신의 소매를 걷어 보였다. "대체 누구 손톱이 이렇게 긴 거야? 살까지 패일 뻔했잖아."

"아, 피 난단 소리 안 했잖아." 허뤄는 자신의 손톱을 한번 바라보았다. 흉기라고 하기엔 너무 짧았다.

"농구 할 때는 손톱을 길러선 안 돼. 긁혀서 아플 수도 있다고."

"오. 내가 대신 사과하는 의미로 몸보신 시켜줄게."

"그럼 그래야지. 뭐 먹을까?"

"패인 살을 그대로 보충해야지." 허뤄가 교활하게 웃었다. "눌린 돼지고기 먹자. 돼지 껍데기가 많으니까."

"아하, 네 손가락. 돼지 족발을 먹으면 되겠네."

작은 반창고에 꽁꽁 쌓인 검지의 상처 아래로 피가 돌았다. 두근두근. 손가락에서도 심장 박동이 느껴졌다. 엄지로 아래턱을 받치고 있던 허뤄의 입술이 밴드에 닿아 있었다. 호흡 사이사이 옅은 약 냄새가 났다. 손에 닿을 듯 가까운 곳에서 보호받고 있는 느낌이 들었다.

정신이 바짝 들었다. 허뤄는 소매를 걷어붙이고 연습장을 힘차게 팍팍 내리쳤다.

"내 손에 상처를 냈겠다. 끝장내주겠어!"

제5장 특별한 여름

담담히 당신을 떠올려요
그해 여름을 마지막 그날을
나지막이 노래하던 당신,
한 번도 느껴보지 못한 감미로움
네 눈을 멀게 했죠

by 쑨옌쯔 '똑같은 여름'

허뤄의 이번 기말고사 성적은 나쁘지 않았다. 수학, 물리, 화학의 중상위권 성적이었지만 국어, 영어 성적이 뛰어나 반에서 5등을 했다. 하지만 허뤄 아빠는 아쉬운 듯, 만약 문과에 갔다면 1등을 했을지도 모른다며 잔소리를 했다. 그래도 이번에는 화통하게 방학 동안 과외를 모두 면제해주었다.

길고 길었던 여름, 남녀 학생들은 이집 저집을 우르르 몰려다녔다. 한참 성장기에 있던 남학생들은 가는 집마다 꼬박꼬박 먹을 것을 챙겨 먹었고 그들이 다녀간 집 냉장고는 마치 메뚜기 떼가 휩쓸고 지나간 것처럼 거덜 났다. 친구들은 자주 학교에 모여 농구를 하고 이후 함께 자전거를 타고 강가로 가 뱃놀이를 했다.

* * *

담임 린수전은 교외에 한 리조트를 예약해, 사전에 신청했던 이십여 명의 학생들을 데리고 여행을 떠났다.

기차를 기다리던 중 자오청제가 허뤄의 가방을 슬쩍 보니 짐이 한보따리였다. "텐트랑 침낭이야? 야영이라도 하게?"

"하. 보물 창고일세!" 장위안은 어느새 허뤄의 뒤에 몰래 숨어 조용히 가방을 열고는 그 긴 몸을 접고 조사 중이었다. "펩시, 새우과자, 초콜릿, 양갱, 푸딩…… 도대체 슈퍼를 몇 군데나 턴 거야?"

"뒤지지 마!" 허뤄는 펄쩍 뛰어올랐다. "우리 여자들 먹을 거야."

"여자들만 주고, 내 건?"

"서로 분업해서 챙겨온 건데." 허뤄가 오렌지 맛 막대사탕을 건넸다. "이거나 먹어. 이러다 내 가방이 침 범벅이 되겠어."

"쩨쩨하게!" 그는 웃으며 사탕을 입에 물었다.

* * *

장위안은 작년보다 조금 자라 있었다. 허뤄는 서너 명의 여학생과 수다를 떨면서도 슬쩍슬쩍 장위안의 뒷모습을 훔쳐보았다. 그는 허리에 손을 얹고 플랫폼 가장자리에 서 있었다. 지나가던 바람이 앞 단추를 풀어헤친 체크무늬 셔츠를 들어올리자, 안에 입고 있던 흰색 티셔츠가 눈부시게 빛났다. 매일 농구장에서 시간을 보낸 탓에 그의 얼굴은 검게 그을렸지만, 오히려 더 다부지고 건강해 보였다. 살짝 고개를 쳐든 그의 옆얼굴이 역광에 아름다운 선이 드러났다. 기찻길 옆 짙고 옅은 관목들이 바람에 사사 소리를 냈다.

이미 변성기가 끝난 장위안의 목소리에는 소년의 카랑카랑한 음성은 사라지고 없었다. 그의 맑은 음색이 귓가를 어루만졌다. 허뤄는 그가 웃으며 자신의 이름을 불러주는 것이 제일 좋았다.

허뤄. 허뤄.

맑고 부드러운 그의 음성으로 그녀의 이름을 불러주면 따스한 햇살이 온몸에 흩뿌려지는 것만 같았다.

* * *

기차가 천천히 플랫폼에 들어섰고, 열차 선로가 끝없이 이어졌다. 바람을 고스란히 맞고 있던 그 소년은 마치 뮤직비디오의 롱테이크의 아름다운 한 장면 같았다.

비디오 속의 소년이 갑자기 고개를 돌렸다. 막대사탕을 입에 문 그의 시원스러운 이목구비가 구겨졌다. "허뤄, 사탕을 식초에라도 담갔던 거야. 너무 시어서 이빨이 다 빠질 것 같아."

* * *

열차는 역무원들의 통근 열차로 10분마다 정거장에 멈춰 섰다.

리윈웨이는 옆 도로를 내달리는 자동차를 보며 비통하게 소리쳤다. "이게 기차야, 소달구지야? 저기 봐. 트랙터보다 조금 더 빠를까?"

"좋잖아." 허뭐가 실실거리며 웃었다. "우리 다이아몬드 게임 할래." 장위안은 복도 쪽 자리에 앉아 가오팡과 큐브를 맞추고 있었다. 그는 고개를 푹 숙인 채 온 정신을 집중하고 있었다.

허뭐는 그의 그런 진지한 표정이 좋았다.

어떤 표정인들 싫을까? 허뭐는 혼자 묻고 혼자 대답했다. 답은 공집합이었다.

* * *

"머리 아픈 게임은 그만하고 그냥 좀 쉬자." 톈샹은 테이블에 엎어졌다. "꼭두새벽부터 일어났더니 너무 피곤해."

"그럼 내가 카드 점 봐줄게!" 리윈웨이가 포커를 펼치며 묘하게 웃었다. "결혼 운을 점쳐볼까?"

졸고 있던 친구도, 깨어 있던 친구도, 멍하니 앉아 있던 친구도 모두 두 눈을 반짝이며 귀를 쫑긋 세우고 경청했다.

"결론적으로 널 가장 사랑하는 사람은 A, 제일 잘생겼어. 근데 네가 결혼하는 사람은 B, 제일 돈이 많아." 리윈웨이가 점을 쳤다. "바이롄. 너마저 돈만 밝히는 여자일 줄이야."

"장난치지 마. 나도 B, C, D가 누군지 몰라. 그냥 머릿수 채우느라 이니셜을 막 붙인 건데." 바이롄이 깔깔 웃었다.

"그럼…… 널 제일 사랑하는 A는 누군데?" 톈샹이 바짝 다가와 간지러움을 태웠다. "오, 우리가 아는 사람인가?"

"그래, 누군데?" 장위안이 돌아보며 긴 다리를 복도로 쭉 뻗었다.

"넌 아니니까 걱정 마." 허뤄는 혀를 내밀었다. "여자들 하는 말을 엿듣지 말라고."

"내가 아닌지 네가 어떻게 알아?"

"그게……." 허뤄가 우물쭈물 머뭇거렸다. 심장을 누가 틀어쥔 것만 같았다.

"그걸 믿어?" 장위안이 갑자기 물었다.

"뭐?"

"점 말이야."

"아니. 그냥 재미로 하는 거지. 너도 한번 쳐봐."

"그러지 뭐."

"여성 넷을 상상해." 리원웨이가 네 장의 카드를 꺼냈다.

"그럼, 너희들 넷으로 하자." 되는 대로 한 명씩을 가리켰다.

"어. 말하면 안 돼." 허뤄는 얼굴에 열이 올랐다. 물론 자신은 그중 4분의 1 정도밖에 되지 않았지만.

점괘 결과 가장 학력이 높고 머리가 좋은 여자는 바로 허뤄였다. "엉터리네." 허뤄와 장위안 모두 의아했다.

* * *

"그럼 마지막으로 장위안이 누구한테 장가가나 볼까?" 허뤄가 패를 섞었다.

"아니지. 누가 나한테 시집오는 거지."

카드 세 장을 늘어놓은 뒤 한 장씩 반복적으로 펼쳐 처음 나오는 K가 어떤 모양인지 살핀다. 두 번 모두 짱이었다.

"마지막이다." 허뤄의 손에도 땀이 찼다.

"긴장되나? 짝꿍." 리윈웨이가 허스키한 목소리로 물었다. "어쩌면 평생 홀아비로 살 수도 있지!"

"장난해. 장위안이 홀아비이면 그럼 우린 죽으라는 거야?" 자오청제가 끼어들었다. "난 바이렌한테 걸래. 아까 바이렌이 가장 돈이 많다며. 마음씨도 고운데 돈까지 많아요."

"넌 누굴 것 같아?" 톈샹이 장위안에게 물었다. "나라고는 하지 마라. 기차에서 확 뛰어내려 버릴 테니까!"

"이게 그렇게까지 흥분할 정도로 웃긴 일이야!" 장위안은 주변을 훑어보고는 입가에 미소를 지었다. "누가 너래?" 잠시 숨을 골랐다. "허뤄……."

아? 내 이름을 부른 거야? 허뤄는 심장이 벌렁거려 들고 있던 포커를 떨어뜨릴 뻔했다. 고개를 들 수도, 감히 그의 얼굴을 바라볼 수도 없었다.

"너도 한번 해보라고." 그리고 말을 다시 이었다. "관중들이 다 기다리고 있잖아." 찬란한 그의 미소마저 거슬렸다.

* * *

역시 장위안의 마지막 패 역시 꽝이었다.

"에이, 세상에 여자는 많고 많아. 그리고 토끼도 제집 앞 풀은 뜯지 않는다잖아. 괜찮아. 세상은 넓고 여자는 많다. 여자가 우리 넷만 있는 건 아니니까." 리윈웨이가 장위안을 위로했다.

"그렇다고 세상을 등지고 산으로 들어가는 건 아니지?" 허뤄는 자신이 말해놓고도 말이 심하다 생각했다. 마지막 선택이 내가 아니라면 차라리 출가하는 편이 나았다.

"내 일생이 카드 한 장으로 결정되는 건 아니니까." 장위안은 웃으며 탁자 위 포커를 흩뜨렸다. "내 사람이 있다면 세상 끝 어느 구석에 있든 상관없어. 풀이란 풀은 죄다 뽑아다 내 집에다 옮겨 심어버릴 거야."

"길가에 핀 잡초는 제발 꺾지 말아줘."

"그것도 안 뽑으면 섭하지."

모두 한바탕 크게 웃었다.

* * *

리조트는 산속 평지에 지어져 있었다. 낮은 산비탈을 하나 넘고 나니 바로 시에서 가장 큰 댐이 눈에 들어왔다. 린수전은 댐 근처에는 가지도 말라며 몇 번이나 당부했다. 그녀는 학생들 모두에게 개별 활동을 하려거든 각서라도 쓰라고 하고 싶은 심정이었다.

이 일대는 장광차이링(하얼빈에 위치한 산맥―옮긴이)의 줄기로 산세가 평탄하고, 음력 5월에는 산에 온통 꽃들이 만발하여 기복이 완만한 구릉을 수놓았다. 다 큰 아이들은 동심으로 돌아가 산비탈에 자리 잡고 앉아 수건돌리기를 했다.

"벌칙으로 노래 부르기를 하는 게 아니었어." 자오청제가 눈살을 찌푸렸다. "무슨 교내 방송도 아니고 톈샹은 한번 불렀다 하면 폭주하기 시작한다니까. 게다가 혁명가만 불러대니. 저 녀석의 전원 버튼이 어디 있는지 아는 사람? 얼른 꺼줄래."

가오팡도 거들었다. "맞아. 모 양께서 콘서트를 열고 싶어서 일부러 진 것 같은데."

이번에는 장위안이 술래였다. 허뤄는 손뼉을 치며 다 함께 노래를 불렀다. "다들 말해주면 안 돼." 허뤄는 왠지 장위안이 이쪽을 보며 히죽히죽 웃는 것 같아 살짝 뒤를 돌아보았다. 리윈웨이를 넌지시 밀었다. "얼른. 네가 걸렸어!"

리윈웨이가 얼른 자리에서 일어났지만 역시 따라잡기에는 역부족이었다. 장위안은 그 긴 다리로 두서너 걸음만에 성큼성큼 뛰어와 빈자리에 앉았다. 그는 몸을 돌려 허뤄를 쏘아보고는 정색하며 말했다.

"아가씨, 날 팔아?"

"내가 언제?"

"거짓말." 그는 오른손으로 부드러운 풀들을 지그시 누르며 몸을 지탱했다. 손끝이 하마터면 허뤄에게 닿을 뻔했다. 잡초가 꺾이며 피어오른 상쾌한 향이 허뤄의 얼굴을 휘감았다. 너무나 행복해 질식할 것만 같았다.

"난 아냐."

"네가 분명해."

둘이 옥신각신 하는 사이에 리원웨이가 '야!' 하며 뒤를 덮쳤다. "니들이 수다 떨어준 덕분에 잡을 수 있었지." 수건은 장위안의 뒤에 놓여 있었다.

* * *

온종일 신나게 웃고 떠들다 저녁을 먹었다. 그리고 모두 한자리에 모여 시끌벅적하게 마작과 카드놀이를 즐겼다. 하지만 허뤄는 게임장에 모습을 드러내지 않았다.

"이 타짜님은 그만 빠질게. 그렇지 않았으면 너희들은 오늘 다 죽었어." 장위안이 리원웨이에게 물었다. "허뤄는? 먹을 걸 그렇게 많이 싸 들고 왔는데, 다시 가지고 돌아가려면 너무 무겁지 않겠어? 가져와. 우리가 먹어 치워줄게."

"먹을 건 여기 있어." 리원웨이는 들고 있던 가방을 포커판 위에 풀어놓았다. "이미 가져왔지."

"어." 장위안은 무슨 말을 하려다 그만두었다.

"또 뭔데? 거슬리잖아." 리원웨이는 패를 섞었다. 장위안은 초조한 듯 방을 두세 바퀴 빙빙 돌았다. 리원웨이는 새끼손가락으로 고리를 만들며 장위안에게 귓속말로 속삭였다. "우리가 당번일 때 너 혼자 칠판 지우기."

"내가 왜?"

"함부로 허뤄의 행방을 밀고할 순 없잖아."

"누가 궁금하대?"

"그러게. 너랑 무슨 상관이라고."

"……."

장위안은 다시 두 바퀴를 돌고 자리로 돌아왔다. "콜. 닦으면 되지."

＊ ＊ ＊

샤워를 하고 나온 허뤄는 시골의 별들이 보고 싶었다. 일단 밖으로 나오긴 했는데 감히 멀리 나갈 엄두는 나지 않아 현관의 등불에서 조금 멀리 떨어진 수풀 속에 앉았다.

"모기 밥 줘?" 장위안이 긴 다리와 긴 팔로 수풀을 헤치며 걸어들어왔다.

"모기 퇴치제 있어." 허뤄는 옆으로 둘러맨 작은 가방에서 모기 퇴치제를 꺼냈다. "별을 보고 있었어?" 장위안은 위아래로 그녀를 한번 훑었다. "자기 전이라지만 거울은 좀 가지고 다니지?"

허뤄가 그를 흘겨보았다.

"다 알아?" 장위안이 물었다.

"북두칠성, 북극성, 북십자성의 백조자리랑 그 옆에 견우성과 직녀성. 겨울에는 오리온자리도 찾기 쉬워."

"여긴 불빛이 있어서 잘 안 보이는데."

둘은 몇 백 미터 더 걸어 나와 밭두렁에 앉았다.

"북두칠성의 자루가 남쪽을 가리키면 여름이지. 그러니까 이쪽이 남쪽이야." 장위안이 손가락으로 가리키며 말했다. "붉은 빛을 내는 저 별은 전갈자리의 알파별로 안타레스야."

"아! 안타레스." 허뭐는 만화 속 금발 남자를 떠올렸다. "넌 별자리 28수 이름 다 알아?"

"몇 개만."

"난 다 알아. 남방 주작에는 정(井)·귀(鬼)·유(柳)·성(星)·장(張)·익(翼)·진(軫) 등 일곱 개의 별이 있고, 동쪽 청룡에는……." 허뭐는 신이 나서 하나하나 읊기 시작했다.

"혹시 《서유기》를 정독한 거야?"

"《환상 게임》이라는 순정 만화인데 읽고 나니까 스물여덟 개 별자리 이름이 머리에 쏙쏙 들어오더라고. 그런데도 아빠는 만날 만화가 아무짝에도 쓸모없대."

"난 《시티헌터》가 제일 재밌더라. 여자들이야 당연히 《나뭇잎 사이로 비치는 햇살 아래》 따위를 좋아하겠지만."

밤빛이 짙게 물들며 푸르던 산들도 오려놓은 그림자놀이처럼 변해버렸다. 수로에 흐르는 물은 졸졸졸 경쾌하게 노래를 부르며 흘러내렸다. 갑자기 초록의 불빛이 깜박이며 '휙' 하고 지나갔다.

"도깨비불이다." 허뭐는 손전등을 얼굴 밑에서 비추었다. "으흐흐. 내~ 머리를~ 빗겨줘."

"머리는 산발에, 꼭 목매달아 죽은 귀신이네." 장위안은 손전등을 빼앗아 불을 껐다. "반딧불이거든." 손을 뻗어 수풀 속 반딧불이 하나를 잡아 손바닥을 펼쳐 보였다. 반딧불이 꼬리 부분이 반짝였다. "손바닥 땀에 반딧불이 날개가 젖어서 날아가진 못할 거야. 잘 봐."

"날이 선선한데 손에서 땀이 나네." 허뤄가 바짝 다가왔다. 축축하게 젖은 그녀의 검은 머리카락 사이로 달빛이 빗기며 흘러들어, 민낯이 투명하게 빛났다.

"허뤄." 장위안은 망설이다 그녀의 이름을 불렀다. "사실……."

"응?" 그녀가 고개를 들자 그의 맑고 빛나는 눈동자와 마주쳤다. 그의 눈은 검은 밤 별빛처럼 그윽했다. 아, 장위안. 조금 전 대화 중 허뤄는 자신의 관심사가 나오자 신바람이 난 나머지 그와 있으면서도 전혀 어색함을 느끼지 않았다. 심지어 건살구를 꺼내 서로 나누어 먹으며 이야기도 나누었다.

하지만 지금 이 순간, 서로의 숨소리가 들릴 정도로 온 세상이 고요해졌다. 갑자기 그녀는 어색해지기 시작했다.

"너랑 함께 있으면……." 장위안은 일렁이는 논두렁으로 시선을 옮기고 침착하게 말을 이었다. "즐거워."

허뤄는 하마터면 심장이 입 밖으로 튀어나올 뻔했다. 입술을 깨물며 고개를 숙였다. 짙푸른 쪽빛 밤하늘의 허공을 부유하는 것처럼 가슴은 텅 비고 온몸은 무중력 상태에 둥둥 떠 있는 것만 같았다. 물처럼 흐르는 여름 밤, 은하수는 교교히 흐르고, 개구리와 풀벌레가 울고, 나무 그림자가 너울너울 춤을 추었다. 하지만 허뭐의 마음속에는 오직 한 사람의 그림자만이 들어왔고, 그의 말이 귓가에서 계속해서 맴돌고 있었다.

환청은 아니겠지. 허뭐는 곁에 있던 고사리와 토끼풀을 움켜쥐었다. 뭐라 대답해야 좋을지 떠오르지 않았다.

"맛있는 걸 많이 주잖아." 장위안은 청량하게 웃었다.

그런 거였구나. 허공에 붕붕 떠 있던 허뭐가 순간 바닥으로 내동댕이쳐졌다. 그래도 다행히 심장은 결국 제자리를 찾아 돌아왔다. 다만 빠르게 돌던 혈액이 뺨까지 달구었고 그 열기는 밤바람에도 쉽게 가시지 않았다.

"돌아가자." 실망한 그녀는 자리에서 일어나 돌아온 길을 되짚어 달빛을 차곡차곡 짓이기며 돌아갔다.

장위안은 반딧불이를 풀 위에 놓아주고 성큼성큼 허뭐를 뒤따라 걸어왔다.

가엾은 반딧불이도 드디어 젖은 날개를 말릴 기회를 얻었다.

노란 야래향의 꽃망울이 어둠 속에 고요히 흔들리며 시간의 틈속으로 천천히 스며들었다. 언제 돋아난 것인지 부드러운 더듬이가 심금을 울리고 있었다.

제6장 연인이라 하기엔

친구 이상이지만 그렇다고 연인은 아닌
달콤하지만 답답한, 행복하지만 혼란스러운 이 감정
우린 변할 수 있을까?
그 답이 너무 궁금해
좀 더 다가와 내 손을 잡아줘
좀 더 용기 내 줘. 그럼 난 너와 함께할 거야
'사랑해'란 세 글자 너무 오래 망설이지 말아줘
네가 말해준다면 나를 네게 줄 거야

by SHE '연인이라 하기엔'

여름방학이 끝나갈 무렵, 린넨 방직 공장에서 일하는 작은 외숙모가 허뤄에게 미색 바탕에 씨실과 날실 사이 갈색 무늬가 있는 원피스를 선물했다. 허뤄 엄마는 고상하고 점잖다며 매우 맘에 들어 했고, 딸에게 개학식에 입고 가라며 종용했다.

하지만 허뤄는 한사코 반대하며, 꼭 삼베옷 같아 불길하다고 말할 뻔했다. 허뤄 엄마도 끝까지 뜻을 굽히지 않고 허뤄를 어르고 달랬다. "좋아. 네가 입고 싶은 것 입어. 단, 네가 입은 건 네가 직접 빨아 입어." 허뤄는 어쩔 수 없이 타협할 수밖에 없었다. 잔뜩 풀이 죽어 새 옷으로 갈아입었다.

오늘 영화를 보고 모두 학교로 돌아와 농구를 할 텐데, 무릎까지 오는 원피스에 얇은 끈의 샌들까지 신었으니 농구와는 전혀 어울리지 않는다고 허뤄는 생각했다.

자전거를 몰아 쌩 하고 지나가려던 장위안이 갑자기 급정거를 했다. 허뤄를 돌아보며 한참을 훑어보더니 의아한 듯 물었다. "허뤄 맞아?"

"그래." 깜짝 놀라 고개를 들었다. "여름방학 지나더니 나도 못 알아보는 거야?"

"여름방학 지나더니 왜 이렇게 맥아리가 없는 거야?" 장위안이 인도로 자전거를 끌어올렸다.

"애들 돌보느라 이렇게 됐어?" 허뤄의 원망이 쏟아져 나왔다. 한 친척이 집으로 찾아오고 난 후, 하루가 멀다 하고 아빠의 친구, 엄마의 동창, 이름도 모르는 먼 친척까지 허뤄에게 한 수 배우겠다며 애들을 데리고 찾아왔다. 지인들의 눈에는 허뤄는 모범적인 아이였다. 허뤄의 성향이나 좋아하는 것 등에는 아무 관심이 없고 오로지 공부만 잘하면 된다는 식이었다.

성적이 바로 부모가 자식을 평가하는 유일한 기준이었다.

"너도 공부해야 한다고 거절하지."

"말해봤지." 허뤄가 한숨을 내쉬었다. "아빠가 고개를 저으며 이틀 전에도 내가 만화를 보고 농구와 게임을 할 때도 공부한다고 하지 않았냐며 나무랐지."

"그래서 이후로 우리랑 놀아주지도 않은 거구나." 장위안은 눈썹을 실룩거리며 말했다. "왜 날 찾아오는 사람은 없는 거지. 나라면 매일 애들 데리고 집에서 만화에 동영상, 무협 소설을 봤을 텐데. 그럼 이틀도 안 돼서 애들을 데리고 사라졌을걸."

"그래, 그래. 그럼 개학하고 내 코빼기도 못 봤을 거야. 허씨 학당의 현판을 내 손으로 깨버렸다며 아빠가 날 요절냈겠지." 허뤄는 마지막으로 한마디 덧붙였다. "집에 서머 스쿨을 열어 교육비 무료는 물론이고 진수성찬까지 해 바쳤다니까."

"응. 그래 보인다." 장위안은 가지런한 치아를 드러내며 찬란하게 웃었다. 야구 모자를 눌러쓴 그는 생기가 넘쳤다.

오랫동안 장위안을 볼 수 없어 방학 내내 허뤄의 마음은 텅 빈 것만 같았다. 눈을 감아도, 하얀 벽만 뚫어지게 쳐다보아도 그의 모습이 눈앞에 어른거렸다. 하지만 지금, 이 순간 그녀의 앞에 웃고 있는 진짜 장위안이 오히려 꿈처럼, 환영처럼 느껴졌다.

하지만 장위안은 한 번도 먼저 전화를 걸어오지 않았다.

나는 그저 그가 아는 많은 친구 중 고작 한 명에 불과하구나. 내가 없으나 있으나 별로 티도 안 나겠지. 허뤄는 우울해졌다. 물론 그녀도 그에게 전화를 할 수 없었다. 전화해서 뭐라고 말하지? 방학인데 모르는 문제 때문에 전화했다고 하면 너무 거짓말 같을 테고, 그렇다고 대놓고 보고 싶다고 말할 수도 없질 않은가?

그래, 보고 싶었어.

허뤄는 줄곧 생각했다. 그 고요하던 여름 밤, 걸음을 멈추어 그를 돌아보고 미소 지으며 말해주었어야 했다. "나도 너와 있으면 너무 즐거워."

그럼 그는 어떤 표정을 지었을까? 기뻐했을까? 놀랐을까? 아니면 도망쳤을까? 도무지 짐작할 수가 없었다. 하지만 적어도 지금처럼 시답지도 않은 농담을 하고 있진 않았겠지. "오늘 왜 이렇게 점잖게 입고 왔어. 멀리서 보고 린 선생님인 줄 알았네."

얼마나 기대했던 만남이었는데…… 망했다.

* * *

영화관 앞, 장위안은 자전거를 세워두기 위해 잠시 자리를 비웠다.

리원웨이가 허뤄에게 다가왔다. "헤이, 이런 우연이 있나? 같이 온 거지."

"조금 전에 만난 거야."

"난 또 오늘 네가 여성스럽게 입고 와서 걷기 힘들까 봐, 장위안이 일부러 자전거로 널 모셔온 줄 알았지." 톈샹도 허뤄의 다른 한쪽에 섰다. "리원웨이가 다 말해줬어."

"무슨 말을 해? 말할 게 뭐가 있다고." 허뤄는 마음을 다른 사람에게 털어놓은 적이 없었다.

"내 짝꿍이 너한테 잘해주잖아." 리원웨이는 묘하게 웃었다. "네가 어디 있는지 알고 싶어서 노예가 되는 것도 마다하지 않았다던데."

"너희들힌데는 뭐 못해주겠니?" 허뤄가 반박했다. "리원웨이,

77

장위안 엄마가 해준 갈비가 맛있다고 하니까 그다음부터 장위안이 꼭 두 개씩 싸와서 우리도 덕분에 얻어먹었잖아. 톈샹, 지난번 학교 영어 노래 대회에서 장위안이 자기 중간 순번을 너한테 양보하고 장위안이 제일 처음 무대에 올랐지. 그때 한 달 내내 신사적이라고 침이 마르게 칭찬하지 않았던가?"

"네 말을 들으니 내 짝꿍이 무슨 홍루몽의 가보옥 같잖아." 리원웨이는 양쪽으로 손바닥을 펼쳐 보이며 말했다. 어쨌든 너한테는 각별한 것 같은데. "

"누가 그래?"

"여자의 육감이랄까?" 톈샹이 낄낄 웃었다.

"칠감, 소우주는 아니고?" 허둬는 입을 삐쭉거렸다.

* * *

"니들은 어떻게 만나자마자 지지배배 참새들 같이 떠드냐." 장위안이 길을 지나다 말고 돌아보며 웃었다. "방학 내내 입이 간지러워 어떻게 참았어. 이번엔 누구 뒷담화야?"

"뭐야?" 리원웨이는 초승달 같은 눈을 뜨며 하하 웃었다. "너 잘났다고 칭찬하는 중이었지."

"응. 너무 많이 들어 귀에 딱지가 앉을 지경이군." 장위안은 근엄한 척 말했다. "내 특별히 너희들에게 아이스크림을 하나씩 하사하마."

또 팥빙수야. 허뤄는 아이스크림을 들고 이맛살을 찌푸렸다. 사실 오늘은 아이스크림 샌드위치를 먹고 싶었는데 장위안이 대뜸 팥빙수를 집어주는 바람에 어쩔 도리가 없었다.

"이거 싫어?" 리원웨이가 물었다. "내 짝꿍이 약간 둔해서 말이지. 그러지 말고 '사랑' 아이스크림을 골랐어야 했는데 말이지."

톈샹은 천천히 아이스크림을 핥아 먹었는데 그래야 성대를 보호할 수 있단 얘기를 어디서 들었기 때문이었다. "뭔들 어때. 장위안이 진짜 사주고 싶은 사람은 허뤄였는데 덕분에 우리가 덕을 봤잖아."

"니들한테는 '웃겨' 아이스크림을 사줬어야 하는데 말이지. 허뤄는 말은 그렇게 해도 마음 한쪽이 달달했다.

* * *

개학 후 시 교육청에서 시찰 나온다는 소리에 학교는 환경 미화에 초비상이 걸렸다. 모든 비품은 고1 입학 때 장만한 것들이었고, 지금 2학년 6반에 그때 그 커튼이 여전히 걸려 있었다. 당연히 처음처럼 흰색은 아니었다. 학생들은 점심을 먹으며 잡지를 보다가 손에 묻은 기름이 잡지에 묻을까 봐 일부러 창가에 붙어 앉아 한 입 먹고 커튼에 손을 한 번 문지른 뒤 잡지 한 장을 넘겼다.

린수전은 기가 막혔다. "얘들아, 커튼에 손 닦을 때 혹시 누군가 조금 전 커튼으로 신발을 닦았을지도 모른다는 생각은 안 해봤니?"

학생들은 마치 큰 깨달음을 얻은 양 그 후부터 일부 남학생은 난로를 밟아 더러워진 신발을 커튼으로 닦기 시작했다. 신발은 그나마 양반이었다. 심지어 더러워진 난로를 닦을 때에도 마포는 빨기도 귀찮으니 아예 만능용 커튼을 이용했다.

이제는 커튼에 그러데이션이 생겨 제일 위쪽 흰색에서부터 점점 내려올수록 까맣게 변해 있었다.

리원웨이는 생활 부장으로서 더는 두고만 볼 수 없었던지 커튼을 새로 장만하겠다고 했다. 장위안을 좀 부려먹을까 했는데 장위안이 귀찮다는 듯 손을 휘저었다. "나 좀 내버려둬. 귀찮아."

방금 전 지난 학기 기말고사 생물과 지리 연합고사 성적이 발표되었다. 대부분 모두 복습 자료를 달달 외운 덕에 '수'를 받았다. 한데 장위안은 생물은 '수', 지리는 '우'를 받았다.

"내가 평소에 공부를 잘한다고 생각했는데, 몇몇 문제는 정말 짜증나더라. 다음 중 인구가 1억이 안 되는 국가는? 내가 인구 통계국도 아니고 그걸 어떻게 알아."

"요점 정리에 다 있어. 외우기만 하면 됐는데." 리원웨이가 놀렸다.

"그럴 시간에 다른 걸 하겠다."

"어떤 거? 물리 문제 은행 푸는 거?"

"농구, 낮잠, 게임. '대항해 시대'라고 알아? 세계 지리 교재론 최고지."

"어느 나라 영화야? 아님 연속극이야?" 장위안의 말에 리원웨이가 물었다.

"친구, 내가 자넬 좀 비웃어도 되겠나?" 그리곤 허뤄에게 다시 물었다. "넌 알지?"

"응. 컴퓨터 게임이잖아."

"난 게임에 대해선 잘 몰라. 니들은 그래도 말이 통하네. 자자, 커튼 사러 같이 가자."

리윈웨이가 웃으며 말하자 허뤄가 대답했다.

"좋아. 학급비 줘. 어차피 집에 가는 길에 제일 백화점이 있으니까."

"어이 짝꿍, 너도 갈 거지?"

"가지 뭐." 장위안이 웃었다. "자칫 커튼이 간식으로 바꿀 수도 있으니 허뤄를 잘 감시해야지."

* * *

학교 정문에서 버스를 기다리는데 때마침 하교 시간과 퇴근 시간이 몰린 러시아워였다. 장위안은 버스에 새까맣게 눌린 사람들을 쳐다보며 이맛살을 찌푸렸다. "그냥 걸어서 갈래?"

"충분히 끼어 탈 수 있어. 보아하니 평소 버스를 잘 안 타는 모양이네."

"너 혼자만 타게? 내가 올라타면 너도 같이 끌려 내려올걸." 장위안은 웃으며 그녀의 앞에서 그녀를 보호했다. "그냥 내가 선봉에 서지. 넌 그 작은 팔다리가 사진처럼 납작하게 눌리지 않게나 조심해."

허뤄는 '지금은 그나마 사람이 줄어든 시간이라고, 자신은 매일 이렇게 치열하게 하교한다'고 말하고 싶었다. 하지만 장위안이 등 뒤에 서니 하려고 했던 말도 떠오르지 않았다.

둘 다 학교 맞춤복인 운동복을 입고 있었다. 눈처럼 흰 바탕에 도안은 마치 황산구리처럼 새파란 색이었다. 허뤄의 엄마는 '파란 하늘에 흰구름이냐며 촌티가 줄줄 흐른다'고 놀려댔다. 하지만 장위안은 뭘 입어도 맵시가 나는 남자였다. 소매를 걷어 올리고, 앞섶을 풀어헤치자 그 안에 흰색 셔츠가 보였다. 아무렇게나 서 있는데도 가을의 황금빛 석양 아래 선 그는 너무나도 빛이 났다.

그의 큰 그림자 안으로 허뤄가 쏙 들어갔다. 코끝이 그의 운동복에 닿을락 말락 아슬아슬했다. 그녀 콧등에 땀이 그의 등의 푸른 하늘에 닿아 먹구름을 만들지나 않을까 걱정되기 시작했다.

* * *

버스가 정류장으로 들어오고, 문이 열리며 안에 있던 승객들이 밖으로 튕겨져 나오다시피 했다. 장위안은 이미 문틈에 끼어 혀를 내둘렀다. "아이고, 엄마야. 우리 그냥 걸어서 가자."

허뤄는 고개를 끄덕였지만 조금의 아쉬움이 남았다.

통조림같이 밀폐된 버스 안에서는 사람들끼리 몸이 부대끼며 옆에 있던 사람과 밀착되기 마련이다. 그녀와 그, 이렇게 가까워질 수 있는 기회가 또 있을까?

* * *

백화점에서 스위스 만능 칼 코너를 지나던 장위안은 좀처럼 발길이 떨어지지 않는 모양이었다. "사실 난 '람보' 영화 속 람보 칼을 더 좋아하는데. 칼은 물론 나침반으로 쓸 수도 있고, 심지어 낚싯줄로도 쓸 수 있어. 끝내주지 않아? 근데 그 칼은 영화를 위해 제작된 거라서 별로 실용적이지 않다고 하더라고."

"흠, 람보가 아니라 로빈슨 크루소 같은데." 허뤄가 깔깔 웃었다.

장위안도 따라 웃었다. "나도 이렇게 생긴 미니 칼이 하나 있어." 그는 손가락으로 가리켰다. "대학만 들어가면 아빠한테 새 거 사달라고 해야지. 저 워크 챔프로 말이야."

허뤄는 가격을 눈여겨보았다. 무려 600~700위안(10만원)이었다. 허뤄는 용돈이 부족한 것은 아니었지만 돈을 쓸 때마다 가계부를 써야 했기 때문에 마음대로 쓸 수 있는 돈이 사실 매달 20위안(3000원) 정도밖에 되지 않았다. 그러니 그저 가슴속에 담아둘 수밖에 없었다. 그날 이후 허뤄는 어떤 백화점을 가든 잊지 않고 만능 칼 코너를 두어 번 정도 훑어보는 버릇이 생겼다.

* * *

리원웨이는 이후 자신의 예상이 역시 틀리지 않았다며 의기양양했다. "봐봐. 내 짝꿍 말이야. 너도 같이 쇼핑 간다니까 귀찮다느니, 연합고사라느니 그런 군소리 없이 따라왔잖아."

"쇼핑이 아니라 학급 업무거든."

"에이. 어쨌든." 리원웨이는 허뤄의 어깨에 기대며 말했다. "내가 널 위해 일부러 기회를 만든 거라고."

* * *

매주 두 번 영어 리스닝 시간, 교내 계단식 교실에서 원어로 된 영화 한 편을 방영했다. 리원웨이는 중간에 가장 좋은 자리를 맡아두고 톈샹, 바이렌과 함께 왼쪽에 앉았고, 장위안을 포함한 몇몇 남학생을 불러 오른쪽에 앉혔다. 허뤄가 린 선생님에게 영화 CD를 받아 교직원에게 전달하고 돌아오니 장위안의 옆자리가 비어 있었다. 리원웨이는 호들갑을 떨며 허뤄를 불렀다. 자오청제가 자리에서 일어나려는데 허뤄가 말리며 말했다. "영화가 곧 시작하니까 괜히 일어나서 뒷자리 친구들 관람 방해하지 말고, 난 제일 앞자리에 앉으면 돼."

영화 중간 CD 교체 타이밍에 리원웨이가 뛰어왔다. "왜? 부끄러워?"

허뤄는 그녀를 끌고 교실 밖으로 나갔다. "애들이 영화는 안 보고 나랑 장위안만 볼 거 아냐. 네가 내 절친인 걸 다 아는데, 마치 내가 시켜서 하는 것처럼 너무 대놓고 우리 둘을 엮어주잖아."

"장위안이 내 짝이니까 그 애가 시킨 거라고 생각할 수도 있지." 리원웨이가 운동장을 슬쩍 돌아봤다. "너희 둘 도무지 이해가 안 가. 서로 좋아하면서 뭘 망설이는 거야. 겁쟁이들."

"누가 서로 좋아한대? 너의 그 이상한 감이?" 허뤄는 실소를 터뜨렸다. "방학 동안 순정 만화 너무 많이 본 거 아냐?"

"누군가를 좋아하는 눈빛은 감출 수가 없는 법이야." 리웬웨이가 짐짓 진지하게 말했다.

* * *

허뤄는 일기장을 펼쳤다. '난 정말 겁쟁이다. 장위안은 모두에게 친절하고 그 애의 미소가 나 하나를 위한 것도 아닌데, 난 자꾸 그 애가 나한테 관심 있는 건 아닐까, 그가 하는 모든 말에 다른 뜻이 있는 건 아닐까 착각을 한다. 누가 말 좀 해줄래. 이건 짝사랑도, 혼자만의 착각도 아니라고 말이야. 지금의 거짓된 달콤함에 눈이 멀어 한 치 앞의 진실도 내다보지 못할까 봐 겁이 나. 지금이 딱 좋은걸. 매일 같이 떠들고 같이 웃고. 그럼 됐잖아.'

* * *

모든 것이 완벽해. 아직 장위안 곁에 그림자처럼 따라다니는 여자애는 없으니까.

제7장 심호흡

깊게 숨을 들이마셔 눈물이 터지지 않도록
가장 사랑했던 널 마음속에 깊게 묻어둔다
가슴이 무너진다
소란스러운 거리 한복판에서
내 슬픔 너는 알아차리지 못했겠지
가슴이 무너진다
비 내리는 밤 온 세상이 눈물을 흘린다
비는 바람이 불어도 두렵지 않아
꿈이라도 깨지 않았으면 좋겠어

by 판샤오쉬안 '심호흡'

북방의 가을은 금세 지나갔다. 10월 말 높고 푸른 하늘은 씻은 듯 맑았다. 그리고 날은 어느새 서늘해지기 시작했다. 구불구불 벽을 타고 기어오르는 담쟁이덩굴은 취할 것처럼 붉은 포도주 색깔로 청회색의 학교 담장을 물들였다. 그리고 이른 아침이면 그 위로 흰 서리가 내려앉았다. 노랗게 물든 미루나무와 자작나무에 바람이 불면 낙엽은 온 하늘을 뒤덮은 나비 떼처럼 하늘 위를 나풀나풀 날아다닌다.

수업이 끝날 때마다 학생들은 떨어진 낙엽을 주었다. 그리고 두 사람이 낙엽을 당겨 누구의 것이 더 강한지 내기를 하곤 했다. 이곳 아이들은 이 놀이를 '강강자'라고 불렀다. 장위안은 손에 든 잎사귀 줄기를 흔들며 크게 웃었다. "서른세 번 연승." 화단의 가장자리로 뛰어 올라갔다. "인정 못하겠다면 어디 한번 덤벼봐!"

톈상이 리원웨이를 툭툭 쳤다. "네 짝 웃는 것 좀 봐라. 여덟 번째 어금니까지 보이겠어. 저런데도 고1 후배들은 재보고 서태웅이래."

"생긴 건 서태웅인데 웃는 건 딱 강백호지." 리원웨이는 웃으며 말했다. "그건 걔들이 장위안의 어리바리한 모습을 못 봐서 그래. 농구 코트의 장위안은 점잖잖아." 그리고 잠시 머뭇거리더니 말을 이었다. "그리고 이건 비밀인데, 저번에 장위안이 편지를 하나 받았어. 어쩌다 앞부분을 보게 됐는데 글쎄 위에 '장위안 선배'라고 쓰여 있더라."

"웃긴다. 무슨 순정 만화야, 멜로물 찍어?" 톈상이 재촉하며 물었다. "그리고, 다음엔 뭐라고 쓰여 있었는데?"

"내가 생각해도 코미디야, 온몸에 닭살이 돋아서 더는 못 읽겠더라고." 리원웨이가 어깨를 으쓱했다. "편지가 뿌옇게 보이질 않더라니까."

둘은 서로를 한번 쳐다보고는 일제히 허뭐에게 시선을 옮겼다.

"요즘 여자애들이 《슬램덩크》에 미쳐서 주변에서 그런 남자 주인공을 찾는 거지. 뭐 이상한 것도 아냐. 린 선생님이 영어 경연 대회로 할 말이 있다고 날 찾으셔서 나는 영어 연구반에 좀 갔다 올게."

* * *

"허뤄, 이 녀석은 어째 위기 의식이라곤 눈곱만치도 없냐!" 리
원웨이가 발만 동동 굴렀다. "여자의 사랑은 쟁취하기 어려워도
남자는 쉽단 말이지. 아니 지금 바로 코앞에 강도가 들었는데 나
몰라라네. 내가 장위안 사생활까지 은근 흘렸구만."

"허뤄가 진짜 장위안을 친구로만 생각하나 보네." 톈샹이 반신
반의했다.

"너 앞으로 혁명가만 부르지 말고 사랑 노래 좀 들어라. 딱 두
곡만 불러도 바로 답이 나와. 우정과 사랑은 다른 거란다, 얘야."

"뭐야. 넌 꼭 경험이 많은 사람처럼 말한다." 톈샹이 리원웨이를
놀리자 더는 대답하지 않았다.

* * *

허뤄는 모퉁이를 돌아 멀리서 장위안을 바라보았다. 여전히 어
린아이처럼 신나게 손발을 흔들며 떠벌리고 있었다. 햇살이 마치
황금빛 솜털처럼 장위안의 몸을 포근히 뒤덮었다.

허뤄는 자신도 모르게 피식 웃음이 났다. 지금의 장위안은 농
구장에서의 모습과 전혀 달랐다. 남자들과 농구 경기를 할 때 그
는 진지하고, 시크하고, 침착한 얼굴로 강한 승부욕을 드러냈다.
드리블 돌파 시, 그의 검은 눈동자는 마치 영민한 여우처럼 강렬

한 섬광을 뿜어냈다. 높이 점프할 때의 그는 마치 우아하게 비상하는 독수리처럼 공중에서 자유자재로 자세를 바꾸었다.

경기장에서 땀 흘리는 소년의 모습은 마치 팔딱팔딱 살아 숨쉬며 청춘을 불사르는 듯 보였다. 어떤 어려운 문제라도 모두 단숨에 해결할 수 있을 것만 같았다. 허뭐는 그의 그런 자신감이 가장 좋았다.

그런 장위안이 내 눈에만 들어올 리 없다는 사실을 허뭐도 잘 알고 있었다.

* * *

지난 이틀간 준결승전이 열렸다. 허뭐와 반 친구들은 경기장 밖에서 같은 팀을 응원했다. 무참하게 패배한 상대편 무뇌충이 공을 엉뚱한 관중석으로 던졌다. 장위안이 몸을 날려 허뭐의 앞을 막았다. 허뭐의 눈앞으로 바람이 휙 스쳐 지나가더니 모든 공기들을 모조리 휩쓸고 지나가는 것처럼 느껴졌다.

진공 속 고요. 숨을 쉴 수가 없었다.

장위안은 긴 팔을 쭉 뻗었다. 손끝에 겨우 걸린 공을 자석처럼 끌어당겨 자신의 가슴 쪽으로 끌어안았다. 하지만 오른쪽 발이 흰 선을 밟아 아웃.

"봤어, 봤어? 9번 선수 너무 멋있다!" 옆에 있던 한 여학생이 흥분해서 소리를 지르며 친구의 팔을 흔들었다. "단숨에 뛰어왔어. 하마터면 내가 그 공에 맞을 뻔했는데!"

"맞아, 맞아." 모두 웅성거렸다. "영웅이 미인을 구한다더니."

* * *

경기 종료 후 그 여학생이 콜라를 사들고 장위안에게 달려와 손에 밀어 넣었다. "아까는 고마웠어요. 감사의 표시예요."

"별말씀을." 장위안은 콜라를 되돌려주었다. "이건 됐어. 운동 후에 탄산을 마시면 가스가 차."

"그럼 뭘 좋아해요?" 지치지도 않는 모양이었다.

"홍차, 녹차." 대충 대답하다 말고 얼른 말을 덧붙였다. "신경 쓸 거 없어. 준비해온 소금물이 있거든." 뒤를 돌아보니 주전자를 들고 있던 허뤄가 보이지 않았다. 장위안은 교실로 돌아가 허뤄를 원망했다. "날 죽일 속셈인 거야?"

"난 또 너무 다정하게 얘기하기에 내가 방해될까 봐. 걔가 콜라를 주는 것 같던데 거절당해서 무안했겠다. 이제 겨우 고1 어린 아가씨인데 얼마나 창피했을까?"

장위안은 입을 삐죽거렸다. "주전자는?"

그 이후로도 그 소녀는 농구장에 몇 번 더 나타났다. 얼른 차가운 녹차를 건네고 뛰어가다 말고 뒤를 한번 돌아보며 달달한 미소를 흘렸다.

* * *

마침 톈샹도 옆 반 농구 왕에게 푹 빠져 있었다. 톈샹은 수업 중간 체조 시간에 농구왕이 자꾸 자신을 흘끗흘끗 쳐다본다고 착각하고 있었다. 허뤄는 체조하면서 농구왕을 자세하게 살폈다. "너의 우상께서는 지금 안경이 없어서 눈앞에 뵈는 게 없는 것 같은데. 눈동자가 초점 없이 흔들리잖아. 친구, 누군가를 좋아하게 되면 그 사람의 눈빛에서 하트가 발사되는 것 같고, 그가 하는 모든 말에 무슨 의미가 있을 거라 자신도 모르게 착각하게 되지. 짝사랑이란 게 결국 자신이 만들어낸 환상을 사랑하는 것뿐인데 말이야."

텐샹은 존경의 눈빛으로 허뤄를 쳐다봤다. "언니, 나중에 심리학을 공부하는 건 어때?"

살짝 돌아보니 대각선 뒤쪽에 장위안이 집중해서 우리의 대화를 엿듣고 있는 듯 보였다. 남의 눈의 티끌은 보아도 제 눈의 대들보는 못 보는 법. 허뤄 자신도 잘 알고 있으면서도 텐샹과 얘기할 때 장위안이 1초도 놓치지 않고 자신을 바라보고 있었던 것은 아닐까 은근 기대하고 있었다.

만약 그랬다면 순정 만화나 로맨스 영화처럼 시크하게 잘생긴 남자 주인공은 자신이 사랑하는 여자에게만 다정해야 한다. 자신에게 관심 있는 다른 여자들에게는 눈길도 주지 말고 차갑게 대해야만 옳다. 하지만 장위안은 매번 그 여자애가 주는 홍차를 아무렇지 않게 고개까지 끄덕이며 받는다. 그리곤 또 미소로 응답하며 농구 골대 밑에서 대화를 나누질 않았던가.

* * *

정칭인. 춤을 추듯 사뿐사뿐 걷고, 목소리는 맑고 고우며, 놀랄 때 입을 가린다. 검은 눈동자를 동글게 뜨며 "정말요? 그래요? 믿을 수가 없어요." 하며 애교까지 떤다.

리원웨이는 정칭인이 너무 가식적이라며 혀를 찼다.

자신을 위로하려고 그러는 걸 허뤄도 잘 안다. 정칭인이 일부러 교태를 떠는 것은 아니었다. 그녀의 부모가 금지옥엽, 애지중지 키워 천성적으로 몸에 밴 행동이었다. 검은 벤츠를 타고 등교한 정칭인에게 공손하게 머리를 조아리던 기사를 허뤄도 본 적이 있었다.

금수저를 물고 태어난 아이, 그 자체로 아름답게 빛이 났다.

허뤄는 자신의 외모를 생각했다. 그녀가 남들에게 받은 가장 큰 칭찬은 '단정하고 호탕하다'였다. 부녀자 대표 같은 느낌이랄까.

장위안은 방과 후 늘 농구를 했는데 허기질 때를 대비해서 늘 초콜릿을 들고 다녔다. 그걸 놓치지 않고 정친인은 자신도 먹고 싶다고 징징거리며 그의 손에 든 초콜릿을 뺏어 한입 베어 물었다.

허뤄의 입술이 뾰로통하게 튀어나왔다. 자신의 감정이 질투라는 걸 느꼈다.

* * *

학생 대부분은 주요 과목이 아닌 과목은 숙제를 하지 않고 미뤄두었다가 검사를 한다고 하면 그때 갑자기 여기저기 다른 반을 찾아다니며 정보를 구했다. 점심 쉬는 시간, 원래 같은 반이었던 남학생이 역사 과제를 빌리려고 허뤄를 찾아왔다.

"선생님이 달라. 2번 그림 문제랑 3번 서술형 문제는 안 적었는데."

"그림이 어디 있는데?"

"제9과."

"서술형은? 좀 알려주라."

"그건 잘 몰라."

"너희 아빠가 왕년에 역사학과 교수였잖아. 썩어도 준치지!"

허뤄는 얼른 이 친구를 돌려보내고 잠시 후 있을 장위안의 결승전을 보러 농구장에 갈 참이었다. 한데 정칭인이 사뿐사뿐 이쪽으로 뛰어오는 것이 슬쩍 보였다. 정칭인은 교실 문 앞에서 머리를 들이밀더니 눈가의 웃음을 지으며 물었다. "장위안 선배 있어요?"

"이 문제, 어디 볼까……." 허뤄는 문제집을 받아들고 문가에 기대섰다. 남학생은 그녀 옆에서 이것저것 쉴 없이 물었고, 허뤄는 건성건성 대답했다.

장위안이 무표정하게 교실에서 나와 그들 사이를 지나갔다. "수다 떠는 건 좋은데 길은 막지 말아줄래?"

허뤄는 곁눈질로 장위안과 정칭인을 살폈다. 둘은 복도 창가에 서서 몇 마디를 나누었고, 소녀는 경쾌하게 웃었다. 허뤄는 둘의 대화가 들리지 않아 귀를 쫑긋 세웠고, 눈은 기계적으로 손에 든 책을 훑고 있었다.

* * *

그들은 소리 죽여 한참을 이야기했다. "그럼 약속한 거예요." 달달한 정칭인의 목소리는 아무리 들어도 질리지 않았다. "좀 있다 경기 있죠? 파이팅."

"오케이!" 장위안은 웃으며 오른손 중지와 식지를 들어 눈썹에 대고 각을 잡아 경례했다.

그 몇 분이 허뤄에게는 몇 시간처럼 길게 느껴졌다. 허뤄는 마음은 콩밭에 두고 서술형 문제의 요점을 두서없이 설명했다. 실레사아의 무장 혁명을 꽤 여러 번 시베리아 쟁의라고 잘못 발음하는 바람에 듣고 있던 남학생이 혼란스러운 듯 물었다. "너 지리 연합 고사 진짜 합격한 거 맞아?"

만면에 웃음을 띤 장위안이 드디어 이쪽으로 걸어와 슬쩍 내려다보며 말했다. "아직도 설명 중이야? 아주 청산유수네. 대단한데!" 그리고 웃으며 두 손을 공손하게 받쳐들었다. "소승, 존경합니다."

허뤄는 하얗게 눈을 흘기며 생각했다. 사돈 남 말 하네.

* * *

경기는 지독하게도 지루했다. 정칭인은 응원석에서 옆에 앉은 친구를 잡아끌며 얘기했다. "9번 선수 너무 잘하지 않아? 아는 선배야. 2학년 6반 장위안이라고."

"지지배, 두 뺨을 찰싹 갈겨주고 싶네, 진짜." 톈샹이 이를 갈았다. "장위안이 지 건 줄 아나봐. 허뤄, 넌 진짜 화도 안 나니?"

"왜 화를 내야 하는데? 장위안이 정칭인 것도 아니고 내 것도 아닌데." 허뤄는 객쩍게 웃기만 했다. "이번 경기 이기겠네. 걱정할 것 없겠어. 난 가서 공부나 할래."

* * *

곧이어 고1 남학생 농구 경기가 있었다. 정칭인은 반의 농구 코치로 장위안을 초빙했다. 그녀는 수업이 끝나기를 기다렸다가 교실 문 앞까지 찾아와 교실을 나서는 모든 선배에게 일일이 인사했다. 자오청제는 위아래로 그녀를 훑으며 물었다. "하루가 멀다 하고 우리 반에 오는 건 혹시 자네 반 농구 코치 장위안을 연모하는 것인가?"

"맞아요!" 정칭인은 시원스럽게 고개를 끄덕였다. "농구도 잘하고, 근성도 있고, 모두 선배를 좋아해요."

남학생들이 웃으며 장위안에게 소리쳤다. "겨울은 이제 가고 봄이 멀지 않았구나. 하하!"

"장 코치, 도화꽃이 피었구나. 도화꽃이 피었어."

* * *

허뤄는 11월에 전국 영어 대회를 핑계로 수업이 끝나자마자 집으로 급하게 돌아갔다. 더는 친구들과 농구를 하고 쇼핑을 가지 않았다.

"장위안이 정말 고1 그 여자애를 좋아하는 건 아니겠지? 게네 반 경기 전략을 아주 성심성의껏 짜는 것 같던데." 바이렌은 허뤄의 뒷모습을 바라보며 한숨을 내쉬었다.

"남자들이 인기를 마다하는 거 봤어." 톈샹은 확신에 차 대답했다.

* * *

11월 초, 안개는 짙고 일교차가 심했다. 오후 5시가 되기 전에 날이 어두워졌다. 허뤄는 운동장을 지나가며 장위안이 고1 후배들과 함께 있는 모습을 멀리서 바라보았다. 장위안이 뭐라 한 것인지 정칭인은 화가 난 척 그에게 공을 던졌다. 하나, 둘……. 그는 웃으며 가볍게 몸을 피했다. 저녁 무렵만 되어도 바람은 이미 서늘해져 온몸에 한기가 들 정도였다. 그런데 장위안은 회색 니트 하나만 걸치고 있었다. 그의 파랑색과 흰색이 이어진 체육복의 겉옷은 정칭인의 몸에 걸쳐져 있었다. 무릎까지 내려오는 기장에 소매는 몇 겹을 접어야 겨우 손이 드러날 정도로 옷이 컸다.

허뤄는 그날의 그 니트를 기억한다. 회색 목폴라의 니트 조직이 소년의 얼굴에 새겨져 있었다. 그날의 그는 미소를 지으며 그녀의 장갑을 주워주었다. '은혜를 원수로 갚다니, 평생 기억하겠어.' 농담 삼아 한 그의 말을 허뤄는 바보처럼 일기장에 적어두고 반복해서 몇 번이고 되뇌었었다. 봄날은 가고 가을이 오고 있었다.

허뤄는 갑자기 겨울이 가깝게 느껴졌다. 위아래 치아가 딱딱 부딪히며 소리를 냈다.

* * *

집으로 돌아가는 길, 갑자기 진눈깨비가 내리는가 싶더니 어느
새 새하얀 눈꽃이 하늘을 촘촘히 뒤덮었다. 허둬의 속눈썹 위에도
서리가 내려앉았다. 눈을 깜박일 때마다 들러붙었던 눈꺼풀이 떨
어져나갈 것처럼 아팠고, 눈물이 날 것만 같았다. 버스 정류장에
선 그녀는 체육복으로 머리 위를 가리자 문득 다른 여자의 몸에
걸쳐진 그의 운동복이 떠올랐다. 쓸데없는 생각들은 마음속에서
싹처럼 올라와 어느새 걷잡을 수 없이 커져만 갔다.

* * *

깊게 숨을 들이마셔, 눈물이 터지지 않도록, 네가 있던 추억이
새록새록 마음속에 피어올라, 가슴이 무너진다.
소란스러운 거리 한복판에서, 내 슬픔 너는 알아차리지 못했겠지.
가슴이 무너진다. 비 내리는 밤, 온 세상에 눈물이 흘러.

* * *

허둬는 침대에 엎어져 판샤오쉬안의 노래를 들었다. 너무 뻔하
다 생각했던 대중가요 한 구절 한 구절이 꼭 지금의 내 마음만 같
았다.
당신에게 나는 그저 맹물 같겠지. 하지만 나에게 당신은 뜨거
운 커피 같아.
허둬는 정신을 차리고 리스닝 연습을 해보려 했지만 몇 분도

지나지 않아 곧 몸이 나른해지며 잠이 쏟아졌다.

* * *

그리고 얼마 후 영어 대회 예선이 있었다. 허뤄는 내내 맥을 못 추었다. 그나마 기본기가 있어 겨우겨우 턱걸이로 결승전에 오를 수 있었다. 허뤄도 아쉬워하며 아빠에게 볼멘소리를 했다. "이번 엔 제대로 복습을 안 해서 그래. 린 선생님이 내 실력이면 대상도 탈 수 있다고 했는데. 지고 싶진 않아."

"결과에 너무 연연하지 마. 결승전에 떨어져도 네가 최선을 다 했다면 그걸로 된 거야." 허뤄 아빠는 딸의 머리를 쓰다듬으며 말 했다. "진짜 두려운 건 자신한테 지는 거야. 허뤄, 정말 이번 예선 에 내 실력을 다 발휘한 거 맞니? 자신의 길은 자신이 결정해야 해. 다른 사람이 네 감정을 휘두르기 시작하면 쉽게 실망하고 상 처받게 돼."

아빠의 말에 뼈가 있는 것처럼 들렸다. 역시 이대로는 안 될 것 같았다. 내가 사랑하는 사람이 나를 사랑하지 않는 일, 남몰래 눈 물지으며 속은 까맣게 잿더미가 되도록 두는 일, 소설 속에 순애보 같은 남녀들이나 그런 사랑에 모든 걸 건다.

허뤄는 감정에 휘둘려 울고불고 절망하는 일은 지금도, 그리고 앞으로도 없을 것이라고 다짐했다.

그녀는 일기장을 꺼내 《두 별 이야기》와 함께 베란다에 있던 상자 속에 넣어두었다.

제8장 손안의 태양

네 손안의 태양이 내 등에 살포시 닿으면
모든 아픔과 눈물, 웃으며 날려 보낼 수 있어요
네 손안의 태양은 어둠 속에서 특히 밝은 빛을 내지요
당신과 함께라면 먼 길도 함께하는 여정일 뿐 더는 지루하지 않죠
네 손안의 태양은 나를 편안하게 만들어주는 힘을 지녔죠
세상이 아무리 혼란스러워도 나는 전혀 당황스럽지 않죠
내 손안의 태양은 그저 달빛처럼 미약할지라도
내 모든 사랑을 걸고 당신에게 가장 따뜻한 빛을 선사할게요

by 장사오한 '손안의 태양'

눈이 연일 내렸다. 학교에서는 운동장 한가운데 물을 뿌려 빙판을 만들었다.

오전 마지막 수업 시간은 체육 수업이었다. 자오칭제가 온갖 호들갑을 떨며 말했다. "끝장이야. 또 사지가 다 부러질지도 몰라."

"스포츠맨이라고 할 땐 언제고?" 허뤄가 비웃었다.

"키가 크면 무게 중심이 높아 스케이트 타기 힘들어." 자오칭제가 꼬박꼬박 말대꾸를 했다. "됐다. 너같이 작은 애가 내 아픔을 어떻게 알겠니?"

"무슨 말 같지도 않은 소리야. 우리 초등학교 때부터 스케이트 수업이 있었는데 키가 크면 불리하단 소린 처음 들어본다."

장위안은 머리를 들이밀며 허뤄가 들고 있는 스피드스케이트 날을 보았다. "역시 프로답네. 난 여자들은 다 피겨만 타는 줄 알았지."

"여자를 무시하는 거야? 겨뤄볼까!" 허뤄는 턱을 쳐들었다.

"그런 뜻은 아닌데. 원한다면 도전을 받아주지."

* * *

빙상에 서기가 무섭게 정칭인이 한달음에 달려와 난간에 기댄 채 장위안에게 손짓했다. "요즘도 자전거 타요? 아침에 등굣길에 봤는데 '슝' 하고 제 차 옆을 지나가던데요."

"끝내주지 않았어?" 장위안이 스케이트를 타고 달려와 몸을 틀며 갑자기 멈춰 서자 얼음 조각이 사방으로 튀었다.

"뭐야. 너무 위험하잖아." 정칭인이 입을 삐죽였다. "앞으로는 그렇게 빨리 달리지 말아요."

"안 그러면 지각하는데." 장위안은 돌아서며 말했다. "난 가서 선생님께 얼굴 도장 찍고 와야 해."

정칭인은 난간에 엎드리다시피 기대며 그의 잠바를 잡고 늘어지더니 끊임없이 똑같은 말만 반복했다. "약속해요, 약속해요."

"알았어. 일단 옷부터 놔."

허뤄는 아무 말 없이 두 바퀴 질주했다. "잘 타네!" 국어 선생님이 운동장을 지나다 말고 허뤄를 칭찬했다.

체육 선생님은 자랑스럽다는 듯 말했다. "내 말이! 누가 키운 학생인데."

"쟤는 원래부터 타던 애고, 선생님이 가르친 애들은 다 저 모양이네." 츄 선생님이 자오청제를 손가락으로 가리켰다. 자오청제는 빙상 정중앙에 고목처럼 서 있었다. 부들부들 떨리는 두 다리가 점점 양쪽으로 벌어지더니 八자가 점점 커졌다.

허뤄가 고개를 절레절레 저으며 다가왔다. "내가 도와줄까?"

"어떻게? 장위안이랑 내기한다며? 아, 저 아가씨한테 또 발목이 잡혔네." 짝의 도움을 받아 겨우겨우 일어난 자오청제가 허뤄 어깨 너머 먼 곳을 응시하며 말했다. "아이고, 얼른 봐봐, 아주 엉겨 붙었네, 저러다 아주 끌어안겠어!"

"남의 일에 관심 끄고 스케이트나 타!" 허뤄가 호통쳤다.

"여자가 너무 사나운 거 아냐. 텐샹, 리윈웨이 같은 애들이랑 어울리더니 성격 버렸어." 고개를 저으며 한숨을 내쉬었다. "봐. 저렇게 나긋나긋한 맛이 있어야 사랑을 받는다고. 장위안 녀석 진짜 여복은 타고 났어."

"넌 쓸데없이 입만 살았어." 허뤄는 휙 하고 자오청제를 밀쳤다.

자오청제는 중심을 잃고 상반신이 이리저리 휘적거리더니 '아이고' 소리를 지르며 그대로 빙판으로 엎어졌다. 고통에 얼굴이 일그러졌다. "농담한 건데 죽자고 덤비네. 애가 진짜 사나워졌어."

장위안이 다가와 자오청제를 잡아 일으켰다. "허뤄, 애먼 데 화 내지 말고, 나랑 내기나 하자?"

"무슨 내기야. 네가 웃고 떠들 때 혼자서 몇 번이나 돌았더니 이젠 힘도 없다고." 허뤄는 심드렁하게 대답하고는 획 돌아가버렸다.

"그러지 뭐. 괜히 나중에 내가 손 안 대고 코 풀었다는 소리 들을 수도 있으니까." 장위안이 따라오며 물었다. "네 모자랑 목도리는 어디 있어?"

"시합하려면 거추장스러워서."

"그럼 그만 타. 귀가 빨개져서 살짝 건드리기만 해도 떨어져버리겠어."

"수업이잖아. 놀러 나온 게 아니라고. 가만있으면 선생님께 욕을 바가지로 먹는다." 허뤄는 손을 문질러 귀를 덮었다.

"그럴 정신없을걸." 장위안이 두 손을 들어 보이는 시늉을 했다. "봐, 자오청제만 해도 벌써 수천 번은 넘어졌다 일어났다 정신없다고." 허뤄가 보니 진짜 몇몇 초보자들은 계속해서 넘어졌고, 체육 선생님은 혼자 동분서주하며 스케이트 동작을 설명하느라 숨이 넘어갈 지경이었다.

장위안은 허리를 굽히고 소곤거렸다. "화났어? 군고구마, 콜?"

* * *

막 구운 뜨거운 군고구마의 살짝 탄 껍질을 벗기자 노랗게 익은 속살이 드러났다. 맛있는 냄새와 뜨거운 김이 솔솔 피어올라 코를 파고들었다.

"하나 더 주세요. 돈은 제가 낼게요." 허뤄가 군고구마 장사에게 말했다.

"진짜 잘 먹네! 일부러 큰 걸 줬는데 그래도 부족했던 거야?"

"내 짝 주려고. 아까 내가 넘어뜨렸거든."

"근데 왜 아까 자오청제한테 화를 낸 건데?"

"화는 무슨?"

"아니라고? 너 원래 그렇게 신경질적인 애 아니잖아." 장위안은 크게 한입 베어 물고는 뜨거워서 펄쩍펄쩍 뛰었다.

"난 원래 그런 애야."

"어째 점점 더 삗대는 거 같다."

"난 원래 그래."

침묵이 흘렀다. 둘은 고개를 숙인 채 군고구마만 먹었다. 장위안은 곱사등이도 아니면서 여자애들과 얘기할 때면 언제나 허리를 살짝 굽혔다. 한 번도 위에서 내려다보는 일이 없었다. 그는 누구에게나 이렇게 친절하고 예의 발랐다. 그건 그냥 습관이라고, 나한테만 특별한 건 아니라고 허뤄는 생각했다.

그는 아직도 식지 않은 군고구마를 물고 알아듣지도 못하는 소리로 웅얼거렸다.

"뭐라고?"

"엽기녀." 그는 여전히 고개를 묻고 고구마를 먹고 있었다.

"뭐라고?"

"엽~기~녀!" 장위안은 한 자 한 자 꼭꼭 눌러 말했다.

허뤄는 자신도 모르게 웃음이 새어 나와 고개를 숙인 채 고구마만 손으로 돌렸다. "엽기녀라고."

"엽기녀."

"쪼다 좀도둑."

당시 게임 '선검기협전'이 전체 컴퓨터 게임 잡지에서 1등을 휩쓸었다. 허뤄와 장위안은 벌써 그 게임을 서너 차례 클리어했고, 게임 지도의 구석구석까지 잘 알고 있었다. '쪼다 좀도둑'과 '엽기녀'는 드라마 속 이소요와 임월여가 만날 때마다 서로에게 퍼붓는 악담이었다. "난 영아가 아니라 월여가 제일 좋더라. 너무 역동적인 캐릭터라 왠지 친근해." 어느 날 게임의 여자 주인공을 얘기하다가 장위안이 한 말이다.

그 생각이 나자 허뤄의 웃음이 더욱더 깊어졌다.

"와 날씨가 벌써 갠 거야? 역시 먹을 것의 힘은 대단하구나."

* * *

"내일부터 내 자리 맡아줘."

"무슨 자리? 도서관에서 자습하게? 그렇게나 열심히 공부하게?"

"2번 버스 말이야. 넌 종점에서 타고 난 세 번째 정거장에서 타잖아."

"자전거 안 타? 여자 후배 말은 참 잘도 듣는구나." 자신이 생각해도 질투 섞인 말투였다.

"길이 이렇게나 미끄러운데 내가 떼굴떼굴 굴러서 등교했으면 좋겠어, 그러다 팔다리라도 부러지면 네가 책임질 거야?"

"육가공 업체에서 책임지겠지. 러시아식 소시지 전문 생산업체."

장위안은 주먹을 높이 들었다. "거저 해달라는 건 아냐. 저녁엔 내가 버스 푸시맨을 해줄게."

"응?"

"수업 끝나고 앞으론 우리 매일 같이 집에 가자." 장위안은 허뤄의 의견은 듣지도 않고 혼자 결정해버렸다.

빙판길로 덮인 겨울이 오래오래 계속되기를 진심으로 바랐다.

* * *

고1 스케이트 수업 시간에 정칭인은 넘어지면서 빙판에 뒤통수를 심하게 부딪혔다. CT 촬영을 해보니 작은 어혈이 있었다. 의사는 후유증은 없을 테니 정상적으로 등교해도 좋다고, 단 당분간은 격렬한 운동은 하지 말라며 당부했다.

"나도 선배처럼 멈추는 기술을 연습하고 싶었는데." 그녀는 억울하다면 장위안에게 말했다.

"맹목적인 숭배는 옳지 않아." 장위안이 웃었다. "이게 몇 개야?" 그가 손가락 두 개를 펼쳐 흔들었다. "몇 개야? 어린이집에서 배운 브레인 체조야. 영유아들의 IQ 개발에 좋아."

정칭인은 그에게 발길질하는 포즈를 취하며 깔깔 웃었다. "자

꾸 놀리면 진짜 머리가 이상해질 수도 있어요! 얼른 사죄의 의미
로 케이크 쏴요."

"아이고, 충치 생겨. 머리통도 깨졌는데 치아까지 망가지면 안
되지."

* * *

"칠판 하나 지우는데 뭐 이리 오래 걸려. 집에 안 갈 거야?" 톈
샹이 물었다. "대체 뭘 보는 건데?"

허뤄는 칠판을 지우면서도 눈은 수시로 교실 밖을 쳐다보고 있
었다. 그리고 입으로 방향을 가리키며 말했다. "직접 봐."

"쟤 미친 거야. 넘어졌다더니 머리까지 돌았나. 내가 몽둥이라
도 들고 뛰어갈까?" 고개를 숙여 슬쩍 바닥에 놓인 마포를 보았다.
"아니면 이걸 집어던질까?" 허뤄가 아무 말이 없자 톈샹은 조심스
럽게 물었다. "저기, 충격받은 거야?"

"충격받을 게 뭐야? 얘랑 놀아주는 건데." 허뤄는 장위안이 교
실을 나서면서 그녀에게 쪽지를 슬쩍 건네며 한 말을 떠올렸다.
"금방 돌아올게. 같이 가자." 쪽지를 펼쳐 보니 책가방을 둘러맨
아기 돼지 두 마리가 힘겹게 버스에 오르는 모습이었다. 그리고
아래 이렇게 쓰여 있었다. "두 마리 돼지는 어떻게 되었을까요? A:
돼지갈비, B: 고깃가루, C: 소시지." 대충 갈겨쓴 몇 글자와 그림은
수업 시간에 급히 그렸다는 것을 알 수 있었다.

허뤄는 웃음이 나왔다. 겨울날 석양이 원래 이렇게 따뜻했구나

새삼스러웠다.

* * *

겨울날 차창에는 두꺼운 서리가 끼었다. 허뤄는 주먹 바깥쪽을 창에 꼭 눌러 무늬를 만든 뒤 점 네 개를 찍었다. "봐. 발자국이야!" 허뤄가 장위안을 보며 말했다.

"손 안 시려?" 장위안은 손끝으로 창에 가필드 머리를 그렸다. "너 닮았지?" 그가 그녀의 옆에 서 있었다. 막상 서로의 어깨가 맞닿은 채 이렇게 가깝게 서 있으니 무슨 말을 해야 할지 몰라 이 얘기 저 얘기 두서없이 늘어놓았다. 내용이 무엇인지는 중요하지 않았다. 그의 목소리를 듣는 것만으로도 허뤄는 이미 충분히 행복했다. "걔 많이 다치진 않았지?"

"응. 근데 자기가 기억 상실증에 걸리는 건 아닐까 걱정하더라."

"정말 기억 상실증에 걸려도 네가 농구공 두어 번만 돌려주면 바로 기억이 돌아올 거야."

"응. 걔도 그런 소릴 하더라." 장위안은 손뼉을 짝짝 쳤다. "역시 넌 반은 점쟁이라니까."

"진짜 직설적인 애로구나. 생각한 걸 말로 다 표현하다니, 정말 용감해."

"넌 무슨 생각을 했는데? 무슨 말을 용기가 없어 못하는 건데?" 장위안이 갑작스럽게 물었다.

"나……?" 네 생각을 했지. 너와 함께하고 싶다는 생각. 허뤄는 입술을 씰룩거리며 웃었다. "그럼 너는? 모든 생각을 다 표현할 수 있어?"

"아니."

"넌 무슨 생각을 하는데?" 허뭐가 놓치지 않고 물었다.

장위안은 목소리를 가다듬더니 태연스럽게 말했다. "너랑 같은 생각."

"에이⋯⋯." 허뭐는 얼굴이 화끈 달아올랐다. 창밖에 휘황찬란한 네온사인 불빛이 잇따라 그녀의 두 볼을 덮쳤다. "만약에 다른 생각이라면?" 허뭐가 머뭇거리며 물었고, 장위안은 거침없이 대답했다.

"그럼 네 생각이 틀린 거지."

"난, 혼자 헛물켠 거라고 생각했는데." 허뭐가 조용히 속삭였다.

"그러니까 네가 틀렸다는 거야." 장위안이 웃었다. 버스가 정류장을 하나 지날 때마다 승객이 내리고 또 올라탔다. 소란스럽고 붐비는 차 안, 장위안은 허뭐의 손을 감쌌다.

둘은 장갑을 낀 채 깍지를 끼고 있었지만 서로의 온도가 고스란히 전해졌다. 허뭐는 현기증이 났다. 두 다리가 부르르 떨렸다. 심장이 뛰는 것도 호흡이 거칠어지는 것도 신경 쓸 겨를이 없었다. 온 신경이 그와 맞잡은 손바닥에 집중되었다.

장위안은 한 팔로 버스 기둥을 잡아 허뭐를 위한 견고한 작은 공간을 만들었다. 이로써 모든 세상의 잡음들과 철저하게 격리되었다. 호흡과 호흡 사이, 허뭐의 귀엔 자신의 귀밑머리가 그의 짙은 남색 오리털 점퍼에 부딪히는 소리만이 들렸다. 차갑고 반들거리는 재질에 자신의 머리카락이 스칠 때마다 사각사각 소리가 났다. 고개를 들어 보니 장위안도 어색했던지 창밖만 바라보고 있었다. 하지만 그의 입꼬리는 아름다운 곡선을 만들고 있었다. 그녀는 말할 수 없는 감정에 취해 있었다.

획, 획…… 가로등이 하나하나 덮쳐왔다가 다시 물러났다. 그의 옆모습이 깜박이는 희미한 불빛에 나타났다 사라지곤 했다. 그때마다 선이 분명한 그의 옆모습이 허뤄의 가슴 안에 납염된 것 같았다. 얼룩덜룩한 천에 밀랍으로 그려 넣은 간결한 얼굴선이 뚜렷하게 새겨졌다. 날실과 씨실 사이 하나하나까지 스며들어 지울 수 없는 선명한 색을 남겼다.

* * *

버스는 꿈만 같은 북방의 겨울밤을 가르며 달렸다. 영하 20도의 기온에 공기는 꽁꽁 얼어붙었고, 그 어두운 도로 위에 헤드라이트가 희뿌연 연기처럼 빛의 통로를 뚫어가며 달리고 있었다. 마치 이렇게 흔들리며 일평생을 살아갈 수 있을 것만 같았다. 더는 어떤 말도 필요 없을 만큼.

이 순간 너무나 행복했다.

장위안도 작은 발자국 두 개를 만들었다. 둘이 만든 크고 작은 발자국 두 쌍이 차창의 흰 성에꽃 위를 거닐고 있었다.

유리 위에 두껍게 얼어붙은 성에꽃을 본 적이 있는가? 온전히 자연의 힘만으로 만들어낸 정교함. 어떤 과학 기술로도 흉내 낼 수 없을 만큼 섬세하고 정교하다. 겨울밤에 성에꽃이 한 송이 한 송이 잇달아 피어나면, 유리창 위로 능소화가 가득한 오솔길이 구불구불 생겨나 미지의 세계로 이어진다. 둘의 작은 발자국은 그 미지의 여정으로 향하는 시작점에서, 서로 바짝 붙어 서서 같은 방향을 향하고 있다.

* * *

세상의 거의 모든 행복은 예측이 가능하다.

거의 모든.

제2악장

신선한 알레그레토; 그대의 푸른 옷깃

제1장 가슴에 남겨둘게

당신과 나의 모든 추억은 네 가슴에 남겨둘게요
영원히

by. 멍팅웨이 '가슴에 남겨둘게'

"점심에 농구장으로 나와. 첫 골은 너에게 주는 선물이야."

허뤄는 장위안이 건넨 영어 노트를 받아들었다. 그 안에는 쪽지가 끼워져 있었다. 검푸른 천단(天壇)의 수묵화 위에 제법 잘 그린 미니어처 소년, 엄숙한 표정으로 농구공을 돌리고 있었다. 허뤄의 입가에서 웃음이 비집고 새어 나왔다.

"왜 웃어?" 자오청제가 물었다.

"내가?"

"분명히 웃었거든."

"네 커피 모양 머리 때문에."

"……?" 자오청제는 도무지 무슨 말인지 알아들을 수 없었다.

"네슬레 말이야." 허뤄는 웃음을 더는 참지 못하고 하하 소리 내어 웃기 시작했다.

"약을 잘못 먹었나? 너 요즘 좀 이상해." 자오청제는 철제 필통을 뒤집어 자신을 비추며 계속해서 머리카락을 눌렀다. "까치집 같다고?"

자오청제, 미안. 하필 웃고 싶었거든. 진짜 대놓고 크게 웃고 싶었던 참이었어. 허뤄는 책상에 엎어져 웃었다. 눈썹과 눈, 입술이 모두 활짝 웃었다.

＊ ＊ ＊

길고 길었던 겨울은 이미 지나갔다. 길가에 그리고 처마에 쌓였던 눈도 모두 녹아내렸다. 건조한 공기 속에서도 물기 먹은 습한 냄새가 났고 공기는 상쾌하고 촉촉했다. 낙엽수는 여전히 빈 가지만 어지럽게 뒤얽혀 있었지만 겨우내 묵었던 어두운 기운은 이미 습윤한 공기에 녹아 사라지고 없었다. 짙은 갈색 역시 훈훈한 봄바람에 희석되어 연녹색이 드러나기 시작했다. 녹아내린 빙설 아래 마른 풀들도 계절의 변화를 숨죽여 탐색하고 있었다. 누런 줄기의 마른 풀은 머리를 털며 공기 중에 훈연된 따스한 햇살을 온몸에 발랐다. 봄은 그렇게 가장귀에 내려앉아 부드럽게 녹색 물을 들이며 서서히 아래로 번져나갔다.

개학 후 남학생들은 다시 활기를 되찾기 시작했다. 갖은 명목으로 만나 농구를 했다. 노동절을 맞아 시 전체 고교 농구 대회가 열렸고, 각 학년의 대표 선수들은 주로 점심시간에 연습 경기를 했다. 점심시간이 겨우 1시간 반밖에 되지 않아 오전 수업 마치기가 무섭게 장위안은 초콜릿과 육포를 꺼내 몇 입 베어 문 채, 니트를 벗어 책가방 안에 쑤셔넣었다. 그는 성큼성큼 교실 문밖을 걸어나간 후 높이 뛰어오르며 뒤로 상반신을 젖혀 슛 동작을 취했다.

당번은 밥을 담은 큰 철제 밥통을 들고 돌아왔다. 허뤄는 자신의 것을 챙겨 교실 문을 들어가려다 하마터면 장위안의 품에 안길 뻔했다. 얼굴이 붉어진 허뤄가 소리 죽여 툴툴거렸다. "놀랐잖아. 그렇게 빨리 달리다 죽고 싶어서 그래."

"넌, 그렇게 느려서 내 첫 골을 볼 수나 있겠어." 그는 얼른 왼쪽 눈으로 윙크하며 OK 사인을 보냈다.

"첫 골이 뭐 대단하다고?" 리원웨이가 내막도 모르고 하하 웃었다. "설마 오늘 한 골밖에 못 넣을 거란 걸 예감한 거야?"

"한 골이 뭐야! 어떤 애는 1초도 놓치지 않고 지켜볼 텐데." 톈샹은 허뤄를 슬쩍 밀었다. "어이, 맞지. 너희 둘 요즘 좀 이상해. 등교, 하교 매일 같이하고 말이야. 장위안 학생 요즘 자전거는 안 타시나?"

정말, 농구장에 선 장위안을 1초도 놓치고 싶지 않았다. 질주하는 그에게선 구름처럼, 물처럼 길들여지지 않는 서늘한 기운이 느껴졌다. 그럴 때 그는 가까이하기엔 너무 멀게 느껴지기도 했지만 자석처럼 허뤄의 눈길을 잡아끌었다. 운동장에 아무리 많은 사람이 들끓어도 허뤄는 한눈에 그의 방향을 포착할 수 있었다. 그 정도로 그녀의 레이더는 정확했다.

아니, 그는 온몸에 찬란한 햇빛을 걸친 듯, 온 세상의 흑과 백의 경계가 모호해질 정도로 밝게 빛났다. 그는 군중 속에서도 빛이 나는 자체 발광체여서 절대 놓치기 힘든 존재였다.

오늘의 상대는 고3 연합팀이었다. 허뤄가 경기장에 도착했을 때는 이미 경기 시작 5분이 지났고 장위안도 여전히 이렇다 할 성적을 내지 못하고 있었다. 수비에 온 신경을 기울이던 장위안이 갑자기 수비를 늦추더니 신발 끈이 풀린 상대 선수를 가리키며 다른 선수들에게 멈춰 서라고 손을 흔들었다. 여유로운 표정과 은근히 풍기는 카리스마.

대범하면서도 기품 있는 이 남자. 장위안을 묘사할 때 허뤄는 자신이 할 수 있는 모든 단어를 아끼지 않고 그를 극찬했다.

허뤄를 발견한 그는 웃음 대신 그저 그윽하게 그녀를 바라보았다.

* * *

장위안은 리바운드 볼을 가볍게 낚아채 하프라인까지 드리블한 뒤 빈틈을 이용해 다른 선수에게 신속하게 패스했다. 계속해서 사이를 파고들다가 가볍게 뛰어올라 같은 편 선수가 장거리 패스한 공을 공중에서 슬쩍 밀어 골대 안 정중앙으로 '슝' 하고 골인시켰다. 하얀 네트가 가볍게 두 번 흔들렸다. 나이스 앨리웁 슛! 그는 상대 선수의 곁으로 뛰어가 가볍게 하이파이브했다.

'첫 골은 네 선물이야.' 그의 말을 떠올리며 그녀는 크게 심호흡했다. 그래야 목구멍까지 차오른 비명을 누를 수 있을 것 같았다.

* * *

선수들 모두 얼굴이 먼지투성이였다. 얼굴 위로 흘러내린 땀을 소매로 훔치자 얼굴에 얼룩이 생겼고 수컷내가 진동했다.

"내 짝 목이 많이 마를 거야. 입을 달싹거리던데. 허뤄, 얼른 가서 물 사와야지 뭐 해."

리원웨이의 말에 톈상이 낄낄 웃었다. "어떻게 자리를 비울 수 있겠어. 아주 눈이 못 박혀 있는데. 내가 다녀올게."

허뤄가 톈상을 잡으러 손을 뻗쳤으나 톈상은 이미 생수를 사러 쏜살같이 매점으로 달려갔다.

"다들 잠시 쉬지도 못하고 오늘 너무 힘들었을 거야. 마음 아프지?"

허뤄는 영혼 없이 웃어넘겼다.

"뭐래?" 다시 리원웨이를 바라보며 말했다. "사려거든 두어 병 더 사오지. 우리 반 다른 친구들도 있잖아."

"날 왜 보는데? 난 맘에 드는 사람 없거든."

"맘에 들고 안 들고가 어디 있어? 너는 생활 부장이잖아."

"곧 죽어도 입은 살아서!" 톈상은 허뤄를 힘껏 밀었다. "가봐. 얼른 물 가져다주라고. 홍차 들고 호시탐탐 노리는 저 여우가 네 눈엔 안 보이니?"

"저기, 우린 아무 관계도 아니라니까." 힘껏 뒤로 버텼지만 발끝은 이미 경기장 라인을 밟고 있었다. 그리고 심판의 시선이 불시에 날아와 꽂혔다.

"그럼 고1 계집애만 덕 보는 거지. 남 좋은 일 시킬 순 없잖아."

"알았어, 알았다고. 그럼 경기 끝나고 줄게. 자꾸 밀면 나 식스맨이 될 판이야."

* * *

경기 종료 후 장위안이 경기장 밖으로 나와 티셔츠 자락으로 땀을 닦았다. 허뤄는 억지로 떠밀려 앞으로 나왔고, 톈샹은 이 기회를 놓치지 않고 물병을 허뤄의 손에 쥐여주었다. "잘하더라." 허뤄는 뒷짐을 진 채 웃었다.

정칭인이 배시시 웃으며 달려왔다. "선배, 오늘 정말 멋있었어요! 나이스 앨리웁 슛."

"앨리웁 덩크 슛이 진짜 멋있는 거지." 장위안은 눈썹을 씰룩거리며 허뤄 쪽으로 돌아서더니 두 손바닥을 쫙 펼쳤다. "줘."

"얼른 세수하고 손 씻어. 그리고 오후 1교시 정치 수업 시간에 단원 평가도 있어." 허뤄는 생수를 건네고 웃으며 돌아섰다.

"어? 홍차 제일 좋아한다면서요." 정칭인이 '휙' 하고 생수를 가로챘다. "여기 홍차요.

"생수가 좋아."

"홍차가 좋아요." 정칭인은 생떼를 쓰며 한사코 생수를 돌려주지 않았다.

"그럼 네가 마셔." 장위안이 웃었다. "난 마실 것 많이 가지고 왔거든." 그는 크게 손짓하며 말했다. "1리터나 돼. 국화와 반대해차야, 폐와 피부에 좋아."

"뭐야. 곧 수업 시작인데 쟤들은 아직도 수다야." 리원웨이는 퉁명스럽게 얘기했다. "너도 그렇지 그냥 오면 어떻게 해."

"그게 뭐 어때서." 톈샹은 모처럼 진지했다. "허뤄 잘했어. 자신감과 대범함, 이게 진짜 정실 황후의 품격이지."

"뭐라?" 허뤄는 톈샹에게 달려들어 볼을 잡아당기며 웃었다. "내 너의 혀를 뽑아버리겠다."

＊ ＊ ＊

방과 후 몇몇은 교실에 남아 숙제를 했다. 허뤄 책상 위에 초록색 둥근 상자가 놓여 있었다.

"어? 사과 맛 젤리빈이네." 리원웨이가 하나를 집어 입에 넣었다. "아이셔!" 눈썹과 콧등이 하나로 찌그러졌.

"나도 있어." 장위안이 연 보라색의 비슷한 사탕 상자를 들고 다가왔다.

"빈 상자면서?"

"누가 그래? 다 돈이야." 장위안이 상자를 흔들자 달그락달그락 소리가 났다. 책상 위에 상자를 놓은 후 다시 뚜껑을 열어 동전을 보여주더니 얼른 다시 상자를 닫았다. "봤지? 금고라고!" 어린애 같은 그의 표정은 마치 도라야키를 사 먹기 위해 돈을 모으는 도라에몽 같았다.

* * *

바이렌이 사과를 깎아 반을 허뤄에게 건넸다.

"먹고, 이 문제 답 좀 알려줘."

"어이. 새치기야?" 장위안이 사과를 중간에 가로채 한입 베어 물고는 다시 허뤄에게 돌려주었다. "어법 설명해준다고 노예 계약서까지 쓰지 않았던가?"

"매를 벌지?" 허뤄는 눈을 흘겼다. "바이렌은 도와주면 사과를 준다는데 그럼 넌 뭘 줄 건데?"

"팁." 장위안이 웃으며 리원웨이의 필통에서 동전 몇 개를 꺼내 들었다.

"네 것 써." 리원웨이가 발을 동동 굴렀다.

"장가갈 돈 모으려면 시간과 에너지가 얼마나 드는데." 장위안이 정색하며 말했다.

"어차피 같은 사람 주머니로 들어갈 건데 뭘 따지고 그래." 텐샹이 웃다가 꿀밤을 맞았다. 허뤄는 장위안에게 사과를 돌려주었다. "잇몸에서 피 났잖아. 채소랑 과일 많이 먹어."

"닭살이야. 서로 주거니 받거니. 눈꼴셔 못 봐주겠네." 리원웨이가 한숨을 내쉬며 말했다. "집에나 가자. 시큼시큼, 식초 간장이 없어도 만두를 먹을 수 있겠어."

* * *

"선배, 선배 반에서 숙제 좀 해도 돼요?" 정칭인이 고개를 들이밀며 물었다. "우리 교실은 북향이라 너무 추워요."

"저기, 아가씨. 여기가 왜 따뜻한 줄 알아. 불꽃이 튀어서 그래. 그것도 대형 불꽃이야."

"전 잘 모르겠는데요." 정칭인이 이맛살을 찌푸렸다.

"넌 아직 어려서 그래. 미성년자 관람 불가라 못 봐." 톈샹은 웃다가 누군가 던진 종이 뭉치에 뒤통수를 맞았다. 눈으로 보지 않아도 허뤄와 장위안 둘 다 귀까지 빨개졌으리란 걸 짐작할 수 있었다.

정칭인은 입술을 깨물었고, 호흡은 무거웠다. 그녀는 교실에 흩어져 앉아 있는 남녀들을 자세히 훑어보고는 장위안을 살피며 물었다. "집에 안 가고 여기서 뭐 해요? 눈치 없이."

"아직도 모르겠어. 쟤들이 바로 불꽃 튀는 전극이라고." 톈샹은 마지못해 등 뒤를 가리키며 알려주었다.

그녀의 손가락이 가리키는 방향을 보니 두 명의 여학생이 나란히 앉아 있었다. 정칭인은 바이렌 코앞까지 달려가 한참을 바라보고는 뛰는 가슴을 겨우 달래며 물었다. "나보다 예뻐서 그런 거예요?"

바이렌은 하마터면 씹던 사과가 목에 걸릴 뻔했다. '컥컥' 헛기침을 두어 번 하고는 손을 가로저었다. "사람 잘못 봤어. 난 어서 이 분쟁의 소굴에서 벗어나야겠어."

"그럼 언니예요?" 정칭인이 허뤄를 위아래로 훑더니 콧방귀를 끼며 장위안을 바라보았다. "잠깐 나가요? 할 말 있어요."

장위안은 웃기만 하고 아무 대답 없이 허뤄를 쳐다보았다.

"오늘은 먼저 가고 내일 다시 어법 설명해줄게." 허뤄가 가방을 챙겼다.

"같이 들어도 상관없어요. 난 언니가 들어도 겁나지 않아."

* * *

"혹시 처음으로 고백한 여자라 거절 못한 거예요?" 셋이 맥도날드 바 체어에 나란히 앉아 있다가, 정칭인이 단도직입적으로 물었다.

"아니." 장위안이 고개를 저었다.

"영어를 가르쳐주니까 감동해서?"

"그것도 아니."

"그럼 뭐가 좋은데요? 선배한테 관심도 없는 거 같은데." 정칭인의 눈시울이 붉어졌다. "농구장에서 땀 흘릴 때 수건을 가져다주길 했나, 경기 끝나면 외투를 가져다주길 했나. 오후에 겨우 빵 하나로 점심을 떼우는 것도 봤는데, 언니가 먹을 것도 챙겨주지 않잖아요." 점점 목이 매어왔다. "만약, 만약에 나라면……. 난, 난 집에서, 보온 도시락을 싸서 왔을 거예요……. 내가, 내가 훨씬 더 선배를 좋아한다고요……." 결국 울음을 터뜨린 정칭인은 허뤄를 노려보았다. "언니, 언니 그거 알아요? 자신이 소유한 것을 아낄 줄 모르는 건……. 그건…… 남이 좋아할 수 있는 권리마저 뺏는 거."

"너, 너도 류융의 책 읽었구나?" 허뤄는 조심스럽게 말은 건네며 그 문구를 떠올렸다.

"아낄 줄 모른다고? 난 아닌 거 같은데." 장위안은 탁자 밑 그녀의 손을 잡았다. "다만, 학교에서 닭살 행각을 벌일 생각이 없을 뿐이야."

"지금 두둔하는 거예요……?" 정칭인은 더 서럽게 울었다. "언니 진짜 좋아하는 거예요?" 장위안의 가슴속으로 은근슬쩍 파고들려는 걸, 장위안이 어깨로 살짝 막았다.

"미안."

"위로도 안 해줄 거예요?" 그녀의 눈에 눈물이 글썽거렸다. "그럼 포옹할 수 있어요?"

"당연하지."

"그럼 키스할 수 있어요?"

"아직 기회가 없었지만, 언젠가는 꼭." 누가 장위안의 손을 꼬집었다.

"그럼…… 나중에 언니랑 결혼할 거예요?"

"너무 멀리 간다." 실소가 터졌다. 그리고 잠시 생각한 후 대답했다. "계획에 넣어보지."

"평생을 함께할 생각까지 했다면 정말 좋아하는 거네." 정칭인은 애잔하게 말하더니 탁자에 그대로 엎드려 엉엉 울었다.

이것 또 누구 어록에 나오는 말이람? 허뤄는 한숨지으며 자리를 돌아 그녀의 곁에 앉았다. "넌 참 솔직하고 귀엽고 용감해. 얼마나 속상한지 나도 알아. 그런데, 미안. 이런 일은 이기적일 수밖에 없는 거잖아."

"짜증 나. 미워." 정칭인은 이마를 허뤄의 가슴에 기대고는 허뤄의 팔을 툭툭 치며 말했다. "미워. 정말 미워 죽겠어."

"울어. 한바탕 울고 나면 기분이 좋아질 거야." 허뤄는 그녀의 등을 토닥였다.

"누군 좋겠네." 장위안이 웃었다. "아직 나도 못 안아봤는데."

허뤄가 눈을 흘기자 장위안이 얼른 화제를 바꿨다. "가서 먹을 것 좀 사올게. 다들 배고프지?"

정칭인은 울다 지쳤는지 고개 한번 들지 않고 단숨에 웡을 두 개나 해치웠다. 벤츠가 문 앞에서 기다린 지 꽤 오랜 시간이 흘렀고, 정칭인은 아무 말없이 조용히 고개를 숙인 채 차에 올랐다. 그리고 갑자기 창을 내리고 장위안을 향해 소리쳤다. "좋아해요! 지금도 좋아하고, 앞으로도 좋아할 거예요. 언젠가 언니가 싫어지면 꼭 나한테 말해줘야 해요."

"그래." 장위안이 웃고 또 웃었다. "근데, 우리는 22세기까지 기다리진 못할 것 같아."

"선배……." 정칭인이 코를 찡그리며 흥 하고 콧방귀를 뀌었다.

* * *

"요즘 애들은 정말 당돌해." 장위안은 떠나가는 차를 지켜보며 고개를 절레절레 저었다.

"난 정칭인이 불쌍해. 누군가를 좋아하는 게 잘못은 아니잖아."

"정말 대인배야." 장위안이 짐짓 엄숙하게 고개를 끄덕이며 말했다. "음. 역시 정실 황후답군."

"누가 고자질한 거야? 지지배 입을 틀어막았어야 했는데."

"때려죽여도 소인, 짝꿍이라 이실직고할 수 없습니다." 그는 참다못해 큰소리로 하하 웃었다. "황후, 정실이 있다는 건 후궁이 둘, 셋, 여덟, 아홉까지 있을 수 있다는 거잖아."

"꿈도 야무져! 정실도 없을걸. 점괘 생각 안 나? 평생 홀아비라잖아."

"진짜 마누라가 없는 거야?"

"없어!"

"진짜 없어?"

"없다니까!"

"너한테 미안해서 어쩌나." 간절한 눈빛을 보냈다. "지지리 복도 없는 나를 기꺼이 받아주다니."

"조심해. 그러다 이빨이 다 나갈 수도 있어." 허뤄가 주먹을 휘둘렀다.

"네가 우리 사이를 비밀로 하자고 했지만." 장위안이 답답한 듯 말했다. "사실 다들 눈치챈 거 같아. 우리가 점점 가까워졌다는 걸 말이야."

"리원웨이랑 톈상이 떠벌리고 다녀서 그래." 그녀는 고개를 숙인 채 그의 소맷부리를 당겼다. "사실 나도 좀 더 잘해주고 싶은데 소문이 나면 선생님이나 부모님들 귀에 들어갈 거 아냐."

"뭐가 겁나는데? 우리가 공부를 게을리했어? 지난 학기 성적도 올랐잖아."

'우리 아빠는 내가 문과였다면 여학생 중 1등이 될 수도 있었다고 착각을 하셔.' 그녀는 아빠의 은근한 기대에 머리가 터져버릴 것 같았다. '일전에 전교 등수를 보시고 40등에서 0만 없었어도 좋을 텐데 하고 말씀하셨는걸.'

장위안은 그녀가 대답이 없자 서둘러 대답했다. "알았어. 네가 비밀로 하자면 비밀로 하는 거지. 하지만 여자들이 날 찾아와도 샘내거나 화내면 안 돼."

"왕자병."

"아, 몰랐어?" 장위안은 자신의 턱을 쓰다듬으며 말했다. "내가 좀 잘생기긴 했어. 그러니까 잘 감시하라고."

"너 자신을 알라!" 허뤄가 어이없다는 듯 웃었다.

"그래, 그럼 좀 자제하지. 국화와 반대해차를 준비한 네 성의를 봐서라도." 장위안이 웃었다. "에이, 난 먹지도 못했네. 뭐 좀 더 시켜야겠어. 애플파이 어때? 내가 젤 좋아하는 거야."

"홍차 좋아하는 거 아니었어?" 허뤄는 눈을 찡긋하며 그를 놀렸다.

"저러면서 시샘하는 게 아니래." 장위안이 소리 내어 웃으며 허리를 굽혀 날아오는 허뤄의 주먹을 옆으로 슬쩍 피했다. 그리고 허뤄의 귓가에 속삭였다. "근데, 난 네가 샘내는 모습도 귀여워."

제2장 네가 없는 난 어떻게 하지

누가 나와 함께 장난을 치고, 누가 날 으쓱하게 만들어주지
혼자가 얼마나 비참한지 너는 알까
네가 없는 난 어떻게 하지
네가 없는 하늘이 어떻게 푸를 수 있겠어
우리 둘의 애칭은 이제 아무도 모르겠지
그저 내 마음속으로만 매일 들을 수 있을 거야

by 쩡바오이 '네가 없는 난 어떻게 하지'

담임 린수전은 5·1 노동절에 결혼했다. 학생들은 실제 아기 크기의 하늘색 레이스 날개가 달린 아기 천사 인형을 선물했다.

"요즘 웬 장난감이 이렇게 비싸. 인형 하나가 150위안(3만 원)이 넘다니." 리원웨이가 혀를 끌끌 찼다.

"싼 게 비지떡이라잖아. 요건 플라스틱이 아니라 전부 도자기로 만들어진 거야. 게다가 볼하고 입술도 함께 칠해 구운 거라서 십수 년이 지나도 바래지 않는다고 사장님이 그랬어."

허뤄의 설명에 바이롄이 웃으며 응답했다. "선생님도 한 2년 정

도면 이런 게 있었나 할 거야. 진짜 아기가 생기면 가짜 아기는 거들떠도 안 볼걸."

*　*　*

때마침 운동장을 가로질러 걸어가는 린수전 선생님을 보고 톈샹이 장난스럽게 한마디했다. "새신부 선생님 온다."

여학생 몇몇이 눈을 부라리며 톈샹을 나무랐다. "저런 말은 대체 왜 하는 거야?"

"쟬 누가 말리니." 리원웨이가 손을 내저었다. "린수전 선생님 남편 본 사람 없어?"

허뤄는 연초에 절에서 만났던 일을 떠올렸다. "나 본 적 있어. 두 분이서 서로 다정하게 서 있다가 날 보더니 얼른 남자친구를 밀치더라고."

"왠지 알아?" 톈샹이 음흉하게 웃었다. "교무실에 갔다가 선생님들끼리 하는 말을 들었는데, 린 선생님 남자친구가 고등학교 동창이래. 작게 얘기하긴 했지만, 내가 시창 청음 트레이닝을 받았잖니!"

"아, 그랬지." 모두 문득 그 사실을 깨달았다.

"윗물이 맑아야 아랫물이 맑은 법인데."

"어쩐지, 그래서 학생 때 연애하면 안 된다는 말을 못하는 거구나. 반면교사로 삼으라는 거지." 여학생들끼리 서로 신나게 웃었다.

"반면교사는 아니지. 선생님도 왕년에는 성립(省立) 대학 영어

과 우등생이었다고." 허뤄가 분홍색 옷을 입은 린수전 선생님의 뒷모습을 입으로 가리키며 말했다. "그리고 지금 행복해 보이지 않니?"

"샘나지? 부럽지? 그럼 너도 분발해!" 톈샹이 허뤄를 놀리자 리위웨이도 한마디 거들었다.

"허뤄, 너랑 장위안 모두 평소 한 고집하는 사람들이 뭐가 무서워서 지금 뒤로 호박씨를 까는 건데."

바이렌도 거들었다. "내 말이. 서로서로 부족한 걸 채워주면 좋잖아. 우리 초등학교 때 우등생이랑 낙제생이랑 짝을 지어 공부시키기도 했었잖아?"

* * *

함께 하교하는 길에 그 생각이 나서 허뤄가 장위안에게 물었다. "어제 영어 시험 잘 봤어?"

"그럭저럭. 근데 시험지 글자가 너무 작아서 풀다가 눈이 몰리는 줄 알았어." 장위안은 허뤄 쪽으로 뒤돌아 걸으며 사팔눈을 떴다.

"에이, 난 왜 안 되지?"

장위안이 두 손의 검지를 하나씩 들었다. "각각 하나씩 봐." 두 손가락을 서서히 가운데로 모았다. "자, 좋아. 점점 몰린다."

"안 되겠어. 눈이 안 보여." 아무리 애를 써도 눈썹만 몰릴 뿐이었다. "기권, 기권이야." 양손을 흔들었다. "이해가 안 가. 너희 외계인이지? 맞다. 귀를 움직이는 사람도 있던데."

"나도 하는데." 장위안이 시범을 보였다.

"진화가 덜 돼서 만날 유인원처럼 펄쩍펄쩍 뛰어다니는 거였구나." 허뤄는 안면 근육을 열심히 움직였지만 귀는 꿈쩍도 하지 않았다.

"그만해." 장위안이 크게 웃었다. "입술이랑 눈이랑 다 돌아가겠어. 더 봤다가는 저녁에 악몽을 꿀 것 같아."

"에이, 영어 얘기하다 왜 삼천포로 빠졌을까?" 허뤄는 경직된 얼굴을 손으로 치며 말했다. "어느 부분이 잘 안 풀렸어?"

"다 그럭저럭 풀었어." 잠시 생각하더니 다시 말을 이었다. "근데 선생님은 제대로 푼 게 하나도 없다고 하실걸." 그는 어쩔 수 없다는 듯 양손을 옆으로 펼쳤다. "소수 사람만 문과의 진리를 파악할 수 있나 봐."

"핑계야. 국어랑 영어 복습은 전혀 안 하니까 그렇지."

"누님, 언어는 타고나는 겁니다."

"누가 그래? 언어는 공하고 같아. 연습한 만큼 느는 거야." 허뤄는 새삼 진지해졌다. "나도 처음 농구 할 때 완전 가관이었잖아. 너한테 계속 공을 뺏겼지."

"바보. 지금도 뺏기면서." 장위안은 쿡쿡 웃으며 함께 농구 시합을 하던 때를 떠올렸다. 자신이 손에 든 농구공을 강제로 뺏다시피 해서 도망갈 때 허뤄의 얼굴은 만족감으로 가득 찼다.

"그건 스승의 가르침이 부족해서 그렇다고 할 수밖에." 허뤄는 콧등을 찌푸렸다.

"무슨 소리. 내 손으로 직접 지도했건만. 스승은 이끌어줄 뿐, 수행은 각자의 몫이니라."

손으로, 설마? 허뤄는 갑자기 그때 일이 떠올랐다. 장위안의 책가방을 붙들고 물었다. "저기, 기다려봐. 물어볼 게 있어⋯⋯." 허뤄는 무슨 말을 하려다 말았다. "됐어. 너의 죄를 사하노라."

"응? 뭘?"

"그때 고의였지?"

"뭐가?" 장위안은 허뤄가 무슨 말을 하는지 알고 있으면서 시치미를 떼며 웃었다.

"딴생각이 있어서 자세 교정해준다고 한 거지?"

"당연하지, 생각 없이 행동하면 몽유병이게."

"내가 뭘 묻는지 알면서!" 뾰로통해진 허뤄가 머리를 숙인 채 길가에 돌을 걷어찼다. "아야!" 그러다 길가 전봇대에 머리를 박고 고통에 괴성을 질렀다.

"네가 몽유병이구나." 장위안이 웃으며 그녀를 잡아끌었다. 이마를 짚은 그녀의 손 위에 자신의 손을 포갰다. "비비지 마. 그럼 더 부어."

"아파. 멍들었지?" 울먹이며 물었다.

"어디 봐." 앞머리를 올리며 말했다. "괜찮아. 더러워지긴 했지만." 장위안이 낄낄 웃었다. "2주 동안 비가 안 오더니, 아껴두었던 먼지가 네 이마에 다 묻어버렸네."

"창피해." 허뤄가 손으로 쓱쓱 문지르자 장위안이 소매로 허뤄의 이마를 부드럽게 닦았다. "내가 해줄게."

그때 뜬금없이 책에서 보았던 연인 사이의 가장 이상적인 키 차이가 떠올랐다. 여자의 코끝이 남자 셔츠의 첫 번째 단추와 높이가 같아야 포옹했을 때 남자의 어깨에 살포시 기댈 수 있다.

눈짐작으로 살펴보니 5센티미터 정도가 부족했다. 포옹할 수 있는 거리에 서서 눈을 슬쩍 들어야만 셔츠 안의 티셔츠 단추 구멍이 보일 정도였다.

* * *

"포옹할 수 있어요."

"당연하지."

"그럼 키스할 수 있어요?"

"아직 기회가 없었지만, 언젠가는 꼭."

* * *

그럼 오가는 차량이 많은 교차로에서 나를 안을 수도 있겠네? 고도차가 심해 키스하려면 허리를 굽혀야겠지? 아니면 내가 까치발로 서야 하나? 허뤄는 얼굴에 갑자기 열이 났다. 차마 파란 체크무늬 남방과 순백의 티셔츠를 볼 수 없어 머리가 슬금슬금 아래로 떨어졌다. 붉은색과 짙은 녹색이 교차하는 보도블록만 쳐다보았다.

"어이, 머리를 숙이면 닦을 수가 없잖아." 장위안이 검지로 그녀의 턱을 들어 올렸다. "어이, 아가씨, 고개 좀 들어보지. 내 어디 한

번 보게!" 장위안이 건달 흉내를 냈다.

"장난치지 마." 허뤄는 깔깔 웃으며 그의 손을 치웠다. "학교 근처잖아. 선생님이나 친구들이 보면 어떻게 해."

"대낮에 우리가 뭐 풍기문란 죄를 저지른 것도 아니잖아. 뭐가 겁나서?" 장위안이 팔짱을 끼고 고개를 갸우뚱하며 실눈을 뜬 채 허뤄를 훑었다. "오…… 무슨 생각을 했기에 얼굴까지 빨개지지?"

"생각은 무슨?" 허뤄가 둘러댔다.

"일부러 그랬지?"

"응?"

"일부러 머리 부딪힌 다음에……." 장위안이 헤헤 웃었다. "다행히 내가 여자 가슴에 안겨도 흐트러지지 않는 군자라서."

"근질근질하지?" 허뤄가 그의 팔뚝을 꼬집었다. "군자인 줄 알았는데, 이제 보니 양아치구나."

"이봐. 예전에는 여자친구가 아니었지만. 지금은 내 여자친구인데, 안아볼 수도 있지?"

"그러기만 해봐!" 허뤄는 그의 어깨를 밀쳤다.

"못할 게 뭐야?" 장위안은 그녀의 손을 한손에 낚아챘다. "쳇, 1년 전과 지금은 상황이 다른데 계속 널 보호해줘야만 하는 거야?"

"오호……역시나, 작년에 일부러?" 허뤄는 벗어나려 시도했지만 여전히 꽉 쥔 그의 손을 벗어날 순 없었다.

"일부러 그랬다면 어�쩔 건데?" 고압적인 말투였지만 말끝에는 웃음기가 녹아 있었다.

* * *

"차량이 출발합니다. 손잡이를 꼭 붙잡아주세요." 그들 앞에 서 있던 버스 문이 그대로 닫히더니 서서히 출발했다. 가자. 흘러가는 대로 두자. 우리에겐 시간이 많으니까 한 대가 가버리면 또 다른 버스를 기다리면 되잖아.

"어, 너희들!" 시야를 가리고 있던 버스가 출발하자 건너편에서 버스를 기다리던 자오청제와 가오팡이 일제히 둘을 쳐다봤다. 가오팡이 손에 들고 있던 구운 오징어를 흔들며 고함을 질렀다. "끝장이야. 너희들은 이제 끝장인 줄 알아! 선생님께 다 이른다. 내일 다 고자질할 거야."

"오징어나 먹어!" 장위안도 대거리를 했다. "배 터져 뒤져라." 그리곤 손을 더 꼭 잡았다.

허뤄도 웃으며 그의 말투를 따라 소리 질렀다. "배 터져 뒤져라."

* * *

저녁 식사를 하면서도 허뤄는 계속 실없이 웃었고 올라간 입꼬리는 내려올 줄 몰랐다. 엄마 역시 만면에 웃음을 지으며 딸에게 밥을 퍼주었다. "뭐가 그리 즐거워?"

"어, 아니야." 허뤄는 얼른 핑곗거리를 찾았다. "선생님이 오늘 중간고사 문제 풀이를 해주셨는데 잘 본 것 같아서. 지난번 기말고사보다 등수가 더 오를 것 같아."

"그랬구나. 난 또 내 아빠가 정보를 미리 흘렸나 했네."

"무슨 정보? 설마 아빠 회사가 나스닥에 상장되기라도 하는 거야?" 허뤄가 깔깔 웃었다. "그럼 나도 뉴욕에 가보겠네? 쌍둥이 빌딩, 센트럴 파크, 메트로폴리탄 미술관, 《두 별 이야기》에 나온 곳은 다 가볼 거야."

"정말 가고 싶니?" 아빠가 웃으며 물었다. "1년만 더 기다려."

"1년 후에 미국에 상장하게?" 허뤄는 새우를 집어 아빠의 밥 위에 올리며 물었다. "허 사장, 사업이 잘돼가나 봐! 축하하네."

"요것 봐라. 위아래가 없네." 아빠는 나무라면서도 웃었다. "네가 간다고."

"내가? 혼자서?" 허뤄는 뭐가 뭔지 어리둥절했다.

"그래." 아빠는 수저를 내려놓았다. "외삼촌이 웰즐리 칼리지에 등록해주신대."

* * *

'아침 햇살 아래, 초원이 끝없이 푸르게 펼쳐진 언덕을 돌아, 깊은 숲속을 지나다 보면 어느새 호숫가에서 불어오는 바람……. 은빛으로 반짝이는 수면, 맞은편 이탈리아 정원에 층층이 늘어선 키 큰 소나무. 이 모든 것들이 내가 만 리 밖에 와 있다는 사실을 이야기해준다……. Lake Waban, 음과 뜻을 모두 고려해 나는 이 호수를 '웨이빙(慰冰)'이라고 불렀다. 매일 어스름 저녁 배를 띄우면 배는 깃털처럼 가볍고, 물결은 노를 이기지 못할 만큼 부드러웠다. 물가에 지천으로 자란 단풍은 초록, 빨강, 노랑, 흰색으로 한 송이 한 송이 물 위에 비추며 가을날의 호수를 절반이나 뒤덮는다. 석양 아래 더없이 요염하고 아름답다. 떨어지는 금빛이 나뭇가지 끝에 닿아 호수에 흩뿌려진다.' - 빙신(중국의 현대 아동 문학가―옮긴이)이 어린 독자에게

엔틱 스탠드 아래서 허뤄는 웰즐리 칼리지의 모집 요강을 읽었다. 미국의 가장 유명한 여자 전문대학 중 하나이자 빙신과 쑹 자매(쑹아이링, 쑹칭링, 쑹메이링을 일컬으며, 20세기 초 중국 역사에서 중요한 역할을 한 여성들―옮긴이)의 모교로 전설과도 같은 곳이었다. 그리고 책상 한쪽에는 빙신의 산문집 《어린 독자에게》을 펼쳐두었다. 어려서 이미 여러 번 읽어본 글이었다. 하지만 지금 이곳은 두꺼운 아트지에 짙은 색상으로 그려진 유화 그림처럼 손에 닿을 듯 가깝게 느껴졌다.

허뤄는 꿈결 속에서 헤매는 것만 같았다.

"백 퍼센트 확실해요?"

"아마도. 작년에 네 외삼촌이 그리스 친구 몇 명을 데리고 빙등 축제에 왔었잖니? 그 부인 이름이 뭐였더라? 너보고 영어도 잘하고 총명하다고 입이 마르게 칭찬했던 그 부인 말이야?"

"나타샤. 성탄절에 태어난 사람이란 뜻이에요."

"아, 그래. 나타샤. 그분도 웰즐리 출신인데 지금은 그리스 개방대학 동방연구소 책임자로 계신대. 네 외삼촌이 네 얘기를 했나봐. 미국 대학교에 가고 싶어 한다고 했더니 그분이 바로 자기가

웰즐리에 추천서를 써주시겠다고 하셨다는구나." 아빠는 득의양
양한 표정이었다. "이젠 너도 빙신의 동창이 되는 거야."

"내가 언제 미국에 유학 간다고 했어요?" 허뤄가 눈살을 찌푸
렸다.

"설마 가기 싫어?" 아빠는 이해 못하겠다는 표정을 지었다. "지
난번에 어떤 고등학교 친구가 토플을 보고 유학을 갔다면서 한동
안 부러워했었잖아?"

*　*　*

가고 싶지 않아? 웰즐리? 동화 속에 나오는 첨탑의 성 같은
기숙사, 불꽃처럼 붉은 낙엽이 흩날리는 뉴잉글랜드의 가을, 켈
트 축제에서 체크무늬 치마를 입고 백파이프를 부는 금발의 미
남……. 한 장 한 장 눈앞에 펼쳐졌다.

그리고 그곳은 미국이잖아. 휘황찬란한 뉴욕의 타임스퀘어, 포
레스트와 제니가 해후했던 워싱턴 리플렉스 풀, 올랜도의 디즈니,
샌프란시스코의 골든게이트 브리지, 그랜드 캐니언, 옐로스톤 파
크, 나이아가라 폭포…… 보고 싶지 않다면 거짓말이었다.

하지만 여전히 무언가 마음에 걸리는 것이 있었다.

"안 가도 되죠? 무서워요."

"뭐가?"

"혼자 멀리 나가본 적 없잖아요."

"나중에 대학에 들어가면 어차피 멀리 떠나야 하잖아? 너도 이

제 이만큼 컸으니 익숙해질 필요가 있어."

"서양 음식이 입에 안 맞아요."

"외삼촌 친구가 보스턴에 사는데 홈스테이해도 좋다고 하셨대. 거기 로브스터가 엄청 싸대."

"엄마, 아빠가 너무 그리울 거예요."

"방학 때마다 오면 되잖아."

"내가……." 허뭐는 잠시 말을 멈췄다. "내가 미국에서 나쁜 것만 배워 오면 어쩌려고?"

"하하. 그래서 다른 곳이 아니라 웰즐리를 선택한 거야." 허뭐 아빠가 큰소리로 웃었다. 유명한 여학교거든. 아마 굉장히 엄격할 걸. 상식적인 것들이야 다 받아들일 수 있지만 금발의 파란 눈 사위만은 안 된다. 우리 둘 다 심장병 걸려 죽을지도 몰라.

* * *

그게 다는 아녜요. 제가 정말 불안한 건 그런 게 아녜요. 허뭐는 마음속으로 울부짖었다.

그녀는 밤새 잠을 이루지 못하고 뒤척이며 책 속의 한 구절을 떠올렸다.

'웨커순(約克遜)호 여객선의 무수한 창문에서부터 오색의 리본이 흩날린다. 리본 끝이 저 멀리 부둣가로 날아가 송별하는 누군가의 손에 닿았을 때, 내 마음도 갈피를 잡지 못하고 흔들리며 서글퍼진다! …… 나는 호숫가 빛 안개 속에서 나지막이 부탁한다. 나의 사랑과 안부를 담아 저 멀리 동쪽으로 보내달라고. 몇 백 자의 글이 언제쯤 너에게 닿을 수 있을는지. 세상은 정말 넓기도 하구나.'

세상은 정말 넓기도 하다. 나는 지구 이편에, 너는 지구 저편에 있다면 나의 마음은 또 얼마나 갈피를 잡지 못하고 흔들리며 서글퍼질는지.

제3장 세상에서 가장 낭만적인 일

내가 상상할 수 있는 가장 낭만적인 일은
바로 너와 함께 천천히 늙어가는 일
소소한 행복들을 내내 간직해두었다가
나중에 흔들의자에 앉아 천천히 이야기하고 싶어

by 자오융화 '가장 낭만적인 일'

금요일 오후 수업이 모두 취소되고 전교 미화 활동이 있었다.

허뤄는 복도 게시판 유리와 액자 청소를 맡았다. 한참 청소를 하고 있는데 톈샹이 쿵쿵 소리를 내며 이쪽으로 뛰어왔고, 손을 힘차게 흔들며 소리쳤다. "큰일 났어."

"그만 흔들어. 너 마포걸레 빨다 왔지? 손이 엄청 더러워."

"넌 어떻게 침착할 수 있니. 장위안이 운동장에서 어린 여자를 꼬시고 있단 말이야!"

톈샹이 발을 동동 굴렀다. "얼른 가봐, 얼른."

"그럴 리가!" 문틈을 닦던 리원웨이도 얼른 책상 위에서 뛰어내려왔다. "간땡이가 부었군!"

"얼른 가봐. 가보면 알 거 아니야." 톈샹이 다짜고짜 둘을 끌고 운동장으로 내달렸다.

* * *

장위안이 느릅나무 아래서 한쪽 무릎을 꿇고 앉아 천방지축 뛰어다니는 네다섯 살쯤 된 여자아이를 지켜보고 있었다.

"화학 선생이 주간 회의 있다면서 굳이 나더러 아이를 보라잖아." 장위안은 어쩔 수 없다는 듯 웃었다. "원래 자오청제가 화학 부장인데 러러가 자오청제를 보자마자 도망쳐서."

"그럴 만도 하지. 애라고 미남과 야수를 구분 못할까." 톈샹은 자오청제를 놀리며 웃었다. 자오청제는 마포를 들고 뒤쫓아왔다.

* * *

러러의 작은 바구니 안에 들어 있는 새우 과자를 장위안이 하나 집었다.

"어머. 애들 걸 뺏어 먹으면 어떻게 해?"

"나 먹으라고 준 거야. 그렇지? 러러?" 장위안은 허뤄를 가리키며 러러에게 말했다. "자, 언니도 하나 줘. 저 언니 완전 군것질 쟁이거든."

농구를 하던 친구들이 더위를 식히기 위해 땀으로 범벅이 된 채 나무 그늘로 모여들었다. "장위안, 네 딸이야?"

"잘 봐. 나랑 어디가 닮았냐?" 장위안이 다시 고개를 들어 허뤄를 보며 속삭였다. "널 닮았으면 몰라도."

허뤄는 화가 나면서도 어이가 없었다. 얼굴이 순식간에 달아올랐다. "넌 여기서 실컷 놀아. 난 얼른 가서 유리 닦아야 해."

"너 아랫부분은 다 닦았어? 윗부분은 내가 닦을테니, 내버려둬."

* * *

"에이. 유치원 꼬마 아가씨구만." 리원웨이가 투덜거렸다. "톈샹 지금 우릴 가지고 논 거야?"

"얼마나 다복해! 너희는 안 그랬어?" 톈샹이 음흉하게 웃었다. "특히 허뤄가 그 옆에 서니까."

허뤄는 그녀의 귀를 잡아당겼다. "내가 그렇게 늙었다고?"

"봐봐. 예전보다 능글맞아졌잖아. 물들었어." 리원웨이가 끼어들었다.

"생각해봐. 너희가 애를 낳으면 러러보다 더 귀여울 거야." 톈샹이 가슴에 두 손을 모으며 꿈꾸는 듯한 표정을 지었다. "넌 그런 생각 안 해봤어? 나중에 가정을 꾸리고 아이를 낳는 일 말이야?"

"뇌가 부은 게 분명해?" 허뤄는 화내는 시늉은 했지만 두 뺨은 살짝 붉어지기 시작했다. 고개를 돌려 보니 정오의 햇살이 나무에 부딪혀 알록달록 그림자를 만들고 있었다. 장위안은 분수 옆에 대충 쪼그리고 앉아 있었다. 러러가 돌을 집어 분수에 던질 때마다 장위안은 과장되게 머리를 감싸며 무서운 시늉을 했다. 장위안이 오히려 더 큰 아기 같았다.

푸른 잎이 '사사' 소리를 내며 숨을 쉴 때마다 청량한 나무 향기를 내뿜으면 그 안에 초여름의 따스한 기운이 느껴졌다. 향기로운 오후, 허뤄는 뜻 모를 슬픔에 빠져 낮게 탄식했다.

"아직 먼 미래잖아."

"그냥 상상해보란 거지. 이렇게까지 서두르란 건 아냐?" 톈샹이 어색한 미소를 지었다.

"맞다. 오늘 신문에 심리테스트가 나왔는데. 결혼관에 대한 거야. 얼른 가서 보자!"

* * *

"사랑을 통해 본 결혼관입니다. 다음 중 가장 낭만적이라 생각하는 사랑은 무엇인지 고르세요. A 첫눈에 반해 죽고 못 사는 사랑, B 8년간 꾸준한 사랑, C 멀리 떨어져 있지만 죽음으로도 갈라놓지 못하는 사랑, D 몸은 다른 곳에 있어도 한 사람만을 영원히 사랑하는 지고지순한 사랑." 리원웨이가 문항을 읽고는 친구들의 대답을 재촉했다. "어서, 뭘 선택할 거야?"

"낭만 하면 당연히 A지! 허뤄 넌 B지? 너 대학원 졸업하고 결혼하려면 지금부터 딱 8년을 기다려야 하잖아."

"A를 선택하신 당신, 당신의 상대가 다른 사람을 몰래 사랑해도 누감아줄 수 있는 사람으로, 당신의 결혼은 단조롭고 구속을 싫어합니다. 쇼윈도 부부로 상대방에게 관대합니다."

"엥. 뭐야? 남편이 바람피우면 그날로 요절내버릴 거야. 우리 아빠가 가만두지 않을걸." 톈샹의 아버지는 군 참모장이었다.

"B를 선택한 당신, 완전한 애정 지상주의자. 당신의 결혼관은 매우 위험합니다. 서로의 사랑이 식으면 이성적으로 현실을 직시 하지 못하고 마음의 안식처를 찾아 끊임없이 헤맵니다. 이것이 바로 결혼에 실패하는 원인이 되기도 합니다."

"와. 플라토닉 바람이네." 톈샹이 근심스럽게 말했다. "여자는 몸보다 마음을 주는 게 더 무서운 건데."

"맞아. 한데 난 B 선택 안 했는데." 허뤄는 잠시 생각했다. "D."

"당신은 결혼이 두렵습니다. 구속받기 싫어서가 아니라 결혼에 대한 믿음이 없기 때문입니다. 당신의 불안감과 상처받을까 하는 두려움 때문에 결혼이 극으로 치달을 수 있습니다. 성격상 작은 결함도 회복이 어렵습니다." 리원웨이가 신문을 집어던졌다. "엉 터리네. 너랑 전혀 안 맞아. 너 불안해? 내가 보기엔 넌 딱 이마에 '행복'이라고 쓰여 있지만 않을 뿐 너무 행복해 보여."

허뤄는 씁쓸하게 웃었다. 하긴 서로 다른 곳에서 떨어져 있는 게 낭만적이라 생각하는 것 자체가 성격적인 결함이겠지. 그럼 어 떤 사랑이 가장 낭만적인 걸까? 자오용화의 노래 가사처럼 '내가 상상할 수 있는 가장 낭만적인 일은 바로 너와 함께 천천히 늙어 가는 일'이겠지?

* * *

그녀는 오후 내내 정신을 차릴 수가 없었다. 청소가 끝나고 모두 소란스레 농구를 하러 갈 때도 그녀는 그저 손을 가볍게 흔들고는 그대로 책상에 엎어져 창밖의 푸른 하늘과 흰 구름만을 맥없이 쳐다보았다. 할 수만 있다면 아무 생각도 하고 싶지 않았다.

장위안이 리윈웨이에게 물었다. "허뤄 무슨 일 있어? 혹시 어디 아프대?"

"직접 물어보지 않고?" 리윈웨이가 이상한 듯 물었다.

"설마 너무 먹어서 위가 아픈가?" 장위안이 책상을 톡톡 두드렸다. "좀 가봐. 네 절친이잖아?"

"지금 명령하는 거야? 네 여자친구잖아?" 리윈웨이가 헤헤 웃었다.

"혹시 위가 아픈 게 아닐까 봐!" 장위안은 입을 달싹일 뿐 차마 말을 꺼내지 못했다. "그런 거 있잖아. 너도 알잖아. 남자들이 물어보기 곤란한 거?"

리윈웨이가 웃으며 허뤄에게 다가가더니 쪼그리고 앉았다. 허뤄를 툭툭 치며 둘의 이야기를 과장해서 전했다. "너를 얼마나 끔찍하게 생각하는지. 걱정된다고 괜찮냐고 물어보시란다."

* * *

자오청제와 가오팡이 다가와 장위안을 끌고 갔다. "농구 하러 가자. 5반 녀석들이 절대 패배를 인정 못하겠대. 한 판 더 붙자는데."

"누가?"

"다챵! 너랑 매번 맞짱 뜨려는 그 자식 말이야."

"아. 무식하게 농구 하는 그 자식, 훅 슛만 날리는?" 장위안이 자리에서 일어나 훗 슛 동작을 취했다. "가자. 누가 겁날 줄 알고?" 그는 남방을 벗고 흰 티셔츠 위에 체육복을 걸친 후 책상에서 검은 나이키 손목 보호대를 꺼냈다.

* * *

허뭐는 두 팔을 포개 엎드린 채 옆으로 고개를 돌려 그를 바라보았다. 훤칠한 키의 소년, 언제나 혈기왕성하고 활력이 넘치는 남자. 고1 때보다 선이 더 분명해졌고, 어깨는 더 넓어졌다. 잠시라도 떠나고 싶지 않았다. 매일매일을 함께하고 싶었다. 함께 성장하고 함께 늙어가고 싶었다. 그의 표정 하나하나, 몸짓 하나하나, 놓치고 싶지 않았다.

"괜찮아? 먼저 집에 바래다줄까?" 장위안은 교실을 나서려다 말고 다시 돌아와 물었다.

"아주 좋아. 그냥 졸려서 그래." 그녀는 나른한 미소를 지었다. "기다릴게."

"그럼 햇빛이 너무 강하니까 나가지 말고 여기서 눈 좀 붙여." 장위안이 농구공을 검지로 돌리며 말했다. "봐. 멋지지?"

"그래, 그래. 짱이네." 허뭐는 혀를 내밀었다.

* * *

바람이 교실 안으로 불어 들어와 종이가 쫘르륵 넘어가는 소리
가 났다. 누군가의 연습장이 바람에 날려 바닥으로 떨어졌다. 어
지럽게 흩날리는 흰 종이들 사이로 장위안의 뒷모습이 가는 선처
럼 얼핏얼핏 보이더니 이내 빛무리 속으로 사라졌다. 그 시기의
소년들은 대개 근거 없이 용감했고, 시간과 거리로도 사랑을 갈라
놓지는 못할 것이라 생각했다. 그리고 모두 이 사랑 노래를 애창
했다. "서로의 마음을 확인했다면 떨어져 있어도 두렵지 않죠."

하지만 열일곱의 허뤄는 다만 매일매일 그를 보지 못하게 될까
봐 두려웠다.

* * *

"웰즐리에는 가지 않을래요." 그녀는 확고했다.

"왜? 외국 생활에 적응 못할까 봐?" 아빠가 물었다.

"그냥 가기 싫어요. 여기 친구들과 헤어지기 싫어요."

"친구는 다시 사귀면 돼." 엄마도 한마디 거들었다.

"어른들이 그랬잖아요. 지금의 우정이 가장 순수하다고? 혼자
그 먼 곳에 가고 싶지 않아요. 문화 차이가 얼마나 큰데 새 친구를
사귈 수 있겠어요."

"그게 진짜 진심이야?" 허뤄 아빠의 표정이 어두워졌다. "다른
이유가 있는 건 아니고?"

"아…… 아니요." 그녀는 말을 더듬었다. 거짓말에 서툰 그녀였다.

"이곳저곳 다니며 세상 구경이 하고 싶다며. 외교관인 외삼촌을 부러워했잖니? 다른 사람 때문에 내 꿈을 포기해선 안 돼!"

엄마의 말에 허뤄는 부끄럽기도 하고 뭔가 미심쩍기도 했다. 주먹을 부르쥐며 평정심을 잃지 않으려고 노력했다. "내가 누구 때문에 내 꿈을 포기한대요?"

"그때도 문과에 가지 않겠다고 고집 부렸잖아." 엄마의 말이 얼마나 빠른지 남편의 눈짓을 캐치했을 때는 이미 말이 입 밖으로 튀어나와 수습할 수 없었다.

어떻게 알았지? 어떻게 알 수 있지? 이 일은 톈샹, 바이렌, 리 윈웨이 심지어 장위안에게도 말한 적 없는데. 그녀의 뇌리에 번쩍 떠오른 생각이 있었다. 엄마의 확신에 찬 듯한 대답에 그 답이 있었다. "내가 다른 사람 때문에 문과에 갔다고 누가 그래? 누가 그러냐고?"

"그냥 추측이야. 너무 성급하게 결정하니까." 아빠가 변명을 늘어놓았다.

"추측이 진짜인지 확인하고 싶어서 내 일기를 본 건 아니고? 그렇지?"

누구도 부인하지 않는 침묵.

허뤄는 울고만 싶었다. 친구들에게 우리 부모님은 얼마나 개방적이고 민주적인지 모른다며 자랑을 했는데. 그런데 이렇게 딸의 사생활까지 침해할 줄이야.

"날 미국에 보내려는 게 결국 우릴 떼어놓으려는 속셈이었던 거야? 맞지?"

"다 널 위해서야. 네가 너 자신에게 미안할 일은 하지 않았으면 좋겠어." 엄마가 딸의 손을 잡았다.

하하. 이렇게 얼굴색 하나 안 변하고 너무나 아무렇지 않게 이야기하다니. 남의 물건을 함부로 훔쳐본 일에 대해서는 전혀 미안한 마음이 없는 건가? 허뤄는 엄마의 손을 뿌리쳤다. "내 일기를 훔쳐보는 건 미안한 일이 아니고?"

아빠가 대답했다. "그건 중요한 게 아니야. 문제는 네가 남자 하나 때문에 네 인생의 중요한 선택을 그르친다는 거야."

사생활을 침해하는 게 이렇게 대충 얼버무리고 넘어갈 일이야? 그리고 엄마, 아빠가 어떻게 알아? 이 남자가 내 인생의 중요한 선택일지 어떻게 알아? 허뤄는 화도 나고 부끄럽기도 하여 차마 이 말만은 입 밖으로 뱉지 못했다.

엄마는 딸이 깊이 반성하고 있다고 착각했는지 계속해서 훈계를 늘어놓았다. "네 나이 때에는 너무 쉽게 낭만적이 되곤 하지. 어떤 남자가 좀 잘생겼거나 농구를 잘하고, 노래 잘하면 멋있어 보일 거야. 장래는 생각지도 않고 말이지. 다들 아직 어린데 누가 누굴 이해하겠니. 그중 마지막까지 함께하는 애들이 얼마나 있겠어? 그러니까 자신의 선택이 흔들리지 않는 게 제일 중요해. 내가 공장에서 일할 때는⋯⋯."

엄마가 또 힘들었던 과거가 어쩌고저쩌고 빤한 레퍼토리를 늘어놓으려 하자 허뤄는 단칼에 말을 잘랐다. "옛날에 많은 남자가 엄마를 쫓아다녔지만 하나같이 미래가 없어 보였다고? 그래서 기다리고 기다린 끝에 결국 아빠를 소개로 만나게 되었다고. 엄마가 사랑한 건 아빠야, 아니면 아빠의 학벌이야?"

일순간 세 식구의 얼굴이 경직되었다.

엄마는 손을 내저으며 자리를 떴다. "넌 정말 못 말리겠구나."

"얼른 가서 엄마한테 사과해."

"내가 뭘 잘못했는데?" 허뤄가 고개를 뻣뻣이 쳐들며 흔들었다. 그래야 눈물이 흐르지 않을 것만 같았다.

사실 듣기 좋은 말 몇 마디를 해준 뒤 엄마, 아빠 목을 끌어안고 애교를 좀 떨어주다가, 부모님 마음이 누그러졌을 때 살짝 귓속말로 속삭일 참이었다. 그런데 일기 얘기가 나오며 자신의 연애에 대한 증거가 낱낱이 드러날 줄은 꿈에도 몰랐다. 허뤄는 너무나 서글퍼졌다.

이젠 끝장이다. 이젠 무력까지 동원해 강제 진압한 뒤, 총을 겨누며 비행기에 실어 보낼지도 모른다.

* * *

"나 미국 가." 허뤄가 장위안에게 말을 꺼냈다.

"잘 됐다. 가는 길에 시카고도 들러? 그럼 조던 기념품 사다 줘." 그가 웃었다. "올 여름방학에? 외삼촌이랑?"

웃음이 나오니? 너?

"아니. 내년에." 허뤄는 고개를 떨궜다. "거기 대학에 가."

"어."

"웰즐리 칼리지. 빙신이랑 쑝메이링 모교야." 허뤄는 대충 상황을 설명했다. 부모님이 일기를 훔쳐본 일과 부모님이 둘 사이의 사소한 일까지 알고 계신다는 이야기는 차마 말하지 못했다. 집안 망신이니까.

장위안이 또 웃었다. "설마 네 아버지가 널 영부인으로 만들 생각은 아니시지? 그럼 내가 압박이 너무 심한데."

허뤄는 눈을 흘기며 그를 쳐다보았다. 우리 부모님은 우리 둘이 사귀는 걸 원치 않으셔.

"4년이야. 미국 가면 4년은 있을 거야, 그럼 우린 어떻게 해?"

"어떻게……." 장위안은 허뤄의 두 눈을 뚫어져라 쳐다보았다. "야반도주라도 할까?"

"농담하지 마. 난 진지하다고!" 허뤄는 화가 나 그를 꼬집었다.

"그럼, 넌 어떻게 하고 싶은데?" 장위안의 얼굴에 웃음기가 사라졌다. "네 일이니까 네가 결정해야지."

"내가 가길 바라는 사람 같아? 나 보내고 나면 청인인가 뭔가 하는 지지배랑 잘 해보려고?" 계속해서 장위안의 팔을 꼬집었다.

"아야…… 진짜 아프게 꼬집네." 장위안이 숨을 들이마셨다. "나도 잘 모르겠어. 너도 잘 알지? 사실 내가 아니었다면 넌 거기 갔을 거잖아?"

허뤄를 잠시 생각하더니 진심으로 고개를 끄덕였다.

"신나서 갔겠지? 너무 가고 싶었겠지?"

허뭐는 다시 고개를 끄덕였다.

"그게 진짜 네 꿈이잖아."

"아니, 사실 너무 꿈만 같아서 생각도 안 해본 일이야. 난 그저 고위급 자재들이나 갈 수 있을 거라 생각했었거든."

"그럼, 내가 가지 말라고 하면 내가 너무 이기적인 거지?"

그런 눈으로 바라보지 말아줘! 지금 같은 때 군자인 척하지 말아달라고.

허뭐는 자신을 응시하는 그의 눈을 피했다. 네가 남으라고 한다면, 네가 날 잡는다면, 난 가지 않을 거야. 그녀의 마음은 초조해졌다. 머릿속에서는 계속해서 같은 말만 맴돌았다. 설마 나를 잡아달라고 내가 사정해야 하는 거야? 생각할수록 화가 났다. "그럼 가지 뭐. 누가 알아 제2의 빙신이 될지."

"제2의 빙신이 되고 싶었다면 애초에 문과에 남았어야지."

그의 말이 일기 때문에 벌어진 가슴 아픈 일을 다시 건드렸다. 아무렇지 않게 한 그의 말이 자신을 비웃는 것처럼 들렸다.

"그건 전혀 다른 얘기지." 그녀는 성을 내며 말했다. "까짓 출국하지 뭐. 그래서 거기 국적 취득하면 부모님도 모시고 가면 되겠다."

"그거 좋네. 모두가 꿈꾸는 삶이잖아." 그는 여전히 미소를 지었다.

제4장 사랑이 나를 용감하게 만들어

바이올린에 어울리는 좋은 현처럼 너와 함께한 시간 너무나 달콤해
지금, 이 순간이 영원하다면, 세상이 어떻게 변하든 상관없어
우리 둘처럼 좋은 화음을 이루는 마음은 없을 거야
함께 이야기 나누고 서로를 보듬어주지
하루라도 보지 못하면 이내 그리워질 거야
사랑이 나를 용감하게 만들어, 어떤 일도 두렵지 않아
눈가에 맺힌 눈물, 네 미소에 날아가
이젠 혼자일 때도 더는 외롭지 않은걸

by 쑤후이룬 '사랑이 나를 용감하게 만들어'

가려줄 지붕도 없는데 공교롭게 비까지 연일 내리는 꼴이라니.

부모님과의 냉전도 모자라 지금 장위안도 자신을 의도적으로 피하고 있었다. 연이틀 그의 얼굴을 제대로 볼 수가 없었다. 허뤄는 사방이 벽처럼 느껴졌다.

수학 월말 평가가 있었다. 허뤄의 성적은 형편없었다. 담임 린수전도 잘못 본 것은 아닌지 재차 확인할 정도였다. 담임은 교무실로 허뤄를 불렀다. "서술형 두 문제는 아예 풀지도 않았던데 무슨 일이니? 한동안 수학 선생님이 네 성적이 계속 오른다고 칭찬

을 했었는데."

"원숭이도 나무에서 떨어질 때가 있잖아요." 허둬는 되지도 않는 변명을 늘어놓았다. "제가 가서 수학 선생님께 말씀드릴게요."

"저기, 기다려봐." 선생님이 그녀를 잡았다. "무슨 일 때문에 심경에 변화가 있었던 거니?"

허둬는 입을 꾹 다물었다.

"매일 교무실에만 앉아 있다고 너희들 일을 모를 거라 생각하지 마라." 선생님이 으쓱하며 말했다. "너희들이 오늘은 누구랑 누구랑 사귀고 내일은 누구랑 누구랑 좋아하고, 그런 것쯤은 다 아니까. 나도 다 그 시절을 지나왔단다."

"선생님도 우리가 잘못했다고 생각하세요?" 허둬는 억울했다. 선생님도 고등학교 동창과 결혼했잖아요. 선생님의 사랑만 로맨스인가요?

"그 자체는 잘못이 아니야. 다만 학업에 영향을 준다면 그건 잘못이지. 너희들 모두 똑똑한 애들이니까 일을 복잡하게 만들지 않을 거라 믿는다. 나 역시 알고도 모르는 척했는데, 어쩌자고 시험을 망쳤니. 다른 선생님하고 부모님들에게 빌미를 만들어준 꼴이잖아. 내가 너희들 불러 훈계하는 것도 다 너희들을 보호하려고 그러는 거야?"

선생님 말씀이 다 맞았다. 시험지에 부모님의 사인을 받아 가야 하는데 그렇다고 길에서 아무나 붙잡고 부모님 대신 사인해달라고 할 용기는 없었다. 허둬 아빠는 시험지에 우수수 비가 내린 것을 보더니 얼굴을 찌푸렸다. 그는 한숨을 내쉬었다. 무슨 말을 하려 했으나 허뤄가 말을 막았다. "아무 말 마요. 무슨 말 하려는지 잘 아니까요."

분명 점잖게 타이르며, '너는 감정에 휘둘려 학업을 망쳤다. 그러니 웰즐리에 꼭 가야 한다'라고 말하겠지.

* * *

허뤄는 자신의 방으로 돌아가 문을 쾅 닫아버렸다. 책장에 있던 새 수학 문제집을 잔뜩 집어 들었다. 하이뎬, 황강, 둥베이 3교 등등 문제집을 모조리 갈가리 찢어버리고 싶었다. 그리고 마음속으로 중얼거렸다. '좋아, 좋다고. 굳이 날 미국에 보내겠다면 대입이고 뭐고 다 때려치우고 한 1년 신나게 놀지 뭐. 빵점도 맞아보고. 그래도 웰즐리에서 날 받아주나 보자!'

하지만 움켜쥔 새 문제집을 차마 어떻게 처리할 수가 없었다. 이렇게 포기할 거야? 미래를 모두 포기할 거야? 이렇게 부모님과 선생님 앞에서 고개도 제대로 못 들고 그들이 반대하면 반대하는 대로 장위안과 헤어질 거냐고?

* * *

리원웨이가 말을 걸었다. "허뤄가 요즘 저기압이네. 우리랑 놀아주지도 않고. 내 짝이랑 말도 안 하고. 매일 수학 문제집이랑 씨름이나 하고 있잖아."

"에이. 신혼부부가 싸워봤자 칼로 물 베기지. 근데 너희는 아직도 왜 서로 투명인간 취급이야." 텐샹은 말을 뱉자마자 얼른 자리를 피했다. 하지만 허뤄는 뭐라 하는 대신 고작 눈을 부릅뜨고 "난 도서관에 가볼게."라고 말할 뿐이었다.

"저기, 장위안 패거리가 운동장에서 게임을 한다는데 가서 응원 안 할 거야?" 텐샹이 큰소리로 물었다.

"소용없어." 바이렌이 체념하듯 고개를 저었다. "어제 30분이 넘게 얘기했어."

"무슨 얘기?"

"쌍곡선, 포물선, 좌표 변환, 극좌표."

* * *

운동장을 지날 때 허뤄는 쭈뼛거리며 걸었다. 보면 안 돼. 참아야 해! 그녀는 교재와 문제집을 꼭 끌어안으며 자신을 타일렀다. 오늘 경기를 보지 않아야 앞으로 더 많은 경기를 볼 수 있다고!

하지만 결국 참지 못하고 도서관에 들어가기 전 고개를 돌려 그의 모습을 찾았다. 운동장에서 장위안을 찾는 일은 그리 어려운 게 아니었다. 아무리 멀리 있어도, 그의 얼굴이 아무리 희미하게 보여도 그의 일거수일투족, 작은 움직임 하나하나가 모두 허뤄의 머리에 깊이 각인되어 있었다. 그녀의 눈이 곧 레이더였고, 아무리 짧은 순간이라도 목표물을 바로 포착할 수 있었다.

아주 그윽하고, 매우 탐욕적으로 멀리서 그를 응시했다.

* * *

제한 시간 120분인 모의시험 문제를 푸는 데 거의 3시간이나 걸렸다. 그런데도 20문항 정도는 아예 제대로 풀지도 못했다. 그녀는 내내 꼼짝도 하지 않고 문제를 풀었다. 그리고 책가방을 챙기려는데 그제야 다리에 쥐가 난 것을 깨달았다

7시, 하늘에는 아직 잔광이 남아 있었다. 운동장에 농구를 하는 희미한 형체가 보였다. 허뤄는 한쪽 눈을 감고도 누군지 알 수 있었다.

"여기 와서 공 좀 던져봐." 장위안이 그녀를 불렀다.

"날도 이미 어두워져서 잘 안 보이는데 뭘."

"이리 와. 몸 좀 움직여. 이틀 동안 멍하니 앉아 있던데 몸이 녹슬겠어."

"멍하니 있다니. 문제 푼 거야!" 허뤄는 공을 주워 힘차게 던졌다. 펑 소리와 함께 백보드에 맞고 튕겨 나왔다.

"분명히 멍 때리고 있었어. 말도 안 하고."

"네가 말을 안 걸었지!" 허뤄는 화가 났다. "좋아. 하고 싶은 얘기가 뭔데?"

"'스페이스 잼' 봤어? 자유투를 던지면서 소원을 빌면 꿈이 이루어진대." 그는 자유투 라인에서 세 번 연속 클린 슛을 성공시켰다.

허뤄는 농구공을 받아 바닥에 공을 친 뒤 세 번을 던졌지만 세 번 모두 실패했다. "귀한 시간만 낭비했네. 난 갈래."

"왜 공이 안 들어가는지 알아?" 장위안이 공을 옆구리에 낀 채

물었다. "스냅이 너무 딱딱해. 각이 안 나와. 여자들은 원래 힘이 약해서 부드럽게 공을 던져야 해. 각도는 높게, 바스켓의 뒷부분을 조준해서 던져야 해. 좀 더 멀리 봐야 하지."

"난 근시라 멀리 못 봐. 뭘 말하고 싶은 건데?"

"조금 전에 내가 무슨 소원을 빌었는지 알아?" 장위안이 웃으며 물었다.

허뤄는 고개를 저으며 생각했다. '혹시 내가 웰즐리에 가지 않게 해달라고?'

"나중에 너랑 같이 조던의 NBA 경기를 함께 보는 거. 그것도 현장에서. 그저 네가 먼저 미국에 갈 뿐이야. 난 대학 졸업하고 갈게. 그래봤자 4년이잖아? 중간에 너도 중국에 자주 돌아올 거고. 날 믿지? 그리고 너 자신을 믿지?"

허뤄는 고개를 끄덕이다 다시 가로저었다. 그녀는 자신은 변하지 않을 거라 굳게 믿었지만 그래도 왜 꼭 헤어져야만 하는지, 왜 꼭 서로 그리워하는 아픔을 겪어야만 하는지 이해할 수 없었다.

"너 이번 시험 망쳤다며. 내가 도와줄게. 네 장래를 망쳤다가 어떻게 책임지라고."

허뤄는 툴툴거렸다. "나랑 지난 이틀간 한마디도 하지 않은 게 결국 지금 날 잡았다가 나중에 책임지게 될까 봐 그랬던 거야?"

"그렇게 말하니까 좀 섭하네." 장위안은 정색했다. "책임이 너무 막중하잖아. 난 너 못 먹여 살려…… 네가 좀 많이 먹나?"

둘은 서로 밀치며 장난을 쳤고, 결국 웃음이 터졌다.

"내가 너무 근시안이라고 했지? 나 생각해봤는데 오늘부터 열심히 공부할 거야. 칭화대나 베이징대에 가면 웰즐리에 가지 않아도 되잖아."

"난 아무 말 안 할게. 그냥 너의 결정을 응원할게. 지난 이틀 동안 너에게 말을 걸지 않은 건 네 생각을 정리할 시간을 주고 싶어서였어."

"그럼 오늘은 왜 여기서 날 기다린 건데."

"네가 문제가 제대로 안 풀려 여기저기 화풀이하고 다니다가 도서관까지 날려버릴까 봐."

허둬는 온 운동장을 뛰어다니며 장위안을 쫓았다. 그는 하하 크게 웃고는 펄쩍 뛰어 화단에 올랐고, 때마침 교실 건물에서 나오던 사람과 부딪힐 뻔했다.

"아, 선생님 죄송합니다." 장위안은 얼른 사과했다.

허둬는 놀란 목소리로 그의 뒤를 향해 소리쳤다. "아빠……!"

* * *

집으로 돌아오니 역시 엄마의 잔소리가 기다리고 있었다. "학교에서 공부하고 올 거면 집에 전화라도 해주지. 얼마나 걱정한 줄 알아? 봐, 음식을 하도 데웠더니 맛이 다 변했잖아."

슬쩍 아빠를 살펴보니 아빠는 고개를 숙인 채 식사만 하고 있었다.

* * *

허뤄는 스탠드를 켠 후 책을 하나하나 펼쳐놓았다. 아빠는 그녀의 뒤, 소파에 앉아 신문을 읽었다.

"딸 공부하는 데 방해하지 말고 설거지나 도와줘요." 허뤄의 엄마가 소매를 걸었다.

"허뤄 숙제 검사하는 거야." 아빠는 신문을 접고 책상으로 걸어와 책을 하나하나 넘겨보았다.

허뤄는 아빠를 올려다보며 조용히 속삭였다. "아빠, 이거 물리 문제 해설집이에요. 보면 아시겠어요?"

아빠는 한 바퀴 돌아 다시 소파에 앉더니 아무 말없이 딸을 뚫어져라 쳐다보았다.

"아빠. 무슨 할 말 있죠?" 허뤄는 조용히 한숨지었다. 남자들이란 할 말이 있어도 말은 안 하지. 장위안이야 원래 제 잘난 맛에 사는 애라 그렇다고 치고, 아빠는 왕년에 역사학과 달변가가 아닌가. 한번 따지기 시작하면 책까지 인용하면서 조목조목 잘도 얘기하면서.

"그 애지?"

"네."

"꽤 크더라."

"네."

침묵, 또다시 침묵.

"뭐라고 말해야 하나." 아빠는 손을 비볐다. "이런 일은 처음이라, 난 아직 준비도 안 됐는데……. 우리 딸이 이렇게 커버렸네."

"아빠랑 엄마는 이미 다 준비해둔 게 아니었던가요?" 허뤄는 콧방귀를 뀌었다.

"널 미국에 보내려는 건 그 애 때문이 아니야. 모두 너를 생각해서 그런 거야. 그저 두 개의 일이 공교롭게 시기가 겹쳤을 뿐이야. 웰즐리는 네 외삼촌이 적극적으로 권한 거고. 나와 네 엄마는 사전에 알지도 못했어."

"하지만 그 일보다 제 일기를 먼저 본 건 사실이잖아요!" 다시 생각해도 속이 상했다.

"고의는 아니었어. 책상이 너무 어질러져 있어서 네 엄마가 치웠을 뿐이야. 어쨌든 너희 둘 다 분별 있는 아이들이고, 선을 넘는 행동은 하지 않았더구나."

"우린 그런데, 두 분은 분별 있는 행동을 하셨나요?" 허뤄는 화가 났다. "아직도 잘못을 인정하지 않는 거예요?"

아빠는 이맛살을 찌푸렸다. "미안하다. 우리가 너의 사생활을 침범했구나. 하지만 너도 이젠 우리한테 아무 말도 안 하니까. 이과를 선택한 것만 해도 그렇다. 그런 큰일을 대충 얼렁뚱땅 넘어갔잖니."

"말하면 반대할 게 뻔하니까! 좋아요. 지금부터 제 생각을 말할게요. 그러니까 흥분하지 마시고 끝까지 들어주세요." 허뤄는 엄마도 함께 불렀다.

허뤄의 엄마는 고개를 저었다. "됐어. 나는 좀 빼주라."

"두 번 말하지 않아요. 이번 딱 한 번만 말할 거예요. 엄마, 아빤 절 늘 어린아이 취급하시죠. 하지만 오늘은 끝까지 제 얘기를 참고 들어주세요. 끝까지 듣지도 않고 대뜸 유치하다느니 그런 말은 말아주세요. 모두 널 위한 거다, 부모가 자식을 망치겠냐 하시지만, 진짜 제가 뭘 원하는지 생각해보신 적 있으세요? 전 웰즐리에 가고 싶어요. 맞아요. 하지만 안 가도 그만이에요. 저하고는 먼 얘기니까요." 허뤄는 울고 싶었다. "어려서 연애는 안 된다. 나중에 더 좋은, 더 나은 남자 만날 거다, 그러시지만 한 번이라도 제가 어떨지 생각해보신 적 있으세요? 두 분은 젊어서 누군가를 좋아해본 적 없어요? 난 그 애가 제일 좋아요. 나중에 더 좋은 사람을 만날 것 같지도 않아요. 지금 그 애와 헤어지면 평생 행복하지 않을 것 같아요. 어려서 연애하면 성적에 영향을 준다고 잔소리하지만 제 이과 성적은 계속 오르고 있잖아요. 아닌가요? 이번 시험을 망치긴 했지만 그건 우릴 갈라놓으려고 해서 그런 거잖아요. 그래도 굳이 저를 미국에 보내시겠다면 앞으로 더한 일이 생길지 저도 장담 못해요."

엄마는 기가 막히고 웃음만 나왔다. "지금 우릴 협박하는 거야, 허뤄?"

"비웃고 싶다는 거 알아요. 마음껏 비웃으세요. 왜 제가 무슨 생각을 하는지 일기장에서 확인하셔야만 하죠? 그건 제가 대부분의 일을 두 분과 의논하지 않기 때문이에요. 특히 제 마음은 말해봤자 어차피 부모님은 절 응원하기보다 반대하고 조롱할 거니까!"

허뤄의 엄마와 아빠는 서로를 한번 처다보았다.

"그걸 반대하지 않는 부모가 어디 있겠니? 설마 우리보고 널 응원해달라는 거니?" 허뤄의 아빠가 먼저 말을 꺼냈다.

"이번 기말고사 성적으로 보여드릴게요. 애초에 제가 이과를 선택한 게 잘못된 선택이 아니란 걸요. 그리고 우리가 함께해도 성적에는 아무 지장이 없다는 사실을요."

"네가 뱉은 말이니 오늘부터 두고 보자. 성적이 떨어지는 건 용납 못해. 등수가 하나만 떨어져도 두말없이 바로 출국하는 거다."

그럼 이젠 상황을 되돌릴 수 있는 여지가 생긴 건가? 허뤄는 다시 웃을 수 있을 것 같았다. 지금이라도 당장 장위안에게 전화를 걸고 싶었다. "이럴 줄 알았으면 지난번 시험에서 꼴등을 하는 건데. 그래야 성적을 올리는 게 수월하지." 허뤄는 혼자 중얼거렸다.

* * *

침실로 돌아온 허뤄의 엄마가 남편을 탓했다. "왜 애한테 여지를 주고 그래요?"

"오늘 학교에 가서 린 선생을 만났어. 장위안이 모범생에 총명하고 생각이 깊은 아이라고 하더군. 그리고 린 선생의 한마디가 날 감동시켰어. 그 나이에 느낀 감정이 변하지 않고 계속 간다는 건 극히 드문 일이고, 만약 계속 간다면 그것 또한 무척 행복한 일이라고."

"그 선생도 너무 낭만주의자네. 애를 망치겠어."

"당신 정말 옛날 일은 다 잊은 거야?" 남편이 아내의 손을 톡톡 치며 말했다. "우리도 중학교 동창이잖아."

"중학교 때 누가 당신하고 사귀기나 했대?" 허뤄의 엄마가 웃으며 말했다. "그때 나보다 키도 작았으면서. 그럼 허뤄 유학은 어떻게 해?"

"어쩌긴 우선 미뤄둬야지. 우리 딸이 지난 2년간 참 잘해줬잖아. 한데 너무 고집이 세서, 자기가 한번 마음먹은 일은 아무도 못 말리잖아. 그러니 그저 흘러가는 대로 둬보자고. 그러다 또 가출이라도 하면 나중에 후회해도 소용없잖아."

아빠의 말에 엄마도 걱정되기 시작했다.

어려서 허뤄는 유독 유치원에 가길 싫어했다. 유치원 문 앞에서 엄마의 옷자락을 붙들고 놓질 않았다. 엄마는 이러다 늦어서 '개근상'이 물 건너가겠다 싶었던지, 딸을 선생님에게 던지다시피 하고 도망쳤다. 어린 허뤄는 아무 말도 없이 철제 난간을 사이에 두고 엄마에게 손을 흔들며 작별 인사를 했다. "빨리 와서 데려가. 얌전히 기다리고 있을게."

그리고 한 시간도 채 지나지 않아 유치원 선생님이 자전거를 타고 엄마 직장까지 찾아왔다. '큰일 났어요. 허뤄가 안 보여요.' 온 천지를 다 헤매고, 주민회 아주머니까지 총출동했다. 나중에 교외에 살던 할머니가 삼촌을 보내 허뤄가 혼자 집으로 찾아와 아무리 타일러도 집에 돌아가려 하지 않는다고 말해주었다.

엄마는 딸을 다시 만나자마자 우선 부둥켜안고 한바탕 울었다.

그리곤 끌어다 회초리로 몽둥이찜질을 했다. 하지만 허뤄는 이를 앙다물고 얼굴이 파래지도록 잘못했다는 말 한마디 하지 않았다. 나중에는 번번이 기회만 되면 도망을 갔고, 그런 일이 있을 때마다 유치원 선생님은 그러려니 하며 자전거를 타고 허뤄의 뒤를 쫓았다. "허뤄. 돌아와. 오늘은 낮잠 자지 않아도 돼."

* * *

"저 성깔은 누구한테 물려받은 거래요?" 엄마는 근심이 가득했다. "성격이 너무 강해도 안 좋은데. 저러다 나중에 잘못될까 봐 겁나요."

제5장 하늘은 매일 푸른데

하늘은 매일 푸른데 당신을 생각하지 않는 것도 어려워
철없는 아이, 나에게 묻네요
당신의 눈에서 왜 땀이 나는 거죠

by 판웨윈 '하늘은 매일 푸른데'

최근 2~3주 동안 장위안, 일기, 출국, 이 세 가지 화제를 가족 누구도 입에 올리지 않았다. 허뤄는 매일 스탠드 밑에서 새벽 1시까지 공부했고 허뤄의 부모님도 각자 책 한 권씩을 들고 서재에서 1시까지 곁을 지켰다. "이러다 몸 상하겠다." 그들은 딸을 위로했다. "네가 열심히 했다면 결과가 어떻든 네 탓을 하진 않으마."

"약속은 약속이니까요. 시험 망치면 내 자신을 용서 못할 것 같아요."

***

허뤄는 매일 등교할 때마다 일회용 커피를 들고 갔다. 이과 수업 전에 세 잔을 연거푸 마시면 정신이 말짱해졌는데, 국어, 영어 시간만 되면 어김없이 졸음이 몰려왔다. 그러다 더는 견디기 힘들어지면 책상 위에 책으로 보루를 만들어두고 그 뒤에 납작 엎드려 잠시 눈을 붙이며 휴식을 취했다. 그러다 그대로 잠들어버리곤 했다.

눈을 떠 보니 츄 선생님이 열심히 '비파행'을 설명하고 있었다. 허뤄가 짝에게 조용히 물었다. "저기, 어디까지 진도 나갔어?"

"동시 천애 윤락인, 상봉 하필 증상식(同是天涯淪落人, 相逢何必曾相識 : 그대와 나, 같은 하늘 아래 떠도는 몸이거늘 만남이 어찌 본디 아는 사이만의 인연이랴―옮긴이)"

츄 선생님이 다가와 물었다. "너 지금 뭐라고 했어?"

"동시 천애 윤락인이요."

"네가 바로 윤락인(떠도는 신세)이야." 츄 선생이 책상을 툭툭 쳤다. "내가 앞에서 수업하는데 굳이 네가 지방 방송을 할 필요가 있을까?"

"네…… 아닙니다."

***

수업이 끝나자 장위안이 자오청제를 불렀다. "윤락인, 점심에 한 게임 어때?"

"끼저. 윤락인이라고?" 자오 청제는 레슬링 선수처럼 달려들었

167

다. "내가 널 못 때릴 것 같으냐."

"날 왜 때리는데?"

"여잘 때릴 순 없잖아."

"점심에 농구 할 거야? 문제 풀이해준다며?" 허뤄가 물었다.

"꼴 좀 봐라. 하품하는데 하마보다 입이 더 크네." 장위안이 놀렸다. "그러지 말고 책상에 엎드려 푹 자. 네 청춘을 미리 가불하면서까지 공부하진 마."

* * *

기말고사가 끝나고 허뤄는 한 차례 아팠다. 미열이 계속되었고, 의사는 과도한 피로 때문이라고 했다.

톈샹이 안부 전화를 걸어왔다. "일주일에 수학 모의고사 열일곱 세트나 풀었으니 미친 거지. 그래도 이번에 성적은 많이 올랐겠네!"

"많이 올랐는지는 몰라도 분명 오르긴 했을 거야. 그놈의 극한 정리 때문이야. 무한대로 가는데 영원히 정복할 수가 없네."

"확실히 마가 끼었어. 이제 너랑 시험 얘기 안 해." 전화 너머로 톈샹이 눈을 흘기는 게 느껴졌다. "시험 성적 나오면 우리 놀이공원에 가자. 어때?" 톈샹은 일부러 '우리'라는 두 글자에 힘주어 얘기했다.

"또 누구랑?"

"히히. 네가 생각하는 그 사람." 톈샹이 간드러지게 웃었다. "어때? 나올 수 있겠어?"

"노력해볼게!"

* * *

허뭐의 엄마는 상품 판매 전시회 참석차 톈진으로 출장을 가면서도 아픈 딸 때문에 마음이 놓이지 않았다. 아빠는 가슴을 탕탕 치며 자신만 믿으라고 딸을 잘 먹여 피둥피둥 살을 찌워놓겠다며 안심시켰다.

"아예 전병을 길게 두 개 부쳐서 부녀 목에 둘둘 말아주고 싶네. 앞엣것 다 먹으며 살짝 돌려서 뒤엣것 반을 먹으면 되잖아. 당신은 나가서 고기랑 생선이랑 사 먹어도 되는데, 허뭐는 아프니까 집에서 담백한 음식 먹어야 해."

"날 뭐로 보고." 허뭐 아빠가 딸을 돌아보며 말했다. "위가 안 좋아? 그럼 내가 궈수이몐(삶은 면을 냉수에 담가 만든 면 요리—옮긴이) 해줄게. 그리고 뭐냐 오이무침에 토마토 달걀볶음까지 다 해줄 수 있어. 어때?"

* * *

허뭐와 엄마는 식탁에 앉아 아빠가 국수라고 내어준 세 그릇을 멀뚱히 쳐다보고만 있었다.

"아빠, 혹시 죽을 쑨 거야?"

"혹시 찬물에 안 담갔어?" 엄마가 젓가락으로 뒤적거렸다.

"아이고, 마늘 찧어서 오이무침 만드느라 깜박했어." 아빠가 변명했다. "그래도 면인 줄은 알아보겠지?"

"보자마자 밥맛이 뚝 떨어지네." 엄마가 숟가락을 놓았다. "아주 죽을 쒔어."

허뤄는 뜨거운 김과 함께 콧물을 삼켰다.

"허뤄 콧물 같지 않아?" 아빠의 물음에 엄마도 기가 막힌 표현이라며 함께 웃었다.

"그래도 지식인인데 이미지 관리 좀 하시죠." 허뤄는 웃을 수도 울 수도 없었다. 아빠가 집안 분위기를 띄워보려는 것을 잘 알고 있었다.

* * *

허뤄 엄마의 비행기 표는 이미 예매가 되어 있어 환불도 불가능했다. 허뤄 엄마는 고심 끝에 결국 할머니 집에 잠시 허뤄를 맡기기로 했다. 허뤄는 몇 날 며칠을 잠만 자고 나니 몸이 한결 좋아졌다. 하지만 집을 잠시 떠나 당분간 감옥 생활에서 벗어날 수 있다는 것이 더 기뻤다. 물론 부모님이 둘의 왕래를 엄격하게 금지한 것은 아니지만 서로 연락을 자제했다. 어쩌다 낮에 안부 인사를 나누는 게 고작이었다. 아빠는 사무실을 한 바퀴 돌다가도 갑자기 집으로 돌아와 허뤄를 지극정성으로 돌봤다. 그런 면에서 할머니 집은 한결 자유로웠다. 이런저런 구실로 동네 한 바퀴 정도는 돌 수 있었으니 말이다. "할아버지 스워드 테일이랑 구피 줄 물고기 밥 사올게요."

그럴 때마다 어김없이 부드러운 새소리가 들려왔다. 할아버지는 약간 귀가 어두웠다. "우리 집 동박새인가? 새장 덮개 안 덮었니?"

"아니요. 가서 보고 올게요." 허뭐는 얼른 베란다로 뛰어나가 길가 건너편을 향해 손을 흔들었다. 얼기설기 늘어진 수양버들 아래 장위안이 남색 사이클에 앉아 있었다. 한 발로 땅을 짚고 선 그의 상반신은 나무 그늘 안에 덮여 있었고 다리는 유난히 길어 보였다. 워싱 블루색의 청바지는 마치 늘어진 여름날 오후의 하늘과도 같았다.

바람도 잦아들었다. 만 갈래의 녹색 버들가지도 그대로 늘어져 있었다. 그의 가늘고 긴 손가락은 둥근 핸들을 치며 박자를 맞추고 있었다. 급하지도 느리지도 않았다. 맑고 부드러운 휘파람 소리가 연기 같은 푸른 버들 뒤에서 물결처럼 일렁였다.

허뭐가 베란다에서 몸을 내밀며 OK 사인을 보내자 새소리가 멈추었다.

"점점 비슷해지는데." 그녀가 깔깔 웃었다. "그러다 우리 할아버지가 나와서 널 잡아 새장에 가둘지도 몰라."

"내가 아무리 매일 보고 싶어도, 할아버지까지 이용해서 날 감금하면 안 되지." 장위안이 한 발을 마저 넘겨 자전거 옆으로 선 후 한 손으로 자전거를 끌었다. "같이 걷자."

"하긴 걸을 수밖에 없겠지." 허뭐는 약간 실망한 눈치였다. 좀 전에 본 '첨밀밀' 영화에서 리밍 뒤에 앉아 두 다리를 살랑살랑 흔들며 콧노래를 흥얼거리던 장만위가 부럽기만 했다. '달콤해요. 당신의 미소는 달콤해요.' 그러면 리밍은 있는 힘껏 페달을 밟는다. 자전거는 좌우로 갸우뚱 흔들리며 행복으로 이어지는 구불구불 궤적을 그리며 달린다.

슬쩍 장위안의 애마, 사이클을 살펴보니 바퀴가 엄청 가늘고 뒷좌석조차 없었다.

"왜 사이클에는 바구니도, 뒷좌석도 없는 거야?" 그녀가 투덜거렸다. "그럼 책가방이랑 도시락은 어디에 두라고?"

"책가방은 매고, 도시락은 비닐로 잘 싼 다음에 가방에 넣지." 장위안이 웃었다. "앞뒤로 주렁주렁 달면 그게 어떻게 사이클이냐?"

"오." 실망이다. "겉멋만 들어가지고." 허뤄가 그를 비난했다.

* * *

이틀 후에 학부형 회의가 있었다. 평소 열성분자 몇몇은 린수전 선생님에게 불려가 일을 도왔다.

"교내 환경 미화한 지 얼마나 됐다고 또 대청소야." 톈샹이 원망스러운 듯 말했다. "날도 더운데 강가에나 갔으면 좋겠다."

리원웨이가 톈샹의 말을 잘랐다. "그만 징징거려. 선생님이 들으시면 또 그러실걸. '세수도 만날 하잖니. 부모님이 더러운 교실을 보시면 너희들도 부끄럽지 않겠어? 선생님은 부끄러운데.'"

* * *

허뤄는 폴로 사탕을 사서 하나 맛을 본 뒤 친구들에게 하나씩 나누어주었다. 그리고 복도에 납작 엎드려 바닥을 닦고 있는 장위안을 찾아갔다.

"네가 대신 들어줘. 내 손은 더러워."

"내 손도 더러워. 조금 전에 마포 빨고 제대로 안 씻었거든."

"넌 이미 먹었는데 아직 살아있는 걸 보면 독은 없을 거야." 장위안이 웃었다. "만약 죽는다면 제일 많이 먹은 사람이 먼저 죽겠지."

"나?" 허뤄는 장위안의 목덜미에 제 손등을 댔다. "얼어 죽어라!"

"손이 왜 이렇게 차?"

"우리 학교 물이 지하수잖아. 여름에도 차가워."

"너무 차다." 장위안이 허뤄의 손가락을 꼭 잡았다.

"어머. 못 봤어. 난 아무것도 못 봤어……." 마침 교실 문을 나서던 톈샹이 복도 끝에서 두 손을 맞잡고 있는 허뤄와 장위안을 보고는 얼른 눈을 가렸다.

"이봐. 적당히들 해. 부모님들이 보시면 어쩌려고 그래?" 리윈웨이가 혀를 끌끌 찼다. "곧 다들 오실 텐데."

* * *

과목별 연습 문제집이 학교에 도착했다. 그것을 부모님에게 나눠주기 위해 교무실에서 교실로 옮겨야 했다. 허뤄가 오랫동안 앓고 나 후라는 걸 알고 있는 친구들은 그녀를 배려해 교실에서 가정 통신문을 나눠주는 일을 맡겼다.

부모님들이 속속 도착했고, 허뭐는 일일이 학생 이름을 물어본 뒤 성적표와 등수표, 품행 평가서를 나눠주었다.

"성적표는 내가 찾아줄게." 장위안이 책을 다 옮긴 뒤 다가왔다. "사람들이 많아지니까 정신을 못 차리네." 그가 옆에 나란히 섰다. 허뭐는 부모님이 갑자기 나타나기라도 하면 어쩌나 조마조마했다.

"됐어!" 장위안의 눈빛을 피해 들어오는 학부형을 올려다보았다. "안녕하세요, 아주머니. 친구 이름이 뭐예요?"

장위안이 허뭐의 목소리까지 흉내 내며 그녀의 말을 반복했다. "안녕하세요, 아주머니. 친구 이름이 뭐예요?"

"학부모 회의잖아. 장난치지 마!" 허뭐가 그를 흘겨보며 조용히 경고했다.

"그러니까. 학부모 회의 날까지 장난이니?" 긴 머리의 아주머니가 손에 들고 있던 노트를 둥글게 말아 장위안의 이마를 톡톡 쳤다. "아주머니라고? 십수 년을 길러줬더니만."

장위안의 어머니였다.

허뭐는 갑자기 혀가 마비되고 딱히 할 말이 떠오르지 않았다.

"이 녀석. 학교에서도 놀기만 하니. 셔츠 칼라 좀 봐라. 한쪽은 안으로 접혔잖아. 단정치 못하게." 장위안의 엄마가 아들의 옷깃을 정리해주며 말했다. "친구들이 보면 얼마나 놀리겠니." 그리고 허뭐를 돌아보며 웃었다. "어, 학생은……."

"허뭐예요. 1학년 2학기 분반할 때 이과로 왔어요." 허뭐는 공손히 인사했다. 쾌활하되 경박하지 말 것. 미소를 짓되 크게 웃지 말 것. 허뭐는 자신에게 당부하며 슬쩍 등을 꼿꼿이 폈다. 하지만 결국 장위안 어머니의 눈을 똑바로 바라보지 못하고 다시 고개를 숙였다.

"아, 네가 바로 외교관이 되고 싶다던 아이구나." 장위안의 어머니가 웃으며 물었다. "난 중학교 영어 선생님인데 장위안이 네 작문을 들고 왔더라. 너무 잘 써서 내가 우리 학생들한테 읽어주기까지 했어. 정말 총명한 아이 같구나."

"사실 다 외삼촌에게 들은 얘기를 쓴 것뿐입니다. 외교부에 계시거든요." 자신이 지금 무슨 말을 하고 있는지조차 모르겠는데 말을 고르고 말고 할 겨를이 없었다. 지금은 말을 더듬지 않도록 입술과 혀를 단속하기에도 여념이 없었다. "장위안이 훨씬 똑똑합니다. 이과 성적도 좋아서 늘 제 문제 풀이도 도와주곤 하지요." 말투가 너무 딱딱하다. 왠지 전우애가 느껴질 정도가 아닌가? 허뭐의 등줄기에서 땀이 흘렀다.

"얘는 내가 젤 잘 알지." 장위안의 엄마가 아들의 팔뚝을 툭툭 쳤다. "얘는 잔머리만 굴리고 아예 문어법은 공부도 안 해. 그러니 영어 작문이 완전 엉터리지. 허뭐가 애 좀 많이 도와줘."

장위안은 자신의 자리로 엄마 등을 떠밀었다. 그리고 잊지 않고 허뭐를 돌아보며 미소를 지었다.

"얼른 나가 구석에 숨어 있어." 허뭐가 재촉했다. "좀 있다 우리 아빠도 오실 거야."

"그래. 그럼 얼른 도망가야지. 난 너네 아빠가 너무 무섭더라."

장위안은 그때 허뤄 아빠의 품에 안길 뻔한 기억이 떠올라 가슴이 철렁했다.

* * *

딸의 성적표를 받아든 허뤄의 아빠는 얼굴에 웃음을 감출 수 없었다. 반에서 4등, 이과 과목 성적도 확실히 올랐고, 수학 점수는 무려 92점이었다.

부모들에게는 제 자식이 최고다. 금을 주어도 은을 주어도 바꿀 수 없는 게 자식이다. 대부분 그렇다. 하지만 학부모 회의에서만은 예외였다.

린 선생님은 젊고 학부모를 존중하는 편이었다. 선생님이 일일이 호명하지 않아도 학부모들이 알아서 제자리를 찾아 앉았다. 교실이 수십 명의 중년 학부모로 가득 찼다. 아버지들은 머리가 벗어지기 시작했고, 어머니들은 염색으로 흰 머리를 가리기 시작할 나이였다. 그럼에도 젊은 선생님의 말씀을 경청했다. 이 순간 내 자녀의 성적이 성에 차지 않는 부모는 남의 집 자식의 점수라도 빌리고 싶은 심정이었다.

허뤄의 아빠는 내심 허뤄의 성적이 나빠 선생님이 은근슬쩍 청소년의 연애에 대해 비난하지 않을까 걱정했었다. 한데 뜻밖에도 허뤄의 성적은 매번 올랐다. 당연한 결과였다. 허뤄가 밤새 어둠을 밝혀가며 새벽까지 공부하는 것을 허뤄의 아빠도 잘 알고 있었다. 허뤄 아빠는 장위안의 지난 성적표들을 살짝 살펴보았다. 시험 난이도가 높았을 때도 물리와 수학 성적은 늘 90점 아래로 떨어진 적이 없었고, 특히 수학은 거의 만점에 가까웠다.

순간 이걸 기뻐해야 하나 말아야 하나 헷갈렸다.

* * *

회의가 끝나고 허뤄의 아빠는 허뤄를 친가로 바래다줄 생각이었다. 교실 문을 나서려는데 우연히 장위안의 엄마와 마주쳤고 간단히 서로의 안부를 물으며 상대방의 자녀를 칭찬했다.

학생 몇몇은 교실 문 앞에서 자신의 부모를 기다리고 있었는데 그중 텐샹이 그 장면을 보고는 입이 근질거리기 시작했다. 문을 등지고 서 리원웨이 어깨에 기대 낄낄 웃었다. "저기, 봐봐. 꼭 상견례 같지 않아?"

* * *

허뤄는 할머니 집으로 돌아갈 수 있어서 너무 기뻤다. 허뤄의 아빠는 떠나기 전 잊지 않고 당부했다. "이번에 시험 잘 봤다고 자만하면 안 돼. 오르긴 쉬워도 지키기는 건 어려운 법이니까. 그러니 잘 유지해야 해. 우리 약속 잊지 마라!"

"떨어지지만 않으면 되잖아요. 꼭 오를 필요는 없죠?" 허뤄는 손가락을 꼽아보았다. "졸업까지 앞으로 1년, 열 번 정도 모의고사가 남았는데 등수가 더 마이너스되려면 어떻게 해야 할까요?"

"요즘 말대꾸가 늘었네?" 허뤄 아빠는 이맛살을 찌푸리면서도 입은 여전히 웃고 있었다. 아직도 학부형 회의의 여운이 가시지 않은 탓이었다.

"가끔 어른들이 더 비현실적이고, 허영심도 강하다니까!" 허뤄 는 쓸쓸하게 웃었다.

* * *

이튿날 할아버지는 동박새를 들고 산책을 나섰다. 그리고 부드 러운 새소리가 어김없이 창밖에서 들려왔다. 허뤄는 계단을 날 듯 뛰어 내려갔다. 장위안이 이인용 검은색 자전거를 끌고 왔다.

"구식 페달 자전거야. 벨이 안 울려서 그렇지 다른 건 다 삐걱 소리를 낸다고. 그래도 튼튼해."

"튼튼해서 뭐 하게? 범퍼카야." 허뤄가 웃었다. "누구를 들이받 으려고?"

"이래 봬도 우리 엄마 혼수야!" 장위안은 이미 갈라지기 시작한 갈색 안장을 툭툭 쳤다. "힘들게 계단에서 끌고 내려왔는데 어떤 통 통한 여자애가 앉아서 망가지기라도 하면 어떻게 도로 가져다놔?"

"어라……." 허뤄가 뾰로통하게 대답했다. "지금 나보고 뚱뚱하 단 거야?"

"넌 안 뚱뚱해." 장위안은 자전거를 끌며 한쪽 다리를 굴러 자 전거에 올랐다. 그리고는 허뤄 주변을 천천히 뱅글뱅글 돌았다. "그러니까 너보고 타란 얘긴 안 했어."

"그럼 누굴 태울 건데?" 허뤄가 뒷좌석의 고리를 잡으며 깔깔 웃었다.

장위안은 더는 앞으로 나아가지 못하고 긴 다리로 바닥을 짚었다. "손 놔. 뚱보 데리러 가야 한다고."

"안 돼!"

"그럼 얼른 타."

"……"

"뚱보. 얼른 타!" 그는 웃으며 허뤄를 재촉했다.

"옛날 자전거라 뒷좌석이 너무 높아. 올라탈 수가 없어." 뚱뚱하긴 뚱뚱한가. 허뤄의 머릿속에는 온통 영화 '첨밀밀'에서 장만위가 노래를 부르며 두 다리를 살랑살랑 흔들던 장면만 가득했고, 장위안과의 말장난은 잊은 지 오래였다.

"그럼 네가 먼저 앉아."

"근데 사람 태울 줄은 알아? 넌 사이클만 타잖아."

"아니, 못 하는데. 조금 있다가 널 도랑에 빠트리려고 했지."

"그럼 됐어……." 허뤄는 움찔했다. "안전제일."

"정말 못 말리겠네. 누님. 왜 이렇게 쓸데없이 말이 많아요?" 장위안이 웃었다. "어려서 자전거를 배울 때부터 이 자전거를 탔다고. 물론 늘 옆집 예쁜 꼬마 아가씨를 태우고 여기저기 드라이브를 했지만."

"역시 내가 처음이 아니구나." 허뤄는 콧방귀를 뀌며 힘주어 뒷좌석에 올라탔다.

"그래도 그중 네가 제일 대~단하다고." 장위안은 특히 '대'자에 힘을 주며 말했다. "확실히 대~자야."

"쓸데없이 입만 살았어." 그녀가 그의 등을 때렸다. "자, 가자."

"잘 앉았어?"

"응."

"……." 장위안이 잠시 멈추더니 말꼬리를 늘이며 말했다. "단단히 잡아. 곧 내리막길이 나오니까 조심해야 한다고."

허뤄는 아래 책가방을 걸어두는 작은 고리를 잡았다. 팔이 몸에 꼭 붙어 자세가 영 불편했다. 그리고 다시 어디 잡을 곳이 있나 살폈다. 조심스레 오른팔을 뻗어 장위안의 남방 자락을 잡았다. 말라서인지 바람에 셔츠가 풍선처럼 부풀어올랐다. 옷자락이 허뤄의 손등을 스치며 간지럽혔다. 그래도 선은 지켜야 했다. 공기로 부풀어오른 장위안의 셔츠를 둥글게 안았다. 장위안에게 닿지 않도록 팔을 과하게 둥글게 만들었다.

"그럼 간다." 장위안이 페달을 굴렀다. 허뤄의 몸이 순간 뒤로 쏠리며 본능적으로 팔에 힘이 들어갔다.

관성. 관성?

어떤 말을 해야 좋을지 몰라 던진 말이 고작 '너 허리가 엄청 가늘구나'였다. 이게 남자한테 할 소린가? 차라리 아무 말도 하지 말걸. 팔에 힘을 주어 안을 수 없었고, 손이 그의 허리춤에 닿을까 봐 손을 손등 방향으로 바짝 꺾었다.

그리고 조금씩 용기를 내어 팔에 힘을 풀었다.

장위안이 갑자기 하하 웃었다. "뭐 하는 거야?"

"아······." 차들이 즐비하게 늘어선 거리 한복판에서 그녀는 부끄러움에 얼굴이 붉게 달아올랐다.

"손을 내리려면 확 내려. 간지러움 태우지 말고."

맑은 그의 음색, 가슴에서부터 잔잔하게 울리는 흥성이, 앞쪽에서 전해졌다.

* * *

허뭐는 고개를 들었다. 햇빛에 투명하게 빛나는 나뭇잎, 가슴을 가득 채우는 푸르름, 여름날의 뜨거운 햇빛, 피부로 느껴지는 따스함. 뜨거운 바람에 아스팔트 위에 아지랑이가 춤을 춘다. 진회색의 울퉁불퉁한 노면을 달리며 덜컹덜컹 움직이는 자전거, 허뭐의 심장도 한 박자, 두 박자 쿵쿵 뛰기 시작했다. '달콤해요. 당신의 미소는 달콤해요.'

하늘은 흐르는 물처럼 투명했고, 바다처럼 푸르렀다.

그리고 나무들마저 춤을 추며 한들거렸다.

제3악장

불안한 프레스토; 두 도시

제1장 일기 예보

추운 날엔 당신의 외투를 생각해
장을 볼 때면 당신의 어깨가 생각나고
밤에 잠이 오지 않을 때, 고민이 있을 때
귓가에서 당신의 맑은 웃음소리가 들려
노래를 들을 땐 당신의 기타가 생각나
지구가 평평하다면 난 매일 창을 열어
네가 있는 먼 곳을 바라볼 텐데

by Gigi '일기 예보'

장위안은 입학하자마자 한 달 동안 군사 훈련을 받았다. 새까 맣게 그을린 그는 사진 속에서 활짝 웃고 있었다. 허뭐는 그의 사 진을 보며 장위안에게 전화를 걸었다. "밤에 외출할 땐 꼭 야광색 옷을 입어야겠어. 차가 널 못 보면 어떻게 해. 길을 건널 때도 조 심해. 위험하니까."

* * *

첫 과내 모임에서 교관이 물었다. "모두 한 달 동안 함께했는데 그간 있었던 일이나 감상을 말해보도록."

여학생 대표 주닝리가 일어났다. "장위안이 너무 따로 놀아요. 10월 1일 국경절도 돌아오는데 이곳 토박이에다 반장이면서 타지에서 온 친구들 시내 구경시켜주면 얼마나 좋아요. 게다가, 여학생들한테 웃는 얼굴 하는 걸 못 봤어요."

"난 또 주말마다 다들 외출을 하길래. 도시가 큰 것도 아니고 볼 건 다 본 줄 알았지." 잠시 말을 멈추었다. "그리고 내가 온종일 실없이 웃고 다녀야 네 마음이 편하겠니?"

주닝리는 눈을 부릅뜨고 씩씩거리며 제자리에 주저앉았다.

*　*　*

"이게 말이 돼? 지가 내 여자친구도 아니고, 왜 이래라저래라 하면서 자기 보고 웃어달래?"

허뤄는 장위안의 험상궂은 얼굴이 상상이 안 갔다. 그가 웃지 않는다니? 허뤄는 그가 정색하는 모습을 본 적이 없었다.

장위안의 편지를 읽으며 사진 속 까맣게 그을린 그의 엄숙한 얼굴을 보고 있자니 웃음이 나왔다. 웃다가 숨이 넘어가 기침까지 나왔다.

룸메이트 중 베이징 출신인 저우신옌이 보온병에 물을 떠서 돌아오다 얼굴을 찌푸리며 허뤄를 나무랐다. "허뤄, 누워서 쉬라니까 또 앉아서 편지 읽고 있어? 그렇게 매일 보다가 편지 다 닳아 없어지겠어!" 그녀는 서랍을 뒤져 VC 비타민 발포제를 두 알 꺼내 물속에 담갔다. "자, 제대로 먹지도 못하는데 비타민이라도 충전해야 얼른 낫지."

발포제에서 일어나는 거품이 마치 고2 화학 수업 시간에 만든 아세틸렌 같았다.

그때 장위안이 했던 말이 떠올랐다. 어렸을 때 노점에서 버린 카바이드(탄소와 칼슘―옮긴이) 조각을 주어서 비 오는 날 거리에 나가 하수구에 던졌더니 하수구에서 거품이 올라와 동네 아이들이 흥분해서 모여들었다고.

"말썽꾸러기, 구제불능." 허뤄가 그를 놀렸다.

"그런 건 탐구 정신이 투철하다고 말하는 거야." 장위안이 고개를 바짝 쳐들었다. 그의 거들먹거리는 모습이 아직도 눈에 선한데 벌써 2년이란 세월이 흘렀다.

허뤄의 눈이 촉촉하게 젖어왔다. 장위안이 너무 보고 싶었다. 집이 너무 그리웠다.

* * *

다음 날 아침 일찍, 저우신옌은 허뤄를 데리고 병원에 갔다. 그런데 예상보다 대기 시간이 점점 길어지자 그녀는 시계를 계속 들여다보며 미안한 듯 얘기했다. "허뤄. 고등수학 수업 시간 다 됐어. 난……." 대학교 신입생들은 여태 고등학교 때의 습성이 남아 있어 땡땡이를 치면 큰일 나는 줄 알았다.

"가봐. 난 괜찮아. 의기시 설마 기절이야 하겠어." 허뤄는 가볍게 웃었다. 하지만 몸이 떨려왔다. 베이징의 9월은 여전히 습하고 무더웠지만 그녀는 긴소매 윗도리에 털실 조끼를 입고 있었다. 몸이 땀에 흠뻑 젖어 온몸에서 곰팡이가 필 것만 같았다. 그리고 갑자기 오한이 찾아와 온몸에 닭살이 돋으며 식은땀이 흘렀고 온몸에 기운이 하나도 없었다.

* * *

허뭐는 드디어 의사를 만날 수 있었다. 문진 후 의사는 코웃음을 치며 얘기했다. "이틀 동안 폭우가 내렸는데 바깥에서 30분 넘게 매일 전화통화를 했으니 감기에 안 걸리고 배겨? 폐렴 걸리지 않은 게 다행이지. 남자친구랑 통화한 거니? 요즘 젊은이는 부모님이 얼마나 걱정하시는지도 모르고 그저 남자친구만 위하지. 제 몸을 아낄 줄 모른단 말이야!"

듣기 싫어도 맞는 말이긴 했다. 하지만 가시 돋친 그 말투는 그저 비난하고 조롱하는 것으로밖에 들리지 않았다.

허뭐는 변명할 힘도, 변명할 생각도 없었다.

허뭐 기숙사에는 전화가 없었다. 그래서 캠퍼스 내 공중전화는 점심시간에 식당 배식 창구만큼이나 붐볐고 줄은 언제나 길었다. 그날은 어렵게 자신의 차례까지 왔는데 때마침 비가 보슬보슬 내리기 시작했고 어느새 빗줄기가 굵어지더니 천지를 분간하기도 힘들어졌다. 하지만 차마 수화기를 놓을 수 없었던 허뭐는 어깨를 감싸 안은 채 공중전화 부스의 주황색 처마 밑에 서서 계속 전화를 걸었다. 바람에 빗줄기가 안으로 들이쳤고 통화를 하다 보니 추위에 이가 딱딱 부딪쳤다.

"목소리가 왜 그래?" 장위안은 뭔가 이상한 낌새를 채고 물었다. "목소리가 경직됐어. 피곤하면 얼른 가서 쉬고, 이따 내가 다시 전화할게."

"전화 연결이 어렵다며?" 부들부들 몸이 떨려왔다.

"응, 육백 명의 여학생이 사는 기숙사인데 사감실에 전화 한 대밖에 없다는 게 말이 돼? 이거 원 방송국 전화 연결보다 더 어려워서야." 장위안이 원망스럽다는 듯 말했다. "지난번 집에서 오후 내내 손가락이 부러져라 전화를 걸었는데도 계속 통화 중이더라고."

* * *

"전화하느라 병까지 난 거야?" 예즈가 책가방을 내려놓고 허뤄의 이마를 짚었다. "어머, 뜨거워. 나 도시락 사러 가는데 뭐 좀 먹을래?"

"죽이랑 장아찌, 고마워." 배 속이 비었지만 기름진 음식은 생각만 해도 구역질이 났다. 엄마의 계란찜이 너무 그리웠다. 송송 썬 초록 파를 올리고 고소한 참기름을 두어 방울 떨어뜨린 노랗고 포실포실한 계란찜은 아플 때마다 제일 위로가 되는 음식이었다.

룸메이트 중 가장 언니인 퉁자잉도 허뤄를 들여다보며 물었다. "허뤄, 아프니까 집 생각이 더 나지?"

치명적이었다. 남방 출신인 그녀는 평소 내성적인 편이라 말수가 적었다. 그런데 이번엔 최루탄을 직격으로 날렸다.

"응, 괜찮아. 나 좀 잘게." 허뤄는 벽 쪽으로 고개를 돌리고 모기 장 뒤에 몸을 숨겼다. 코끝이 찡해지더니 수도꼭지를 틀어놓은 것처럼 눈물이 하염없이 흘러내렸다.

* * *

정신이 혼미했다. 고향에 돌아온 걸까? 낯익은 거리를 걷고 있었다. 네모반듯한 보도블록이 깔려 있었고 뚝뚝 빗줄기 소리가 들렸다. 엔틱풍의 유럽식 가로등이 수증기 속에서 노란 불빛으로 둥글게 뒤덮여 있었다. 날은 무더웠고 대입을 준비하고 있었다. 책상 한가득 놓인 복습 자료들을 보니 마음이 불안해졌다. "시험 끝난 거 아니었어?"

"무슨 소리야!" 옆에 앉아 있던 친구가 고개도 들지 않은 채 눈한 번 깜박하지 않고 대답했다. "그건 모의고사였고, 풀어야 할 문제들이 이렇게나 많다고. 얼른 풀어."

"이렇게나 많은데 어떻게 다 풀어!" 사방을 둘러보았으나 장위안이 교실에 보이질 않았다. 분명 또 운동장에서 농구나 하겠지. "얼른 와. 또 연습 문제지를 이렇게나 많이 나눠줬다고!" 그녀는 창틀에 엎어져 크게 소리쳤다.

생각할수록 초조해졌다. 초조해서 식은땀이 흐를 정도였다. 그리고 갑자기 정신이 들었다. 눈을 뜬 곳은 대학 기숙사였다.

* * *

기숙사에 불이 꺼지자 룸메이트 셋은 침대를 정리하며 조용히 고등수학 교수 얘기를 꺼냈다. 한 타임에 책 이십 페이지나 진도를 나갔다며 원망을 늘어놨다. 허뤄는 눈을 뜨고 위쪽 침대의 합판을 쳐다보았다. 나뭇결이 갈라지고 좀 먹은 흔적이 보였다. 저우신옌이 낡은 이층 침대에 오르자 삐걱삐걱 소리가 났고 나무 틈에서 역사의 흔적인 먼지가 떨어졌다.

창밖에 주르륵 빗소리가 들렸다.

"비 와?" 허뤄가 묻자 저우신옌이 침대 난간을 잡고 들여다보았다.

"일어났어? 비가 아니라 나뭇잎 떨어지는 소리야."

"우리 목소리가 너무 커서 깬 거야?" 예즈가 물었다.

"아니. 완전히 잠든 건 아니고 계속 몽롱하게 깨어 있었어."

"악몽이라도 꾼 거야? 잘 들리지는 않았는데 계속 뭐라 중얼거리던데."

"그랬어? …… 열이 나서 정신이 혼미했나 봐."

눈을 감자 머리가 쪼개질 것처럼 아팠다. 손바닥 아랫부분으로 양쪽 태양혈을 부드럽게 문질렀다. 창밖에서 농구공을 튕기는 소리가 점점 가깝게 들려왔다. 고요한 밤, 유난히 더 또렷하게 들렸다.

저우신옌은 탁탁 이층 침대에서 내려와 얇은 커튼을 열어젖히고 소리를 질렀다. "그만해! 한밤중에 미친 거야. 다들 자잖아." 그리곤 허뤄를 돌아보며 웃었다 "여기 병자도 있다고."

"난 괜찮아. 다들 얼른 쉬어. 내일 수업도 있잖아."

창밖의 농구공 소리가 멈췄다. 허뤄는 오히려 실망했다. 그리고 그날의 일을 편지로 썼다. '그때 나는 네가 농구공을 튀기고 있는 줄 알았어. 네가 먼 길을 달려 나를 보러 왔구나 했지. 진짜 바보 같지? 나 자신을 위로했어. 이건 진짜 네가 농구를 하는 소리다. 저 멀리 있어도 난 그 소리를 들을 수 있다고 말이야.'

* * *

하지만 비를 맞아 아팠던 이야기는 일절 언급하지 않았다. 허뤄는 자전거로 톈샹을 만나러 갔다. 톈샹 학교는 한창 신입생 군사훈련 중이었다. 멀리서 보니 모두 앉은뱅이 의자를 들고 서 있었는데 교관의 힘찬 구령 소리가 들렸다. "의자 내린다. 준비. 내려!"

"의자 들고, 자리에서 일어나!"

탁탁탁 시끄럽게 울려 퍼지는 소리, 초록색 군복을 입은 학생들, 군모로 반쯤 가린 얼굴. 허뤄는 무리를 일일이 뒤지고서야 톈샹을 찾을 수 있었다. 확실히 벨칸토 발성법 때문인지 번호를 붙일 때도 목소리가 쩌렁쩌렁했다.

* * *

"흥. 양심이 있긴 있어? 이렇게 간만에 찾아오고 말이야." 휴식시간 톈샹이 뛰어와 허뤄의 자전거 핸들을 마구 흔들었다. "혹시 매일 장 모 군이랑 연애하느라 친구인 내가 힘든 건 안중에도 없었던 거야!"

"무슨 소리야. 이틀간 많이 아팠어."

"어머. 괜찮아? 이젠 좋아진 거지?"

"응. 다른 사람한테는 비밀이야⋯⋯." 허뤄는 잠시 망설였다. "가족이랑 장위안도 몰라."

"너무 센 척하는 것도 안 좋아. 우리 부모님이었다면 비행기라도 잡아타고 왔을 거야."

"지금 멀쩡하잖아. 그런데 뭐 하러 걱정 끼쳐?"

"고생했겠네." 톈샹이 다가와 허뤄를 가볍게 안았다. "나라도 가서 보살펴줬어야 했는데. 장위안이 곁에 있었으면 얼마나 좋아."

"절대, 절대로 장위안한테는 말하지 마." 허뤄는 한숨을 내쉬었다. "장위안도⋯⋯ 충분히 힘들 거야."

"입장 바꿔 생각하면 나라도 우울할 거야. 칭화에 딱 2점 차로 떨어졌잖아. 바보 같은 녀석. 모의고사 때도 매번 640점은 거뜬히 넘기더니. 게다가 올해 시험도 쉬워서 커트라인이 645점이었는데. 걘 딱 2점 모자란 643점이었잖아." 톈샹이 말했다.

"우리 함께 베이징에 진학하기로 했었는데. 그다음에 부모님께 우리 얘기를 다시 하려고 했었어." 허뤄는 발끝으로 바닥에 원을 그렸다. "여름방학 내내 우울한 얼굴을 하고 있어서 나도 뭐라고 말해야 좋을지 모르겠더라고."

"자신감이 하늘을 찔러서 한 번쯤은 혼꾸멍나긴 해야 해."

그게 위로야? 허뤄는 씁쓸하게 웃었다. 그렇다고 해도 그건 4년

간의 이별을 의미하는 너무 큰 형벌이었다.

텐샹은 허뤄가 울적해하자 그녀의 어깨를 가볍게 토닥였다. "가자. 저기 잘생긴 청년들 좀 보러 가자고."

"관심 없어." 허뤄는 입을 삐쭉거렸다.

"하긴. 너의 장위안만큼 잘난 남자가 또 있겠냐. 그럼 나 대신 골라줘. 어때?" 그녀는 가련한 여자 흉내를 냈다.

"고등학교 리바운드 왕 좋아한 거 아냐? 진짜 여자의 마음은 갈대라더니."

"걔랑 나랑은 전혀 다른 세계 사람이야. 광저우로 진학했다더라고. 남과 북의 연애, 너무 피곤해. 오래 함께할 순 없겠더라." 허뤄의 얼굴이 갑자기 굳어버리자 텐샹이 얼른 말을 돌렸다. "아니, 그게 별 뜻은 없어. 그냥 우린 경우가 좀 다르지. 너희들은 남다르잖아. 그러니까 너희 둘은 알나리깔나리, 평생 함께하기로 약속한 사이니까."

"또 이상한 소리. 넌 어째 하는 말마다 점잖지 못하니!" 허뤄가 나무랐다.

"뭐야. 둘 연애에 난 말도 못해?" 텐샹이 깔깔 웃으며 허뤄를 슬쩍 치더니 어깨동무를 했다. "말해봐. 키스는 해본 거야?"

"내가 왜 말해줘야 하는데?" 허뤄가 눈을 흘겼다.

"인생 선배니까. 노하우를 좀 전수해줘야지." 텐샹이 손가락을 꼽으며 말했다. "그리고 나중에 결혼해 애도 낳을 거잖아. 나도 너랑 똑같은 수순을 밟을 거 아니니."

"진짜 했어, 안 했어?" 톈샹이 계속 허뤄를 흔들었다.

"아직······."

"이실직고해!"

"진짜야."

"못 믿겠어!"

"이거 봐. 말해줘도 안 믿을 거면서." 허뤄는 웃을 수도 울 수도 없었다.

"너희, 둘 다 목석이니. 적어도 헤어질 때 얼굴을 감싸면서 뜨거운 키스를 했을 거라고 상상했는데." 톈샹은 딱 소리가 나도록 손가락을 튕겼다. "내가 얼마나 아쉬웠는데. 너보다 먼저 올라와서 좋은 볼거리 놓쳤다 생각했지."

* * *

네가 만약 이별 장면을 봤다면 더 아쉬워했을걸. 우리 부모님은 베이징으로 떠나는 딸을 내내 동행하며 거의 호송하다시피 했다고. 먼 친척이 우르르 몰려오고, 장위안에, 자오청제, 리원웨이, 다른 서너 명의 동창들까지 배웅을 나온 바람에 플랫폼이 들썩들썩했었다고. 결국, 친구들 등쌀에 기둥 뒤쪽으로 자리를 옮기긴 했는데 포옹할 기회조차 없었다고.

둘은 각자 오른손과 왼손의 네 손가락으로 주먹을 쥔 뒤 측면을 살짝 대고 엄지손가락을 세워 가지런히 포갰다. 그러면 빈틈없이 꼭 쥔 손가락 틈이 톱니바퀴처럼 서로 꼭 들어맞았다. 매번 각자의 집으로 돌아가는 갈림길에서 이미 수백 번은 연습한 이별이었다.

그날을 생각하니 아무것에도 흥이 나질 않았다. "일단 네가 괜찮은 남자를 먼저 찍고 난 다음에 다시 얘기하자. 내가 지금 '그래, 저 남자 괜찮으니 한번 사귀어봐'라고 했다 치자. 상대방이 전혀 너에게 관심이 없다면 네가 얼마나 괴롭겠니."

"나는……." 톈샹은 금방이라도 울 것처럼 울상을 지었다. "나는 그냥 있었을 법한 키스에 대해서 얘기했을 뿐인데 너는 그런 재수 없는 소릴 하냐."

* * *

수업을 1주일이나 빼먹은 탓에 한동안 허뤄는 도서관에 콕 처박혀 공부해야 했고 소등 시간이 되어서야 기숙사로 돌아왔다. 대학 수업은 고등학교 때와는 근본적으로 달랐다. 하루 수업을 빼먹으면 밤새 들여다보아도 이해가 가질 않았다. 특히 고등수학 중 극한 증명이 그랬다. 무슨 임의의 엡실론이 0보다 크면, 자연수 N이 존재하고, 다음의 조건을 만족할 때 A 공식의 극한이 바로 B가 된다느니.

이건 무슨 암호도 아니고, 비밀을 풀 수 있는 만능열쇠가 있다면 얼마나 좋을까? 허뤄는 머리를 긁적였다.

"장위안이 있으면 얼마나 좋을까." 허뤄는 고1 그해 겨울을 떠올렸다. 너무 더워 잠이 솔솔 몰려오던 큰 교실, 그리고 눈이 펄펄

흩날리던 버스 정류장. '평생 기억하겠어'라고 웃으며 말하던 장
위안.

그때 버스를 타고 집으로 돌아가던 길 성대를 지나며 허뤄가
이런 말을 했었다. "나중에 여기나 가야겠어. 집에서 가깝잖아."

"대충 봐도 여기보다 좋은 대학엘 갈 수 있는데, 왜?"

말이 씨가 되었다.

그리고 2년 6개월 후 성대 입학 통지서를 받아든 그는 무슨 생
각을 했을까? 허뤄는 상상할 수조차 없었다. 그 후로 그녀의 마음
속에도 그늘이 생겼다.

* * *

기숙사로 돌아오자 예즈가 호들갑을 떨었다. "와, 드디어 돌아
왔구나! 봐. 오늘은 수확이 많다고." 무늬가 같은 편지 봉투 세 개
를 들고 있었다. 눈에 익은 필체에 허뤄의 이름과 번호가 적혀 있
었다.

첫 번째 편지: '지난 주말 내내 집에 틀어박혀 있다가 몸이 근
질거려서 월요일 산책을 나섰지. 나도 모르게 발길이 우회전, 직
진, 다시 우회전하고 있더라고. 그러면 길 끝에서 너를 만날 수 있
을 것 같았어. 이쪽은 이미 추워지기 시작했어. 남쪽으로 날아가
는 새들을 보며 어쩌면 네 곁으로 날아갈지도 모른다는 생각에 부
럽기까지 했지.'

두 번째 편지: '여러 번 전화했는데 전화 통화가 힘들더라. 혹시

이메일 있어? 하나 만들어. 광속으로 전달되고 그리고 더 안전해. 네 편지가 올 때마다 룸메이트들이 그걸 미끼로 축구화를 닦아라, 냄새나는 양말을 빨아라, 나를 협박한다고.'

세 번째 편지: '실험은 몇 번이나 했어? 역시 나는 이메일도 편지만큼이나 싫다. 네 목소리를 들을 수가 없잖아. 그나마 손으로 직접 받아볼 수 있는 편지가 네 온기를 느낄 수 있어서 좋아. 예전에는 편지란 걸 써본 적이 없었는데 요즘은 우리나라 우체국에 큰 공을 세우고 있지. 매번 편지지를 사러 갈 때마다 여자들 사이에 끼어 줄을 서려니 좀 창피하더라. 다음에 돌아오면 네가 직접 네 마음이 드는 걸 골라서 한 보따리 준비해줘.'

나머지는 사소한 일상에 관한 내용이었지만 편지지 빼곡히 쓰여 있었다. 허뤄는 자랑하고 싶은 마음에 재미있는 단락을 모두에게 읽어주었다. 편지를 빼앗긴다는 내용에서는 저우신옌이 웃음을 터뜨렸다. "아하, 좋은 방법이구나. 하하."

"끝장이야. 허뤄 너는 이제 큰일 났어." 예즈가 눈을 깜빡이며 동정 어린 눈으로 그녀를 쳐다보았다. "불쌍한 신데렐라. 이제부터 언니들을 위해서 빨래랑 식사 당번을 해야겠구나."

"나중에 남자친구 사귀기만 해봐. 복수할 테닷!" 허뤄가 코를 찡그리며 혀를 내밀었다. "너희 모두 방에 감금하고 몸값을 요구할 거야!"

"어? 방에 감금해? 말레이시아 피랍 사건이야?" 퉁자잉이 샤워 후 돌아와 아직 상황 파악을 못하고 있었다.

"맞아. 피랍 사건!" 저우신옌이 허뤄 옆에서 건들거리며 대답했다. "거액의 몸값, 그러니까 3관 식당의 닭다리 볶음밥을 가져오지 않으면 제거해버리겠다."

"뭘 제거해?" 허뤄는 무슨 소린지 의아했다.

"자. 내가 오늘 수확이 많다고 했잖아! 삼구반(중국 전통복장을 입고, 네 종류의 악기를 치면서 세 명이 한 구절씩 말을 하면 나머지 일인이 그 말을 종합하여 반구절의 말로 대중을 웃게 하는 만담 형식의 공연—옮긴이)이야. 편지 세 개는 두꺼운데 하나는 얇더라고."

"어, 내꺼!" 허뤄가 저우신옌을 덮쳤다.

"우아, 강도야." 저우신옌이 침대로 엎어지며 손을 높이 쳐들었다. 마침 침대 윗간에 있던 예즈가 편지를 낚아챘다.

"돌려줘. 돌려줘!" 허뤄는 튀어 올랐다. 신발도 벗지 않고 계단을 오르고 있었다.

"더는 다가오지 마!" 예즈가 손으로 그녀를 가리켰다. "한 걸음만 더 다가오면 던진다. 자, 언니라고 해봐."

"나이는 내가 제일 많은데." 퉁자잉이 킥킥거렸다. "이따 몸값은 대장인 나에게 가져오도록."

"얼른 돌려줘. 곧 소등 시간이란 말이야." 수십 개의 손가락이 그녀의 심장을 움켜쥐는 것처럼 아팠다.

"알았어." 예즈가 편지를 건넸다. "그러다 울겠다."

"너……." 저우신옌이 '끙' 하고 낮은 신음소리를 내뱉었다. "오늘은 우리가 사미를 베풀지. 장위아, 오기만 해봐라."

* * *

네 번째 편지는 유독 얇았다. 심지어 빈 편지가 아닌지 의심이 들 정도였다. 허뭐는 뒤집어보고 털어도 보았다. 편지 뒷면 봉합 부분에 남색의 볼펜으로 그린 엑스 표시가 있었다. 분명 장위안이 었다. 봉투를 깨끗하게 뜯고 싶어 허뭐는 특별히 봉투 칼을 구비 해두었다. 은회색이 마치 작은 보검 같았다.

봉투 안에는 달랑 쪽지 하나가 들어 있었다. 그리고 쪽지에는 '더는 참지 못하겠거든 참지 마'란 문장과 호출기 번호가 적혀 있 었다.

"뭐야!" 허뭐는 탄성을 질렀다. 얼른 동전을 담아둔 상자를 들 고 밖으로 뛰어나갔다.

"허뭐. 곧 소등인데 어디 가게?"

"전화하러. 이따 문 좀 열어줘. 부탁해! 그리고 사감한테 조깅 갔다가 늦게 들어온다고……" 나머지 말들은 이미 복도에 흩어져 버렸다.

구두에 무릎까지 오는 치마를 입고 조깅이라? 예즈와 저우신 옌은 서로 눈을 마주쳤다. 차라리 사감 선생님께 솔직히 말하고 선처를 바라는 게 낫겠지?

* * *

"호출기는 왜 산 거야? 바로 전화 통화가 되는 것도 아니잖아. 너희는 공중전화 줄 안 서도 된다며?"

"호출 받으면 10분 내로 푸다오위안(사상 및 학습 지도를 담당하는 지도원—옮긴이) 사무실로 냅다 뛰어갈 수 있거든. 누가 문서 정리를 시켜서 말이지."

"네 편지 받았어. 한 번에 여러 통을 보냈더라. 우리 룸메이트가 삼구반이냐고?"

장위안은 쑥스러워 하며 헛웃음을 지었다. "내가 뭐라고 썼더라? 너 혼자 봐. 절대, 절대로 나한테 읽어주면 안 돼. 그럼 간질거려서 죽을지도 몰라."

허뤄는 이내 더 간질거리는 대답을 해줄까 생각했다. '간지럽기는, 읽는 내내 얼마나 달콤했다고.' 생각만으로 웃음이 났다.

"저기, 마지막 편지에 엑스는 뭐야?"

"그런 게 있어?"

"있어. 무슨 뜻이야?"

"그거. 편지가 너무 얇아서 빈 봉투인 줄 알고 버릴까 봐."

"아, 그랬던 거구나." 허뤄는 약간 실망했다. "난 또……."

그녀는 말을 삼켰다.

"뭘 줄 알았는데?"

"옛날 팝송."

"어떤 거? 너무 많아서 짐작이 안 되는데." 장위안이 웃었다. "Right here waiting(바로 여기서 기다릴게요)?"

"Sealed with a kiss(키스로 봉한 편지)."

"도대체 그 작은 머리로 온종일 무슨 생각을 하는 거야?" 장위안이 잠시 숨을 골랐다. "그럼 돌아와서 네가 적극적으로 대시해봐."

불덩이가 턱 아래서 이마로 치솟았다. "꿈 깨셔." 허뭐의 목소리
가 잦아들었다.

* * *

수줍어하는 그녀의 목소리는 상쾌한 밤바람 속에 사뿐사뿐 피
어나는 야래향 같았다.

제2장 어디에나 네가 있다

당신을 만나기 전까지 나는 존재하지 않았어요
하지만 당신을 만난 후부터 당신은 어디에나 존재해요

by 청바오이 '어디에나 네가 있다'

톈샹은 군사 훈련이 끝나고 열병식에 굳이 허뤄를 초대했다.

"너희 아버지는 사령관 버금가는 장교이시잖아! 그런 거라면 볼 만큼 보지 않았어? 그런데 굳이 오합지졸들이 모인 열병식에 뭐 하러 참석하는데? 그리고 나 토요일 오후에 선약 있어."

"무슨 선약?"

"경제학과랑 조인해서 댄스파티 해."

"넌 이제 끝장이야!" 톈샹은 허뤄의 어깨를 손가락으로 톡톡 쳤다. "내 열병식은 보러 오지도 않으면서 다른 남자랑 끌어안고 춤을 추시겠다. 장 모 군에게 일러바친다!"

"맘대로 하셔. 지난번에 전화했을 때 그쪽도 댄스파티 한다고 했거든. 아주 목이 빠져라 기대하는 눈치던데." 허뤄가 웃었다. "맘보가 고와야지, 넌 심보가 뒤틀렸어."

* * *

말은 그렇게 했어도 학교 무도회장에 도착하자 어디 구석이라도 찾아 앉고 싶었다.

저우신옌이 씩씩대며 말했다. "이 남자들 너무 심한 거 아냐. 개강한 지 한 달도 안 됐는데 벌써 한눈을 팔아? 다른 대학이랑 조인한 거 있지."

"사실 우리 여자들이 적긴 하잖아." 예즈가 옆을 가리켰다. "열 명도 안 되는데 그마저도 임자 있는 몸이 계시니." 허뤄를 보며 웃었다. "허뤄. 이렇게 멀리까지 숨을 건 또 뭐야?"

그중 퉁자잉이 제일 낯을 가렸다. "너희들 춤은 다 췄니? 난 추고 싶지 않은데." 얼른 자리를 피하고 싶었다.

"누가 너보고 데스(death) 하래? 댄스 하랬지. 뭘 그렇게 겁먹고 그래?" 저우신옌이 퉁자잉을 잡았다.

"스텝 밟을 줄도 몰라." 그녀가 열없이 웃었다.

"내가 리드할게." 허뤄가 다가와 댄스 강사처럼 오른팔을 내밀었다.

"허뤄, 남자 스텝을 어떻게 알아?" 예즈가 물었다.

"허뤄는 이런 불량 감자들은 눈에 차지도 않을 거야." 저우신옌도 끼어들었다. "장위안 같은 잘생긴 남자친구가 있으니."

"넌 마치 실물을 본 사람처럼 말한다!" 허뤄는 샐쭉거렸지만 입꼬리가 자꾸 올라갔다. 허뤄는 퉁자잉을 안았다. "우린 춤이나 추자."

* * *

"이건 자원 낭비지!" 같은 반 선례가 소리쳤다. "어이쿠. 한 방에 여자 두 명이나 줄었잖아." 춤추고 있는 두 사람을 보더니 선례가 양팔을 휘저으며 다가와 허뤄 앞에서 손을 흔들어댔다. "너 일부러 훼방 놓으려고 온 거지."

"그만 흔들어. 안 보이잖아." 허뤄가 허둥대다 '아야' 하고 비명을 질렀다. 퉁자잉이 그녀의 발을 제대로 밟았기 때문이었다.

"괜찮아?"

"괜찮아." 허뤄는 깨금발로 무대 밖으로 뛰어나왔다.

"잠깐 쉬었다가 나랑 파트너 하자." 선례가 그녀에게 의자를 끌어다 주었다.

"하필 엄지발가락을 밟혀서 힘들 것 같아." 허뤄가 손을 세차게 내저었다.

"조금 전엔 괜찮다며?" 선례가 허리를 숙여 그녀를 살폈다.

"허뤄가 괜찮다고 말할 때는 아이고 나 죽겠다는 소리야." 예즈가 그를 흘끗 보았다.

"그건 오비디." 허뤄가 샌들의 끈을 풀었다. "그래도 퉁자잉이 송곳 같은 하이힐을 안 신은 게 천만다행이야."

* * *

발가락은 아팠지만 핑계 김에 구석에 앉아 쉴 수 있어 기뻤다.
허뤄의 부모님 모두 극성스러운 사교댄스광이었다. 주말마다 인
근 공원에 가서 춤을 추고, 집으로 돌아와서까지 거실 중앙에 있
는 테이블을 치운 뒤, 허뤄 말대로 '신작 이인전(두 사람이 춤추며 노
래를 주고받는 민간 예술―옮긴이)'쇼를 신나게 공연했다.

탱고, 룸바는 너무 야하고 베이징 폭스트롯(fox-trot)은 너무 촌
스러웠다. 허뤄는 왈츠만을 좋아했다.

턴, 그리고 풍성한 치맛자락, 서로 빗기며 보내는 그윽한 눈빛,
'아름다운 공주, 시씨'나 '백목련의 왈츠(Magnolia Waltz)'에서 본 듯
한 장면. 내 파트너는 그여야만 한다. 지금 앞에 있는 너 그리고
너, 네가 아니라⋯⋯. 허뤄는 턱을 받쳐 들고 넋이 나가 있었다.

* * *

애초 10월 1일 국경절에 장위안이 베이징에 오기로 되어 있었
다. 한데 월말쯤 다시 전화를 걸어와 쭈뼛대며 표가 다 팔렸다고
미안해했다. "내가 철도국 업무 능력을 너무 과대평가했나 봐. 아
침 8시에 기차역에 가보니까 벌써 사람으로 꽉 찼더라고. 대부분
자정부터 표를 사려고 줄을 섰던 모양이야."

전화기를 든 허뤄는 내심 크게 실망했지만, 그저 괜찮다고 말

할 수밖엔 별도리가 없었다. 이제 와 고향에 내려가는 표를 사기엔 너무 늦은 것 같고, 고등학교 동창들을 만나서 함께 놀아야겠다고 생각했다. 그런데 리원웨이는 이미 동창들과 예싼포(북경 인근의 삼림 공원—옮긴이)에 놀러 가기로 약속이 되어 있었고, 톈샹은 부모님이 비행기를 타고 귀한 딸을 보러 오신다고 했다. 별로 친하지 않은 동창 두서너 명도 이미 친척 집에 놀러 가기로 약속이 되어 있다고 했다. 아무리 생각해도 톈안먼 국기 게양식을 보러 간다는 과 모임에 합류하는 것이 좋을 것 같았다. 어쨌든 국경절 기분은 느낄 수 있을 테니 말이다.

허뤄는 룸메이트 셋도 함께 가자고 졸랐지만 하나같이 고개를 저었다. 퉁자잉은 톈진 친구네 집에 간다고 하고, 예즈는 원래 늦잠꾸러기였다. "난 잠이나 보충할 거야. 피곤해······. 꿈에서나 가지 뭐." 저우신옌마저도 입을 쩍 벌리며 놀란 표정을 지었다. "어. 너 그런 취미도 있었어? 마침 30일 날 저녁에 집에 돌아가는데, 가는 길에 톈안먼을 지나거든. 차라리 나랑 같이 가자. 돗자리를 가지고 가서 좋은 자리 맡으면 되겠네."

스쿨버스가 새벽 3시 출발이어서 잠을 잘 수가 없었다. 허뤄는 초에 불을 붙이고 일기와 장위안의 편지를 또다시 읽었다. 예즈는 졸음에 겨운 게슴츠레한 눈으로 침대 커튼 사이에 비친 허뤄의 그림자를 보며, 알아들을 수도 없는 소리로 웅얼거렸다. "초까지 켜고 또 곱씹고 있는 거야? 언젠가는 침실을 다 태워 먹지 싶다."

스쿨버스에 오르니 뜻밖에 선례도 앉아 있었다. 허뤄는 깜짝 놀라 물었다. "어, 너도 베이징 사람이라며? 저우신옌이 그러는데 베이징 사람들은 유치원 때부터 10월 1일이면 국기 게양식 보러 지겹게 끌려 다녔다던데."

"그러니 베이징 사람 중 누군가는 타지 사람들을 위해 희생해야 하지 않겠어. 봐봐, 내 귀중한 휴식 시간을 희생해가며 친구들을 위해 봉사하는 내가, 꼭 혁명 지도자 같지 않아!" 선례가 고개를 빳빳이 쳐들고 가슴을 쭉 내밀며 머리를 털었다. "어때? 감동했지! 박수 좀 쳐줘."

허뭐는 웃으며 건성으로 박수 두어 번을 쳤다. '장위안도 과대 표니까 책임을 다하기 위해서라도 과 친구들을 데리고 시내를 구경시켜주고 있겠네? 생각할수록 암담하고 가슴은 텅 빈 것 같았다. 손을 꼽아 계산해보니 기말고사 끝날 때까지 아직 3개월 반, 100일이 넘게 남아 있었다.

100일여 시간 동안 그를 그리워만 해야 한다는 생각에 매분 매초가 고행이었다.

* * *

새벽 4시 전인데도 광장은 인산인해를 이루었다. 선례는 가슴을 탁탁 치며 사람도 적고 잘 보이는 아주 죽여주는 관람 포인트를 알고 있다고 자신했다. "여명 속에 떠오르는 국기도 보면서 화면 가득 저 멀리 천안문이 보이고, 또 뒤로는 고궁의 벽이 배경처럼 둘러져 있지. 죽이지!" 그는 사람들 틈을 비집고 들어가며 길을 텄다. 그 와중에도 잊지 않고 오버 액션을 해가며 뒤를 따르는 친구들을 향해 설명을 늘어놓았다.

"여기가 네가 말한 죽이는 장소야?" 앞을 가로막는 인도의 난간을 바라보며 허뤄가 말했다. "차라리 톈안먼 성곽에 오르는 게 더 낫겠네."

"뭐야? 지난번엔 이런 게 없었는데!" 선례는 머리를 긁적였다.

"지난번이라면 언제를 말하는 거야?"

"어. 기억이 가물가물하네. 붉은 스카프를 한 소년 선봉대 시절이었던 건 확실해!" 그가 손을 이리저리 흔들었다. "붉은 스카프를 막 흔들면서 '오성홍기, 네 조각이 여기도 있어!' 하면서 소리를 질렀거든!"

* * *

이리저리 왔다 갔다 하느라 시간만 낭비한 탓에 결국 인파 뒤에 서서 아무것도 제대로 볼 수 없었다.

돌아오는 차에서 선례는 연거푸 미안하다 사죄를 했고, 허뤄는 사실 너무 피곤해서 그저 고개만 끄덕였다. 기숙사에 도착했을 때 선례가 말했다. "오늘 집에 가면 3일에 돌아올 거야. 이허위안에 갈 사람 있으면 지금 등록하라고 해. 허뤄, 넌 여자들 인원수를 파악해줘. 지금 바로."

"가서 물어볼게. 나중에 다시 얘기하자." 그녀는 머릿속에 온통 얼른 돌아가자고 하고 싶은 생각뿐이었다. 예즈가 역시 현명했다.

* * *

허뤄는 기숙사로 올라가 방문을 열었다. 살금살금 세숫대야와 양치 컵을 챙겨 수돗가로 갈 참이었다. 그런데 갑자기 확성기에서 천지를 뒤흔드는 소리가 들렸다. "허뤄, 허뤄 학생 있나요?" 사감 선생님이 목청 높여 소리를 질렀다.

"없어요!" 예즈가 튕기듯 일어나 앉으며 큰소리로 대답했다.

"있어요!" 허뤄가 얼른 대답했다.

"어. 언제 왔어?" 예즈는 깜짝 놀랐다.

"있다는 거야, 없다는 거야?" 사감은 짜증을 냈다.

"있어요, 있어. 있다고요." 그녀는 황급히 대답했다.

"이렇게 일찍 누구래?" 예즈가 구시렁거렸다.

"선례겠지. 이허위안에 갈 여학생 파악해달라고 했거든. 그게 그렇게 금방 되는 줄 아나!" 허뤄는 세숫대야를 내려놓았다. "하긴 이른 것도 아니지. 벌써 9시네."

"아침 먹기 전까지는 무조건 오전이야." 예즈는 다시 머리를 처박고 잠을 마저 청했다.

"맞아. 그리고 아침은 2시에 먹어도 되지." 허뤄는 웃으며 조용히 문을 닫았다.

* * *

선례는 게시판도 봤다가, 위생 평가 공고도 봤다가 주위를 두리번거리고 있었다. "벌써 다 했어."

"네가 부른 거 아냐?" 허뭐는 의아한 듯 물었다.

"나 아닌데……."

"어? 그럼……."

허뭐는 문득 어떤 예감이 스쳤다. 그것도 행복한 예감. 생각만으로도 너무 아름다워서 차마 돌아볼 수 없었다. 순간 온몸에 힘이 들어갔다.

아침의 태양이 현관 왼쪽으로 비집고 들어와 그녀의 그림자를 비스듬하게 늘어뜨렸다. 그리고 천천히 빛줄기를 가린 긴 그림자가 들어왔다. 무수히 많은 먼지가 그림자 옆에서 밝은 점처럼 반짝반짝 춤을 추고 있었다.

"게으름뱅이. 지금 일어난 거야" 피곤에 찌든 듯한 목소리.

뒤를 돌아보았다. 고된 여행에 지친 그가 햇빛을 등지고 서 있었다.

노곤하게 서 있는 그의 옆에는 여행 가방이 놓여 있었다. 아침 태양에 맑게 씻긴 길가에, 그는 예전 그때처럼 그렇게 허뭐를 기다리고 서 있었다. 그는 그녀를 향해 성큼 성큼 걸어왔다. 마치 반짝이는 먼지로 난 길 위에 깔린 햇빛 양탄자를 걸어오는 것만 같았다.

정말 그랬다. 너무나 아련해서 마치 꿈속의 아름다운 한 장면 같기만 했다.

"거짓말쟁이!" 그녀는 입을 삐죽거리며 그를 올려다보았다. 머리는 산발에 두 가닥의 머리칼이 고집스럽게 올라가 있었고, 턱에는 수염이 자라 파리했다. 그의 웃음은 너무나 침착하고 피로해 보였다. 허뤄는 참지 못하고 그의 삐친 머리를 정리했다. 장위안은 고분고분 허리를 굽히며 고개를 숙였다. 익숙한 얼굴에 피곤이 가득했다.

허뤄의 마음은 솜뭉치처럼 금세 행복감에 젖었고 무겁게 내리누르는 행복에 가슴이 터질 것처럼 아팠다.

감히 비교할 수도 없는 사랑이었다.

* * *

너무나 행복해 눈물이 날 것만 같았다. 그녀는 입술을 샐쭉거리며 그의 손을 잡으려 다가갔다. 그녀의 가는 손가락이 장위안의 구릿빛 팔뚝에 닿자마자 허물어지듯 그의 가슴으로 안겼다.

"어떻게 한마디 말도 없이 온 거야?" 그의 허리에 손을 두르고 깍지를 꼭 끼었다. 놓아버리면 사라져버릴 것만 같아 그랬다.

"서프라이즈라고 할 것도 없는데, 이렇게 적극적으로 안기는 거야." 장위안도 그녀를 꼭 끌어안았다.

"맘대로 퍼부어봐." 허뤄는 조용히 구시렁거렸다. "내가 캠핑이라도 갔으면 울면서 돌아갔을 거면서."

"없어도 돼. 여기서 기다리면 되지. 기숙사에 오고 가는 미녀들이 엄청 많던데. 눈요기나 하지 뭐."

그의 가슴에 귀를 대고 안겨 있으니 웃을 때 숨소리의 공명과 윙윙거리는 진동까지 느껴졌다. "국물도 없어!" 그녀는 나지막이 중얼거렸다.

* * *

선례는 기다리는 것도 아니고 간 것도 아니었다. 현관홀에서 어슬렁거리며 '흠흠' 헛기침을 했다.

허뤄는 그제야 선례가 자신을 기다리고 있다는 사실이 떠올라 얼른 품에서 벗어났다.

"선례, 대학 동기야." 허뤄가 고갯짓을 했다. "여기는 내 남자친구 장위안."

"고등학교 동창?"

"응…… 맞아. 좀 부탁할게."

"응?"

"묵을 곳 말이야. 묵을 곳 있어?"

"쯔주위안 공원 근처에 친척이 사는데 베이징 어디쯤이냐고 물어보니까 서북쪽이라 하더라고. 너희 학교도 서북쪽이니까 멀지 않겠다 싶었지. 그래서 일부러 그쪽으로 돌아서 왔는데 글쎄 택시로 베이징 서북쪽에서 서북쪽으로 가는 건데도 30분이 넘게 걸리더라."

"여기는 우리 고향보다 훨씬 커!" 허뤄가 깔깔 웃으며 선례를 돌아보았다. "맞다. 넌 집에 가니까 네 침대 나 좀 빌려줘."

"네가 아니라 나지." 장위안이 말꼬리를 잡았다.

그녀가 팔꿈치로 그의 배를 가격했다. "눈은 퉁퉁 붓고 입만 살았어."

"다크서클 좀 봐. 진짜 못생겼다. 판다 같아."

"너도 못생겼거든. 금붕어 같아." 허뭐는 올려다보며 코를 찡끗
했다. 어깨까지 들썩이며 개구쟁이처럼 웃었다.

"저기, 너희들한테 빌려주면 되는 거잖아. 둘이서 계속 떠들다
가는 나 오늘 내로 집에 못 가게 생겼어." 선례가 머리를 긁적였
다. "담요랑 베개는 있는데, 침대 시트, 이불 홑청, 베갯잇은⋯⋯
내가 다 세탁하러 집에 가져갈 건데. 헤헤."

"원래 두 세트씩 주잖아?"

"한 세트씩 가져가면 우리 엄마만 힘들잖아!" 선례는 여전히 말
이 많았다.

장위안이 그의 어깨를 툭툭 쳤다. "친구, 난 그 맘 알지."

허뭐는 입을 가리며 키득거렸다. "하긴 너도 마찬가진데 내가
괜한 얘기를 했네. 그럼 내 것 써."

* * *

허뭐는 계단을 성큼성큼 뛰어올라 문을 쾅 하고 닫은 후 흥분
을 감추지 못하고 괴성을 질렀다.

"악~!"

"무슨 일이야?" 예즈가 펄쩍 뛰어올랐다. "생쥐! 생쥐가 또 나왔어?"

"생쥐라니? 그러다 혼난다!" 허뭐는 의자를 밟고 올라가 예즈
를 흔들었다. "왔어, 왔다고. 그가 왔다고! 장위안이 왔다고!" 눈이

반짝반짝 빛났다.

"뭐? 진짜야?" 예즈도 잠이 홀딱 깼다. "어디, 어디? 하루에 편지 네 통을 쓰는 우상께서는 어떻게 생겼나 좀 보자."

"기다릴 시간 없어. 남자 기숙사로 데려가야 해." 허뤄가 의자에서 뛰어 내려와 여기저기 뒤지기 시작했다. "선례가 집에 돌아가는데 장위안이 거기서 묵을 거야. 이틀 넘게 있을 거니까 볼 기회는 많아."

"좋아, 좋아!" 예즈도 허뤄에게 감염된 모양인지 흥분하기 시작했다. "그래도 남보다 먼저 보고 싶다고. 잠깐만 기숙사 앞에 잡아두고 있어. 커튼 사이로 살짝 볼게……. 근데 뭘 찾는 거야?"

"장위안 줄 침대 시트랑 베갯잇. 선례 건 집에 가져가서 세탁한대."

"악~!" 이번엔 예즈가 고함을 질렀다. "너무, 너무, 너무 야릇하잖아! 자꾸 이상한 생각이 드네."

"도대체 무슨 생각을 하는 거야?" 허뤄가 한 짐 끌어안은 채 또새 여름 이불을 들려다 말고 그녀를 노려보았다.

"생각은 자유라고!" 예즈는 베개를 끌어안고 이젠 아예 책상다리를 하고 앉아 있었다. "허뤄의 이불이라. 허뤄가 쓰던 거잖아. 아, 소녀의 향기가 밴……." 그녀는 혼자 도취해서 머리를 이리저리 살랑거렸다. 아래턱이 베개에 닿으며 사각사각 소리를 냈다.

"됐거든!" 허뤄가 깔깔 웃었다. "그래봤자 세제 냄새나 나겠지 뭐."

"그래도 누구는 그렇게 생각 안 할걸." 예즈는 음흉하게 계속 웃었다.

텐상이 이 자리에 없어서 얼마나 다행인지. 허뤄는 계단을 내려가며 천만다행이라고 생각했다. 여자들의 수다는 정말 무서웠다.

* * *

셋이서 함께 남자 기숙사로 걸어갔다. 현관을 나서려다 말고 허뤄는 무거운 척 멈춰 섰다. "떨어진다. 베갯잇 떨어지겠어." 커튼 뒤에 숨어 음흉하게 훔쳐볼 누군가를 생각하니 허뤄는 자신도 모르게 웃음이 났다.

"허뤄가 이렇게 좋아하는 건 처음 보네." 선례도 따라 웃으며 그녀를 돌아봤다. "난 네가 굉장히 새침한 앤 줄 알았는데."

"얘가? 완전 허당인데." 장위안이 얼른 물건을 받아 옆구리 사이에 끼웠다. "뭘 그렇게 웃어? 너 말이야. 피난은 처음 가보나?"

"진짜 난민 같네. 누가 연휴에 이렇게 이불 보따리를 잔뜩 들고 학교를 왔다 갔다 하겠어?" 허뤄는 장위안의 여행 가방을 받았다.

"아니. 그냥 여름 이불이나 들어. 가방은 너무 무거워. 줄 거 있는데 깜박했네."

"안에 다 뭐가 들었대? 이사 가는 것도 아니고."

"어떤 여자가 《하늘은 붉은 강가》 만화 결말이 궁금하다고 해서. 또 베이징에서는 어디서 파는지도 모르겠고. 발에 물집 잡히도록 찾아다녔잖아."

"난 그냥 매진될까 봐……. 근데 누가 그걸 다 가지고 오래? 사서 고생이야." 허뤄가 흥 하고 콧방귀를 뀌었다. "네가 아직 덜 피곤하구나!"

"어차피 올 거니까 그냥 들고 온 거지. 넌 얼른 보고 싶지 않은 가 보지?"

"안 보고 싶어……." 허뤄는 입을 뽀족 내밀며 웃었다. 그리고 슬쩍 다가가 속삭였다. "널 볼 수 있는 것만으로도 충분해."

"점점 나를 닮아가네." 장위안이 우쭐대며 웃었다.

* * *

신입생, 그해 10월, 그가 그녀에게로 왔다. 어제 못 다한 행복을 함께 데리고.

제3장 진한 사랑은 쉽게 희석되지 않아

진한 사랑은 쉽게 희석되지 않아
앞날을 뿌옇게 제대로 볼 수 없어
사랑이 길어지면, 너무 쉽게 손을 놓아버려
한 번 포옹에 쉽게 헤어지지 못하게 될까 봐 두려워하며

by. 저우화젠 '진한 사랑은 쉽게 희석되지 않아'

장위안은 침대 시트와 베갯잇을 내려놓았다. "이 나이 먹도록 이런 건 해본 적이 없는데. 이럴 줄 알았으면 엄마라도 모시고 오는 건데."

"아. 내가 해줄게." 허뭐는 그를 한쪽으로 밀쳤다. "가서 짐이나 정리해."

장위안은 여행 가방에서 짐을 하나하나 꺼냈다. 놀란 얼굴로 허뭐를 쳐다보고 있는 선례를 보고 장위안이 웃으며 허뭐를 가리켰다. "여자들은 자신의 여성스러움을 드러낼 기회를 절대 놓치지

않는다니까."

"남자들이란 농땡이 필 기회를 절대 놓치지 않는다니까." 허뤄가 혀를 내밀며 침대를 정리했다. "근데 진짜 어떻게 온 거야? 표를 구한 거야?"

"걸어왔지."

"장난하지 말고."

"진짜 걸어서 왔다니까! 기차에서 이리저리 걸어 다녔어."

"뭐? 입석표……." 허뤄는 다시 가슴이 저려왔다. 18시간이 넘는 여정이었을 텐데.

"아니. 한 글자가 틀려!" 장위안은 주머니에서 표를 꺼냈다. "배웅용 입장표."

"뭐…… 무임승차?"

"탑승한 다음에 표 샀지! 똑똑하지." 그가 하하 웃었다. "영웅 흉내를 좀 냈지. 역에 들어갈 때 아주머니 짐을 대신 들어줬거든. 검표원이 배웅하는 줄 알았나 봐."

"그럼 어떻게 돌아가게?" 허뤄가 눈살을 찌푸렸다. "또 서서 가게? 지금은 표 구하기도 힘들어."

"내가 알아볼게." 내내 서랍만 뒤적거리던 선례가 고개를 들며 얘기했다. "우리 작은 외숙모가 철도국에서 일하시는데 어쩌면 취소된 표를 구할 수 있을지도 몰라." 그는 봉투를 하나 건넸다. "방문 열쇠, 식당 카드, 입욕권, 도서관 카드…… 우선 가지고 있어. 혹시 쓸모가 있을지도 모르니까."

선례 집은 학교에서 멀지 않으니 표를 구하는 대로 바로 가져 다준다고 말했다. "줄 서도 소용없을 거야. 우리 외숙모가 못 구하 면 너는 저녁부터 텐트 치고 기다려도 못 구해."

"브라더. 아무 말 않겠네. 눈물이 흐르는구먼." 장위안은 또 상 황극 속 동북 남자 말투를 흉내 냈다. "언제 우리 어디 가서 술이 나 한잔 껵세?" 그리곤 있는 힘껏 그의 등을 쳤다.

* * *

선례가 가고 나서 장위안이 웃으며 말했다. "네 친구 정말 좋은 사람이구나."

"나도 이제 알았네. 지금까지 말만 많고 뻔지르르했거든. 못하 는 게 없는 것 같긴 한데, 꼭 중요한 순간 뻑사리를 낸다고만 생각 했지. 오늘 아침에만 해도 국기 게양식 보러 갔다가 길을 잃을 뻔 했다니까." 허뤄가 침대를 정리하며 물었다. "배 안 고파? 기차에 서 뭐 좀 먹었어?"

"그나마 기차에서 아침을 사 먹긴 했는데 그냥 맛없는 정도가 아니었어." 장위안은 피곤한 듯 하품을 했다. "지금 제일 큰 문제 는 졸립다는 거야."

"그럼 우선 자둬. 일어나면 날 찾아와. 우리 점심에 베이징 덕 먹자. 아니면 일본 요리 먹을래? 피자도 좋고?"

"학생 식당에서 아무거나 먹자."

"좋아. 학교 식당 볶음면이랑 돼지 다리 간장 조림 완전 짱이야!" 허뤄는 신이 났다.

"좋아. 모든 결정권은 너에게 줄게." 그는 미소를 지었지만 전혀 신나지 않은 투였다.

* * *

선례의 룸메이트 장즈야오가 문을 열고 들어왔다. 게다가 네다섯 명의 친구를 달고 들어오면서 국경절 여행 일정에 대해 시끄럽게 떠들고 있었다. 허뤄는 남자 기숙사에 너무 오래 머문 것 같아 조금 쑥스러워졌다. 얼른 인사를 건넨 후 자리에서 일어났다.

"내가 데려다줄게."

"아냐. 4층인데. 넌 그냥 좀 더 자." 허뤄는 장위안의 구겨진 남방을 펴주려고 그의 옷섶을 잡아당겼다. "졸려서 정신도 없으면서. 선례가 가자마자 말수가 확 줄었잖아."

"말이 많으면 네가 말만 많고, 뻔지르르하다고 생각할까 봐 그랬지⋯⋯." 장위안이 순간 말을 멈췄다. "진짜 졸리긴 해. 벌써 잠든 것 같아. 아마 잠꼬대하는가 봐."

* * *

가로수 그늘을 걸어가며 허뤄는 장위안이 뭔가 의기소침하다고 생각했다. 정말 피곤해서일까? 밤새 달려왔으니, 확실히 많이 초췌해 보이긴 했어. 그래도 처음 만나서 포옹할 때는 꽤 열정적이고 힘이 넘쳤는데. 그런데 어느 순간 기분이 가라앉았어. 여전히 웃고 떠들긴 했지만 뭔가 영혼이 빈 것 같고. 그녀는 낯설었다. 설마 내가 남자와 함께 밤을 새우며 국기 게양식을 본 일로 기분이 상했나? 한데 전혀 질투하는 것 같지는 않았는데. 선례가 외모가 준수하고 성격이 쾌활하긴 해도 장위안 정도면 꿀리지 않을 텐데.

하물며 우린 서로의 감정을 굳게 믿고 있는 게 아니었던가. 참나! 왜 이런 생각을 하고 있담? 그녀는 장위안이 그저 피곤한 것뿐일 텐데 자신이 너무 앞서간다고 생각했다. 18시간이나 내내 서서 왔고, 기차에서 내려 지금까지 버티다 침대에 엎어져 자는 것만으로도 이미 대단한 일이었다. 그런데 뭘 더 바라는 거지?

* * *

허뤄는 기숙사로 돌아와 간단하게 씻은 후 곧바로 침대에 쓰러졌다. 예즈가 깜짝 놀라며 물었다. "이렇게나 빨리 돌아왔어? 난 또 24시간 같이 붙어 있을 줄 알았네!"

"어. 하루 꼬박 눈도 못 붙이고 너무 피곤해서 우선 한숨 자두라고 했지. 나도 마침 밤을 새웠으니."

"근데 왜 침대 위만 뚫어져라 보고 있는 거야?"

"이제 잘 거야." 허뤄는 모로 누어 흰 벽만 뚫어져라 바라봤다.

"너도 참, 잠이 오니?" 예즈가 고개를 절레절레 저었다. "누군 밤새 기차를 달려왔는데. 얼굴에 수염도 덥수룩하게 자랐고, 너랑 더 오래 있고 싶지 않았겠어?"

허뤄는 대답하지 않았다. 사실 예즈를 붙잡고 마음속 모든 근

심과 고민을 시원하게 다 털어놓고 싶었다. 하지만 이제 사귄 지
고작 한 달 된 친구였다. 속에 있는 말까지 기탄없이 할 정도는 아
니었다.

* * *

까무룩 잠이 들었다. 정오, 사감이 또 확성기로 허뤄의 이름을
불렀다. 그녀는 튕기듯 자리에서 일어나 '나간다'고 소리쳤다. 서
둘러 거울과 빗을 찾았다.

"내가 먼저 내려가서 자세히 좀 봐야겠어. 아깐 제대로 보지도
못했단 말이야."

"다음에 밥 같이 먹자니까. 뭘 그리 서두르고 그래?" 허뤄가 입
에 머리핀을 물고 웅얼거렸다.

"궁금해서 그래. 얼른 보고 싶다고." 예즈가 깔깔 웃었다. "가서
네가 얼마나 상사병에 걸렸는지 말해줄 거야."

"안 돼!" 허뤄는 마음이 급해 묶고 있던 머리를 놓아버렸다. "아
팠던 건 절대 얘기하면 안 돼."

"그럼 가서 잘생겼다고 칭찬해도 질투 안 할 거지?" 예즈가 히
죽히죽 웃으며 보온병을 들었다. "됐어. 가서 물이나 받아 와야지.
오며 가며 두 번은 볼 수 있잖아."

* * *

장위안이 건물 밖에서 기다렸다 웃으며 말했다. "베이징은 아

직도 덥네. 더위 먹는 줄 알았어." 햇살 아래 그는 다시 찬란하게 빛났다. 허뤄는 잠이 부족했던 탓에 약간 어지러웠다. 아까 냉담했던 그의 말투가 오히려 꿈은 아니었을까 의심이 들기 시작했다.

둘은 함께 식당으로 향했다. 그리고 자연스럽게 손을 잡았다. 예즈가 맞은편에서 걸어와 둘을 지나치려다 말고 갑자기 돌아보며 큰소리로 허뤄를 불렀다. 얼핏 보아도 어색한 웃음이었다.

"아……." 허뤄는 뭐라 말할까 당황했다. "벌써 다녀오는 거야? 맞다. 나 오후에 없을 거야. 저녁에도 좀 늦을 것 같아."

"안 돌아와도 상관없어." 예즈는 순간 장난기가 발동했다. "신고는 안 할게."

* * *

"뭐 먹을래?"

"볶음면이랑 돼지 다리 간장 조림 추천했잖아."

"그래도 기차에서 내린 지 얼마 안 돼서 속도 더부룩하지 않아? 죽이 좋겠어."

"그건 기차에 앉아 온 사람 얘기고. 난 서서 와서 괜찮아. 고기를 먹어줘야 원기 회복에 좋아."

"밤새 못 자서 열증이 있진 않고? 녹두죽 먹자." 허뤄가 신속하게 자리를 찾았다. 장위안에게 두 자리를 맡아두라고 시켰다.

"누님. 한숨도 못 잔 걸 알면서 고기도 안 사주는 겁니까?" 장위안이 웃었다. "자, 식당 카드 줘."

"내가 갈게." 허뤄가 자리에서 일어나려 하자 장위안이 그녀의 어깨를 눌렀다.

"내가 갈게. 네가 매일 뭘 먹고 사는지 구경 좀 하게."

"그럼…… 백반 한 공기랑 닭 날개 볶음."

"볶음면이 제일 맛있다며?"

"어. 그랬는데…… 지난달에 1주일 내내 먹었거든……."

장위안이 웃으며 그녀를 보았다. "집에서보다 더 동글동글해진 것 같은데. 이번 겨울 집에 올 때는 표를 끊을 필요가 없겠어. 기찻길 따라서 떼굴떼굴 굴러오면 되겠네."

이윽고 장위안이 쟁반을 들고 돌아왔다. 둘은 나란히 앉았다. "저기, 식당 카드는? 설마 안 뽑아온 거야?"

"이래 봬도 나도 대학 생활 한 달째거든." 그가 내민 손바닥에 카드가 숨겨져 있었다.

"근데 왜 전혀 안 보였지." 허뤄가 식당 카드를 받아 만지작거렸지만 어떻게 해도 완전히 가려지지는 않았다.

"손가락이 짧아서 그래."

"누가 그래!" 허뤄는 인정할 수 없었다. 손바닥을 펼쳐 장위안의 손에 대보았다. "봐. 그렇게 짧진 않다고."

"얼굴도 동그래졌는데 손가락은 왜 살이 안 쪘을까? 진짜 드문 경운데." 장위안이 진지하게 그녀의 네 손가락을 손등 방향으로 살짝 구부렸다. "항아리. 왜 우리 룸메이트 중 내몽골 친구 있잖아. 포동포동 살이 쪄서, 손가락을 뒤로 젖히면 제일 마지막 마디 사이에 구덩이 네 개가 생겨. 그래서 우리는 보조개가 왜 여기 생겼냐고 놀리지."

"날 지금 개랑 비교하는 거야? 그렇게 쩠어?" 허뤄가 키득거리며 유리창에 자신의 손을 비추었다. 길고 가는 손가락이 햇살 아래 투명하게 빛났다. 손가락 가장자리는 따뜻한 주황색의 빛으로 물들었다. "제일 자신 있는 부위야." 그녀는 손가락으로 란화지를 접었다. "봐. 어때?"

"뭐라고 해야 하나……. 전신을 본 게 아니라서." 장위안은 머뭇거리며 말을 꺼냈다. "직접 조사를 안 해봤으니 뭐라 말하기 어렵군."

"뭐라고? 다시 말해봐." 허뤄는 그의 옆구리를 찔렀다. "양아치!"

"무슨 양아치야? 이렇게 가까이 앉아 있는데 당연히 전신이 안 보이지." 웃음이 터졌다. "도대체 온종일 무슨 생각을 하는 거야? Sealed with a kiss(키스로 봉한 편지) 같은? 이번 베이징 행은 아무래도 신변 안전을 보장할 수 없겠어. 위험이 도처에 깔려 있으니."

* * *

점심을 먹고 둘은 학교 부근 마트에서 장을 봤다. 허뤄가 굳이 장위안의 슬리퍼를 사주겠다며 고집을 부렸다. 예전에 선례가 한 말이 생각나서였다. 기숙사 대청소를 하는데 축구화가 열한 개 있었고 그중 일곱 개는 왼발, 네 개는 오른발이라고 했다. 새벽에 학교로 돌아오던 스쿨버스에서 그가 했던 말이 허뤄는 새록새록 떠올랐다.

"걔들은 발에 걸리는 대로 아무거나 신는대. 누구 하나 무좀이 생기면 다 옮는다는 거야. 그러니까 기숙사에 있는 슬리퍼는 신지 않는 게 좋겠어."

"사실 상관없어. 우리도 마찬가지거든. 남자 기숙사가 제일 먼저 공산화됐을 거야."

"차라리 눈으로 안 보는 게 낫지." 허뤄는 한숨을 내쉬었다. "그래도 베이징에서만큼은 내 말 들어." 허뤄는 남색 슬리퍼를 들어 신발 바닥을 서로 부딪치며 탁탁 치고는 돌아보며 말했다. "자, 타향 멀리 밤새 달려온 노고를 생각해서 팁으로 주는 거야"

"와. 이거 먹고 떨어지라고." 장위안이 실망한 척 표정 짓더니 금세 돌아서 웃음 지었다. "이제 안 건데 넌 문제가 많아. 바가지 긁는 게 꼭 우리 엄마 같아."

"다 널 생각해서 그러는 거야." 그녀가 혀를 내밀었다.

"엄마한테 잔소리나 한다고 뭐라고 하면 엄마가 꼭 너처럼 대답했지. 둘이 통하는 게 있나 봐. 어쩐지 엄마가 나보다 널 더 예쁘게 보더라."

"어? 누가?"

"우리 엄마. 그때 학부형 회의 때."

"그때 딱 한 번 봤는데."

"그러게. 근데 집에 돌아와서 네 칭찬을 얼마나 하던지."

"정말? 뭐라고?" 그의 가족이 인정해준다는 생각만으로도 달달해졌다.

"언제 적 얘긴데 그걸 기억해. 어쨌든 다 여자를 칭찬하는 말이 었어."

"근데 왜 그땐 얘기 안 해줬어?"

"너무 자만해서 콧대만 높아질까 봐! 생각해봐. 둘이 장단이 맞으면 앞으로 난 편히 살기는 글렀단 말이지."

* * *

앞으로? 앞으로 뭐? 허뤄는 그의 뒷모습을 바라보며 몰래 웃었다. 생활용품 코너를 이리저리 돌다가 발견한 주방 도구를 갑자기 집어 들더니 서로 치고받고 장난을 쳤다. 장위안과 즐겁게 시간을 보내며 마치 가정주부가 된 것 같은 기분이 들었다.

이 남자. 나중에 함께 가정을 꾸릴 수도 있는 이 남자. 그의 어머니와 함께 그의 흉을 볼 수도 있는 남자. 허뤄는 이미 그날을 들여다보고 있는 기분이었다. 그녀는 주방에서 바쁘게 일하다 말고 내다보며 소리친다. "텔레비전에 빠져서 밥하는 것도 안 도와주는 거야." 이미 부모님에게서 수천 번은 보아온 무료한 장면이었다. 하지만 주인공이 자신과 그라고 생각하니 숨이 막힐 것처럼 행복했다. 허뤄는 고개를 숙이고 웃으며 꿈에서 깨지 않으면 하고 바랐다.

장위안이 진열대를 돌아 앞으로 걸어왔다. "왜 이렇게 꾸물거려. 여기서 뭐 하는 거야?"

"아." 허뤄는 얼른 고개를 들어 주위를 살피고는 손에 잡히는 대로 고양이 사료를 하나 집어 들었다. "이거, 고양이가 참 귀엽지."

"오호, 난 먹어봤어. 애들이 새로 나온 과자라고 속였어. 근데 뭐가 그리 즐거워 웃고 있어? 설마 너도 먹어본 거야?"

"아, 그냥 재밌는 얘기가 생각나서. 혹시 들어봤어? 할머니가 고양이 사료를 사러 갔는데 점원이 안 판다고 하면서 고양이를 키운다는 걸 증명해보라는 거야…… 그 얘기 들어봤어?"

장위안이 고개를 저었다.

"안 되겠다 싶어서 할머니가 고양이를 안고 왔더니 그제야 점원이 사료를 주더래. 다음에 또 고양이 사료를 사러 갔는데 마찬가지로 점원이 증명해보라는 거야. 세 번째는 할머니가 상자 하나를 들고 와서 점원 보고 손을 넣고 만져보라고 하더래…… 점원은 시키는 대로 했지. 그리고 오늘은 뭘 사러 왔냐고 물었대. 할머니가 말했지. 휴지요." 허뤄가 깔깔 웃으며 아래를 내려다보니 장위안이 두루마리 휴지 두 개랑 티슈 하나를 들고 있었다. 허뤄는 더 크게 웃었다.

장위안은 썩은 미소를 지었다.

허뤄는 조금 찔렸다. 눈을 천천히 들어 보니 장위안이 실눈을 뜨고 자신을 흘겨보고 있었다. 그리곤 고개를 끄덕이며 말했다. "웃기지. 웃겨?"

그는 휴지를 허뤄의 머리에 올렸다. "가. 별로 네가 계산해. 그리고 점원한테 증거를 보여줘."

"더러워."

"네가 더 더럽거든." 장위안이 웃었다. "베이징이 애를 완전히 물들였어. 우리 엄마한테 어떻게 소개시킬지 걱정이 앞선다."

* * *

기숙사로 돌아와 바리바리 사온 짐을 풀어놓고 장위안을 데리고 캠퍼스를 한 바퀴 돌았다. "행정실 건물이 오래되긴 했는데 풍경이 너무 예뻐. 근데 좀 많이 돌아야 해."

"괜찮아. 나중에 자주 다니면서 너희 학교 지도의 새로운 버전을 만들어주겠어."

둘은 맥도날드에 앉아 문을 닫을 때까지 앉아 있었다. 하지만 아직 할 말이 산더미같이 남아 있었다. 편지로 적었던 사소한 일상도 다시 한번 화제에 올려야 했다. 허뤄는 이야기하고 있는 장위안의 모습이 너무 좋았다. 그녀의 눈에는 손발을 흔들어가며 신나게 얘기하는 그의 모습만 보였다. 구체적으로 무슨 말을 하는지는 중요하지 않았다. 그저 이 남자를 똑바로 바라보고 그의 맑은 음성을 들을 수 있다는 것만으로도 좋았다.

* * *

예즈는 기숙사 앞에서 초조하게 기다리다 허뤄와 장위안을 보더니 활짝 웃었다. "너 진짜 안 오는 줄 알고 얼마나 걱정했는데." 그녀가 가슴을 치며 말했다. "깜빡 잊고 있었지 뭐야. 오늘 우리 기숙사 자전거 정리해야 하는데 나머지 두 가스나는 없지, 나 혼자 오늘 죽도록 고생하겠구나 생각했어."

"어. 여기 일손이 하나 더 있어." 허뤄가 웃었다. "머슴."

"뭐라고?" 장위안이 물었다.

"잡일하는 일꾼이라고. 냉큼 가서 일하지 못할까."

* * *

장위안은 여기저기 길 건너편에 흩어져 있던 자전거까지 자발적으로 정리했다. 자전거를 한 대 한 대 들어다 자전거 주차장으로 옮겨놓았다. 가로등이 비추지 않는 음침한 곳에 남학생 하나가 등을 돌리고 허리를 굽힌 채 자전거를 짚고 서 있었다. 그리고 뒤에 자전거 몇 대가 막혀 있었다. 장위안이 다가가 그의 어깨를 두드렸다. "저기. 죄송한데 좀 비켜주실래요."

남학생이 고개를 돌렸다. 경악, 그리고 수치, 뒤 이은 분노……

남학생에 가려 있는 왜소한 여학생은 이미 부끄러워 남자의 품에 머리를 푹 박고 있었다.

장위안은 순간 얼음이 되었다.

주차장에서 지켜보고 있던 허뤄는 난간을 붙잡고 어깨가 들썩거리도록 웃었다.

* * *

장위안이 고개를 저으며 돌아와 조용히 투덜거렸다. "그러게

231

남자 머리가 그렇게 클 게 뭐람. 그리고 또 여자애는 왜 이렇게 작아. 난 또 그 남자애가 자전거 열쇠 따고 있는 줄 알았지."

"큰소리로 웃지도 못하고 참았더니 내상을 입었나 봐." 허뤄가 장위안의 아래 눈꺼풀을 까뒤집으며 물었다. "그런데 뭘 봤어? 못 볼 걸 봐서 다래끼라도 난 거 아냐?"

"매를 번다." 그가 허뤄의 팔을 당기려 하자 그녀가 얼른 몸을 피하며 익살스러운 표정을 지었다. 그리곤 목소리를 깔며 장위안의 목소리를 흉내 냈다. "저기, 죄송한데 좀 비켜주실래요."

"잡히기만 해봐. 그 자리에서 요절을 내주마!"

둘은 아이처럼 쫓고 쫓기며 신나게 뛰었다. 허뤄는 재빠르게 자전거 거치대 반대쪽으로 몸을 피했다. 장위안이 허뤄를 가소롭다는 듯 웃으며 한 손으로 난간을 짚더니 몸을 가볍게 날려 그녀의 옆에 착지했다.

"어딜 도망가려고?" 허뤄의 팔뚝을 잡았다.

"도망 안 갈게. 안 간다고." 허뤄가 손을 내저으며 배를 움켜쥐었다. "아깐 웃느라고 숨이 찼는데 지금은 뛰느라고 숨이 차단 말이야."

"괜찮아?" 장위안이 그녀를 부축해 옆에 있던 자전거 뒷좌석에 앉히고는 그녀의 정수리를 쓸었다.

"괜찮아." 허뤄는 고개를 들었다. 친절한 그의 얼굴과 마주하자 갑자기 또 웃음이 터졌다.

"숨차다며 또 웃어?"

"너 그렇게 허리 굽히고 있으면 자전거 열쇠 따는 줄 알겠다."

장위안은 갑자기 아무 말 없이 허뤄의 눈을 그윽하게 바라보았다. 그의 입꼬리가 살짝 올라갔다. 밤바람이 살랑살랑 불었다. 강렬한 눈빛은 찰랑대는 물결에 교교히 비치는 달빛 같았다. 그리고 관통할 수 없을 것만 같은 온도. 그녀는 문득 어색해져서 뒷좌석을 손으로 짚고 얼른 자리에서 일어났다. "가자. 소등하겠다." 장위안은 아무 말없이 그녀의 뒤를 따랐다. 딱 반걸음 뒤에 떨어져 걸었다.

그 얘기를 왜 꺼냈을까? 허뤄는 귀까지 빨개졌다.

그녀의 걸음이 빨라졌다. 걸을수록 점점 빨라졌다.

건물 모퉁이를 돌려는데 회랑의 백열등이 갑자기 탁 하고 나갔다. 기숙사 건물 전체가 암흑으로 변했고, 여학생들의 '아' 하는 긴 탄식이 터져 나왔다. 사실 이 어둠을 밝혀주던 불빛은 커튼 안에서 새어 나오는 등불이었다. 그런데 그 불빛이 사라지고 나니 눈앞은 곧바로 암흑으로 변했다.

"어머!" 허뤄는 발을 헛디뎌 하마터면 넘어질 뻔했지만 다행히 장위안이 곧바로 그녀의 팔을 잡았다.

인도 위에 서 있던 허뤄는 얼추 그와 키가 비슷해졌다고 느꼈다. 고개를 들지 않아도 눈높이가 거의 비슷했다.

그와 그녀의 얼굴이 서로의 눈에 비쳤다. 그윽했다. 달빛을 머금어 고결하게 빛이 났다. 그녀의 흐트러진 앞머리, 그의 오뚝한 콧날이 얼룩덜룩 그림자를 만들었다. 그 짙은 그림자에 이끌려 점점 다가가 끝도 없이 탐미하고 싶은 충동이 들었다. 그렇게 그를 사랑하고 있었다. 그의 앞에서 숨조차 쉬지 못할지라도 그를 이렇게 끝없이 바라볼 수만 있다면 행복에 겨워 눈물이 흘러내릴 것만 같았다.

* * *

지금처럼 용감했던 적이 또 있었을까. 허뭐는 눈을 똑바로 뜨고 살짝 뒤꿈치를 들어 재빨리 장위안의 입에 쪽 하고 자신의 입을 맞췄다. 그 속도가 너무 빨라서 그녀 자신도 분간하기 어려웠다. 지금 이 따뜻하고 부드러운 감촉과 촉촉하고 차가운 감촉이 두 입술의 감촉인지 아니면 밤바람의 안개에 젖은 것인지 분간이 되지 않았다.

그리고 다음 순간 얼굴이 타들어갈 것처럼 뜨거워졌고 심장이 쿵쾅쿵쾅 두방망이질 치며 목구멍까지 튀어 오를 것 같았다. 그리고 어느 샌가 장위안의 입술이 그녀의 입술을 덮쳤다. 천천히 음미할 겨를도 없이 허뭐는 본능적으로 눈을 감고 몸을 뒤로 젖혔다. 더는 물러설 곳이 없었다. 그의 단단한 두 팔이 그녀를 끌어안고 고개를 숙인 채 그녀가 도망칠 여지를 주지 않았다.

서로의 코끝이 가볍게 스쳤다. 차가웠다. 하지만 두 입술은 따뜻했다. 그의 수염이 따가웠다. 남자의 입술도 이렇게 부드러울 수 있다는 걸 상상도 못했다.

부드러운 감촉, 질박한 다크 초콜릿같이 향기롭고, 중간에 태피 캐러멜의 조각이 섞여 있는 것처럼 조금씩 입안에 녹아내렸다.

그 달콤함을 천천히 음미하면 입안 가득 향기로웠다.

제4장 두 번의 겨울—첫 번째

검은 울 스카프, 검은 외투
여전히 짙은 외로움이 묻어 있네
삶은 너무나 평온해서 마치 사라져버린 것 같아
누구도 발견하지 못할 것처럼

by 허우샹팅 '두 번의 겨울'

　　리원웨이가 캠프에서 돌아왔다. 국경절에 홀로 울적해 있을 허
뤄 걱정에 그녀는 찾아가겠다고 전화를 걸었다. 선례 역시 기차표
를 구해 기숙사로 돌아왔다. 허뤄는 예즈와 새로 사귄 친구들을
모두 불러 함께 학교 밖 작은 식당에서 식사하기로 했다.
　　리원웨이는 장위안을 보더니 큰소리로 웃었다. "내 짝꿍, 올 거
면 귀뜸이라도 해주지. 난 또 허뤄가 혼자 있을까 봐 괜히 걱정했
잖아!"
　　그가 메뉴판을 들었다. "괜한 걱정은 아니지. 덕분에 이렇게 한

턱 얻어먹잖아. 장위안 첫 베이징 출타에 피박을 쓰게 생겼어."

"얼른 먹자!" 리원웨이가 대답했다. "우리 학교는 교외에 있어서 밤길이 위험해. 참, 얼마 전에 젊은 아가씨가 강도를 만났다는 소리가 있더라."

"오늘 가판대에서 《법제 석간신문》을 샀는데 거기에도 기사가 났더라고." 선례가 신문을 꺼냈다.

리원웨이가 뺏어 들고 기사를 읽더니 허뤄에게 물었다. "난 궁금한 게, 공격당한 여성이 범인의 혀를 물어뜯어서 쉽게 범인을 찾을 수 있었다던데. 이상하지. 어떻게 혀를 깨물 수 있지? 입술을 깨물었다면 몰라도."

이제는 그 이유를 알 것 같은 허뤄가 범인보다 더 긴장했고 하마터면 접시에 코를 박을 뻔했다. 급하게 꿀꺽꿀꺽 물을 마시는 바람에 입이 데어서 이마에 땀이 송골송골 맺혔다. "메뉴는 다 봤어?" 그녀는 황급히 장위안의 손에서 메뉴판을 뺏어 머리를 숨겼다. 모든 시선이 자신의 등줄기를 쳐다보고 있는 것처럼 느껴졌다. "어쨌든 베이징에 왔으니 베이징 덕을 먹자. 그리고 오리탕하고 꽃잎차도 맛있어."

"그래. 그럼 베이징 덕 한 세트 시키자. 넌 뭐 먹을래? 양 갈비 찜하고 양배추 채 볶음 어때?"

둘은 고개를 묻고 서로 메뉴를 의논했다. 어쩌다 눈빛이 마주치면 입가에 웃음이 번졌다. 보고 있던 리원웨이가 참다못해 한마디 했다. "너희들 원래 이렇게 들러붙어 있지 않았잖아. 그런데 오늘은 왜 이렇게 꿀이 뚝뚝 떨어지지?"

"양적 변화는 질적 변화를 일으키지." 장위안의 말에 허뤄가 팔꿈치로 그의 가슴을 쿡 찔렀다.

"내가 봐도 요 이틀 동안 특히 신이 난 거 같아." 예즈가 진지하게 고개를 끄덕였다. "복도에 빨래를 널면서도 옷걸이를 안고 스텝을 밟는다니까."

"또 남자 스텝이지." 선례가 말을 거들었다.

* * *

허뤄는 모두에게 차를 한 잔 따라주었다. 장위안은 일회용 젓가락을 들며 말했다. "젓가락을 잘 쪼개면 도화운이 있다잖아." 역시 가지런하게 잘려나갔다. 허뤄는 그에게 혀를 내밀었다. 장위안은 젓가락을 그녀의 접시에 올렸다. "도화운이 있긴 한데 이건 네거야. 그럼 나는 어떤가 볼까?"

리원웨이가 말했다. "도둑놈 심보구만. 아주 간땡이가 부었어."

"나도 그러고 싶어. 근데 허뤄 하나 보러 오는 데 18시간이나 서서 왔다고. 두 번만 여친 있다간 다리가 요절날 판이야." 장위안이 웃었다. "그런 의미에서 오늘은 선례랑 꼭 술 한잔해야겠어."

"됐어. 됐어." 선례가 손사래를 쳤다. "동북 남자들이 맥주 잘 마신다는 소문은 익히 들어 알고 있어. 여름 하루 동안에 소비되는 맥주 양이 시후(중국 항저우에 있는 면적 5.66㎢ 호수—옮긴이)를 채우고도 남는다며. 그냥 난 베이징 덕 먹는 법이나 알려줄게." 그는 접시에 전병 하나를 깔고 그 위에 고기와 오리 껍질을 하나씩 올린 뒤, 파와 오이를 소스에 찍어서 제일 위에 올렸다. "다음은 오리 지널 베이징 덕 쌈 싸는 법이야." 젓가락으로 전병 끝을 고정한 후 조금씩 만 뒤, 마지막에 젓가락을 빼면 완벽한 대롱 모양의 쌈이 되었다.

* * *

몇몇 타 지역 출신 친구들도 그를 제법 따라 하기 시작했다.

하지만 허뤄는 제대로 잡지도 못해 재료가 흩어지면서 하마터면 손에 기름 범벅이 될 뻔했다. 잔뜩 찡그린 얼굴로 그녀가 말했다. "도대체 어떻게 하는 거야!"

"다시 잘 봐봐." 선례는 신속하게 시범을 보인 후 한입 크게 베어 물었다. "쉽지."

허뤄는 지치지도 않는지 계속해서 배운 대로 세심하게 말았다. 장위안이 웃으며 허뤄의 머리를 쳤다. "열심히 하는 학생이 늘 손해를 보지. 넌 연습하다가 한입도 못 먹었잖아. 이러다 오리가 다 다른 사람 배 속에 들어가게 생겼어.

"그러게!" 선례는 젓가락을 흔들었다. "잘 연습해뒀다가 나중에 사람 많을 때 기회 봐서 한 마리를 통째로 먹는 쇼를 보여주라고."

"다들 잘났어!" 허뤄가 울상을 지었다. "집에 가서 천천히 연습할 거야."

*　*　*

　웃고 떠드는 사이에 식사 절반을 마쳤다. 그런데 종업원은 여전히 꾸물거리며 오리탕에 육수를 부어주지 않고 있었다. 알코올 버너에 하늘색 불꽃이 튀어 오르며 국물이 다 졸아버리기 일보 직전이었다. 장위안이 종업원을 불렀다. "여기요. 육수 좀 더 주세요. 10초를 더 드리죠."

　"사설이 너무 길어도 소용없어." 리원웨이가 크게 소리쳤다. "여기요!"

　두 테이블 건너 남학생이 이쪽을 쳐다보았다. 그중 머리가 짧은 남학생이 리원웨이를 위아래로 살피더니, 화가 폭발해 욕을 하기 직전인 그녀에게 걸어왔다. "혹시…… 리원웨이?"

　"날 어떻게 알아?" 그녀가 이맛살을 찌푸렸다.

　"나 창펑의 단짝이야." 남학생이 밝게 웃었다. 짙은 눈썹에 환한 눈을 가지고 있었다. "나 몰라?"

　"아! 쉬허양! 같은 초등학교. 너 4반이었지!" 리원웨이가 손뼉을 쳤다. "생각났다. 너 중학교 졸업하자마자 베이징에 갔잖아?"

　"맞아. 여기 부속 중학교 수학 올림피아드반에 왔다가 나중에 그 대학에 특차로 들어갔지."

　"오랜만이야. 넌 완전 베이징 사람 다 됐다." 리원웨이가 미소 지었다. "여기 고향 친구 두 명이나 더 있어." 그녀는 일일이 소개했고 허뤄 쪽을 가리키며 말했다. "너희 둘 서로 대학 동문이야."

　"장위안?" 쉬허양이 놀란 눈으로 그를 보았다. "네 얘기는 많이 들었는데 오늘 처음 보네."

"넌……."

"쉬허양." 그가 다시 리원웨이를 돌아보며 이야기했다. "초등학교 올림피아드 수상자 명단에서 자주 이 친구 이름을 봤지. 한번은 내가 시 전체에서 1등을 했는데 공동 수상이 한 명 더 있다는 거야. 너무 기뻐서 덩실덩실 춤을 췄지. 그런데, 젠장! 그 위에 만점이 있다는 거지. 저기, 저 친구."

"오. 그런 일이 있었던 것 같기도 하고." 장위안은 생각에 잠겼다. "벌써 한 8년 전 일인걸."

허뤄가 감탄사를 연발했다. "그런 대단한 일을 왜 한 번도 얘기 안 했을까?"

"사내대장부는 왕년의 일을 자랑하지 않는 법이지." 장위안이 웃으며 '영웅본색'의 저우룬파 흉내를 냈다. "올림피아드 안 나간 지 꽤 됐는데."

"중학교 때 성 전체 수학 경시대회가 있었는데 전날 농구 하다 골절이 됐다고 들었어. 그때 계속 수학 올림피아드에 나갔더라면 나 대신 네가 베이징에서 고등학교에 다녔겠지." 쉬허양이 손을 들어 식은땀을 닦는 시늉을 했다. "천만다행이야! 출발은 달라도 결국 목적지는 같잖아. 같은 학교에 다니고 있으니까. 맞다. 넌 무슨 과야? 나중에 같이 농구나 한 게임하자."

"난 베이징에 없는데. 여자친구 보러온 거야." 장위안이 엄지를 들어 허뤄를 가리켰다.

"앤 몸이면 몸, 공부면 공부, 성격까지 완벽한 1등 남자친구야. 특별히 허뤄를 보러 왔다고." 리윈웨이가 웃었다.

"오!" 쉬허양은 당황한 기색 역력했다.

* * *

기숙사로 돌아가는 길 은행잎이 빙그르르 회전하며 허뤄의 머리에 떨어졌다. 장위안은 나뭇잎을 떼어주며 말했다. "은행잎이 노래진 걸 보니 베이징에도 가을이 오려나 보네."

"왜 갑자기 센티해지고 그래." 허뤄가 웃으며 물었다.

"그때 꼭 같은 대학이 아니더라고 대학에 들어가면 널 데리고 상산에 단풍 구경 간다고 약속했는데…… 아쉽네. 내가 약속을 못 지켰어." 장위안이 단풍잎을 돌리며 말했다. "가져가서 책갈피로 써야지."

허뤄는 순간 아무 말도 할 수 없었다. "나중에 기회가 있겠지."

* * *

국경절, 길었던 연휴가 눈 깜짝할 사이에 지나갔다. 장위안이 돌아가고 허뤄는 실의에 빠졌다.

그가 있던 하루하루가 그리워지기 시작했다. 캠퍼스 곳곳에 그의 모습이 있었다. 식당에도, 가로수 길에도, 마트에도…… 심지어 기숙사 현관 앞 게시판을 지날 때도 그의 목소리가 환청처럼 들렸다. "게으름뱅이, 이제 일어난 거야?"

저우신옌이 그녀를 보고 말했다. "장위안이 차라리 안 오는 게 나았을 뻔했어. 예전에는 가끔 한숨을 쉬었는데 요즘은 더 가관이야. 매일 똑같은 소리만 반복하고, 꼭 실성한 과부 같아. 식당에 갈 때마다 함께 앉았던 그 자리에 군이 앉겠다고 고집하고."

* * *

학생회에서 새로운 임원을 뽑는데 선례가 나서서 작은 간부 자리 하나를 꿰찼다. 그는 쉬는 시간을 틈타 말했다. "간사인데 진짜 일이 많아. 매일 이리저리 뛰어다니며, 복사에, 인쇄에, 전단 배포에 완전 잡부야." 모두 그의 말에 웃으며 왜 사서 고생이냐고 물었다. 선례는 어깨에 힘을 주며 말했다. "좋은 것도 있어. 다음 주에 체육 동아리에서 남자 국가 대표 농구선수랑 미국 NBA 전 대표 선수와 경기를 조직하는데, 내가 교통 연락 업무 스태프를 맡았거든. 사인을 받을 수 있을지도 모른다고."

"그래. 나도 끼워주면 안 돼?" 허뤄가 물었다.

"지난번에 표 배포했는데 그때 왜 안 받고?"

차마 그땐 정신이 반은 나가 있었다고 말할 수가 없어 그냥 웃으며 한숨만 쉬었다. "됐어. 그럼 안 갈래."

"그럼 한번 물어봐줄게." 선례가 얼른 대답했다. "나만 믿어!"

* * *

그가 허뤄의 손에 건네준 것은 스태프 목걸이였다. "완전 끝내

243

주는데?" 허뤄의 두 눈이 반짝였다. "나도 그럼 선수 옆에 갈 수 있는 거야? 고마워!"

"당연히 고마워해야지. 그거 내 거거든." 그는 두 손을 주머니에 찔러 넣고 발끝으로 땅을 통통 굴렸다. "표가 남은 게 없어서. 난 안 가도 돼. 어차피 농구에는 관심도 없거든."

"어. 그럼 내가 미안하지? 너 교통 연락책이라며?"

"팀에 다른 친구들이 대신 할 거야." 선례가 겸연쩍은 듯 머리를 긁적이며 헤헤 웃었다. "사실은 말이야. 난 그저 나사 같은 부품에 불과해. 주변 장식용이라 내가 없어도 조직은 잘만 굴러가지."

허뤄는 너무나 가고 싶은 마음에 더는 사양하지 않았다. "좋아. 그럼 내가 이번에 빚진 거로 하지!" 그녀는 경기장에 가면서 특별히 서넛 통의 필름을 더 챙겨갔다.

* * *

경기가 끝나고 그녀는 장위안과 통화하면서 있었던 일을 얘기했다.

"난 또 네가 엄청 흥분하기에 조던이라도 본 줄 알았네."

"나도 유명한 NBA 선수가 올 줄 알았는데 후보 선수가 올 줄 누가 알았겠어." 허뤄가 웃으며 말했다. "그래도 현장에서 관람하니까 완전 실감 나더라. 경기장 밖으로 쫓겨날 걸 감수하고 계속 VIP 좌석에 어슬렁거리면서 사진을 엄청 많이 찍었는데 선명하게 잘 나왔어. 다음에 보내줄게."

"네 입장권은 어디 좌석이었는데?"

"입장권이 아니라 선례가 자기 스태프 목걸이를 줬지. 최근에 학생회 활동하거든." 허뤄는 신나서 학교의 이런저런 이야기들을 늘어놓았다. 다양한 강좌들, 직접 얼굴을 본 재계, 연예계, 문화계 유명 인사들에 관해 이야기였다. "참. 너희 동아리는 신규 회원 모집 안 해? 얘기하는 걸 못 들어봤네."

"난 동아리나 학생회에 별 관심 없어. 특히 학생 간부들 비위 맞추려고 행사에 참석할 생각도 없고."

허뤄는 웃음이 나왔다. "학생들의 지팡이처럼 일하는 간부도 있잖아. 안 그래요 장, 위, 안, 대, 표, 님?"

"사실 좀 피곤해. 나랑 잘 안 맞는 거 같아." 장위안은 잠시 숨을 골랐다. "너도 잘 알겠지만 나는 하릴없는 신선처럼 뭔가에 얽매이는 걸 싫어하잖아. 만날 실없이 시시덕거리고, 매사에 진지하지도 않고, 게으르고 시간관념도 없고⋯⋯ 교과들과 잘 어울리지도 못하고, 그렇다고 입당에 적극적인 것도 아니고⋯⋯ 잘리는 건 곧 시간문제라고."

"투철한 자아비판이군, 사실 학생회나 동아리 활동이 많긴 한데 그렇다고 다 관료적이진 않아."

장위안이 한마디 더 보탰다. "너희 학교나 캠퍼스 생활이 다채롭지, 우리는 굉장히 무료해."

분위기가 갑자기 냉랭해져 허뤄는 순간 아무 대답도 할 수 없었다.

* * *

중간고사가 코앞이라 허뤄는 딴생각할 틈이 없었다. 게다가 장위안 쪽에서도 연락이 뜸해졌다. 전화도, 편지도 오지 않았다.

혼자 신나서 캠퍼스 생활을 떠들어대느라고 장위안이 상처받을 거란 생각은 전혀 하지 못했다. 허뤄는 마음이 심란했다. 어쩌면 그는 지금 둘 사이의 격차를 굉장히 신경 쓰고 있을지도 모른다. 이제 더는 고등학교 때처럼 마음대로 아무 얘기나 해서는 안 되는 걸까?

아니 어쩌면 그도 중간고사 때문에 바쁜 것일지도 모른다. 허뤄는 가벼운 화제들을 몇 개 골라 장위안에게 전화를 걸어야겠다고 생각했다. 그런데 아무리 생각해도 모두 공부와 관련된 화제뿐이었다.

그녀는 이미 시험으로 온통 세뇌되어 있었다.

* * *

고향에는 이미 북풍이 불기 시작했다. 그리고 2~3일 후 올해 들어 가장 큰 폭설이 내렸다. 하지만 베이징의 하늘은 만 리 밖이 보일만큼 쾌청했다. 황금색 은행잎 틈 사이로 보이는 하늘은 더욱 더 깊고 고요했다.

그날 밤, 허뤄는 홀로 침실에 앉아 있었다. 9시가 다 되어갈 무렵 그녀는 공중전화 부스 앞에 줄을 서 차례를 기다렸다. 그와 단 3분, 그저 날씨 얘기만 해도 좋겠다고 생각했다. 앞에서 통화를 하는 여학생도 대학교 1학년 신입생인 듯 보였다. 화학 실험 수업에서 작은 시험관을 손으로 깨 먹었다며 칭얼거렸다. 진지하게 듣고 있던 허뤄도 손안에서 깨진 유리를 생각하니 머리카락이 쭈뼛 섰다. 남자친구인 듯한 상대방이 그녀를 부드럽게 달래자, 여학생은 울다 웃으며 애교를 떨었다. 잠시 후 목소리를 낮추더니 간지럽게 속삭였다. "나 보고 싶지 않아? 내가 두고 온 곰 인형은 매일 안고 자는 거야?"

점점 작아지는 목소리 탓에 더는 들을 수가 없었다.

자신은 한 번도 이런 애교스러운 목소리로 장위안과 이야기한 적이 없었구나. 만약 내가 이렇게 말한다면 그는 닭살이 돋아 온몸의 신경이 다 끊어져버리겠다며 욕을 하겠지? 아니면 크게 비웃어준 뒤 자신의 목소리를 흉내 내겠지? 그리고 결국 그녀의 차례가 돌아왔다. 장위안의 호출기로 호출한 후 노란 부스 처마 밑에서 전화가 걸려오기를 기다렸다.

* * *

그 시간 장위안은 친구 생일이 있어 온몸이 땀범벅인 상태로 농구장에서 식당으로 끌려갔다. 그는 온몸이 담배와 술 냄새로 찌들었고, 기숙사에 도착했을 때는 이미 샤워실 이용 시간이 끝나버린 후였다. 어쩔 수 없이 급수실에 가서 뜨거운 물 두 주전자를 받았다. 급수실에서 머리를 반 정도 감았을 때 룸메이트 '고추장'이 복도에서 그를 불렀다. "호출이야. 베이징 번호인데!"

장위안은 물이 뜨겁고 말고 생각할 겨를도 없었다. 급히 찬물과 섞은 뒤 두서너 번 물을 뿌려 대충 머리에 비눗기를 닦아내고는, 수건으로 두어 번 털었다. 그리고 곧장 방으로 달려가 책상 위에 놓인 호출기를 집어 들었다.

* * *

가을바람에 놀란 낙엽이 흩날렸고, 이미 날씨는 선선해지기 시작했다. 시간은 1분 또 1분 지나갔다. 허뭐는 옷깃을 세우고 하늘 가득 적막한 별을 올려다보았다.

뒤에 서 있던 남학생이 계속 재촉했다. "저기, 얼마나 더 기다려야 하죠?"

"5분만 더 기다려도 되나요?"

"다들 오래 기다리고 있잖아요. 전화 걸 거 아니면 자리 좀 비켜주세요." 남학생이 원망하기 시작했다.

"거 참 말 많네!" 허뭐는 화가 나 돌아보며 말했다. "5분 기다렸다 5분만 더 통화할까요? 아니면 지금 집에라도 전화해 30분을 통화할까요? 응?" 허뭐는 딱 잘라 말했다.

"5분, 약속한 거예요……." 그는 여전히 말이 많았다.

허뭐가 차가운 눈빛으로 뚫어져라 쳐다보자 그는 아니꼬운 듯 입을 다물었다.

똑딱똑딱, 시간의 발걸음 소리가 들렸다. 남학생은 더는 불평하지 않았지만 수시로 주머니에서 라이터를 꺼내 '탁탁' 불을 붙인 후 공중전화 시간을 확인했다.

처음에는 화가 나기도 했지만 입장 바꿔 그의 가족 혹은 연인도 먼 곳에서 조급하게 기다릴지도 모른다 생각하니 마음이 조금 누그러졌다.

깜박깜박, 희미한 불꽃이 초라하게 흔들리다 바람에 꺼져버렸다.

"그만 기다릴게요." 그녀의 나지막한 목소리에 남학생은 고소하다는 듯 '흥' 하고 콧방귀를 뀌었다. 20분이나 기다렸으면 충분했다.

* * *

장위안은 한달음에 밖으로 뛰쳐나왔다. 방금 눈까지 온 터라 한밤중 바람을 맞으며 전화를 걸고자 기다리는 사람은 거의 없었다. 얼른 전화 부스를 찾아 전화 카드를 밀어 넣었지만 기계가 얼어붙어 화면에 불이 들어오지 않았다. 다시 교관 사무실로 뛰어가 여러 번 전화를 걸었지만 저쪽에선 계속 통화 중이었다. 호출기의 시간을 자세히 살펴보니 이미 30분이 지난 후였다.

베이징에도 기온이 많이 떨어졌을 테니 찬바람 속에서 그리 오래 기다렸을 리 없겠지? 장위안은 마음이 허해졌다.

국경절의 만남은 희비가 교차했다. 재회의 기쁨을 천천히 음미할 시간도 없이 여러 혼란스러운 생각 때문에 마음이 복잡해졌다. 허뤄가 '못하는 게 없는 것 같은데 꼭 중요한 순간 삑사리를 낸다'고 말했을 때 마치 자신이 제대로 한 방 먹은 느낌이었다. 자신이 베이징 대학에 진학하지 못했다는 소리에 놀라던 쉬허양의 얼굴 역시 할 말을 잃게 했다. 장위안도 잘 알고 있었다. 허뤄가 은근히 자신을 에둘러 비난했던 것이 아니었다는 것을, 일부러 대입 시험에서 자신의 실수를 입에 올리지 않는다는 사실을. 하지만 매사 진지하고 성실한 그녀가 자신 같은 남자를 너무 유치하고 제멋대로라고 생각하는 것은 아닌지 걱정되었다. 그녀는 이미 날개를 달고 높이 비상하고 있는데 자신만 제자리걸음을 하고 있는 것 같았다.

장위안은 최대한 이 우울한 감정을 숨기려고 노력했지만 허뤄가 결국 자신의 말투에서 주저와 고민을 읽었으리라 짐작할 수 있었다. 어째서 내가 좋아하는 여자는 눈치가 그렇게 빠른 것인지? '고추장' 녀석이 매일같이 부르짖는 '너무 잘난 여자는 피곤하다'는 말이 절로 떠올랐다. 자신을 올려다볼 수 있는 여자를 찾는 것이 더 마음 편한 건 아닐까 생각했다.

하지만 어떨 때 보면 어리바리하고 어떨 때 보면 총명한, 수줍으면 중언부언하고, 미소 지을 땐 미간에 주름이 가는 그녀가, 그는 그저 좋았다. 당시를 회상하면 그녀와 이런저런 얘기를 주고받을 때는 봄바람에 젖는 것처럼 좋았다. 그때는 그저 어리기 때문에 조심해야만 하는 것이 많다는 것이 유일한 장애물이었다.

장위안은 그녀를 소원하고 서먹하게 대했던 그 시절이 너무 안타까웠다.

기숙사로 돌아와서야 자신이 여전히 수건을 들고 얇은 내복만 걸치고 있다는 사실을 깨달았다. 찬바람이 그대로 옷을 뚫고 들어

왔다. 머리카락에는 고드름이 맺혔고, 숨을 내쉴 때마다 하얀 입
김이 서렸다. 허뤄의 해맑은 웃음을 생각하며 겨우 추위를 달랠
수 있었다.

제5장 그녀가 널 사랑한다고

그녀가 널 사랑한다고, 그것도 온 힘을 다해서 사랑한다 들었어
조용히 너의 편지를 정리해
그녀가 널 사랑한다고, 절대 헤어질 수 없을 것처럼
하지만 내게는 낡은 기억뿐인걸

by 량융치 '그녀가 널 사랑한다고'

장위안은 오전 수업을 모두 건너뛰었다. 영어 리스닝과 선형대수학 수업이었다. 영어는 늦잠을 자서, 수학은 새로 부임한 박사 교수의 발음이 부정확해서 수업 내내 무슨 소리인지 알아들을 수 없다는 것이 그 이유였다. 나중에 필기를 다시 자세히 살펴보니 교수는 책을 그대로 읽고 있었다. 그 사실을 알고 난 후 장위안은 차라리 혼자서 책을 읽는 것이 더 이해가 빠르겠다 싶었다.

그런데도 그 교수가 군이 열변을 토하며 강의를 하는 바람에 앞줄에 앉은 학생들은 책으로 얼굴을 가리고 싶은 마음이 간절했다.

수업이 끝나고 뒷줄에 앉았던 학생들이 달려가 첫 줄에 앉아 고문을 당했을 친구들의 얼굴을 만지며 물었다. "젖었나, 어디 보자?"

"교단에선 혼자 신선, 교단 아랜 모두 바보들." 패딩을 걸친 '고추장'이 만두에 아끼는 고추장을 바른 후 한입 베어 물며 말했다.

* * *

신입생들은 자신도 땡땡이를 칠 수 있다는 사실을 발견하고 기뻐했다. 그리고 점점 '도망자'의 기분을 만끽하기 시작했다. 그래도 아무도 나무랄 사람이 없다는 사실에 땡땡이는 일종의 유행이 되기 시작했다.

사실 딱히 할 일이 있어서는 아니었다. 장위안은 숙제를 얼른 마치고, 목이 빠져라 기다리고 있던 고추장에게 숙제를 넘겼다. 카메라를 챙겨 들고, 허뤄가 보고 싶어할 캠퍼스 설정을 찍기 위해 기숙사를 나섰다. 학교 매점에서 필름을 인화하면서 한참을 고민한 끝에 20위안짜리 전화 카드를 하나 샀다.

* * *

낮 시간 장거리 전화는 할인이 되지 않았다. 점심시간이면 모두 식당으로 모여들기 때문에 공중전화 부스 앞이 텅텅 비었다. 전화기 너머 저쪽은 소란스러웠다. 지지배배 재잘거리는 여학생의 경쾌한 목소리는 즐거운 참새 떼 같았다. 왁자지껄한 웃음소리와 일사불란한 발소리에서 장위안은 허뤄의 것을 찾으려고 노력했다. 그녀의 목소리를 듣고 싶었던 그 순간은 1분의 기다림도 길게만 느껴졌다. 하지만 뭐라고 말을 꺼내야 하나 생각하니 갑자기 혼란스러웠다. 차라리 사감이 그녀가 없다고 말해준다면 무거운 짐을 내려놓은 것처럼 마음이 편해질 것 같았다.

내적 갈등으로 수화기 속 자신의 심장 소리가 점점 더 분명하게 들려왔다.

하지만 그녀는 쿵쿵쿵 급하게 뛰어와 숨 가쁜 목소리로 전화를 받았다. "여보세요. 누구시죠?"

"나야." 그는 가까스로 평정심을 되찾고 명랑한 목소리로 전화를 받으려고 노력했다.

"응…… 어떻게 대낮인데 전화를 걸었어? 비쌀 텐데……. 요즘 바쁘지?" 말꼬리를 부러 올리며 물었다.

"난 괜찮아. 화났니?"

"화났냐고?"

"응."

"나도 바빴어. 지난 2주 동안 중간고사가 있었거든. 화낼 겨를도 없었어. 그리고 누가 화났대?" 그녀는 가볍게 웃었지만 부자연스러웠다. 잠시의 침묵이 흘렀다. "나 원망했지?" 그녀는 뭔가 잘못한 어린아이처럼 소심하게 물었다.

"아니. 나 자신을 원망했지." 장위안은 깊은 한숨을 내쉬었다.

"뭔가 기분 나쁜 일이 있으면 꼭 말해줄래? 마음속에만 담아두지 말고." 허뤄는 그의 한숨을 더듬듯 전화기 선을 배배 꼬았다.

"그렇게. 너무 쓸데없는 걱정하지 말고. 하고 싶은 말 있으면 다 해. 난 그냥 듣기만 할게. 이것저것 재지 말고 말해."

20위안짜리 전화 카드는 겨우 10여 분의 통화로 끝이 났다. 뚜 뚜 통화 종료음이 들릴 때까지 허뤄는 들고 있던 수화기를 놓을 수가 없었다.

* * *

11월의 베이징은 유난히 추웠고 이미 영하 10도까지 떨어졌다. 하지만 30년 만에 유성우가 내린다는 소식에 살을 에는 듯한 추위도 열정과 낭만을 막기에는 역부족이었다. 학생회에서 특별히 두 대의 스쿨버스를 전세 내서 학생들을 데리고 교외로 나가기로 되어 있었다. 톈샹이 그 소식을 듣더니 무척 부러워하며 허뤄를 찾아와 함께 가면 안 되겠냐고 물었다. "너희 학교는 정말 세심한 것 같아."

"감사, 감사." 선례가 대답했다. "여러분의 칭찬이 저에게는 큰 힘이 됩니다."

"애는 우리 학교 학생도 아닌데." 허뤄가 웃었다.

"넌 너무 통이 작아. 국민을 위한 봉사에는 국경이란 없는 법."

"이 친구는 늘 하하 호호, 진짜 붙임성이 좋아. 전형적인 베이징 남자처럼 말도 많고." 톈샹이 허뤄의 귀에 대고 속삭였다. "근데 순 수한 게 우리 반 베이징 놈이랑은 달라. 걔들은 입만 살아선 실없 고 형편없어."

"넌 늘 한 방에 여럿을 죽이더라." 허뤄가 웃었다. "그럼, 선례한테 호감 있으면 소개해줄까?"

"좋지. 좋아." 톈샹이 헤죽거렸다. "너랑 장위안처럼 자연스럽게 서로를 알아가고 그러다 사귀게 되는 경우는 흔치 않거든."

허뤄가 손으로 그녀의 옆구리를 쿡쿡 찌르자 톈샹이 웃으며 피했다. "이봐. 솔직히 털어놔보시지. 그때 어떻게 서로 눈이 맞았던 거야? 이실직고해. 언제부터 사귄 거야? 그때 농구 시합 때, 걔가 너를 붙들고 시범을 보이며 막 더듬었잖아?"

"진짜 못 들어주겠네. 손만 잡았거든." 아무래도 입이 방정인 이 친구에게는 다 털어놔서는 안 되겠다 싶었다.

"손으론 부족했던 거야? 우리가 없었으면 얼마나 더했을까?"

허뤄가 톈샹을 꼬집어 비틀었고, 둘은 함께 깔깔거리며 고등학교 때 수많은 에피소드를 하나하나 꺼내 이야기했다. 톈샹이 감상에 젖어 얘기를 꺼냈다. "서로 필이 통한 거야. 부러워 죽겠다." 그러곤 허뤄의 손을 꼭 잡았다. "지금도 충분히 좋잖아. 물론 지금 힘들긴 하겠지만 3년만 더 견디면 함께 박사 과정을 밟을 수도 있고 함께 직장에 다닐 수도 있잖아. 그럼 됐지 뭐."

"너 왜 갑자기 이렇게 현실적이 된 거야?"

"장위안이 나한테 이메일을 썼더라고. 너 혹시 기분 안 좋은 일 있냐면서. 원래 메일은 비밀로 하기로 했는데, 난 너희 둘이 서로 속 시원하게 얘기도 못하고 그러니까 너무 걱정돼서." 그녀는 잠시 말을 멈췄다. "싸울 일이 있으면 싸우고, 보고 싶으면 그냥 울면 되는데, 그게 어려워?"

"……사실 넌 전혀 유치하지 않아. 얘들이 너보고 애 같다고 하지만 말이야."

"난 애야. 근데 애가 얼마나 좋아. 단순하고 귀엽잖아." 톈상이 툴툴거렸다. "너희들은 너무 사랑해서 그래. 아무것도 아닌 일을 너무 크게 만들어. 고수들이 맞대결하면 공기로도 슝슝 피 한 방울 흔적도 없이 사람을 죽이잖아."

허뤄가 빙그레 웃었다. "맞아. 우리가 배가 불러서 그래."

"누가 아니래. 내가 할 말 있으면 까놓고 얘기하라니까 장위안이 괜한 분란 만들지 말라는 거 있지. 맙소사. 이번엔 내가 배불러 할 짓이 없는 인간 취급을 당했다니까?" 톈상이 눈을 하얗게 흘겼다. "내가 지금까지 너희들을 쭉 보아온 게 아니라면, 우리 학교의 대표 커플이 아니었다면 나도 신경 쓰고 싶지 않거든."

* * *

한밤중에 차에서 내려 새벽 2시가 되도록 유성우를 기다리느라 모두 동상이 되어 있었다. 일부는 모닥불에 둘러앉아 나뭇가지를 태웠고, 다 타고 나자 이번에는 가지고 있던, 당분간 필요 없을 책들을 모조리 태우기 시작했다.

"지식은 힘이자 생명이다." 톈상이 손을 비비고 이를 딱딱 부딪치며 떨고 있었다. "저기, 거기 선 군, 넌 지식 같은 거 없어?"

"지식은 없고, 휴지는 있는데." 그가 뭉치를 꺼내 들었다.

"됐어. 얼마나 타겠어?" 허뭐는 그를 말렸다. "됐다가 코나 닦아."

"유성은 왜 아직인 거야. 너무 늦는 거 아냐. 항공우주국에 항의해야겠어. 내가 웃긴 얘기 하나 해줄까?" 선례가 손을 쳐들었다. "휴지에 관한 건데 들어봤어?"

달콤하고 따뜻했던 대화가 불현듯 머리에 떠올랐다.

허뭐는 옷자락을 꼭 움켜쥐며 하늘을 올려다보았다. 유성은 아직이었지만, 소원을 빌었다.

밤하늘은 고요했고, 여름날의 밤보다 더 깊었다.

추억 속 개구리와 풀벌레 소리가 들리던 그 여름날의 밤.

* * *

별 하나면 충분했다. 별 하나에 소원 한 개가 장위안의 애초 목적이었다.

"아. 유성이다!" 장웨이루이는 펄쩍펄쩍 뛰며 소리를 질렀고, 하늘에 천천히 미끄러지는 빛을 가리키며 말했다.

"그건 비행기야……." 고추장이 매정하게 팩트 공격을 하며 주닝리를 돌아보더니 말했다. "네 고향 친구, 옷을 얇게 입어서 머리까지 얼어버린 거 아냐?"

"에이. 비슷하잖아요. 이렇게 오래 기다렸는데 자기 위안이 좀 필요하다고." 장웨이루이는 하하 크게 웃었다. 귀와 코끝까지 모두 빨개졌다.

주닝리는 장웨이루이에게 자신의 모자를 건넸다. "난 두껍게 입었어."

"됐어. 너는 어쩌려고?" 둘이 서로 밀고 당기는 사이에 첫 번째 유성이 하늘에서 재빠르게 떨어졌다. 지켜보던 사람 모두 '와' 하고 함성을 질렀다.

상상했던 것처럼 불꽃이 온 하늘을 뒤덮을 듯한 유성우는 내리지 않았다.

* * *

장위안은 목도리와 모자를 벗어 장웨이루이 손에 밀어 넣었다.

"당연히 그랬어야지. 네가 그렇게 재촉만 안 했어도 웨이루이도 이렇게 정신없이 나오진 않았을 거야." 주닝리가 말했다.

"차 놓칠까 봐 그런 거지. 자, 너 해. 나중에 '초콜릿'한테 돌려주라고 해."

"날 '초콜릿'이라 불렀겠다!" 주닝리가 주먹을 날리며 항의했다.

"네 이름을 탓해." 장위안이 주닝리를 놀리며 다운 점퍼의 모자를 머리까지 눌러썼다. "난 가볼 테니 천천히들 보고 와."

"그럼 우린 어떻게 돌아가라고?"

장위안이 껄껄 웃으며 대답했다. "내가 강가에 데려다준다고 약속했지, 집까지 데려다준다고는 안 했는데?"

"너, 이 자식!" 주닝리는 울화가 치밀었다.

"나는 이제 쓸모가 없다고. 운전할 줄 아는 것도 아니고." 그가 어깨를 으쓱했다. "어차피 택시 잡아타고 가야 할 텐데, 그럼 세

명이 편하지."

* * *

이틀 후 장웨이루이는 주닝리 수업이 끝나기를 기다렸다. 학생 대부분이 떠나간 교실을 까치발을 들고 들여다보았다. "반장은? 목도리 돌려주려고 하는데."

"나한테 줘도 돼. 나도 반장이거든." 주닝리가 냉큼 그녀 손에서 종이봉투를 낚아채 안을 들여다보았다. "오, 아주 깨끗이도 빨았네. 섬유 유연제까지 쓴 거야."

"당연하지. 목마를 때 '한 방울의 기적'을 베풀었으니까……." 그녀는 손을 내저으며 계속해서 안을 들여다보았다.

"볼 것 없어. 안 왔어. 반장이 땡땡이 상습범이라니. 진짜 기숙사에서 공부를 하는 건지 아니면 바깥으로 싸돌아다니는 건지 알게 뭐야?"

"근데 왜 반장을 시킨 거야?"

"성적이 제일 좋았으니까. 칭화 커트라인 645점인데, 걔는 643점을 맞았으니 재수가 없었던 거지."

"어. 진짜 대단한데!" 장웨이루이는 놀란 얼굴이었다. "칭화 커트라인에 딱 2점이 모자란 거잖아. 진정 나의 우상이야!"

주닝리가 인상을 쓰며 말했다. "아주 홀딱 빠졌군. 다른 친구들을 소개해줄 순 있어. 딱 저 녀석 하나만 빼고."

"왜? 네가 먼저 찍은 거야?"

"남의 호의를 무시해! 여자친구가 베이징에 있다고. 국경절에 기차 타고 18시간이나 서서 여자친구를 보러 갔단다."

"어휴." 장웨이루이가 무겁게 한숨을 쉬었다. "꼭 괜찮은 남자는 짝이 있더라."

"어떻게 괜찮은 남자라고 그렇게 쉽게 단정하는 거야? 정말 순진하구나." 주닝리가 그녀를 비웃었다.

"순진하다니. 첫눈에 반했다고 한 것도 아닌데." 장웨이루이가 혀를 내밀며 웃었다. "이런 오빠 하나쯤 있는 것도 나쁘지 않지. 어차피 둘 다 성이 장 씨잖아."

"저기요. 걔랑 나랑 성 씨만 같고 한자는 다르거든요!"

"어차피 영어로는 다 똑같거든요." 장웨이루이가 눈웃음을 지었다.

* * *

학교에서 오리엔티어링을 모집하는데 팀마다 최소 여성 두 명이 참여해야 했다. 허뤄도 참가 등록을 마치고 금요일 아침 일찍 원명원(베이징 서쪽과 이웃하고 있는 청나라 왕조의 황실 정원—옮긴이)을 돌아 학교로 돌아왔다. 누군가 자신의 이름을 부르며 도시락을 탕탕 치는 소리가 들렸다. "그렇게 입고 운동 다녀온 거야?" 선례였다.

"사전 답사 갔었지. 지형을 익혀두려고."

"오. 여자들은 일반적으로 방향 감각이 없던데." 선례가 웃으며 주걱으로 동그라미를 연신 그렸다.

"미안하지만 난 1반이 아니라 2반인데. 참, 너는 대장이라는 사람이 대원의 사기를 꺾는 거야? 벌로 우리 팀 밥 다 쏴."

"밥이라면, 자~ 지금이라도 얼마든지 줄 수 있어." 선례가 손을 흔들었다. "제1식당의 백반은 마음껏 먹어도 돼. 내가 한턱 쏠게."

허뤄는 웃으면서 고개를 절레절레 저었다. 그녀는 사감실 앞에서 다른 친구 편지까지 함께 챙겼다. 장위안의 편지도 역시 도착해 있었다. 뒤집어 보니 봉합 부분에 돼지 머리가 그려져 있었는데 돼지 코가 둥근 얼굴에 거의 2분의 1이나 차지했다. 그리고 한쪽 옆에 'Would you kiss me?'라고 작게 쓰여 있었다.

허뤄는 웃어야 하나, 말아야 하나 어이가 없었다. 이미 앞니가 튀어나온 생쥐 코모스와 깃털을 잔뜩 뒤집어쓴 인디언, 도라에몽 등…… 간단하지만 꽤나 잘 그린 캐릭터를 이미 많이 받았기 때문이었다. 한번은 저우신옌이 허뤄의 편지를 들고 혼자 신나서는 허뤄의 주위를 뱅글뱅글 돌다 말고 그녀의 목을 부드럽게 감으며 물었다. "Shall we kiss?" 그녀는 큰 소리로 웃었다. "국경절에 충분히 키스 좀 해주지, 네가 죽자고 버텼나 보지? 그러니 장 모 군이 천 리 밖에서 키스해도 되냐고 물어보지."

허뤄는 귀까지 빨개졌다. 그리고 장위안을 탓하며 전화를 걸었다. 장위안은 하하 크게 웃었다. "질투해서 그러는 거야! 남자친구가 너무 재능이 많으니까." 그러곤 이내 여느 때처럼 돌아갔다.

돼지주둥이면 어때. 허뤄는 편지 봉투에 가볍게 입을 맞추었다. 크라프트지의 익숙한 향이 마치 북국의 쌀쌀한 공기처럼 코끝을 찔렀다.

* * *

허뤄는 편지를 읽은 뒤 낮잠을 잘 생각이었다. 커튼을 내리자 작은 틈 사이로 햇빛이 뚫고 들어와 눈꽃 문양의 편지지 위에 흩뿌려졌다. 그녀의 얼굴에 미소가 번졌다. 손끝으로 익숙한 글자를 더듬자 마치 그의 주변에서 일어나고 있는 모든 일들이 하나하나 느껴지는 것만 같았다.

그리고 편지 마지막 부분에 이르러 그녀의 얼굴빛이 어두워졌다. 커튼을 닫고 자리에 누워 뒤척였다. 그리고 이내 다시 자리를 '휙' 하고 박차고 일어나 커튼을 열어젖힌 후 책상에 앉아 곰곰이 생각했다.

* * *

톈샹은 샤워하러 가려다 말고 숨이 턱까지 찬 허뤄가 서 있는 것을 발견하고는 깜짝 놀랐다. "어떻게 갑자기 온 거야? 무슨 일이라도 있어?"

"아니, 그냥 보러 오면 안 되는 거야?" 허뤄는 손에 든 군밤을 흔들었다.

"됐거든. 이틀 전에도 함께 유성우 보러 갔었잖아." 톈샹이 입을 삐죽거렸다. "내가 장위안도 아니고 설마 내가 또 보고 싶어 왔다고?"

허뤄는 오전 내내 밖을 헤매고 다닌 탓에 얼굴이 온통 먼지투성이였다. 톈샹을 따라가 샤워를 하고 돌아오는 길, 찬바람이 세차게 불어 머리카락 끝도 딱딱하게 얼어버렸다. 장위안은 왜 그날 저녁 전화하지 않은 건지 변명이라도 하면 좋으련만 그녀는 마음이 쓰리고 씁쓸했다.

* * *

"나 너무 속 좁지?" 허뤄는 앉아서 밤 껍질을 까며 물었다. 톈샹은 심혈을 기울여 마사지 팩을 바르고 있었다. 그녀는 얘기를 계속하라는 듯 웅얼거렸다.

"장위안이 어떤 여자가 굳이 오빠라고 부르겠다고 해서 대답하진 않았다는데. 그 여자애가 볼 때마다 '오빠'라고 불러서 뭐라고 해야 할지 모르겠다는 거야."

"우, 우, 우……." 톈샹이 허뤄를 가리키며 각종 괴기한 소리를 내고 있었다.

허뤄는 그녀의 의중을 파악하고 씁쓸하게 웃었다. "내가 시킨 거 아니냐고? 맞아, 내가 그랬지. 그 여학생 반장이랑 마찰 일으키지 마라, 타지에서 공부한다는 게 쉬운 일은 아니다. 근데 그건 개가 대입 끝나고 성격이 너무 까칠해지는 것 같아서 그랬지. 자신의 세계에 너무 갇혀버릴까 봐 걱정돼서. 그렇다고 다른 여자가 오빠라고 불러도 된다는 말은 아니었어."

답답해진 톈샹은 결국 급수실에 달려가 얼굴을 씻고 돌아왔다. 입가와 이마에는 아직도 녹색 팩이 남아 있었다. 그녀는 돌아오자마자 단도직입적으로 물었다. "너 바보야? 여학생하고 잘 지내라고 했다고? 굳이 그렇게까지 말할 필요 있었을까? 누가 따라다니지 않는 것만도 감지덕지지! 아이코, 이제 와 후회되지?"

"반 친구들이랑 잘 지내는 건 당연한 거야. 다만 이번은, 이 여자애는……."

"그러는 것도 당연하지. 걔가 장위안의 여자친구를 직접 본 것도 아니니까, 걔한테 넌 없는 거나 다름없는 존재지. 물론 장위안이 좀 잘난 척하고 가끔 쓸데없이 말이 많긴 해도, 냉정하게 말해서 그 정도면 괜찮은 남자인데다 생긴 것도…… 남들의 시기를 살 정도잖아. 정칭인을 잊은 거야……."

"장위안이 거절했어." 허뤄가 말을 가로챘다.

"장위안이 여자친구로 거절한 거지, 친구로 거절한 건 아니잖아. 단단히 단속해야지. 큰 댐도 결국 작은 구멍에 무너진다고. 특히 단순한 여자들은 눈에 뵈는 게 없는 법이야." 톈샹이 손을 내저었다. "내 생각엔 아예 싹을 잘라버리는 게 좋겠어. 아예 그 지지배를 떼어버려."

"난 장위안을 믿어." 허뤄는 고개를 떨구었다.

"믿는다면서 이 먼 길을 달려와서 나한테 하소연하고 있는 거야?" 톈샹이 입을 삐쭉거리며 웃었다. "매일 그의 주변에 알짱거릴 사람은 너여야 하는데 그걸 다른 사람한테 뺏긴 기분이지? 물론 장위안이 적극적으로 행동한 것이 아니라지만 그래도 심기가 불편하지?"

"넌 꼭 내 속에 들어온 사람처럼 어떻게 그렇게 잘 알아." 허뤄가 한숨을 쉬며 다리를 감싸 안은 채 침대 맡에 쪼그리고 앉아 턱을 무릎에 기댔다. "우리의 그 수많은 일은 그저 추억일 뿐이잖아. 장위안에게 진짜 누군가의 응원과 관심이 필요할 때 난 그의 곁에 없었어. 마음이…… 너무……. 난 어떻게 하면 좋을까? 생각하면 너무 안타까운데 차마 장위안에게는 말을 꺼낼 수가 없었어. 그러면 나보다 더 힘들어할 걸 잘 아니까……."

톈샹이 고개를 주억거렸다. "네 꼴이 얼마나 나약하고 가련해 보이는 줄 알아? 내가 알던 허뤄가 아냐."

"난 어때야 하는데?"

"강하고, 독립적이고, 주관도 뚜렷하지. 네가 외교관이 되겠다고 했을 때 내가 너한테 제2의 철의 여인 우이(국무원 부총리를 지낸 여성—옮긴이)가 되면 어떠냐고 했었잖아."

"난 인생 목표 같은 건 없어……. 그저 지금 내게 닥친 일에 충실할 뿐이야. 나중 일은, 나의 미래는……."

"현모양처?" 톈샹이 큰소리로 웃었다. "장위안아, 네가 우리나라 제2의 우이를 빼앗아갔구나."

"나도 이런 내가 너무 싫어. 매사 망설이고, 앞뒤 다 따지며 주저주저하고. 장위안 일이라면 지나치게 걱정이 많아져."

"그게 맞는 거지." 톈샹이 감탄하며 말했다. "이제야 연애하는 여자 같네. 난 이런 네가 좋아."

"나도 네가 좋아." 허뤄가 웃었다.

"그래도 장위안만큼은 아니잖아." 톈샹이 고개를 저었다. "나중에 너희 학교 박사 시험 보면 매일매일 함께할 수 있잖아. 우리 학교처럼 구석에 이름 모를 학교에 시험 봐서 오는 사람도 있는걸. 지금부터 시험 문제 경향 파악한다면, 장위안이라면 분명 문제없을 거야."

"그러게. 얼른 가서 전공 관련 신입생 모집 정보 좀 찾아봐야겠어. 지금부터라도 계획을 세우고 노력하면 언젠가는 함께할 수 있을 거야. 장위안의 실력을 못 믿어서가 아니라 더는 이렇게 오래 떨어져서……." 허뭐가 자리에서 일어났다. "얼른 가서 게시판에 대학원 시험 족보 구하는 공고라고 부쳐야겠어."

"뭐야. 그렇다고 지금 당장 갈 필요는 없잖아." 톈샹이 허뭐를 붙들고는 웃으며 비비적거렸다. "나 좀 도와줘." 급히 종이 한 장을 '쓱' 하고 꺼내 들었다. "자, 이거 그대로 베껴 써줘."

"뭔데?" 허뭐가 손을 내밀었다.

"저기, 비밀이야." 톈샹이 얼른 손을 뒤로 감추며 말했다. "그리고 놀리지 않겠다고 약속해줘."

"비밀. 비밀 지킬게! 근데 도대체 뭔데 그래?" 허뭐는 마음이 조급해졌다.

"짜잔. 톈샹 18년 인생 첫……." 그녀는 그래도 마음이 놓이지 않았던지 달려가 문을 잠갔다. "러브레터야."

"아~! 근데 왜 내가 써야 해?"

"그 남자가 내 글씨체를 알거든. 부끄러워서. 넌 가장 친하고 내가 가장 믿는 친구니까."

"네가 사랑하면 큰소리로 얘기를 해야 한다며?" 허뤄가 톈샹을 놀렸다. "네 용기는, 네 고백은 어떻게 된 거야?"

"그래서 쓸 거야, 말 거야?"

"알았어, 알았다고." 허뤄는 편지를 받아들고 읽은 뒤 깔깔 웃었다. "문장이 맘에 드는데! 여기, 그리고 여기는 외워둬야겠어." 허뤄는 다 읽은 편지를 톈샹에게 밀어 넣었다. "너 진심인 거야? 아무리 필체를 숨기고 싶어서라지만 대필시키는 건 아닌 것 같아!"

"그럼 진작 말하던가?" 톈샹이 소리쳤다.

"진작 말했더라면 보여줬겠어." 웃다 보니 허뤄의 기분도 좋아졌다.

제6장 내가 원하는 행복

내 두 눈으로 꿈속에서 길을 찾아
내가 원하는 행복이 점점 분명해져

by 쑨옌쯔 '내가 원하는 행복'

오리엔티어링 전, 학교에서 사전 워크숍을 열어 지도 읽는 법을 알려주고 각 선수에게 간이 나침반을 배포했다. 선례가 허뤄와 저우신옌에게 물었다. "두 여성분들 지도 읽는 법이랑 나침반 보는 법 알아?"

허뤄가 눈을 흘겼다. "우릴 뭐로 보고. 이건 가장 기본적인 아웃도어 용품이잖아. 어째 말하는 게 혹시 나보다 더 모르는 거 아냐?"

"제가 몰라뵀었네요." 선례가 껄껄 웃었다. "나는 네가 너무 얌전해 보여서 이런 데 흥미가 있는 줄 진짜 몰랐네."

"장위안이 좋아해서 나도 좀 알게 됐지. 그리고 무엇보다 진짜 재밌어."

"그러니까 결국 남자가 좋으면 시댁 말뚝에도 절을 한다는 거구나."

"무엇보다 재미있어서라고 했는데."

"남자가 좋아서."

"재미있어서!"

"고집도 세네. 남자가 좋아서라고!"

허뤄가 손을 내저었다. "됐다, 됐어. 네 맘대로 지껄이렴. 남자가 좋아 말뚝에 절을 하겠다는 게 뭐 나쁜 것도 아니고."

"나쁜 건 아니지. 좋지." 선례가 분명하게 못을 박았다. "근데 왜 나한테는 죽자고 덤비는 여자가 없는 거지?"

저우신옌이 고개를 빼꼼히 들이밀며 말했다. "그건 네가 누구 남자친구처럼 잘생기지 않았기 때문이지."

"남자 얼굴 뜯어먹고 사냐?"

"무슨 뜻이야?" 허뤄가 그를 노려보았다.

"아니, 내 말은 내가 인기가 없는 게 그닥 잘생기지 못해서만은 아니라 종합적으로 다 부족해서 그렇다고." 선례가 서둘러 변명했다. "그리고 네 남자친구가 얼굴만 잘생겼다는 소린 아냐."

"흥. 원래 장위안 성적이 너보다 못하지 않거든. 그저 네가 베이징에 진학한 것뿐이지."

"알지, 알아. 근데 왜 이렇게 예민하게 굴어? 난 별 뜻 없이 한 말인데."

그러게. 대체 왜 그랬지? 제 새끼를 지키려고 벼슬을 잔뜩 세운 암탉처럼……. 허뤄는 자문했다.

* * *

기숙사로 돌아오는 길에 저우신옌이 물었다. "아까 그렇게까지 날을 세울 필요 있었어?"

"난 다른 사람이 장위안에게 싫은 소리 하는 걸 단 한마디도 듣고 싶지 않아. 장위안의 마음을 너무 잘 알아서, 다른 사람이 이러 쿵저러쿵 말하면 장위안도 기분 나쁠 거 아냐."

"아까 장위안이 그 자리에 있었던 것도 아니고, 여기서 하는 얘기를 들을 수 있는 것도 아니잖아." 저우신옌이 웃으며 말했다. "설마 네 남자친구가 얼굴만 잘생겼다고 하면 다른 사람들이 널 얼굴만 밝힌다고 놀릴까 봐? 그럼 너무 기분이 나쁘니까 그랬던 건 아니고?"

허뤄는 걸음을 멈추었다. 심장이 '쿵' 하고 내려앉았다. 정말 그랬던 걸까? 정말…… 그때 부모님들과 당당하게 맞서 싸울 때에는 어깨에 힘을 주고 머리를 빳빳이 쳐들며 주변 사람들 시선에 아랑곳하지 않을 수 있었다. 하지만 그건 용감해서라기보다 장위안과 자신 둘 다 떳떳했기 때문이었다. 선을 벗어나지만 않는다면 선생님도 부모님도 함부로 간섭할 수 없으리라 생각해서였다. 이제 와 생각해보면 자신은 생각처럼 그렇게 겁 없는 사람이 아니었다. 장위안은 예전의 그 장위안이 맞는데. 장위안만 실패를 직시하지 못하는 것은 아니었다. 자신도 현실을 아무렇지 않게 받아들일 자신이 없었다.

물론 지금 이 순간도 그녀는 여전히 변함없이 장위안을 좋아하고 있었다. 하지만 그가 다시 자신감 넘치고 몸에서 아우라가 비치는 예전의 장위안으로 돌아갔으면 하고 바라는 것도 당연했다.

저우신옌은 여전히 옆에서 웃고 떠들고 있었다. "맞다. 얼굴만 밝힌다니까 생각났는데, 어제 오락 프로그램에 어떤 여자 게스트가 나와서 자신의 꿈은 백마 탄 왕자를 만나는 거래. 자기는 백색 드레스에 백색 부케를 들고……. 그러니까 MC가 '정말 백색의 백치미군요' 하는 거야……." 그녀는 숨이 넘어가라 웃었지만 허뤄는 그저 대충 입으로 어색한 웃음을 짓고 있었다.

허뤄는 조금 전 자신의 생각에 깜짝 놀랐다.

허뤄는 지금까지 자신의 사랑은 가난도 이기고, 위협과 무력에도 굴하지 않는 사랑이라 믿어왔었다. 그런데 대입이라는 사소한 문제 앞에서 움츠러들며, 아무렇지 않은 듯 가식을 떨고 있는 것이 아닌가?

나는 장위안을 믿는다. 나는 그의 능력을 믿는다. 그녀는 되뇌었다. 모든 것이 좋아질 것이다.

* * *

허뤄는 저우신옌이 말을 담아두는 성격도 아니고, 말에 뒤끝이 없다는 사실도 잘 알고 있었다. 그날 저녁 샤워를 마치고 허뤄가 책상 모서리를 밟고 올라 침대 윗간에 있던 예즈를 불렀다. "자?"

"아니, 집에 편지 쓰고 있어. 무슨 일 있어?"

허뤄가 기어 올라갔다. 둘은 겉옷을 걸치고 벽에 기대어 앉았다. 예즈는 솜이불을 끌어다 다리를 덮었다. 허뤄는 그날 있었던 일을 그대로 얘기했다. "저우신옌은 별 뜻 없이 한 말인데 나는 종일 마음이 껄끄러워."

"난 또 뭐 대단한 일이라고." 예즈가 웃었다. "그게 정상이지. 정말 장위안이 허우대만 멀쩡한 남자였으면 네가 좋아했겠어? 장위안은 모든 면에서 뛰어난 남자니까 네가 마음이 동한 거겠지. 그리고 그 남자가 지금 재능을 썩히고 있는 것 같아 더 잘됐으면 하는 게 얼토당토않은 환상은 아니지."

"난 장위안이 자신의 실패를 무덤덤하게 받아들이지 못할까 봐 늘 걱정됐어."

"그러니까 툭 터놓고 얘기하며 마음을 달래주라고."

"어떻게 마음을 달래주지?"

"그건 나도 모르지. 난 모태 솔로라서."

"얼른 자. 내일 수업 있잖아." 퉁자잉의 잠에 취한 목소리가 들려왔다.

허뤄는 한숨을 쉬며 계단을 기어 내려왔다.

장위안과의 추억을 혼자 중얼거리고 다니는 꼴이 꼭 미친 과부 같다고 생각했다. 언젠가는 날을 잡아 톈샹 아니면 예즈를 붙잡고 한바탕 이야기를 풀어놓아야겠다고 생각했다. 그럼 옛날 사소한 이야기까지 떠올릴 수 있을 것 같았다. 그럼 현재와 미래에 대해서도 생각할 수 있을 것 같았다.

사랑은 본디 두 사람 사이의 일인데 나는 지금 왜 굳이 다른 사람의 인정을 받으려 애쓰는 걸까? 허뭐는 조금은 실망스럽고 조금은 두려웠다. 그녀는 랜턴을 들고 일기장에 한 줄을 적었다. '우리 사랑이 너무 완벽해서 티끌 하나 허락하지 않는 것일까?'

* * *

장웨이루이는 집에서 보낸 택배를 받으려고 수업을 마치고 정오에 학교 우체국으로 뛰어갔다. 좁은 실내 공간에 사람들이 북적였다. 그녀는 겨우 한쪽 구석을 비집고 들어갔다. 그리고 갑자기 또랑또랑하면서도 허스키한 남자의 음성이 들렸다. "아저씨, 상자에 못질 좀 해주세요. 그리고 운송장 종이도 하나만 더 주세요."

"잠깐, 여기 바쁜 거 안 보여?"

건장한 몸매에 남색의 짧은 외투를 걸치고 있었다. "오빠!" 장웨이뤠이가 장위안을 부르며 손을 흔들었다. "여기야. 장위안 오빠."

그는 돌아보며 얼굴을 찌푸렸다. 천천히 걸어왔지만 보폭이 커서 어느새 그녀의 코앞에 있었다. "허락한 적 없는데."

"내 입이야. 귀는 오빠 거고. 내 입이니까 내 맘대로 부를 거고, 오빠는 걸러서 들으면 되지." 장웨이루이는 웃으며 슬쩍 그의 손에 들린 나무상자 두 개를 훔쳐보았다. "에, 이게 뭐야?" 그녀가 들여다보며 물었다. "아. 카세트테이프?" 그녀는 호기심에 상자를 빼앗았다. 각 상자에 카세트테이프가 네 개씩 들어 있었다. "량융치, 모원웨이, 쉬화이위…… 모두 최신판이네. 다양한 노래를 듣는구나!"

"누가 좋아해서." 장위안이 도로 상자에 넣으며 대답했다.

"설마 베이징에는 안 팔아?"

"근처에 파는 건 다 복제판인데 정품 가격을 받는다고 해서."

"그럼 아예 복제판을 사면 되잖아."

장위안은 건성으로 대답하고는 다시 직원에게 물었다. "죄송한데……."

"여기, 망치랑 못이야. 직접 박아."

"왜 굳이 나무상자야. 종이상자는 안 돼?"

"깨지잖아." 장위안은 망치와 못을 받아들고 인적이 드문 곳에 가서 쪼그리고 앉아 탕탕 못질을 했다.

장웨이루이가 머리를 들이밀며 물었다. "오, 전문가 같은데. 내가 했으면 아마 삐뚤어졌을 텐데."

"그렇게 들이대지 마. 나무 조각이 눈에 들어갈 수도 있다고. 자, 장 잡초 학생, 멀리 떨어지시죠."

"뭐? 잡초? 이렇게 예쁜 이름을 놔두고 잡초라니?" 장웨이루이가 항의했다. "웨이루이는 초목이 무성하다는 뜻이거든."

"그러니까 잡초지. 전국에서 그 이름을 쓸 줄 아는 사람이 몇이나 되겠어?"

"대단해! 어떻게 본 것처럼 맞추지." 장웨이루이가 헤헤 웃었다.

"초등학교 때 글자를 쓸 때마다 내 이름을 어떻게 쓰는지 기억이 안 나는 거야. 국어 선생님도 루이(蕊) 글자를 제대로 못 써서 내 과제물 위에 늘 장(張) 하고 초두변(艹)만 두 개 써놓으셨거든." 그녀는 글자를 써가며 신나게 얘기했다. 장위안은 가볍게 웃고는 못 말리겠다는 듯 고개를 절레절레 내저었다.

* * *

"누가 운송장 달라고 했지?" 우체국 직원이 운송장을 흔들었다. "오늘은 이게 전부이고, 나머진 내일까지 기다려야 해!"

"아, 저요!" 장위안이 얼른 일어나 달려가 큰 키에 긴 팔을 뻗어 두 장을 낚아챘다. 돌아보니 장웨이루이가 못질을 하고 있었다. 탕, 탕, 흔들흔들, 자신의 손가락을 겨냥해 내리치려는 듯 보였다.

"내려놔." 그가 얼른 소리쳤다.

"아! 아이야……." 손가락을 찧었고 망치는 내동댕이쳐졌다.

"괜찮아?" 장위안이 인파를 뚫고 그녀의 곁에 한쪽 무릎을 꿇고 앉았다.

장웨이루이가 고개를 들어 맑고 깊은 그의 눈을 바라보았다. 그녀는 자신의 입술을 깨물며 몰래 웃었다. 그리고 눈꺼풀 내리고 고개를 흔들었다. "괜찮아요." 목소리에 웃음이 가득했다.

"괜찮긴 뭐가 괜찮아!" 장위안이 손을 뻗었다.

아, 설마 내 손을 잡으려는 건가? 장웨이루이는 순간 긴장했다.

"너, 오히려 방해만 되잖아." 장위안이 애처로운 눈으로 손에

든 작은 상자를 보았다. 상자 측면의 합판에 길게 금이 가 있었다.
"이게 괜찮은 거야? 이걸 어떻게 쓰라고?"

"왜 화를 내고 그래? 별것도 아닌 걸 가지고, 물어주면 되잖아."
장웨이루이가 뾰로통 입을 내밀었다. "여기서 산 거야?"

"됐어. 이미 늦었어. 크기가 맞는 게 없어서 내가 직접 개조한
거라고."

"오, 손이 많이 간 거구나." 장웨이루이가 탄성을 지르며 상자를
위아래로 훑었다. 역시 새롭게 잘려나간 합판 가장자리에 옅은 색
의 나뭇결이 보였다. "이 시간과 공에 택배비까지 하면 베이징에
서 테이프 몇 개를 사도 사겠다."

* * *

저우신엔 역시 같은 말을 했다. "웬일이야. 중국에 인구가 많긴
많아. 대학생의 노동력이 이렇게 헐값에 쓰이다니. 이 레이버(노동
력)면 테이프 몇 개는 사겠다."

"하지만 이 마음만은 돈을 주고도 못 사는 거잖아." 예즈가 웃으
며 말했다. "저기 봐. 허뤄는 좋아 죽잖아. 모기장 뒤에 숨어서 혼자
음악 듣지. 내가 먼저 하나 뜯어보자고 했더니 절대 안 된대."

"선물보다 성의가 중요하지." 퉁자잉이 한마디로 결론을 내렸다.

* * *

선례가 허뤄를 찾아왔다. "내일 오후 수업도 없는데 사전 답사

갈래? 주말에 곧 경기가 있잖아."

허뤄가 고개를 저었다. "싫어. 이미 두 번이나 했어. 오리엔티어 링은 찾는 재민데 제 집 정원처럼 익숙해서야 어디 재미가 있겠어?"

선례는 의아했다. "평소 너답지 않은데. 넌 무슨 일이든 완벽한 걸 좋아하지 않았나?"

"절대 질 수 없는 일도 있긴 하지. 그런데 경기는 참여에 의의 를 두면 되는 거지. 그런다고 집이 나와 땅이 나와, 그냥 즐기면 그만이야." 허뤄가 웃었다. "잘하는 건 바라지도 않아 그냥 실수만 안 하면 다행이지."

"그럼 아무것도 준비 안 하겠다는 거야? 그건 그냥 운에 맡긴 다는 거잖아."

"그건 아니지. 속도전을 즐겨야지. 요 이틀 동안 달리기 연습을 좀 했지."

"참여에 의의를 둔다며? 즐거우면 된다더니."

"즐거우면 좋고, 상을 받으면 더 좋고?" 허뤄가 웃었다. "사전 답사를 하는 건 기회주의자나 하는 짓이야. 속도전이 진짜 자기의 능력인 거야."

장위안이 한 말이었다. 허뤄가 생각하기에도 일리가 있었다. 그 는 가끔 핵심을 찌르는 말을 잘해서 허뤄가 일일이 기록해둘 정도 였다. 가끔 자신이 했던 말을 반복하는 그녀에게 그가 물은 적이 있었다. "내가 그런 말을 했었어?"

허뤄는 노트를 펼치며 대답했다. "몇 년 몇 월 몇 일에 당신의 숭배자가 일일이 기록해두었지."

"그래.《장씨 어록》으로 하자."

"좋아. 나도《허씨 어록》을 완성할 테니 기대해." 장위안이 웃었다. "아, 아니다.《장씨와 허씨 어록》이라고 해야 맞겠네."

달리며 옛일을 생각하니 자꾸 웃음이 나왔다. 공기는 차갑지만 상쾌했고, 고향의 냄새가 났다. 아, 웃으면 안 돼. 숨이 찬단 말이야. 허뤄의 발걸음은 점점 가벼워졌고 이어폰에서는 쉬화이위의 신나는 노랫소리가 들렸다.

* * *

ring a ling 딩동, 얼른 문을 열어줘

ring a ling 딩동, 나의 영웅, 나의 기사가 되어줘

ring a ling 딩동, 내 고백을 들어줘

ring a ling 딩동, 너의 연인이 되고 싶어

* * *

장웨이루이도 음악을 들으며 머리를 신나게 흔들었다. 문으로 들어서던 주닝리가 깜짝 놀랐다. "요즘 디스코텍에서 정신 놓고 노는 애 많다던데, 너였구나?"

장웨이루이는 손가락을 튕기며 건들건들 걸어와서는 주닝리의 좌우로 왔다 갔다 흔들흔들 춤을 추며 박자와 음을 무시한 채 제 멋대로 노래를 부르고 있었다.

"야, 삑사리 났어! 진짜 못 들어주겠네. 꼭 배터리 나간 녹음기 같잖아." 주닝리가 그녀를 놀리며 그녀의 귀에서 이어폰을 뽑았다.

* * *

장애물을 건너 300미터를 달려온 사람처럼
당신을 기다리는 문 앞에서 온몸이 점점 떨려와요
좋아하는 영화 대사를 얼른 떠올려요
당신을 보면 막상 아무 말도 하지 못할 것 같아서
ring a ling 딩동 얼른 문을 열어주세요
ring a ling 딩동 나의 히어로, 나의 기사
우~ 여자를 바보처럼 문 앞에 세워두지 말아요
예~ 안에 누가 있다 해도 '바이' 하고 인사는 해야겠죠

* * *

"노래 좋지?" 장웨이루이가 음악에 맞추어 머리와 어깨를 들썩이며 힙합 자세를 취했다. "오, 나의 히어로. 나의 기사!" 그녀는 주닝리를 향해 두 손을 뻗으며 쿡쿡 웃었다.

"그만! 광녀야, 약 잘못 먹은 거야?

장웨이루이는 여전히 웃으며 말했다. "장위안 여자친구 본 적 있어? 어떻게 생겼어?"

"아니, 근데 누가 장위안 방에서 사진을 본 적 있는데 너만큼 예쁘지는 않대."

"그래도 나름 귀엽겠지? 말하면 얼굴이 붉어지며 수줍어하는, 남자들이 보호해주고 싶은 그런 타입."

"누가 그래?"

"내 추측이야." 장웨이루이는 우체국에서 있었던 일을 설명했다. "봐, 장위안이 얼마나 여자한테 잘해주는데."

"그래도 네 차례까진 안 오지. 테이프도 여자친구를 위한 거고. 그러니 넌 그냥 네가 사서 듣는 수밖에." 주닝리는 인정사정없이 직격탄을 날렸다. "쉬화이위 노래 속 여자가 바로 너구나. 다른 여자가 있으니 바보처럼 문 앞에 서서, 그저 '바이' 하고 인사밖에 할 수 없잖아."

"쉬화이위 노래 들어본 적 없는데, 네 말을 들으니 괜찮은 것 같네. 사서 들어봐야지. 그래도 그렇게 사람 맘을 후벼 팔 건 없잖아?" 장웨이루이가 발을 굴렀다. "그리고 얘기했을 텐데, 난 첫눈에 반하는 그런 스타일 아니라고!"

"널 위해 그러는 거야! 첫눈에는 반한 게 아니라도 두 번, 세 번 보면 또 모르지? 너 같은 여자애들은 장위안 같은 남자들한테 면역력이 없거든."

"그러는 너는?"

"나? 난 냉정하게 현실을 직시하지. 그 녀석이 나한테 시비만 안 걸어도 감지덕지거든."

* * *

오리엔티어링 당일, 모두 각자의 지도와 번호표, 카드 키를 받았다. 팀마다 두 명의 여학생이 여자 A, B조에 편성되었다. 허뤄와 저우신옌은 먼저 도착하는 사람이 기다려주기로 약속했다. 동기 모두 응원을 나왔다. 장즈야오가 말했다. "너희 둘 괜찮겠어? 개강 첫날부터 교실도 못 찾아서 나한테 길에서 물어봤잖아."

"그건 지도가 정확하지 않아서 그랬지!" 저우신옌이 반박했다.

"흥. 난 눈 감고도 찾는데."

"그건 너희 고등학교가 바로 옆이고, 점심마다 밥 먹으러 왔으니까 그렇지. 지금 학교에 저 천둥벌거숭이들처럼 말이야!"

끝없는 설전이 오갔다.

* * *

허뤄와 선례 두 사람은 같은 출발점에 섰다. 선수 등록처에서 나오던 선례가 허뤄에게 초콜릿을 건넸다. "1시간 정도 걸리니까 열량을 충분히 보충해야 해."

그때 한 여학생이 웃으며 물었다. "선례야, 안 본 며칠 사이 여자들 비위 맞추는 법이라도 배운 거야?"

"원래 잘하거든. 그저 어떤 사람은 자기가 여자라고 말 안 해서 몰랐던 거지." 선례가 헤죽거렸다.

여자가 아니라니? 미녀구만. 허뤄는 속으로 생각했다. 크고 늘씬한 몸매, 마른 쇄골 라인, 도자기처럼 깨끗한 피부, 하얀 치아,

웃을 때 한쪽으로 살짝 치켜 올라간 입술, 유머러스하면서도 장난기 있는 말투. 그런 그녀가 선례에게 말했다. "선양 열차(선례의 이름을 본 딴 별명—옮긴이), 너랑 입씨름하기도 피곤하다. 경기에서 진가를 보여주지."

"아이고. 내가 널 이렇게 겁내고 있는데, 그거로도 부족했던 거야? 봐, 겁나서 너랑 다른 지도를 선택한 거잖아." 선례가 남자 B조 경기 지도를 내보였다.

"미녀의 얼굴을 봐서 내 더는 너를 공격하지 않으마." 여학생이 허뭐를 돌아보며 미소 지었다. "선례랑 같은 과지? 난 차이만신이라고 해. 선례랑은 고등학교 동창."

"안녕. 같은 과 허뭐라고 해."

"네가 허뭐구나." 그녀가 의미심장하게 웃었다. "오늘의 최강 적수가 바로 너였구나."

"나? 난 오늘 처음 참가하는데, 북쪽이나 제대로 찾으면 다행이게."

"선례 말은 다르던데. 절대 강자라고 막 자랑했는데."

"대체 뭐라고 한 거야?" 차이만신이 떠난 후 허뭐가 물었다.

"걔가 하도 큰소리를 뻥뻥 쳐서. 자기네 경제학부에는 여자가 많아서 이번 여자팀 1등은 따 놓은 당상이라고 그러는 거야." 선례가 입을 삐죽거렸다. "우리 과에 여자가 적다고, 경기에 참여도 못하나? 그래서 내가 널 일대 협녀로 추켜세웠지. 그러니까 네가 체면 좀 세워줘."

"책임이 막중하구나." 허뭐가 웃었다. "근데 걔가 경제학부라고 했어? 대학원 시험에 대해 좀 물어볼 수 있을까?"

"우리 학부도 괜찮잖아? 경제학과 가려고?"

"아니, 장위안 대신 물어보려고. 다른 관련 학과도 유심히 보고 있어. 금융, 경제, 응용 수학 아니면 컴퓨터 학과도 말이야."

"지금부터 준비하는 건 너무 이른 거 아냐?"

"3년밖에 안 남았는걸. 일찍 시작할수록 승산이 크지." 허뤄가 미소 지었다. "내가 얘기했잖아. 어떤 일은 져도 그만이라고. 마찬가지야. 어떤 일은 절대 질 수가 없거든."

* * *

시작을 알리는 총성이 울렸다.

허뤄는 서두르지 않고 참가자들과 경쟁하면서 뛰었다. 그녀는 지도를 들고 천천히 출발 지점에서 벗어났다. 시야가 확 트인 사방, 눈길이 닿는 곳까지 살폈다. 신속하게 경기 최적의 노선을 파악하고는 천천히 서두르지 않고 정한 방향을 향해 출발했다. 뒤를 돌아보니 차이만신 역시 같은 전략을 세운 듯 보였다.

칼은 충분히 갈았다. 더는 지체할 시간이 없었다. 둘은 서로를 바라보며 웃었다.

* * *

저우신옌이 가장 재수가 없었다. 출발 지점을 벗어나자마자 그녀는 두 팔을 휘저으며 큰소리를 쳤다. "내 이 산을 넘고야 말겠다." 언덕을 기어올라 내리막을 뛰어 내려가다가 그만 버려진 장작 구덩이를 잘못 밟았다. 그녀는 고통으로 얼굴이 일그러졌으며 더는 움직일 수조차 없었다. 같은 과 친구들이 우르르 달라붙어 그녀를 부축해 길가로 옮겼다. 장즈야오가 놀리며 말했다. "네 옆에 있던 선수도 놀랐을 거야. 두 걸음 걷다 말고 옆에 있던 여학생의 키가 반으로 훅 줄었으니 아니 이게 토행손('봉신연의'의 키 작은 캐릭터—옮긴이)이 바닥을 기어다니나 했을 거 아냐. 어라, 근데 자세히 보니……. 헐! 구덩이에 빠진 거지."

"더 놀리면 구덩이 파서 널 처넣는다!" 전혀 위협적이지 않은 협박이었다. 조금 전 자신이 구덩이에서 기어 나왔다는 사실을 잊은 듯했다.

장즈야오는 큰소리로 비웃었지만 결국 마지막에 자전거로 그녀를 학교 의무실까지 옮겨준 사람 역시 장즈야오였다.

* * *

개인전 4등, 허뤄의 성적은 나쁘지 않았다. 하지만 여자팀에 한 명이 부족한 탓에 과 전체 순위는 형편없었다. 차이만신의 속도도 나쁘진 않았지만 포스트 두 곳의 순서가 바뀌는 바람에 11등에 머물렀다. 그녀는 쿨하게 손을 흔들었다. "허뤄, 다음에도 기회는 있으니 우리 다음에 다시 겨뤄보자."

"나도 물어볼 게 있는데, 너희 학부 대학원 시험 전공 과목에 대한 거야." 허뤄가 뒤따라갔다.

"그 일이라면 난 잘 모르는데." 차이만신이 눈썹을 실룩거렸다. "생각해봐, 매년 삼십 퍼센트는 출국하고, 사십 퍼센트는 특차로 대학원에 진학하고, 이십 퍼센트 남짓은 외국 기업에 취업하잖아. 나머지는 대부분 졸업을 못한 거지. 그러니 그중 몇 명이나 대학원 시험을 보겠어?"

"응……. 남자친구 대신 물어보는 건데, 우리 학교가 아니거든."

"교무처나 올해 시험 본 사람들한테 물어봐. 맞다. 대학원 시험 준비 중인 학생 중에 우리랑 매일 같이 교양 과목 듣는 친구 있는데 내가 복습 자료 있는지 물어볼게!" 차이만신이 턱을 만지작거리며 말했다. "지금부터 준비하는 게 좋지. 우리 학부 경쟁률이 엄청 치열하거든."

* * *

"오만방자하지!" 선례가 말했다. "쟨 예전부터 저랬어."

"참 적극적인 친구야." 허뤄가 웃었다. "너희 고등학교에는 적극적인 학생들을 많이 배출하나 봐. 그 친구도 그렇고, 너도 그렇고."

"걔가 본성은 나쁜 애가 아닌데, 좀 거만해."

"착한데 예쁘기까지 하지. 어때? 생각 안 해 봤어?"

"걔? 눈이 얼마나 높은데. 나 같은 놈을 좋아하면 이상한 거지."

"말이 왜 그래. 그런 식이면 누가 너랑 사귀려고 하겠니?" 허뤄가 웃었다. "널 좋아하는 사람은 눈이 낮다는 얘기가 되는데."

"하긴 그렇네." 선례답지 않게 미소만 지을 뿐 침묵했다.

제7장 정체

고개를 들고 미소를 짓고 다시 눈앞이 흐려질 때까지
우리는 그리움으로 연결되어 있어
흐리멍덩하게 보면 보이지 않을 것으로 생각했어
사랑으로도 채울 수 없는 문제들을
그저 정체된 것뿐이다, 소원해진 것이 아니다
정체다, 소원해진 것은 아니다

by 량융치 '정체'

12월 30일 저녁 무렵, 허뭐는 초췌한 몰골로 기차에 올랐다. 얼굴은 온통 땀으로 범벅이 되었다.

베이징은 연일 따뜻한 날씨가 계속되었다. 동풍이 정면으로 불어와 스웨터의 틈으로 파고들며 사람 마음을 살랑살랑 흔들어놓았다. 마치 봄날 같았다. 지금 베이징을 떠난다는 사실이 허뭐는 못내 아쉬웠다.

"베이징에서의 첫 번째 새해를 놓치게 생겼네." 허뭐가 한숨을 내쉬었다.

* * *

"가식 덩어리." 저우신옌이 허뤄에게 눈짓을 하며 말했다. "이렇게 바리바리 싸 들고 진짜 연휴 동안만 집에 돌아가는 거 맞아?"

"집에 돌아간다니?" 예즈가 웃었다. "잊으면 안 돼. 허뤄는 너의 집에 초대받아 가는 거라고. 허뤄 부모님이 전화하시면 절대 말실수하면 안 돼."

"돌아오는 표는 샀어?" 퉁자잉이 물었다. "3일에 《마오쩌둥 개론》 시험 있는데 준비는 언제 하려고?"

허뤄는 가방을 툭툭 쳤다. "다 들고 가지. 오며 가며 30시간이나 되니까 복습하기엔 충분해. 장위안 호출기 번호 문 뒤에 붙여 놨으니까 돌발 사태가 발생하면 바로 콜해줘."

"좋아, 콕 해줄게." 저우신옌이 입을 삐쭉거렸다. "콕, 콕, 콕! 왜 하필 우리 집에 간다고 한 거야? 너희 부모님이 내가 공범인 걸 알면 난 끝장이라고. 20일만 있으면 방학인데 지금 당장 안 가면 답답해 죽을 것 같디?"

예즈가 큰소리로 웃었다. "허뤄 생각을 몰라서 그래? 여행 가방 안에 옷들을 보면 시위하러 간다는 걸 바로 알 텐데."

* * *

10시간 후에는 장위안을 볼 수 있다는 생각에 그녀의 심장은 노래를 부르는 것처럼 두근두근 뛰었다. 버스, 지하철을 타고 우여곡절 끝에 기차역에 도착했을 땐 더워서 혀를 내밀고 헉헉댈 정도였다.

누굴 탓하랴. 이동에 편하라고 스니커에 청바지를 입고, 롱부츠와 니트 스커트는 가방에 넣어두었다. 여행 가방이 가득 차서 점퍼는 넣을 곳이 없었다. 그러니 벗고 싶어도 입고 있을 수밖에 없었다. 기차에 앉아 《마오쩌둥 어록》 노트를 꺼내 부채질을 하니 머리는 점점 차가워졌는데 마음은 순간 텅 비어버린 것만 같았다. 굳이 3일밖에 안 되는 신정 연휴에 돌아가야만 했던 걸까? 정말 그 정도로 그가 보고 싶었던 걸까? 20일도 못 견딜 정도로? 아니, 그건 아니잖아.

그 여학생에게 자신의 존재를 알리려고? 장위안이 자신을 얼마나 그윽하고 따뜻하게 바라봐주는지 다른 여자들에게 보여주면 알아서 물러설 것 같아서?

과시는 자신감 결여의 표현이다. 내가 믿지 못하는 건 도대체 무얼까? 허뤄는 깊이 생각하고 싶지 않았다. 하지만 깊이 생각하고 싶지 않은 일들이 점점 늘어났다. 그래도 단 한 가지 확실한 것은 그녀가 장위안을 사랑한다는 사실, 아주 많이 사랑한다는 사실이었다. 너무나 사랑한 나머지 그 사랑을 잃는 것조차 상상할 수 없었다.

새로운 생활의 신선함에 그리움을 잊은 날도 종종 있었지만 그래도 그의 그림자가 불시에 그녀의 머릿속에 튀어 들어왔다. 낙엽에도, 바람에도, 석양에도, 노랫말에도 그가 생각나 달콤하고 씁쓸한 감정에 문득 휩싸이곤 했다.

그는 나의 것, 나도 그의 것이었다.

우리는 함께여야 한다. 온 세상의 사람들 모두 부러워할 정도로 행복해야 한다.

* * *

고향의 새벽 공기는 상쾌하고 쌀쌀했다. 깊게 숨을 들이마시자 차가운 기운이 훅 하고 코로 들어와 폐까지 전해지며 콕콕 쑤셔 왔다. 정말 오랜만에 느끼는 매서운 추위였다. 기침하려고 고개를 돌리자 장위안이 목을 빼고 기다리고 있는 모습이 보였다. 그녀는 얼른 기침을 삼켰다.

허뤄의 자리는 12호차였다. 그녀는 11호차 쪽에 가까운 문으로 내렸다. 장위안은 13호차 쪽에 가까운 문에 서서 두리번거리고 있었다. 초조하게 기다리던 그는 큰 키에 발뒤꿈치까지 들고 살펴보고 있었다. 정말 바보 같았다.

허뤄는 그런 그의 모습이 좋았다. 붐비는 인파를 따라 몰래 장위안의 뒤로 다가갔다. 손가락 총으로 장위안의 뒤쪽 허리를 찌르며 조용히 말했다. "손 들어. 움직이면 쏜다!"

"어머!" 그는 웃으며 놀라는 시늉을 했다. "집에 늙은 노부모와 처자식이 있습니다. 제발 살려주십쇼." 그는 순순히 두 팔을 들어 투항했다. "탐하는 것이 재물입니까 아니면 색입니까? 재물이라면 소인 진짜 가진 것 없는 빈털터리입니다. 색이라면 어찌할 방도가 없으니 당신을 따르겠습니다……."

"예끼. 그게 누가 누굴 탐하는 것이냐?" 허뤄가 주먹으로 그의 등을 때렸다.

장위안이 어깨까지 들썩이며 킥킥 웃었다. 그는 돌아서 허뤄의 짐을 받아 어깨에 둘러멘 뒤 그녀의 손을 잡았다. 기차역을 나서는 인파로 붐비자 허뤄는 그의 팔을 꼭 잡았다. "좀 변했는데, 얼굴이 네모나졌네."

"좀 더 잘생겨졌지? 너도 변했다. 턱선이 동그래졌어. 두 턱인데."

"어, 진짜야?" 허뤄가 턱을 만졌다. "아닌데. 거짓말쟁이!"

"점점 그렇게 될 거야." 장위안이 웃으며 물었다. "기차에 사람 많았지?"

"괜찮았어. 난 그래도 좌석표였고, 옆자리도 비어서 좋았어. 다만 히터가 너무 뜨거워서 온몸에 땀을 엄청 흘렸어."

"이렇게 잔뜩 들고 왔으니 땀이 안 나는 게 이상하지." 그는 손에 들고 있던 종이봉투를 슬쩍 들여다보았다. "어이쿠, 뭐가 이렇게 무겁나 했더니 오렌지잖아. 뭐 이렇게 많아."

"맞아. 블러드 오렌지랑 네이블 오렌지야."

"여기에도 팔지 않나?"

"예전에 만날 먹던 거랑은 차원이 달라." 허뤄가 장위안을 올려다보며 웃었다. "먹어보라고 사 왔어."

"진짜 바보구나." 잡은 손을 더 꼭 쥐었다.

* * *

성대의 여학생 기숙사는 관리가 엄격해서 남학생은 절대 한 발짝도 들여놓을 수 없었다. 둘은 크고 작은 짐들을 들고 기숙사 문 앞에 서 있는데 마침 주닝리가 나와 그 광경을 보고 흠칫 놀랐다. 장위안이 먼저 그녀를 불렀다. "어이, 초콜릿 네 생명의 은인이 왔어."

"지금 날 뭐라고 불렀어?" 주닝리는 손에 들고 있던 보온 컵을 휘둘렀다. "네 여자친구도 못 알아볼 정도로 맞아볼래?"

"죽이고 작살을 내더라도 먼저 도와주고 하면 안 될까?" 장위안이 손에 들고 있던 짐을 들었다. "난 못 들어가잖아."

"내가 들 수 있어. 괜찮아. 3층이지?"

"우리 맞은편이네. 누구한테 침대를 빌린 건데 내려와서 짐도 안 받아줘?" 주닝리가 방 번호를 물었다. "근데 나는 가서 자습해야 하는데."

장위안이 열쇠를 허뤄에게 건넸다. "다들 신정 쉬러 집에 갔지. 안 그랬음 자리가 났겠어." 그는 오렌지 두 개를 꺼냈다. "제발, 부탁해."

허뤄가 그의 옷을 당겼다. "민폐 끼치기 싫어. 내가 들 수 있어. 학교에서 기차역까지 나 혼자 들고 왔던 거야."

"그럼 관둬." 장위안이 주닝리를 한번 슬쩍 보고는 어깨를 들썩이며 씩씩거렸다. "오렌지도 없을 줄 알아."

"왜 그래⋯⋯." 허뤄가 웃으며 그를 툭 치고는 오렌지를 받아 다시 살핀 후 봉지에서 다른 것으로 바꾸어주었다. "이렇게 둥그렇게 배꼽이 튀어나온 암 오렌지가 맛있고 달아.”

“오렌지에도 암수가 있어?” 주닝리가 오렌지를 받아 점퍼 주머니에 넣었다. “고마워, 공짜로 얻어먹을 순 없지. 나랑 같이 가자.” 그녀는 돌아서 장위안을 노려보았다. “네 여자친구 얼굴 봐서 도와주는 거지 너한테 인정을 베푸는 건 아냐!”

그녀는 과대 모임에서 장위안이 천천히 자리에서 일어나면서 했던 말이 생각났다. ‘그럼 내가 온종일 실없이 웃고 다녀야 네 마음이 편안하겠니?’ 게다가 아니꼬운 웃음을 짓질 않았던가. 그런데 그런 그가 지금 눈앞에서 귤을 내밀며 행복한 미소를 짓고 있었다. 이 남자는 그녀가 기억하는 오만하고 냉담한 장위안과는 전혀 다른 사람이었다.

* * *

장웨이루이는 옷을 침대 한가득 늘어놓았다. 주닝리는 문을 들어서며 ‘하’ 하고 탄성을 질렀다. “난 또 내가 진타이양 상가에 왔나 착각했네. 오늘 단독 콘서트라도 열게?”

“너희 과 여학생이 적어서 우리보고 댄스파티에 머릿수 채워달라며.” 장웨이루이는 순백의 레이스가 달린 블라우스를 보이며 얘기했다. “이거에 곁에는 연분홍 줄무늬 카디건을 입고 스웨이드 주름치마를 입으면 어때?”

“첫째, 그렇게 입으면 귀여워. 둘째 나는 영문과 다른 여자를 초대한 건데 네가 주워들은 거야. 너더러 머릿수 채워달라곤 안 했어." 주닝리가 콧방귀를 뀌었다. "넌 안 가는 게 좋을 것 같아."

"왜?"

"허뤄가 왔어. 방금 기차에서 내렸다는데 지금 우리 맞은편 방에 있어."

"허뤄."

"응. 설마 못 들어봤단 말은 하지 마라."

장웨이루이는 얼른 자신은 억울하다며 호소했다. "난 또 뭐 큰일이라고. 장위안이 여자친구 있는 건 이미 아는 얘기고, 그리고 저런 오빠 하나 있는 것도 괜찮다고 얘기했을 텐데. 설마 내가 장위안 때문에 댄스파티에 간다고 착각한 거야?"

주닝리가 한참 고민했다. "그래. 가라." 그녀는 입꼬리를 올리며 말했다. "안 갈 순 없지!"

기숙사를 나서며 주닝리는 자기가 너무 잔인한 건 아닌지 후회했다. 그래도 길게 아픈 것보다 짧게 잠깐 아프고 마는 것이 낫지. 그녀는 애써 자신을 설득했다. 충치는 뽑아버리지 않으면 염증 때문에 매번 고통을 감내해야만 한다. 차라리 한 번 고생하고 마는 것이 낫다. 장웨이루이는 치과 의사를 두려워하는 어린아이와 같은 녀석이니, 병원에 끌고 가는 것이 꼭 그녀에게 미안할 일만은 아니지.

* * *

"출 줄 알아?" 장위안이 플로어 옆에 서서 허뤄에게 물었다.

"조금. 사교댄스 파티에서 남자 스텝을 좀 배웠지. 너는?"

"당연히 할 줄 알지!" 장위안이 큰소리로 웃었다. "하얼빈 전통 춤 따양거(大秧歌)는 너무 사교적이야. 됐다. 우리 그냥 가자."

허뤄는 다짜고짜 그의 손을 꼭 잡고는 살랑살랑 흔들었다. "너랑은 춤춰본 적 없단 말이야."

"그래봤자 끌어안는 게 전부잖아?" 장위안이 귓가에 소곤거렸다. "그렇게 원하면 좀 있다가 맘껏 하게 해줄게?"

허뤄는 그를 노려보았다. "안 돼."

"그럼 내가 원하는 거 해주는 건 어때?" 허뤄에게 발을 밟혔다.

허뤄는 발을 들어 구두 굽을 보였다. "한마디만 더하면 제대로 밟아준다!"

장위안은 한숨을 쉬었다. "누나, 내가 너무 춤을 못 춰서 나에 대한 너의 낭만과 환상마저 홀딱 깨버릴까 봐 그래."

둘은 플로어 옆에서 강경하게 맞서고 있었다. 과에서 특별히 스탠더드 댄스 협회에 소속된 고학년 서너 명을 초청하여 시범을 보일 예정이었다. 장위안은 두어 번 슬쩍 눈치를 살피더니 춤을 청하는 포즈를 취했다.

허뤄는 너무나 아무렇지 않게 오른팔을 접고 왼팔을 내밀었다. 장위안과 자세가 똑같다는 사실을 문득 깨닫고는 얼른 여자 역할로 바꾸었다.

"쪽 팔리면 팔리는 거지. 까짓 그냥 추자. 내가 하나, 둘, 셋을 셀게. 그리고 같이 가장 기본 스텝을 밟는 거야."

"스퀘어 스텝이지?" 어쨌든 댄스를 배워본 적이 있어선지 그 단어를 기억하고 있었다.

"하나, 둘, 셋." 장위안은 리듬을 탔다. "간다."

"아야." 둘이 동시에 소리를 질렀다. 허뤄가 또 남자 스텝을 밟았기 때문이었다. 둘은 서로 부딪히며 서로의 왼발이 상대방의 오른발을 힘껏 밟았던 것. "나를 봐야지. 넌 백스텝을 했어야지! 바보!"

허뤄는 어쩔 줄 몰라 하며 얼굴까지 빨개졌다.

두 사람은 서로를 바라보다 동시에 웃음이 터졌고, 가볍게 서로를 끌어안았다.

* * *

장웨이루이는 뒷걸음질 치며 문 앞 의자에 주저앉았다. 온몸이 노곤해져 왔다. 잔잔한 음악에 흩날리는 치맛자락, 그윽하게 바라보는 눈빛, 질식할 것만 같은 낭만적인 분위기, 모든 것이 다 거짓말 같았다. 무심한 표정, 냉정한 태도, 제멋대로에 거친 동작 하나하나가 바로 장위안이 아니었던가?

그녀의 출현으로 그의 겨울은 끝이 났다. 그녀가 입을 열면 그의 온 세상이 그녀를 향해 미소 지었다. 장웨이루이는 가슴에 찌를 듯한 통증이 느껴졌다. 누가 자신의 심장을 갉아먹고 있는 것처럼 아파 그녀는 두 주먹을 불끈 쥐었다.

질투. 그래, 질투였다.

장웨이루이는 돌아서 문밖으로 뛰쳐나갔다.

매서운 북풍이 칼날처럼 그녀의 얼굴을 할퀴었다. 그녀는 열심히 눈을 비볐다. 어느새 바람에 눈물이 얼어버려 눈썹에 들러붙어 있었다.

북방의 겨울은 정말 추웠다.

장위안의 냉담함은 더 추웠다.

하지만 그보다도 다른 사람에게 웃어 보이는 그가 제일 춥게 만들었다.

* * *

어쩌면 단 하나의 찬란한 미소가 장웨이루이의 마음을 움직였던 것일까? 그 순간 그녀는 남매 간의 감정이라는 말로 자신을 속여왔다는 사실을 깨닫게 되었다. 허뤄라는 여자아이가 새로운 장위안을 그녀 앞에 내보이고는 이내 바람처럼 데리고 가버렸다. 허뤄가 천당의 문을 열고 '봐봐, 봤어, 봤지…….' 말하고는 그 문을 닫아버린 것만 같았다.

그날 이후 이곳 인간 세상은 지옥으로 변해버렸다.

* * *

5분, 10분…… 오목조목 예쁘게 생긴 그 여자애는 결국 돌아오지 않았다. 허뤄는 걱정이 되어 슬쩍 살펴보니 라벤더색의 롱코트가 여전히 구석 쪽 의자에 걸려 있었다.

"뭘 보는 거야?" 장위안은 그녀의 시선을 따라 바라보았다.

"아무것도 아냐." 허뤄는 어색하게 웃고는 고개를 떨구었다. 상상했던 것만큼 통쾌하거나 신나지 않았다. 그녀는 전사처럼 씩씩하고 위풍당당하게 한달음에 여기까지 달려왔다. 마음속 가상의 적은 바로 교태를 부리는 장웨이루이였다. 간드러진 목소리로 장위안 곁에 알짱거리고 말꼬리를 늘이며 '오빠' 하고 부르는 여자.

그녀를 쫓아버리면 된다.

잃었던 땅을 수복하고 내 나라를 되찾고 나면 마음이 뿌듯해질 것이다.

* * *

하지만 현실은 그렇지 못했다. 장웨이루이의 호수 같은 두 눈에 점점 안개, 당혹스러움, 불안함이 떠올랐고, 그렇게 아무 말없이 뒤돌아 떠나버렸다.

장웨이루이는 진심으로 웃었고, 진심으로 울었다. 그런데 무슨 권리로 그녀 앞에서 과시하고 싶었던 것이냐? 너의 행복을 위해 그녀에게 상처를 줄 권리가 있느냐? 허뤄는 입술을 깨물며 반문했다. 하지만 장위안과 함께 춤을 추고 포옹하고 이건 너무나 당연한 일이 아닌가? 일부러 그녀에게 보란 듯 행동했다고 해도 내가 뭘 잘못한 것은 아니질 않은가?

혼란스러웠다. 머릿속이 온통 뒤죽박죽이었다.

* * *

"장웨이루이 본 사람 있어?" 주닝리가 화장실에서 돌아와 사방으로 장웨이루이를 찾았지만 찾을 수 없었다.

"아무래도 돌아간 거 같아. 네가 가봐줄래." 허뤄가 용기 내 다가갔다.

주닝리는 잠시 그녀를 뚫어지라 바라보더니 반신반의하며 문 쪽으로 걸어갔다.

"여기, 코트도 있어." 허뤄가 장웨이루이의 옷을 주닝리에게 건넸다. 주닝리는 뭔가 짚이는 게 있다는 듯 차갑게 허뤄를 쏘아보았다.

"우리도 이만 가자." 허뤄는 쭈뼛쭈뼛 장위안을 바라보며 말했다.

"아까 계속 장웨이루이를 보고 있었던 거야? 장웨이루이를 알아?" 계단을 걷다 말고 장위안이 갑자기 물었다. 불빛이 그의 정수리를 넘어 비추었다. 한 계단, 두 계단, 세 계단…… 검은 그림자가 끝없이 늘어졌다. 마치 끝없이 늘어져 창밖의 눈밭까지 덮을 기세였다.

* * *

주닝리는 기숙사에서 장웨이루이를 발견했다. 그녀는 컵라면으로 손을 녹이고 있었다. 뜨거운 김이 코끝을 자극했다. 그녀는 코를 훌쩍였고, 휴지로 코를 닦으며 물었다. "밖이 너무 춥더라, 너도 하나 할래?"

"놀랬잖아!" 주닝리가 그녀의 외투를 침대에 내동댕이쳤다. "내일 아침에나 냉동이 된 너를 찾을 수 있으려나 걱정했다고."

"그냥 좀 걷고 싶었는데 밖이 너무 춥더라. 그래서 돌아왔지." 그녀는 웃어 보이려고 애썼다. "밖에서 우니까 눈꺼풀이랑 눈이랑 다 얼어붙어서." 울먹이는 그녀의 눈가가 붉어졌다.

"울고 싶으면 울어." 주닝리가 그녀의 곁에 앉아 이를 부득부득 갈았다. "내 이럴 줄 알았어. 그 여자 일부러 그런 거야." 잠시 아무 말이 없던 주닝리가 또 한숨을 쉬었다. "하지만 사실 그 여자가 잘못한 건 없어. 둘이 커플이잖아. 그런 환경, 그런 분위기에서 포옹하는 게 뭐? 네가 못난 거지. 첫눈에 반한 게 아니라더니."

"너, 너마저!" 장웨이루이는 기가 막혔다. "난 지금도 충분히 힘들거든. 내가 여기서 뛰어내리면 믿겠어."

"어디 해봐!" 주닝리가 그녀의 어깨를 밀었다. "얼른 해봐! 이런 사소한 일에 꽁해 있을 거면 차라리 속 편하게 가서 죽어. 이까짓게 뭐라고? 살아가면서 뜻대로 안 되는 일이 얼마나 많은데."

"그러고도 네가 내 친구야?"

"난 이렇게 나약한 친구 둔 적 없거든. 앞으론 무슨 남매간의 정이라느니 말 같지도 않은 얘기하기만 해봐! 이제 정신 차리는 거다. OK?"

* * *

허뭐와 장위안은 1층 홀에 이르렀다. 커튼의 벌어진 틈 사이로

300

찬바람이 '씽' 하고 뚫고 들어왔다.

"허뤄……." 장위안이 걸음을 멈추더니 말을 하려다 말았다.

"미안해." 그녀가 조용히 속삭였다. "너무 보란 듯이 그러는 게 아니었는데."

"그건 아냐. 다만……."

"그런데…… 난 고의였어." 그녀가 스스로 인정했다. "털털하고, 다정하고, 살뜰한 널…… 여자들이 봤으면 했어."

장위안은 허뤄의 마음을 잘 알았다. 대학 내 수많은 고등학교 동창들이 있으니 누군가는 그의 얘기를 허뤄에게 전했을 것이다. 특히 이 유쾌한 여자아이가 자신을 쫓아다니며 오빠라고 부른다는 사실까지도. 그럴 줄 알고 그가 직접 털어놓았던 것이다. 어쨌든 다른 사람의 입을 통해 보태진 이야기를 듣는 것보다는 나을 것 같았으니까.

모든 세세한 내용과 과정을 일일이 얘기했었다. 더 어쩌라는 거야? 허뤄, 너 자신을 못 믿겠는 거야? 나를 못 믿는 거야?

"우리 서로 이렇게 애틋하면 됐지 굳이 다른 사람에게 과시할 필요가 있었을까?" 장위안이 침착하게 말했다.

네가 와서 너무 좋아. 너무 기뻐. 나도 너와 매일 함께하고 싶었어. 네가 온다는 소식에 너무 기뻐서 한숨도 못 잤고, 너를 기다리는 기차역에서 북풍도 따뜻하게 느껴졌어. 그런데 네가 그 먼 길을 달려온 이유가 그리움 때문이었니? 아니면 의심 때문이었니?

이 말이 계속 머릿속에서 반복해서 맴돌았지만 결국 입 밖으로 내지는 않았다. 찬 공기가 창문 틈으로 뚫고 들어와 한 가닥 한 가닥 온몸을 휘감았다. 머리가 맑아지는 기분이었다. 허뤄가 한숨을 쉬며 말했다. "그건 네가 신경 쓰여서, 널 좋아해서 그런 거야." 그녀는 이마를 그의 어깨에 얹었다. "사랑해서."

마음이 순간 녹아내렸다. 장위안은 돌아서 허뤄를 품에 안았다. "알아, 잘 알아." 어쨌든 그녀가 곁으로 돌아온 거잖아? 과시하고 싶었던 것도 결국 내가 신경 쓰여서 그랬던 거잖아? 우리는 서로를 잃을 수 없잖아?

그녀의 이마에 입을 맞추었다. "나도 사랑해." 그래. 너무 사랑해. 그 사랑이 너보다 절대 부족하지 않아.

"샘이 났어. 질투했어. 내가 속이 좁았어……." 허뤄의 목소리가 모깃소리만큼 작아졌다.

"아, 네가 질투하는 모습도 난 좋아." 장위안이 조용히 웃었다. "예전에도 그랬지. 네가 질투하는 것도 난 너무 좋다고." 진짜 그렇게 말한 적이 있었다. 하지만 그때의 장위안은 허뤄가 시샘을 해도 겁이 나지 않았다. 자신에 대한 모든 의심을 다 무시할 수 있었다.

하지만 지금, 그에게도 두려운 게 생겼다.

허뤄의 불신.

왜냐하면 허뤄의 마음속에 자신은 더는 만능도, 천하무적의 존재도 아니기 때문이었다. 그런 생각이 장위안을 서늘하게 만들었고, 그 한기에 온몸이 떨려왔다.

* * *

폭신폭신한 눈 위를 걸을 때마다 뽀드득뽀드득 소리가 났다.

"돌아가서 두꺼운 옷 더 걸치고 와. 좀 있다가 신년 맞이 해야지."

허뤄는 기숙사로 돌아가 청바지와 단화로 갈아입었다. 대문을 나서자마자 눈덩이가 그녀의 뒷덜미로 날아들었다. 대충 뭉쳐진 눈덩이는 펑 소리와 함께 잘게 부서졌다. 칼라 안으로 들어간 눈이 순식간에 체온에 녹아버렸다.

"아!" 그녀는 냉기에 몸을 부르르 떨었다. 뒤를 돌아보니 장위안이 여유롭게 손을 흔들며 웃고 있었다.

허뤄는 흥 하고 콧방귀를 뀌더니 얼른 고개를 숙이고 두 손으로 눈을 뭉쳤다. 눈을 집어 뭉친 후 손을 흔들며 눈덩이를 날렸다. 장위안이 손으로 얼굴을 가린 뒤 두세 걸음 만에 멀리 도망가버렸다. 허뤄는 다시 눈덩이를 만들어 던졌다.

"그만하자." 그가 웃었다. "난 이제 반격도 안 하잖아."

"어라. 넌 네 뒷덜미에 눈을 넣었는데 난 가만있으라고?"

"내가 도망 안 가고 여기 가만히 서 있어도 넌 날 못 맞출걸." 장위안이 웃으며 날아드는 눈덩이를 요리조리 피했다. 그가 고개를 숙여 눈을 한 줌 집은 뒤 작은 눈덩이를 만들어 대충 던져도 그녀의 옷에 맞았다. "봤지. 이게 바로 실력 차라는 거야! 넌 정확도가 너무 낮아. 어쩔 수 없이 이동식 표적이나 해야겠다."

"하, 농구 선수 출신이라 이거지. 사람을 무시했겠다!" 허뤄가 손으로 대충 눈덩이를 뭉쳤다. "도망 안 간다고 말했겠다." 그녀의 얼굴에 썩은 미소가 걸렸다. "멀리 있는 건 못 맞춰도 가까운 것도 못 맞출까?"

눈을 들고 돌진하는 그녀를 보고, 그는 민첩하게 몸을 틀었다. "손 놓고 개죽음을 당하느니 차라리 소인배가 될래." 그가 하하 크게 소리 내어 웃었다.

허뤄는 눈앞이 흐려지며 미끄러졌다. "신발 바닥이 평평해서 너무 미끄러워. 나 좀 잡아줘."

"나를 유인하시겠다? 어림없는 소리." 장위안이 웃었다. "좀 봐봐. 뒤뚱뒤뚱 꼭 펭귄 같잖아. 아 참, 뚱뚱한 펭귄은 넘어져도 티가 안 나. 우리 룸메이트 '항아리'도 서 있으나 엎어져 있으나 워낙 동그래서 별반 차이가 없더라고. 너도 마찬가지야."

"너랑 안 놀아!" 허뤄가 화가 난 척 뒤돌아 가려는 시늉을 했다.

"그럼 내가 만든 눈사람도 안 볼 거야?"

"어디?"

"보고 싶어?" 장위안이 그녀 손안의 눈덩이를 가리키며 말했다. "흉기를 내려놓는다. 그리고 두 손을 머리 뒤로 한 뒤 천천히 걸어온다."

"이렇게 금방 만들었다고?" 허뤄가 건물 뒤 공터에 있는 눈사람 둘을 보며 물었다. 코도 눈도 없이 두 사람의 이름만이 쓰여 있었다. 그녀는 믿을 수가 없었다. "내가 올라가서 얼마나 있었어? 20분쯤?"

장위안이 웃으며 그녀의 손을 잡았다. 반대편으로 돌아가니 숯

덩이 눈썹에 당근 코가 달려 있었다. 눈사람이 벽을 쳐다보고 있어 아까는 뒷모습만 보였던 것이다. "올라가서 오래 있었지. 봐, 여기 아기까지 낳았잖아." 그가 손가락으로 가리킨 곳에는 두 눈사람 사이에 작은 아기 눈사람이 있었다.

허뤄는 깔깔 웃었다. "지난겨울이 생각났어. 운동장에 일렬로 늘어선 눈사람, 모두 고3 선배들이 만든 거잖아. 고3이 될수록 더 동심이 풍부해지나 봐."

"누가 그래. 난 고1, 고2 때도 만들었는데." 장위안이 웃었다. "너도 해볼래? 눈사람 빨리 만드는 비결을 전수해주지."

"좋아."

장위안이 쪼그리고 앉아 아기 눈사람의 머리를 탁탁 쳤다. "착하지. 엄마가 왔어. 곧 네 형제도 만들어줄 거란다."

* * *

기숙사 건물 뒤쪽은 바람을 등지고 있어서 쉭쉭 소리와 함께 바람이 건물 옆을 훑고 지나갔다. 그 순간 희미한 가로등이 그렇게 따뜻하게 느껴질 수가 없었다. 장갑이 눈에 다 젖어버리자 허뤄는 아예 장갑을 벗어 주머니에 넣었다. 손마디와 손바닥이 모두 빨갛게 변했지만 그녀는 여전히 자신의 작품을 만드느라 여념이 없었다.

＊ ＊ ＊

웃으며 그녀를 쳐다보고 있노라니 과거도, 미래에 대한 생각도 전혀 들지 않았다.

하지만 시간은 쉬지 않고 흘러 어느덧 바람은 잦아들었고 새로운 1년이 시작되었다.

제8장 반지

반지로도 사랑이 떠나가는 것을 붙잡아둘 순 없어
누가 좀 말해주지
사랑이 이처럼 쉽게 끝나버린다는 것을

by 량융치 '반지'

개학 날, '고추장' 우장이 집에서 중국식 고추장 두 병을 들고 돌아왔다. "역시 우리 엄마의 손맛이 정통이지. 와하하." 중국식 고추장 위에 덮인 3센티미터나 두꺼운 고추기름이 거의 병으로 흘러넘쳤다.

"얼른 닦아!" 양제강이 소리쳤다. "하도 흔들어서 기름이 책상까지 흐르게 생겼어."

우장이 책꽂이에서 노트를 하나 집어 들더니 종이 두 장을 뜯었다. "세상에 엄마만 한 사람이 없어." 신나게 병 입구의 기름을 닦았다. "아이고, 아까워라. 이 귀한 물건을 아깝게 흘려버리다니."
그는 병을 손으로 문질렀다. "우리 엄마가 며칠 밤을 고생해서 만
든 건데."

* * *

"고추장 웃기지 않아? 고추장 두 병을 구이저우(중국 남쪽 끝에
있는 자치구—옮긴이)에서부터 40시간 넘게 기차를 타고 들고 왔다
니까." 장위안이 웃었다. 장위안과 허뤄는 최근 기숙사에 전화기를
놓았다. 매일 10시에서 11시에는 하늘이 두 쪽 나도 사랑의 전화
는 반드시 연결되었다.

"에이, 아들을 멀리 타지로 보내면서 걱정하지 않는 부모가 어디
있어. 사실 우리 엄마도 늘 걱정하시는걸. 매번 바리바리 싸주셔서
다 들고 오지도 못할 정도라니까. 나는 베이징에 가는 건데, 우리
엄마는 자기가 왕년에 황무지 베이다황으로 하향(중국 지식인들이 농
촌으로 들어가 진행했던 문화운동—옮긴이) 갔던 생각을 하시나 봐."

"난 경험이 없어서 모르겠다. 주말에 집에 돌아가면 먹고 늘어
지게 쉬다만 오니까. 엄마 도와드리려고 해도 꼭 파리 쫓듯이 나
를 주방에서 밀어낸다니까."

"네가 집 안의 그릇들을 다 거덜낼까 봐 걱정되시나 보지." 허
뤄가 복도에 쪼그려 앉아 전화를 받았다. "주방을 태워 먹을까 봐
그럴지도 몰라. 누가 어려서 몰래 계란 프라이 해먹으려다가 프라
이팬에 불을 냈다던데."

"날 놀리는 거야? 알아서 벽에 기대 벌서고 와!" 장위안이 무섭게 얘기하더니 또 갑자기 헤헤거리며 웃었다. "그래도 우리 집 주방을 태우고 그릇을 깨는 게 나중에 너희 집에 가서 망신을 당하는 거보다 낫잖아."

"어. 우리 집에?"

"우리 엄마가 늘 하시는 말씀이 누구누구네 여자친구가 집에 놀러 왔는데 남자를 부려먹기만 하지 손 하나 까딱하지 않는다는 거야. 너희 부모님에게 그런 인상을 줄 순 없잖아."

허뤄가 크게 웃으며 말했다. "바보야. 그건 내 대사잖아. 요리에 설거지에 내가 걱정해야 할 것들이잖아. 네가 우리 집 민며느리도 아니고 뭘 벌써 주방에 들어가려고 해?"

"맞아. 네가 우리 집 민며느리지." 장위안이 웃었다. "안 그래?"

"그럼 넌 우리 집 머슴이야." 허뤄가 그를 나무랐다. "맞다. 머슴. 언제 가서 우리 아빠 대신 쌀을 좀 지고 오거라! 쌀 한 포대랑 밀가루 한 포대."

"네 아버지가 사장인데 밑에 부하 직원이 엄청 많을 거 아냐. 그런데 날 왜?"

"그 사람들이 내 남자친구는 아니잖아. 그래서 갈 거야, 말 거야?"

"난……." 장위안은 여전히 두려웠다. "너희 아버지는 좀 무서워. 많이 엄격해 보이셔!"

"엄격?" 허뤄가 어이없다는 듯 웃었다. "왕년에 아빠 제자들 모두 아빠한테 격 없이 대했어. 그때 열 개 문항의 인기도 조사를 했는데 아빠는 늘 상위권이었는걸. 제일 온화한 교수였다고."

"너희 아빠 학생들은 다 바리바리 싸 들고 스승을 찾아뵈었지 너희 집 물건을 들고 도망간 건 아니잖아? 하지만 난 도둑놈처럼 너희 집 제일 귀한 보물을 훔쳤지. 미국도 안 보내고. 지난 2년 동안 많이 풀어지신 거야?"

"풀렸어. 다 풀렸어. 이틀 전에 부모님께 편지를 썼는데 무슨 고압 수도꼭지를 튼 것처럼 눈물을 아주 콸콸 쏟더라니까."

"뭐라고 썼기에 그렇게 감동하신 거야? 나도 좀 참고하게 보여줘. 우리 부모님이 감동하시면 혹시 알아, 용돈이라도 올려주실지."

"애교 좀 떨었지." 허뤄가 짧게 대답했다. "생각해봐. 얼마나 내가 그리우실 거야."

"나도 네가 그리운데, 왜 나한테는 애교 안 떨어?"

"네가 내 옆에 없으니까. 난 늘 혼자인걸. 혼자 밥을 먹고 물을 떠오고 자습을 하지. 너무 외로워. 근데 어디 애교 떨 기회라도 있었나?" 허뤄가 타이완 여성의 말투를 흉내 내며 입을 내밀고는 아양을 떨며 어깨를 흔들었다. 자신이 생각해도 온몸에 닭살이 돋았다. 퉁자잉이 급수실에 갔다가 하필 그 소리를 듣고 하마터면 들고 있던 세면 용품을 바닥에 집어던질 뻔했다. 그녀의 눈과 입이 평소보다 더 동그래졌다.

"나 발작이 도진 것 같아." 장위안의 말에 허뤄가 깔깔 웃으며 대답했다.

"우리 룸메이트 모두 발작을 일으켰어."

*　*　*

장위안은 수화기를 놓았다. 허뤄의 애교 섞인 목소리를 생각
하니 뒷골이 당겨와 머리를 흔들었다. 그래도 웃고 싶은 마음은
누를 수가 없었다. 책상을 올려다보니 종이 뭉치가 있었다. 필체
가 왠지 낯익어 얼른 펼쳐 보았다. 그리고 이어 불같이 화를 냈다.
"고추장, 우장, 어서 튀어 와!" 조심조심 펼쳐보니 붉은 고추기름
이 노트에 번져 반투명의 원으로 얼룩져 있었다. 한 개 또 한 개.

"형님, 제가 한 말이 아닙니다!" 고추장이 변명했다. "형님 전화
할 때 버터 왕자 같다고 항아리 녀석이 그런 겁니다."

"제기랄!" 장위안이 탁자를 탁탁 두드렸다. "우선 이거, 이게 뭐
야? 응?"

"지난 학기 필기잖아요. 그걸 누가 봅니까. 그리고 우리 네 명
노트도 아니던데." 고추장이 다가와 슬쩍 들여다보고는 얼른 자
리를 피해 장위안과 안전거리를 확보했다. "예쁘장한 글씨체가 꼭
여자 같잖아요."

"그게 바로 내 여자가 쓴 거다." 장위안은 불쾌했다.

*　*　*

허뤄는 힘들게 대학원 시험 자료를 구했다. 차이만신이 겨울방
학 하루 전날 마지막 필기 노트를 구해왔다. 하지만 허뤄는 바로
다음 날 오전에 기차에 올라야 했고, 학교 복사 코너는 이미 문을
닫았다. 그래서 결국 밤을 새워서라도 1학기 경제학 원리 필기를

모두 베껴 쓰기로 작정했다.

"미리미리 준비해." 허뭐가 장위안에게 새끼손가락 옆을 보였다. 얼마나 닳았는지 반짝반짝 빛이 났다. "그리고 내가 직접 베껴 쓴 거야. 받아. 이 글자를 내 얼굴이라고 생각해. 그럼 매일매일 나랑 같이 복습하는 거 같을 거야. 안 그래?"

"생색은." 장위안이 웃으며 그녀의 손을 잡더니 새끼손가락 굳은살에 입을 맞추었다.

허뭐는 학교마다 전공 수업에서 강조하는 부분이 다르니 공부할 때 특히 그 점을 유념하고 신경 쓰라고 당부했다. 장위안이 족보를 대충 훑어보니 기본적으로 중요 포인트가 자기 학교 교수 강의 내용과 비슷했다. 그래서 대학원 준비 자료는 기념품으로 고이고이 모셔두었던 것이다. 절대 내팽개쳐둔 것도, 책상이나 닦는 걸레 취급을 한 것도 아니었다. 생각할수록 화가 치밀어 의자라도 던질 기세였다.

"그럴 필요까지는 없지 않나? 여자는 옷이고, 형제는 수족과 같다잖아." 고추장이 얼른 몸을 피했다. 고추장이 보아온 동북 남자들은 대개 무기를 들고 사람을 쳤다. 두말할 필요 없는 본토박이 흑사회였다.

장위안은 피식하고 웃더니 필기 자료를 모두 거둬들였다.

* * *

허뭐는 적합한 가정교사 자리를 찾았다. 매주 4시간 수업이었다. 봄이면 베이징에 황사가 기승을 부렸다. 왕복 40분, 자전거를 타고 기숙사에 돌아와 세수하면 모래가 반 바가지 넘게 씻겨 나갔다. 하지만 월 수입이 무려 400위안이나 되니, 그래도 만족하며 했다. 과외하는 학생 부모님은 열심히 공부하라고 자나깨나 당부하며 특별히 과일과 꽃잎차까지 준비해주셨다. 하지만 부모님이 나가시기만 하면 아이는 허뤄를 붙들고 여배우 샤오옌즈(小燕子)의 눈이 크다며 수다를 떨기 시작한다. 꾸지람을 해도 잠시뿐 결국 고질병이 도지곤 했다. 어쩌다 부모님이 문을 열고 들어오면 아이들은 '허 선생님, 제 대답이 맞지요?' 하고 얼른 말을 바꾸었다.

허뤄는 이러지도 저러지도 못했다. 아이를 감싸고 돌 생각도 없었지만 아이가 혼나게 내버려둘 수도 없었다. 그렇다고 이 아르바이트를 잃고 싶지도 않았다. 기숙사에 전화를 설치한 후 매달 생활비가 100~200위안은 거뜬히 넘었다. 집에서 보내주는 돈으로 전화 카드를 사면서 그 카드로 부모님께 전화를 거는 것도 아니니 허뤄는 마음이 불편했다. 게다가 장위안의 생일도 다가오고 있었다. 이미 봐둔 선물을 사기 위해서라도 입고 먹는 것을 절약해야만 했다. 장위안에게 스위스 만능 칼의 클래식 시리즈 '워크챔프'를 선물할 생각이었다. 고등학교 시절 매번 상가에 갈 때마다 눈을 떼지 못하고 봤던 물건이었다.

"기능이 없는 게 없네. 줄칼, 톱, 드라이버도 있어?" 톈샹이 입을 삐쭉거렸다. "어? 로빈슨 크루소 황무지 개간용 같네."

허뤄가 깔깔 웃었다. "장위안은 람보 칼을 좋아하는데. 나침반에, 낚싯줄, 칼 같은 기능도 있는데 구할 수가 없었어." 톈샹이 이리저리 더 살펴보려 하자 허뤄는 얼른 그녀를 말렸다. "그만, 꺼내. 오프너는 90도가 최대야. 고장 나면 가만 안 둔다." 그녀는 재빠르게 빼앗아 플란넬 천으로 지문을 깨끗이 닦은 뒤 가죽 케이스에 담았다. 스웨이드 상자 역시 안쪽은 검은 벨벳으로 되어 있었는데 어느 하나 맘에 들지 않는 것이 없었다. 장위안이 선물을 받고 놀랄 생각을 하면, 신나서 혼자 덩실덩실 춤을 추며 '내 여자친구가 선물한 거야' 하고 다른 사람에게 자랑할 생각을 하면 절로 웃음이 났다.

"야, 좀 가지고 놀자." 톈샹은 허뤄의 침대에서 똑바로 누워 베개를 껴안고 응석을 부리며 우는 소리를 했다. "너란 여자, 친구보다 남자를 택하는구나. 내가 이깟 만능 칼만도 못하단 말이더냐."

허뤄가 웃었다. "그렇긴 해. 넌 700위안에 팔리지도 않을걸. 돈은 돈대로 쓰고 고생은 고생대로 하면서 상전을 모시고 싶겠니?"

"됐거든. 내가 얼마나 다정한지 네가 몰라서 그래." 톈샹이 허뤄에게 눈을 흘겼다.

* * *

즐거움의 대가치고는 출혈이 너무 컸다. 장위안은 계산하고 난 후 식탁에 널브러진 그릇들을 보았다. "다들 뱃속에 회충이 들었나? 못 먹어 죽은 귀신이 붙었구나."

"아, 알지. 혀…… 형님 요즘 주…… 주머니도 두둑한데." 항아리는 이미 혀가 꼬였다. "근데 점점 쩨쩨해지네."

"내 말이, 요즘 컴퓨터 조립으로 돈도 많이 벌었으면서, 처음 쏜 거잖아." 고추장이 그나마 정신이 말짱한 편이었다.

"제길, 니들 먹여 살리려고 돈 버는 줄 아냐?" 장위안이 웃으며 욕했다. "차라리 강북 농장 돼지를 먹여 살리겠다."

"마누라를 먹여 살리겠지." 고추장이 말을 받았다.

항아리가 포선처럼 손을 흔들며 다가왔다. "엄~ 엄호하라, 허, 허뤄 낭자를 엄호해."

고추장이 물었다. "요즘 왜 잡초가 널 찾아오지 않냐? 네 생일 파티에도 안 나타나더라. 걔 참 괜찮던데. 나나 소개해주라?"

"진짜 마음 있으면 초콜릿한테 물어봐. 난 걔 잘 몰라."

"난 오래 살고 싶어." 고추장이 고개를 절레절레 흔들었다. "너는 잘 모른다고 하지만 걔는 그렇게 생각 안 할걸. 여긴 여성 자원도 부족한데 네가 다 낭비하고 있잖아. 여자들 몇 명은 너를 바라볼 때 눈에서 레이저가 나온다고. 얼른 네 여친더러 와서 하나하나 방호벽을 쳐달라고 해. 아니면 네가 밥을 쏘던가."

"먹어라, 먹어. 그러다 언젠가 니들 몸에 '검역필' 낙인이 찍힐 날이 올 것이다."

"너야말로 낙인을 찍어야 해." 고추장이 원터치 캔 뚜껑을 들고 달려들었다. "판매 완료."

장위안이 미소 지으며 새끼손가락으로 원터치 캔 뚜껑을 낚아챘다. "낙인은 넣어둬. 나도 나름 준비한 게 있거든."

***

　5월 1일 노동절에 허뤄와 톈샹은 고향으로 돌아왔다. 이곳 날씨는 베이징보다 한 달이나 늦게 찾아왔다. 버드나무에 막 싹이 움트기 시작하며, 이른 새벽 따뜻하지만 조금은 쌀쌀한 공기 속에서 어렴풋한 초록이 열리기 시작했다. 호흡 사이사이 익숙한 상쾌함이 느껴졌다.

　허뤄의 부모님 모두 딸을 마중하기 위해 기차역으로 출동했다. 톈샹의 부모님 역시 기차역에 왔다. 톈샹은 허뤄에게 우스꽝스러운 얼굴을 지어 보였다. "나는 이렇게 햇살처럼 찬란하게 웃는데, 너는 어째 얼굴에 복수심이 불타는 거야. 보고 싶은 누가 안 나와서 그렇지? 언제든 외출하고 싶으면 내가 쇼핑 가자고 했다고 핑계를 대렴."

***

　집으로 돌아가는 차 안에서 허뤄의 엄마가 물었다. "톈샹 걔는 여전히 하하 호호, 남자친구라도 있는 거야?"

　"없다고 봐야지."

　"있으면 있는 거고 없으면 없는 거지, 없다고 보는 건 뭐니?"

　"애매해, 상대방이 좋다고 달려들면 도망가고, 상대방이 돌아서면 지가 달려들고." 허뤄가 웃었다. "그럼 있다고 봐야 해, 없다고 봐야 해?"

　"그러는 너는 있다고 봐야 해, 없다고 봐야 해?" 허뤄 엄마는 짐짓 모르는 척 물었다. "있으면 집으로 데려와."

"엄마 생각은 어떤데?" 허뤄가 씁쓸하게 웃었다. "아빠도 보신 적 있잖아요."

"아직도 걔니?" 허뤄 아빠가 돌아보며 물었다.

허뤄는 조금 불쾌했다. "그럼 또 누가 있겠어?"

"아직도 사귄다면 제일 좋은 거지! 여태 한 번도 데려오지 않아서 무슨 변화라도 있나 걱정했지." 허뤄의 엄마가 얼른 말을 잘랐다. "어릴 땐 다 불확실하잖아. 만나는 것도 빠르고 헤어지는 것도 빠르지."

"우리는 장난하는 거 아니거든." 허뤄는 하나하나 힘주어 말했다.

* * *

"칭화 다니니?" 허뤄 아빠가 갑자기 물었다.

"아니." 허뤄는 무뚝뚝하게 대답했다.

"공부 잘하고 똑똑하다며?"

"실력 발휘를 제대로 못했어."

"대입이 그렇지. 똑똑하기만 해선 안 돼. 성실과 노력, 거기에 뛰어난 정신력 모두 중요하다." 늘어진 말꼬리가 뭔가 의미심장하게 들렸다.

허뤄는 계속 눈썹을 찌푸렸다. "시험 한 번으로 그렇게 사람을 평가하지 마세요."

차 안에 정적이 흘렀다.

　　　　*　*　*

　　허뭐는 장위안의 기숙사로 그를 찾아갔다. 얼마 대화를 나누지
도 못했는데 장위안의 호출기가 계속해서 울렸다. 그는 슬쩍 호출
기를 들여다보았다. "친구들이 찾네. 급한 일인가 봐. 금방 갔다 올
게. 여기서 기다려. 책 볼래? 다 네가 보내준 거야." 그는 책꽂이에
서 《어린 왕자》와 《중국 대역사》를 꺼내고 머그잔을 주며 말했다.
"서랍에 벽라춘도 네가 사준 거야. 녹차를 마시면 여드름이 안 난
다면서? 근데 난 잘 모르겠더라. 봐봐, 물병에 물만 내가 떠왔지
다른 건 전부 네가 준 거야."

　　항아리가 끼어들었다. "얼른 가. 평소에 우리들 염장 지르는 것
으로도 모자라? 우리 모두 허 낭자가 얼마나 훌륭하고 널 얼마나
잘 챙겨주는지 잘 알거든. 갈 거면 얼른 가버려. 여기서 자랑질하
지 말고."

　　허뭐는 12간지 도안이 있는 머그잔을 매만지며 웃었다. "공분
을 샀구나? 얼른 다녀와."

　　　　*　*　*

　　두 권 모두 이미 그녀가 본 책들이었다. 일어나 기지개를 켜며
온몸의 근육을 이완시켰다. 항아리는 그녀가 기다리다 지겨워졌
다 생각했는지 얼른 자기 컴퓨터 앞에 해바라기씨 껍데기를 밀어
치웠다. "심심하면 게임 한 판 하세요. 금방 돌아올 거예요. 아마
또 누구 컴퓨터가 고장 나서 갔을 거예요. 요즘 엄청 바쁘거든요.

온종일 불려가서 컴퓨터 조립 일을 해요."

"괜찮아요. 천천히 기다리면 돼요." 허뤄는 책꽂이에서 무광의 은회색 테두리로 된 액자를 꺼냈다. 백조 두 마리의 늘어진 목이 하트를 그리고 있었다. 그리고 그 안에는 작년 가을 둘이 함께 찍은 사진이 있었다. 장위안이 베이징에 도착하자마자 찍은 사진이라 얼굴을 초췌했고 가을날의 햇볕이 따뜻하게 그의 얼굴에 흩뿌려져 있었다. 시간은 그 순간에 정지되어 있었다. 그의 입 모양은 무슨 말을 하고 있었고 그녀는 찬란하게 웃고 있었다.

액자 옆 책 더미 위에는 스위스 만능 칼 케이스가 놓여 있었다. 케이스를 열어 보니 안에는 전화 카드가 가지런하게 쌓여 있었고 만능 칼이 들어 있던 공간은 비어 있었다. 아마 이미 몸에 지니고 다니는 모양이었다. 케이스를 제자리에 놓으려는데 교재 아래 기름 범벅이 된, 끝이 말려 올라간 종이들이 보였다. 속으로 고개를 절레절레 저었다. 겉보기와는 달리 엄청 지저분하구나 생각했다. 책과 노트를 꺼내 가지런히 정리했다. 정리하다 고추기름이 묻은 종이들을 발견했다. 글씨체가 너무 낯이 익어 자세히 들여다보고는 그대로 정지 상태가 되어버렸다.

* * *

장위안이 돌아와서 보니 허뤄가 잔뜩 골이 나 침대에 앉아 있었다. 침대에 널브러진 필기 자료와 기름으로 얼룩진 종이 서너 장을 보고는 얼른 상황을 파악했다. 눈치 빠른 항아리는 가방을 챙겨 도서관으로 향하며 문 앞에서 장위안에게 귓속말로 속삭였다. "허 낭자한테 고추장이 한 짓이라고 다 설명했는데. 네가 잘 달래줘."

장위안이 웃으며 손을 흔들었다. "솔직하게 말하면 돼."

기숙사에는 둘만 남겨졌다. 장위안은 쉴 새 없이 이야기했고 허뤄는 내내 아무 말도 하지 않았다.

"화내지 마. 화내면 주름 생겨. 늙은 여자 난 싫거든." 장위안이 그녀를 놀리다가, 다시 다가와 그녀의 등을 토닥였다. "마님, 기차 타고 오시느라 노고가 많으셨죠. 소인이 안마를 좀 해드리겠습니다. 마님이 주신 물건을 소인이 제대로 간수하지 못했습니다. 그래도 목숨만은 살려주십쇼."

"이건 그렇다고 쳐." 허뤄가 퉁명스럽게 말했다. "전혀 들여다보지 않았다는 거잖아. 그냥 방치해서 먼지만 쌓이게 생겼으니 차라리 탁자나 닦는 게 낫지."

"누가 안 봤대? 몇 번이나 통독했는데."

"그럼 문제 내볼까, 얼마나 기억하나?" 허뤄가 고개를 들었다.

"태극 장삼풍 봤지? 무초식이 유초식을 이긴다. 이제 모든 초식은 잊어." 장위안이 허뤄를 잡아 일으켰다. "자, 내가 태극 입문을 가르쳐주지. 봐, 큰 수박 한 통을, 칼로 반을 잘라, 하나는 너를 주고 하나는 저 사람을 주고." 그는 허뤄의 손을 잡고 천천히 태극권의 품세를 흉내 냈다.

"장난 그만하고 진지하게 들어줄래?" 허뤄가 두 팔을 빼며 말

320

했다. "꼼꼼히 보겠다고 약속했었잖아."

"꼼꼼히 봤다니까."

"그냥 본 거지?" 허뤄가 필기 뒷부분을 들춰 보니 마치 새것처럼 깔끔했다. 비상등 아래서 필기를 정신없이 베끼던 자신의 모습이 떠올랐다. 비상등 불빛이 점점 약해져서 외투를 걸치고 화장실 문 밖에서 조급하게 베껴 쓴 자료들이었다. 그리고 떠나기 전에 칭화 대학원은 들어가기 힘드니까 미리미리 준비해두는 게 제일 좋다며 신신당부했었다. 그런데 그는 혼자 여유롭게, '항아리' 말처럼 친구들과 함께 다른 사람 컴퓨터 조립이나 해서 돈을 벌고 있었다. 게다가 소득이 꽤 짭짤하다고 했다.

"정말 자세히 봤어." 장위안이 필기를 가리키며 말했다. "여기 내용은 우리 학교 수업이랑 내용도 거의 비슷해. 걱정하지 마. 시험 전에 다시 보면 돼. 나한테 한 달의 시간만 주면 다 할 수 있어."

"지난 학기 성적이 좋았다는 것도 알고 학교마다 요강은 다 비슷하다는 것도 알아." 허뤄는 이맛살을 찌푸렸다. "하지만 대개 시험은 세세한 부분까지 나온다고."

"대입은 기술이 필요한 거지만 대학원 시험은 기본에 충실해야 해."

"누가 그래? 시험 본 적도 없으면서." 허뤄는 입을 삐죽거렸다.

"너도 본 적 없잖아?"

"들은 얘기야."

"나도 들은 얘기야." 장위안이 그녀를 흉내 내며 어깨를 들썩이고 입술을 삐죽거렸다.

"됐어. 이 얘긴 그만 얘기하자." 허뤄가 씁쓸하게 웃었다. 둘 다 주워들은 얘기일 뿐 더 논쟁해봤자 얻을 게 없었다.

"그럼 그럼. 배 안 고파? 아까 점심도 안 먹었다며?" 장위안이 그녀의 곁에 앉아 몸을 들이밀었다. 코가 거의 그녀의 몸에 닿았다.

"그렇게 많이 고프진 않아." 사실이었다. 오는 내내 흔들리는 기차 때문에 너무나 피곤해 아무것도 먹고 싶지 않았다. 장위안이 그녀의 두 손을 꼭 잡자, 손가락의 냉기만이 전해졌다.

"진짜 배 안고파……." 허뤄의 말이 끝나기도 전에 그가 두 입술을 덮쳤다. 서로 뒤엉킨 키스가 낮은 신음보다 더 감미로웠다.

* * *

허뤄는 부모님 친구 집으로 초대받았다. 그리고 자연스럽게 남자친구 얘기가 나왔다.

"허뤄는 아직 어려서 그런 거 잘 몰라." 허뤄의 엄마가 웃으며 대답했다.

"서두를 건 없지만 그래도 생각은 해봐야지. 주변에 잘난 친구들이 많을 테니 괜찮은 녀석 있으면 절대 놓치면 안 돼. 너희 부모님이 말씀은 안 하셔도 내심 말릴 생각은 없을 거야. 네 나이도 이제 다 찼잖니."

"아직 어려서 사람 보는 눈이 없어." 허뤄 엄마는 옆에 있던 허뤄를 돌아보며 말했다. "나중에 어떻게 될지 지금은 봐도 모르지."

　　　　　＊　＊　＊

또 이렇게 은근히 돌려 말하는구나. 우리가 사귄다는 거 뻔히 알면서, 인정하지 않는다고 있던 일이 없던 일이 되나. 허뤄는 화가 나기도 하고 답답하기도 했다. 이틀 후 장위안을 만나자마자 "언제 우리 집에 가자. 어때?"라고 물었다.

"왜? 너네 집 쌀이라도 샀어. 쌀 지어 올릴 머슴이라도 필요한 거야? 그럼 배불리 먹은 다음에 갈게." 장위안이 웃었다.

"농담 아냐. 정식으로 우리 부모님 뵌 적 없잖아."

"너도 정식으로 우리 부모님 만난 적 없잖아."

"그건 네가 오라고 안 해서지."

"그럴 필요가 있다면 갈게. 근데 우선 보험 두 개 들어놓고."

"우리가 재벌 집이야, 감옥이야?" 허뤄가 혀를 찼다.

"내가 뭘 걱정하는지 너도 알잖아." 장위안은 웃음기를 거두었다. 호출기가 또 울렸다. 그는 호출기를 내려다보고 얼른 다시 껐다.

"누가 또 찾아?" 허뤄가 눈살을 찌푸리며 물었다. "컴퓨터 조립 해주면 시간 너무 잡아먹는 거 아냐?"

"괜찮아. 너도 과외 수업하면서. 우리 수입 모두 차이나 텔레콤에 기부하고 있잖아."

하지만 난 대학원 준비 안 해도 되잖아. 허뤄는 말을 골랐다. "넌 거기에 투자하는 시간이랑 노력이 나보다 더 많잖아."

"그러니까 보수가 더 많지." 장위안은 가방에서 도라에몽 인형을 꺼냈다. "봐, 도라에몽이야." 팔을 누르니 바보 같은 기계음이 흘러나왔다. 아이럽유, 아이럽유.

허뤄는 빙그레 웃으며 고개를 숙여 도라에몽의 팔을 눌렀다. "사실 매일 전화할 필요는 없어. 그렇게 많은 선물을 보낼 필요도 없고. 난 내 에너지를 많이 뺏고 싶지 않아."

"아직도 대학원 시험 얘기야? 요즘 정말 시간이 없었어. 그리고 지금 그걸 본다고 해도 시험은 3년 후인데 도움이 된다는 보장도 없잖아."

허뤄는 또 대거리를 할 수밖에 없었다. "그래서 컴퓨터 조립할 시간은 있고……." 그녀는 진짜 하고 싶었던 나머지 말들은 가슴에 담아두었다. 컴퓨터 조립이 베이징에 데려다준대? 설마 중관춘에서 컴퓨터나 팔게?

그녀가 무슨 말을 하려다 마는 걸 눈치챈 장위안이 말했다. "컴퓨터 말고 지금 더 중요한 일이 있어서 그래."

보장된 미래보다 더 중요한 게 뭔데?

허뤄는 도라에몽을 벤치에 내려놓았다. "참 나. 내가 어떻게 해야 네가 진짜 중요한 게 뭔지 깨달을까?"

"그럼 내가 어떻게 해야……." 장위안도 내심 불쾌했다. "일이 있어서 먼저 가볼게." 그는 돌아서 두 걸음 가다 말고 돌아보며 말했다. "도라에몽 챙겨."

결국 그 유치한 당부가 다인 거야? 허뤄는 쓸쓸하게 웃었다. "도대체 그 중요한 일이 뭔데? 이건 네가 가져가." 도라에몽을 한쪽으로 밀어치웠다.

"너한테 준 거니까 가져가든 말든 그건 네가 알아서 해."

"진짜 안 가져갈 거야." 허뤄는 반은 농담이었다. 장위안이 왜 이렇게 속 좁게 구는지 이해가 안 갔다.

"나도 안 가져간다."

"진짜 안 가져간다고." 허뤄는 자신의 가방을 들고 자리에서 일어났다.

"맘대로 해."

"너 진짜!" 허뤄가 입술을 깨물며 뒤돌아 떠나는 장위안을 바라보았다. 도라에몽을 들고 가고 싶었지만 자신들을 몰래 주시하는 구경꾼 서너 명의 시선이 신경 쓰였다. 자존심 상하는 일은 하고 싶지 않았다. 그녀는 가슴 속 화를 억누르며 책가방을 들고 반대 방향으로 걸어갔다.

* * *

도시가 온통 안개 같은 버드나무로 가득했고, 도화에서 움이 트고 있었다. 발길이 닿는 대로 가다 보니 어느새 모교 정문 앞이었다. 남쪽 벽면에 푸른 기와, 예전과 달라진 게 없었다. 그녀는 일렬로 늘어선 느릅나무 아래 앉았다. 새롭게 돋아나는 청신한 나뭇잎 사이로 농구장에 뛰어노는 학생들이 분명하게 보였다. 하늘이 점점 어두워지더니 푸르던 하늘에 뭉게뭉게 먹구름이 몰려와 먹물이 번지듯이 점점 더 촘촘하게 퍼져나가기 시작했다. 그리고 구름 사이로 어쩌다 햇빛이 보이며 세상이 깜박거렸다.

불과 1년 전이었다.

1년 전 톈샹과 웃고 떠들며 이곳에 앉아, 멋있게 자유자재로 투구를 하는 장위안을 지켜보았다. 바람이 불어 그녀의 단발머리를 흔들었고, 먼지바람이 그녀의 속눈썹에 내려앉았았다. 반쯤 뜬 눈 사이로 그의 모습이 희미하게 보였다. 정말 눈 깜빡할 사이었을 뿐인데 어떻게 이렇게 마음이 한없이 흔들릴 수 있을까?

허뤄의 뺨이, 뒤이어 코끝이 시려오더니 갑자기 비가 내리기 시작했다. 그녀는 얼른 자리에서 일어나 학교 건물로 뛰어갔다. 추적추적 봄비가 내렸다. 그녀는 문득 공원 벤치에 두고 온 도라에몽이 생각났다. 누가 들고 갔을까? 아니면 여전히 홀로 외로이 거기 누워 있으려나? 누구도 거들떠보지 않고 관심을 두지 않아 비가 갠 후 어쩌면 환경 미화원이 쓰레기인 줄 알고, 더러워진 인형을 곧장 쓰레기통에 처넣었을 수도 있다

생각할수록 마음이 쓰렸다. 허뤄는 가방으로 머리를 가린 채 총총걸음으로 도심 공원까지 뛰어갔다. 벤치에는 아무것도 없었다. 허뤄는 차마 단념할 수가 없었다. 사방을 둘러보고 쓰레기통까지 뛰어가 코를 틀어막은 후 쓰레기통을 들여다보았다. 결과는 당연히 절망적이었다. 그녀는 맥없이 손을 늘어뜨렸다. 비를 피할 생각도 없이 고개를 푹 숙인 채 천천히 걸어갔다.

한 걸음, 또 한 걸음, 복잡한 과거 일들이 하나하나 그녀의 눈 앞을 스쳐 지나갔다. 언제부터일까? 달콤했던 기다림이 변색되기 시작한 것은? 서로의 탐색이 타협으로, 기대가 회피로 변하기 시

작한 것은? 초여름의 어느 날 길가에서 지치지 않고 이야기를 나
눈 적이 있었다. 어쩌다 침묵이 찾아와도 서로 마음이 통했다. 시
간이 멈춰버려 그 무엇도 변하지 말았으면 했던 순간이 있었다.
그런데 요즘은 차마 직접 마주할 수 없는 이야기들이 늘어났다.
침묵은 어색함으로 변했고, 서로 대화가 끊기면 마음도 점점 더
멀어지는 것만 같았다.

허뭐는 가방을 가슴에 꼭 끌어안았다. 가슴을 꼭 눌러야 가슴
에 응어리가 생기지 않을 것 같았다.

"거기 학생, 여기야. 가지 마. 거기 학생 말이야." 냉 음료를 파는
아주머니가 양산 밑에서 고개를 내밀고 크게 허뭐를 불렀다.

허뭐가 고개를 돌렸다. 기쁜 나머지 눈물이 흘러내렸다.

* * *

잃어버린 줄만 알았던 도라에몽을 꼭 끌어안고 집으로 돌아왔
다. 안개 같은 봄비의 크고 작은 빗줄기가 인형 몸에 반은 스며들
어 있었다. 얼굴을 닦고 세제를 푼 뒤 도라에몽을 세탁기에 넣었
다. 아차, 소리가 난다면 전자기기가 들어있겠구나 싶어 얼른 다
시 집어 들고 여기저기 눌러보았다. 도라에몽 배 쪽, 4차원 주머니
에서 무언가가 느껴졌다. 하지만 네모반듯한 배터리 함은 아니었
다. 손가락으로 더듬어 꺼내 보니 진한 포도주색의 벨벳 보석함이
었다.

거꾸로 뒤집으니 은백색의 반지가 손바닥으로 떨어졌다. 디자

인은 거추장스러운 장식 없이 거침없고 심플했다. 허뤄의 꼭 쥔 손안에 둥근 선이 날카롭게 새겨졌다.

* * *

오락가락하는 날씨에 비까지 연이틀 내리더니 봄바람이 불기 시작했다. 하룻밤 사이 복숭아꽃과 풀또기가 많이도 떨어졌다. 도시는 더 맑아졌고, 휴일도 막바지로 치닫고 있었다. 허뤄는 저녁 기차 시간에 맞춰 짐을 챙겼다. 떠나려니 마음이 조급해졌다. 그녀는 결국 참지 못하고 먼저 장위안에게 전화를 걸어 떠나기 전에 한 번 보고 싶다고 말했다. 장위안의 말투는 뜨뜻미지근했다. "어, 그러니까, 어디서 보자고?"

허뤄 부모님은 차를 성대 옆문에 세웠다. 허뤄는 한달음에 길을 건넜다. 건물들 사이를 지나는 바람은 유독 거셌다. 그녀는 멀리서 장위안을 발견했다. 카키색 니트를 입고 바람 한가운데 서 있는 그는 너무 썰렁해 보였다.

"옷 좀 더 입고 오지 않고?"

"갑작스럽게 전화해서 시간이 없다며 하도 재촉하니까." 장위안이 무덤덤하게 말했다. "감히 거역할 수가 있어야지."

"오기 싫으면 말지 그랬어." 허뤄가 헤헤 웃었다. "그럼 나도 안 보여줄 거야."

"뭐 보여줄 거라도 있어?

"이거 봐!" 허뤄가 오른손을 내밀었다. "예쁘지!"

"또 손가락 자랑······." 장위안의 말이 채 끝나기도 전에 무언가 눈앞에서 반짝였다.

은색의 반지가 가녀린 중지에 끼워져 있었다.

"오른손이었던가?" 장위안이 웃음을 참으며 물었다. "왼손인 줄 알았는데."

"왼손에 반지를 어떻게 자기가 끼니?" 허뤄는 두 손을 펼치고 그의 앞에 내밀었다.

"누가 하나 마찬가지지. 귀찮게." 그는 가볍게 콧방귀를 끼면서도 그녀의 반지를 빼서 왼손의 약지에 끼웠다.

"아니야!" 허뤄가 소리쳤다. "중지지! 손가락마다 다 의미가 있어. 약지는 결혼반지야!"

"그러니까." 장위안이 소리 내어 웃었다. "하하. 왜 나한테 끼워 달라고 했을까! 이제 후회되지?" 허뤄가 그를 쳤다.

* * *

함께 웃고, 포옹하고, 입을 맞추었다. 어느 하나 먼저 손을 놓지 못했다. 잡은 손을 절대 놓을 수 없다는 사실을 서로 너무 잘 알고 있었다.

제9장 험난한 길

당신이 말했죠, 이젠 어떤 감정도 느껴지질 않는다고
당신이 가려는 길이 너무 험난하다고
너무 많은 기대는 오히려 짐이 된다고
음악이 없을 때 혼자서 춤을 추고 싶어요
당신의 보폭을 따라갈 수 없으니,
차라리 길을 잃었다고 할까요
아니면 그냥 무뎌진 채 살아가자 하면 당신에겐 짐이 될까요

by 량융치 '험난한 길'

텐샹이 허뤄의 반지를 보며 물었다. "순은이야? 되게 우아해 보이네."

"플래티넘이야."

"백금?"

"플래티넘." 허뤄가 반지를 빼서 안에 새겨진 Pt 950을 보여주었다. 텐샹이 '어머' 하고 괴성을 질렀다. 며칠 후 텐샹이 갑자기 허뤄에게 전화를 걸어 격양된 목소리로 얘기했다. "오늘 신문 보고 처음 알았어. 플래티넘이 원래 그렇게나 비쌌어? 장위안 로또

라도 맞은 거야?"

"친구들 몇몇이랑 학교에서 조립 PC를 만들어주고 수고비를 받나 봐." 허뤄가 한숨을 쉬었다. "아르바이트에 너무 많은 에너지를 쏟는 건 아닌지."

"얼마나 컴퓨터를 조립해야 이런 반지를 살 수 있는 거야?" 톈상이 감탄하다 말고 또 히히거리며 바보 같은 웃음을 지었다. "돈 많은 아줌마라도 문 거야? 장위안 정도면 충분히 가능하지."

허뤄가 그녀에게 핀잔을 주었다. "사실 난 장위안이 나한테 어떤 비싼 선물을 하든, 내 비위를 맞추려고 많은 시간을 할애해 나에게 연락을 하든 그런 건 중요하지 않아. 난 걔가 좀 더 멀리 봤으면 좋겠어. 우리 미래를 생각했으면 좋겠어."

"반지까지 선물했는데 미래에 대한 생각이 없다는 거야?" 톈상이 콧방귀를 뀌었다. "네가 만능 칼을 선물했으니 이젠 장위안도 뭔가 보답을 해야 했겠지. 더 비싼 선물로 보답해야 너에게 덜 미안할 테고."

"아. 우리 둘 사이에 굳이 그런 걸 따져야 해."

"적어도 장위안은 그렇게 생각 안 할걸." 톈상이 웃으며 말했다. "남자 체면이 있지."

* * *

허뤄는 언제고 한번은 장위안과 툭 터놓고 얘기해야겠다고 생각했다.

여름방학 고향으로 돌아가 버스 종점에서 장위안을 기다렸다. 7월 말의 햇빛은 눈이 부셨고, 오랫동안 비가 오지 않았다. 오후, 바람도 고요한 길가에 포플러, 버드나무, 느릅나무가 흩어져 서 있었다. 비취색과 쑥색의 잎사귀 끝이 살짝 말려 있었다. 장위안은 매해 여름이면 구릿빛으로 변했다. 막 이발을 한 그가 길 건너편에서 손을 흔들었다. 그는 가지런하고 새하얀 치아가 드러나도록 찬란하게 미소 지었다.

둘은 함께 놀이동산에 갔다. 리뉴얼될 예정이라 그런지 놀이동산은 한산했다. 관리자가 두 사람에게 구식 나무의자로 된 대관람차를 타보라며 극구 추천했다. "다음 달이면 없어져요. 이젠 꽉 막힌 관람차를 타야 하는데 지금 못 타면 너무 아쉽잖아요."

"태양이 너무 강한데 가려줄 것도 없어." 장위안이 허튼를 보며 물었다. "저기, 나처럼 건강한 피부색을 갖고 싶어?"

"상관없어. 얼마 있으면 군사 훈련도 있고 국경절 퍼레이드도 있어서 어차피 그을릴 건데 뭐."

"뜸 들이지 마시고, 두 사람 중 하나 값만 받으면 탈 거예요?" 관리원이 계속 종용했다. "바다 뷰도 볼 수 있는데."

* * *

대관람차가 삐걱삐걱 돌아갔다. 짙은 갈색의 나무 의자는 반나절 넘게 햇볕에 달궈져 너무 뜨거웠다. 높이 올라갈수록 나무 사이에 가려졌던 바다의 풍경이 한눈에 들어왔고 몸을 감싸던 열기도 점점 식어갔다.

"요즘도 많이 바빠? 중요한 일이 생겼다고 했었잖아. 골치 아픈 일이야?"

"계속 신경 쓰고 있었던 거야?" 장위안이 웃었다. "아무래도 솔직하게 다 털어놔야겠군."

대관람차는 돌고 돌아 한 바퀴를 모두 돌았다. 지평선이 아래위로 흔들거리고 있었다.

찬펑의 얘기가 나오자 장위안은 숨김없이 그에 대한 존경과 부러움을 드러냈다.

찬펑은 성대 기계 계측공학과 대학원생으로 2년 전 성대 교내 네트워크 구축에 참여하였고, 여러 기업에 관리 시스템을 프로그래밍했다. 아직 졸업 전인데도 연봉 수십만 위안을 주고 모셔가려는 기업이 줄을 서고 기다리고 있었다. 장위안은 컴퓨터 조립 일로 학교와 컴퓨터 상가를 오가면서 찬펑과 자주 마주쳤다. 하루이틀 마주치다 보니 둘은 점점 친해졌고 서로 대화가 잘 통했다. 찬펑이 보기에 장위안은 두뇌 회전이 빠르고 명석했으며, 꼭 의욕이 넘쳤던 자신의 젊은 시절을 보는 것 같았다. 그래서 장위안이 가르침을 달라고 찾아왔을 때 흔쾌히 승낙했다.

허뭐는 장위안이 이처럼 누군가를 존경하는 것을 본 적이 없었다. 찬펑 얘기를 할 때 그의 빛나던 두 눈을 보고 허뭐는 조금은 알 것 같았다. 장위안에게 다시 도전하고 싶은 목표가 생긴 것이구나. 떠버리 같던 예전의 그의 개성과 투지가 되살아난 것을 보니 허뤄도 기뻤다. 허뤄는 꿈꾸는 장위안이 좋았다. 하지만 각박하고 복잡한 현실에서 맨손으로 부딪힌다는 게 생각만큼 순조롭지 않을 것을 생각하니 걱정이 되었다. 장위안처럼 총명한 사람이 너무 자만하지는 않을까? 혹시 눈앞의 이익에 눈이 멀어 자신의 미래를 돈과 바꾸는 것은 아닐까 걱정되었다.

* * *

허뤄는 생각하고 또 생각하느라 자정이 되도록 잠들지 못했다. 잠이 오지 않아 냉장고를 열고 얼음 서너 개를 꺼낸 뒤 콜라를 따랐다. '칙' 하고 세밀한 거품들이 올라왔다. 침대 헤드를 밟고 창틀에 비스듬히 걸터앉았다. 쑥색의 레이스 커튼을 사이에 두고, 거리에는 네온사인과 저 멀리 조명이 밝게 빛나며 검푸른 저녁 하늘을 희미한 벽돌색으로 물들이고 있었다. 콜라의 거품이 목구멍에서 하나씩 터지며 탁탁 신나게 튀어 올랐다. 표현할 수 없는 청량감이 마치 장위안과 함께하는 매 순간처럼 신선했다. 그녀의 마음속 그는 가장 완벽한 사람이었다. 그의 곁에 함께할 때마다 이 길이 끝이 아니기를 늘 희망했었다.

거품이 사라지고 나니 인공 사카린 맛이 입안 가득 퍼지며 여운은 사라졌다.

여전히 내 생각을 고집하면서 장위안을 설득해 대학원 시험을 치르도록 해야 할까? 내가 너무 고집스럽고 융통성이 없는 건 아닐까? 하지만 이 길이 더 보장된 길이었다. 이미 대입 시험에서 한 차례 패배를 맛보지 않았던가. 그녀는 몇 년 후 장위안이 다시 자신이 지금 함부로 낭비해버린 이 시절을 후회하지 않기를 바랐다.

이 두 길이 결국 같은 길일까, 아니면 서로 반대되는 길일까? 허뤄는 분명한 결론을 내릴 수 없었다. 밤바람이 조금 쌀쌀했다. 허뤄는 연달아 기침을 두어 번 한 뒤 역시 장위안에게 편지를 쓰기로 결심했다.

'이상과 현실의 괴리가 얼마나 큰지 나도 잘 모르겠어.' 연녹색의 날벌레가 스탠드로 날아들었다. 그녀는 고개를 숙인 채 편지를 쓰다 말고 수시로 생각에 잠겼다. '하지만 아무리 아름다운 꿈일지라도 현실이라는 토양을 벗어나게 되면 결국 시들어버리고 말아. 어쩌면 내가 너무 틀에 박힌 구식의 보수적인 사람일지도 모르겠어. 그래도 네가 결정한 일이라면 난 주저 없이 널 응원할 거야.'

그녀는 편지를 세 번 접어 봉투 안에 넣었다가 다시 꺼내 마지막에 다음 같은 글귀를 남겼다. '기억해줘. 난 언제나 널 믿어. 내가 날 믿는 것처럼.'

* * *

허뤄는 불안했다. 자신이 떠나기 전에 보낸 편지를 장위안이 보았을까? 그랬다면 감동했을까, 아니면 그녀가 너무 쓸데없는 걱정을 한다며 한숨을 쉬고는 씁쓸하게 웃으며 내팽개쳐 두었을까? 하지만 그녀는 지금 다싱 기지에서 군사 훈련을 받으며 외부와는 단절된 생활을 하고 있어 그 수많은 추측을 확인할 길이 없

었다. 한밤중 홀로 초소를 지키는데 마음은 심란하고 이런저런 생
각들로 머리가 뒤죽박죽이었다.

갑자기 깡마르고 키가 큰 남학생이 뛰어왔다. 앞에서는 팔꿈치
선을 넘지 않고, 뒤로는 손을 넘지 않도록 팔을 흔들며 정확한 동
작으로 걸어와 허뤄의 앞에서 하나, 둘, 셋, 넷 구령에 맞춰 정지한
후 우향우를 한 뒤 거수경례를 했다.

허뤄는 제대로 정신이 돌아오기도 전에 기계적으로 맞경례를
했다. 자세히 보니 선례였다.

"보고합니다!" 그는 엄숙하지만 괴상한 표정으로 입꼬리를 몇
번 실룩거리더니 온몸의 용기를 다 그러모은 후 큰소리로 외쳤다.
"보고합니다! 저는 돼지입니다. 저는 돼지입니다. 저는 돼지입니
다⋯⋯."

허뤄는 웃음을 참지 못하고 결국 소리 내어 크게 웃고는 어깨
를 들썩이며 혀를 내밀었다. 그리고 소리를 낮추어 말했다. "놀래
죽일 셈이야? 보초 서고 있잖아."

"나도 알지." 선례가 어쩔 수 없다는 듯 남학생 캠프를 가리키
며 말했다. "돼지 잡기 카드놀이 했는데 졌거든."

"한밤중에 잠 안 자고 카드놀이 하다 교관한테 발각되면 죽음
이야."

"어차피 잠시 후에 집합해야 하잖아. 너도 국경절 퍼레이드 예
행연습에 참여하는 거 아냐? 한밤중에 창안제 걸어본 적 없지? 대
로 중앙 한복판을 걸을 수 있다고, 게다가 탱크가 열어준 길을 비

행기의 호위를 받으면서 말이야."

허뭐가 웃으며 말했다. "당연히 가야지. 잠도 안 오고 해서 지금 보초를 서고 있는 거야. 근데 너는 한밤중에 여학생 캠프까지 와서 소란을 피우니. 얼른 가."

"알았어. 지금 간다고. 근데 나한테 감사해야 하는 거 아냐? 이렇게 크게 웃은 건 오랜만인 거 같은데."

"어. 그랬어. 군사 훈련 중인데 매일 하하 호호 웃을 일이 얼마나 된다고?"

* * *

진짜 한동안 이렇게 크게 웃어본 일이 없었던 것 같다. 매일 대부분의 시간을 웃음기 하나 없는 교관을 상대하며, 작열하는 태양 아래 먼지가 풀풀 날리는 운동장에서 기고 굴렀다. 하지만 이런 생활은 너무 단순해서 오히려 즐거웠다. 저녁식사 후 모두 함께 그릇을 닦고, 한 무리의 여학생들이 모여 지지배배 교관이 잘생기고 귀엽다며 시끌벅적 떠들곤 했다.

차이만신이 뛰어와 말했다. "우리 교관은 말만 하면 얼굴이 빨개져. 너무 순진해." 어떻게 해도 그을리지 않는 그녀의 피부가 군중 속에서 유난히 눈에 띄었다.

"선크림 뭐 써? 추천 좀 해줘." 예즈가 물었다. "아니, 너는 어떻게 타지를 않지?"

"예전보다 많이 탔는데. 난 더 탔으면 좋겠는데. 너무 하얘도 피부암 걸려." 차이만신이 정색하며 대답했다.

"배가 불렀구나." 예즈가 입을 실룩거렸다. "우린 이렇게 새까매서 저녁에 보초 설 때 흔들거리는 군장만 보인단 말이야."

퉁자잉이 껙껙 소리 내 웃자, 예즈가 말을 이었다. "웃긴 뭘 웃나. 자넨 치아만 하얗다." 그녀는 교관의 말투를 따라 했다. 너무나 완벽한 허난 성대모사에 자신도 모르게 웃음이 터졌다. "혜혜, 반장한테 외국 이름 하나 지어주는 건 어떨까? 줄리아 화이트, 이렇게 발음하던가?"

온통 웃음바다가 되었다.

* * *

차이만신이 웃었다. "봐봐. 허뤄랑 얘기 좀 할까 해서 왔는데 나는 거들떠보지도 않고 하늘만 쳐다보고 있잖아. 우리가 무슨 말을 해도 아무 말도 안 들리는 애처럼."

저우신옌이 웃으며 대답했다. "이 여인네는 요즘 만날 넋이 나가 있어. 아마 님을 그리나 봐? 이 거지 같은 곳에서는 전화도 못 걸고 있으니. 어떤 누구는 전화기를 삶아 먹을 정도로 매일 30분 넘게 통화를 하는 게 습관이 되었는데 말이지. 뉴스 시간보다 더 정확했다니까. 근데 지금은 저녁에 편지밖에 쓸 수 없으니 미치는 거지."

허뤄는 흩어졌다 다시 뭉쳐지며 떠가는 구름을 보고 있었다. 그런데 갑자기 정신을 차리더니 불쑥 말을 꺼냈다. "누가 넋을 놨다고 그래? 하나같이 참새처럼 재잘거리니 내가 끼어들 틈이 있어야지."

"분명 어떤 누구를 생각하고 있었으면서 시치미 떼기는." 차이만신이 얘기했다. "대체 이 거지 같은 군사 훈련은 언제 끝이 나려나?" 그녀는 장신저의 신곡을 따라 애절하게 노래했다. "우린 이제 되돌아갈 순 없는 건가요? 그런가요?"

모두 이구동성으로 대답했다. "아니요. 아니요!"

허뤄와 친구들 모두 함께 한바탕 웃었다. 그녀는 군사 훈련이 좋았다. 웃고 떠들고 있노라면 마음도 평온해졌다. 주변 여학생들의 경쾌한 목소리가 그녀를 끊임없이 일깨워주었다. 이것이 진짜 네 현재의 삶이라고, 이렇게 즐겁고 아름답기만 한데 어째서 끝없이 과거를 회상하고 미래를 걱정하느냐고, 왜 가슴 아프고 힘든 것들만 생각하느냐고?

* * *

신중국 건립 50주년이 코앞으로 다가왔고 퍼레이드 예행연습은 모두 새벽에 잡혀 있었다. 허뤄와 선례는 교관의 허난 발음을 화제에 올렸다. "우리 교관이 푸젠성 출신인데, 발음은 정말 못 알아듣겠어. 근데 말수는 적은데 하는 말마다 모두 주옥같아."

선례의 말에 허뤄가 물었다. "뭐라고 했기에 그렇게 인상이 깊은데?"

선례는 목소리를 가다듬으며 남북 방언이 섞인 이상한 흉내를 내며 말했다. "모두 주목, 오늘 저녁 식사는 닭다리다!"

허뭐가 한심하다는 듯 말했다. "먹는 것만 밝히는구나. 그때 과에서 수박을 먹을 때 너는 씨도 안 뱉고 먹어서 다른 사람 두 조각 먹을 때 혼자 세 조각을 먹던데."

"하하. 먹지 못할 바엔 차라리 죽음을 달라." 선례는 손짓까지 해가며 결연하게 말했다.

허뭐는 통쾌하게 실컷 웃었다.

* * *

모니터를 단 휘황찬란한 카퍼레이드가 길 입구에서부터 지나가면 군중들은 '와', '오' 하면서 탄성을 질렀다. 갑자기 '펑' 하고 터지는 소리와 함께 밤하늘에 눈부신 불꽃이 터졌다. 소리는 점점 더 촘촘해지며 찬란한 불꽃이 하늘에서 연신 터졌다. 노랑, 감청색, 자주색, 진분홍, 짙은 비단 위에 정교하게 놓인 수 같았다. 다만 빛은 한 번 깜빡인 후 이내 사라져버렸고, 눈부시던 광채도 사위어갔다. 공중에서 천천히 떨어지며, 긴 연회색의 연기를 남겼다. 온 하늘은 아름답게 물들었다. 그렇게 한참의 시간이 흐른 뒤 구름과 연기처럼 흔적도 없이 사라져버렸다.

불꽃 아래에선 모두가 행복에 겨워 탄성을 질렀다. 고개를 한껏 뒤로 젖히고 있으면 온 하늘의 별빛이 얼굴로 쏟아져 내리는 것 같았고, 젊은이들의 얼굴도 불꽃과 함께 반짝반짝 빛이 났다. 화려한 밤하늘이 너무 아름답고 따뜻해서였을까? 사람들은 이 순간, 평생을 약속하고자 했다.

이 모든 것이 불꽃의 조화였다.

여태 고백 한번 못하던 청년들도 낭만적인 분위기에 부끄러움을 떨쳐버릴 수 있었다. 이 밤이 또 누군가의 용기를 북돋운 것일까? 허뭐는 아무것도 모른 채 밤하늘을 올려다보고 있었다. 그리고 늘어진 그녀의 손을 누군가 가볍게 잡았다.

고요. 투명한 유리병에 덮인 것처럼 환희에 찬 사람들의 환호성이 소리 없이 들끓었다. 그들로부터 고립된 두 사람의 호흡 소리는 오히려 낯설 만큼 크게 들렸다.

뭐라 말해야 할까? 오늘 밤 온 하늘을 물들인 불꽃도 그 매서웠던 겨울밤 버스가 황혼을 뚫고 지나가던 가로등보다 아름다울 수는 없었다. 허뭐는 가만히 마음속으로 한 글자 한 글자 천천히 말을 골랐다. 그러나 손을 빼는 것만큼은 조금의 망설임도 없었다.

순간 당황한 선례의 긴 손가락은 여전히 조금 전 움켜쥔 상태 그대로였다. 선례는 이내 허뭐의 팔뚝을 치면서 격앙된 목소리로 얘기했다. "저기, 불꽃만 보지 말고 어서 저 앞을 좀 봐봐. 장거리 미사일이야." 그는 손짓까지 해가며 이것저것을 가리켰고, 미사일의 유형과 모델에 대해 쉴 새 없이 떠들어댔다.

허뭐는 괜한 소리를 하지 않았던 것이 천만다행이라 생각하며 긴 한숨을 내쉬었다. '미안해. 난 그 사람밖에 없어'라는 의미가 담긴 한숨.

장위안이 국경절에 다시 베이징에 오겠다고 했다.

"보고해야 해. 이 몸 비록 고향으로 돌아가지만 너희들이 진도를 얼마나 뺏나 언제나 주시하고 있다는 사실은 잊지 마." 톈샹이 의뭉스럽게 얘기했다. "작년 국경절에는 어떤 남자가 베이징에 와서 허뤄의 첫키스를 훔쳐 갔는데, 이번에는 그럼? 업그레이드되는 건가? 뭐 18금 같은 거. 이번에는 어디 묵는 거야? 부수입도 짭짤하니 적어도 3성급 호텔 정도는 되겠지?"

"이번에도 선례 침대를 빌릴 거야."

"너무 잔인한 거 아냐!" 톈샹이 괴성을 질렀다. "허뤄, 허뤄. 장군의 환상을 깨고 선 군의 마음도 다치게 하다니!"

허뤄가 반박했다. "그날 저녁 분위기 때문에 모두 흥분해서 그랬을 뿐이야. 남자들이야 병기를 보니까 흥분해서 떠벌이고 싶었던 거고. 그래서 누구라도 잡고 자기 지식 자랑을 하고 싶었던 거지. 남녀 사이 가리고 말고 할 정신이 어디 있어."

"오, 그래? 선례가 다른 뜻은 전혀 없다고 장담할 수 있어? 근데 넌 이 먼 길을 달려와 나한테 이런 얘기를 했다고?" 톈샹이 깔깔 웃었다. "그 남자 마음을 제대로 들여다봐. 이번엔 흥분해서 손을 잡았다 치자. 그럼 다음에는? 그러다 의식하지 못하는 사이에 마음을 뺏기게 되면 그게 더 잔인한 거 아냐. 내가 장 군에게 살짝 언질이라도 줘야 하는 거 아냐? 나중에 왜 귀띔도 안 해줬냐고 원망할 거 아냐."

허뤄는 가벼운 한숨을 내쉬었다. "괜한 걱정 끼치지 마. 나 말고도 신경 쓸 일이 많단 말이야."

* * *

허뤄는 장위안에게 전화를 걸어 묵을 곳은 이미 빌려두었고, 자신은 새벽에 국경절 퍼레이드에 참가해야 해서 오후에나 돌아올 것이라 말했다.

"그럼 기차에서 내리자마자 톈안먼 광장으로 뛰어갈까? 가깝잖아. 나도 퍼레이드 행렬에 끼워주면 안 돼?"

"여행 가방 들고?" 허뤄가 웃었다. "테러리스트로 오해받을라."

"그럴 리가? 플래카드까지 써 붙일 건데. 가방을 열었는데 어라 '안녕 베이징!'이라고 쓰여 있는 거지. 수색하던 사람들도 감동해서 뜨거운 눈물을 흘리며 날⋯⋯."

"널 바로 베이징 정신 병원에 처넣겠지." 허뤄가 웃으며 말했다. "이번엔 너무 많이 싸 들고 오지 마. 무거워."

"난 막노동자잖아. 그렇다고 누가 알아주는 사람도 없지만." 장위안이 과장되게 한숨을 내쉬었다.

"누가 그래. 알아주는 사람 있잖아." 허뤄가 잠시 말을 멈추었다. "너희 엄마."

* * *

국경절의 아침이 밝았다. 모두 잠이 덜 깬 몽롱한 상태로 창안

제 인근에 집합했다. 행렬은 톈안먼을 지난 후 숨이 차오르도록 질주하기 시작했다. 선례가 가쁜 숨을 몰아쉬며 말했다. "이거 시위대 해산시키는 거야? 방공 훈련인 거야?" 모두 웃을 힘조차 남아 있지 않았다. 기숙사로 돌아와 허뤄가 물었다. "장위안 전화 왔었어? 학교에 다 왔대?"

"오긴 왔었지……." 예즈가 머뭇거렸다. "근데 못 온대."

"뭐?" 허뤄가 자신의 귀를 의심했다.

"나도 퉁자잉이 가는귀먹어서 잘못 들었나 했어."

"어이, 날 원망하진 마." 퉁자잉이 항변했다. "내가 가끔 그러기는 해도 그런 간단한 말 정도는 제대로 듣고 기억할 수 있다고."

"장난하는 거 아닐까? 서프라이즈 해주려고." 예즈가 말했다. "말할 때 진지했어, 아니면 웃었어? 확실한 거야?"

한창 얘기를 주고받는데 전화가 울렸다.

장위안이 허뤄에게 물었다. "돌아왔어? TV 보니까 학생 대열이 제일 엉망이던데."

"어쩔 수 없었어. 모두 주석대로 몰려가는 통에 길을 잘못 들었구나 싶었지. 근데 넌 어디야?"

"집이야. 조금 전에 네 룸메이트한테 전화했었는데. 급하게 일이 생겨서 갈 수가 없었어."

"농담이지." 허뤄가 콧방귀를 뀌었다. "기숙사 앞이야? 내가 나갈게. 선례가 기숙사 데려간다고 기다리고 있어."

"농담 아냐. 못 믿겠거든 집으로 전화해봐. 진짜 집이야."

기숙사에 막 도착한 선례가 여행 가방을 들고 얼굴이 새파랗게
질려 문 앞에 서 있는 허뤄를 보고 물었다.

"장위안 왜 안 왔어?"

"내가 그걸 어떻게 알아?" 허뤄가 눈살을 찌푸렸다. 마음이 심
란했다.

조금 전 전화를 걸어 장위안에게 물었다. "혹시 집에······. 다들
평안하시지?"

"너무 멀리 간다. 일이 갑자기 생겼을 뿐이야. 찬펑을 도와줄 일
이 있어서."

"요 며칠도 못 기다릴 정도로? 지금 전국적으로 모두 쉴 텐데
무슨 일이 그렇게 급한 건데?" 허뤄는 원망 섞인 목소리로 물었다.
"계획에 차질이 생겼다면 적어도 사전에 알려줬어야 하는 거 아
냐? 뭐가 얼마나 급해서 그래?"

"이런저런 잡다한 일. 말하자면 길어. 언제 기회 되면 천천히 얘
기해줄게."

"됐어." 무뚝뚝하게 대답했다. "시시콜콜 말해줄 것도 아니고 넌
매번 말을 하다 말잖아."

허뤄는 잔뜩 화가 났지만 또 어쩌지 못하고 선례에게 전화를
걸어 저녁 기차표를 구해줄 수 있는지 물었다. "미션 임파서블! 철

도국이 뭐 우리 집 건 줄 알아?" 말은 그렇게 했어도 그는 가족에게 전화를 돌려 물어본 후 다시 허뤄에게 소식을 전했다. 표는 이미 다 팔렸지만 집안끼리 잘 아는 승무원이 오늘 근무를 서는데 기차역에 도착하면 식당 칸에서 앉아 하루 저녁은 보낼 수 있을 것이라고 했다. 허뤄는 손에 잡히는 대로 옷을 잡아 가방에 구겨 넣고 얼른 기숙사 앞으로 나갔다. 허뤄는 생각할수록 머리가 복잡했다. 그리고 선례를 보는 순간 왜 이렇게 꾸물거리며 늦게 나온 것이냐고 고래고래 소리를 질러가며 화를 냈다.

"상대방이 확답을 줄 때까지 기다렸지." 선례가 변명했다.

허뤄는 화풀이 대상이 잘못되었다는 사실을 문득 깨닫고는 사과했다. "아, 미안해. 너는 날 도와줬는데 내가 무턱대고 화를 냈네."

"화 다 풀렸으면 됐어. 그럼 집에 돌아갈 때쯤은 마음이 편안해질 거 아냐."

허뤄는 고개를 끄덕였다. 둘은 허겁지겁 택시를 잡아타고 기차역으로 달려가 기차 출발 5분 전 겨우 식당 칸에 올랐다.

"난 갈게. 조심해서 가." 그러고는 허뤄에게 눈을 찡끗했다. "밥은 걱정하지 마. 공짜 저녁은 배터지게 먹을 수 있으니까!" 내내 짐을 들고 동분서주했던 그의 이마에는 땀방울이 맺혀 있었고, 구레나룻도 반짝였다. 허뤄는 내심 감동하면서도 또 한편으론 미안한 마음이 들었다.

그 친구한테도 사정이 있었을 거야. 허뤄는 선례가 했던 말이 떠올랐다. 장위안의 얼굴빛은 어두웠고 별로 말하고 싶어 하는 눈치가 아니어서 허뤄도 더는 묻지 않았다. 긴장과 관심의 말들이 불시에 목구멍까지 튀어 올랐지만 허뤄는 가까스로 이를 눌렀다.

도시에서는 20세기에 지어진 전체가 목조로 된 교회가 리모델링되어 있었다. 길을 지나며 얼핏 보니 흰색 롱스커트에 수가 놓인 조끼를 입은 러시아 예술가가 광장에서 아코디언을 들고 폴카를 연주하며 노래하고 춤추고 있었다.

그 뜨거운 열기가 그에게 닿기를 바라며 허뤄가 말했다. "우리도 가서 볼까?"

"됐어. 너무 시끄러운 곳은 싫어." 피곤하고 냉담한 말투였다.

"그럼 강가에 가는 건 어때? 강을 넘어가면 좀 조용해."

장위안은 역시 가고 싶지 않았다. 조용한 곳에 가면 말하고 싶지 않은 화제를 더는 감출 수 없을 것 같았다. 최근 그는 눈코 뜰 새 없이 바빴다. 30일 베이징으로 갈 짐을 꾸리는데 갑자기 찬펑이 술에 취해 난동을 부리다 공안국에 잡혀갔다는 연락을 받았다. 구류, 벌금, 정학. 받을 수 있는 모든 처분은 다 받았다. 장위안이 이유를 물으니 찬펑이 한 회사와 함께 관리 프로그램을 개발하였는데 후에 상대방이 찬펑 몰래 프로그램을 다른 고객에게 팔아 수익을 챙기고 있었다. 찬펑이 달려가 따지고 들자 상대방은 그런 일이 없다고 잡아떼며 오히려 그를 표절 혐의로 고발했다. 찬펑은 화가 나 회사 로비의 유리를 깼고, 이를 말리려 하던 직원의 머리를 치는 바람에 일곱 바늘이나 꿰맸다고 한다.

장위안에게 촨핑은 스승이자 친구 같은 존재였기 때문에 그저 모른 체할 수만은 없었다. 우선 시 공안국에서 일하는 초등학교 동창을 찾아가 동료가 촨핑을 힘들게 하지 않도록 힘써달라고 부탁했다. 그리고 다시 아버지의 인맥을 이용해 겨우 그를 한밤중에 무탈하게 숙소로 데려올 수 있었다.

덥수룩하게 수염이 자란 촨핑이 분을 삭이지 못하고 말했다. "애초에 계약서에 명확히 해두려고 했는데 그놈들이 바쁘다는 핑계를 대는 거야. 게다가 이렇게 오래 함께 일했는데 기본적인 믿음조차 없냐고 가식을 떨더라고. 파렴치한 새끼들, 그래놓고 돌아서서 내 뒤통수를 쳐. 내가 지들 설계를 표절했다는 거야. 양심은 개를 줘버렸나?"

"그런 새끼들은 원래 양심 따윈 없어." 장위안은 부러 편을 들었다. "누가 주동자야? 내가 어깨들 불러서 혼내주라고 할까?"

"그러지 마. 이런 일에 너를 끌어들이고 싶진 않아." 촨핑은 마른 침을 꿀꺽 삼켰다. "나 혼자 여기서 고생한 것만으로도 충분해. 그러니까 절대 분란 일으키지 말고. 그럼 문제가 더 커진다고."

"문제가 커지는 걸 알긴 알아? 다음부터는 절대 충동적으로 행동하지 마! 첫째, 계약서가 없으니 소송을 걸어도 승산이 없어. 둘째, 그런 새끼들이 이런 짓을 할 수 있는 건 윗선에 바람막이가 있다는 거야. 그러니까 선배 혼자서는 감당 못해. 오히려 위에서 손가락만 까닥하면 형은 죽은 목숨이라고."

"너마저 훈계냐?" 찬펑은 화가 나다 못해 실소를 터뜨렸다. "이렇게 무사히 나왔잖아. 그나마 내가 업계에선 조금 이름이 있어서."

하지만 형이 어디서 굴러먹던 녀석인지 공안국 사람 중 누가 알기나 하는 줄 알아. 장위안은 어이가 없어서 웃음도 나오지 않았다. "어쨌든 내가 여기 본토박이인 걸 감사해야 해. 힘들게 형을 빼냈다고."

"개새끼들 한통속이야. 정말 실망했어. 이런 일들이 비일비재하다는 게 진짜 정나미 떨어져. 안에 있으면서 생각해봤는데 미국에 박사후과정(포스트 닥터)을 밟으러 갈까 해. 인맥! 인맥! 가장 중국적인 게 바로 인맥과 파벌이지."

장위안이 찬펑을 설득해보려 애썼다. "그건 미국에 사는 중국 학생들은 아는 사람이 없으니까 미국이야말로 인맥이 없는 국가구나 하는 거야. 근데 사람이 있는 곳이라면 어디에나 인맥이 있게 마련이야. 어쩌면 미국이 더 힘들지도 모르지."

"날 그냥 타조 같은 놈이라고 욕해도 좋아. 더는 이런 인간들하고는 상종하고 싶지 않아. 그리고 마침 대학원에서 입학을 허가했어. 브라더, 너도 파이팅해. 때가 되면 너를 고용해달라고 설득해볼게."

"난 그렇게 쉽게 포기하지 않아. 국내에도 발전 기회는 무궁무진하다고. 한 번 실수는 병가지상사라잖아. 공짜로 수업 한 번했다 치면 되지. 그리고 그런 인간들이 활개 치도록 내버려둘 순 없어. 그 녀석들한테 꼭 보여줄 거야. 니들이 그렇게 쉽게 우리를 짓 밟을 수는 없다는 걸."

* * *

하지만 이런 얘기들을 허뤄에게까지 말하고 싶지 않았다. 그녀에게 말한다고 해서 현실이 달라지는 것도 아니고 이미 그녀의 눈 밑에 근심이 어려 있는데 이런 말까지 해서 걱정을 더 보태고 싶지 않았다. 그냥 아무것도 물어보지 않으면 안 될까? 그는 그저 그녀의 곁에 앉아 조용히 그녀의 손을 잡고 있고만 싶었다. 그러면 온 세상의 희망을 쥐고 있는 것처럼 느껴졌다.

커플용 자전거를 빌려 허뤄가 자전거를 몰았다. 하지만 이내 일반 자전거보다 운전이 어렵다면서 뒷좌석에 앉아 게으름을 피웠다. "꼭 애들처럼 쉽게 싫증을 낸다니까." 완만한 경사를 오르고 코너를 도니 금빛의 가로수가 홀연히 눈앞에 나타났다.

"잠깐 멈춰봐." 허뤄가 외쳤다. "봐, 저기 햇빛." 길가에 비스듬하게 늘어선 자작나무 울타리 안에 가지런한 러시아풍의 이층 목조 건물이 있었다. 짙은 녹색 지붕에 연노랑 벽의 건물이었다. 금빛 찬란한 햇살이 두 그루 미루나무 가지 사이로 빗겨 마름모꼴 스테인드글라스로 쏟아졌고 무수한 입자들이 그 안에서 춤을 추고 있었다.

"틴들 현상이야. 신기할 게 뭐 있다고."

"틴들이 뭐야?"

"빛의 통로잖아. 까마귀 고기를 먹었나, 고등학교 때 배웠는데."

"대입 끝나자마자 삶아 먹었지."

"입시 교육의 폐해야. 다 죽은 교육이지. 성적이 아무리 좋으면 뭘 하나? 사는 데 아무 도움이 안 되는데."

"왜 또 그 얘기야? 그건 개인차지, 지식 교육과는 상관없어." 허뤄는 그의 말에 뼈가 있다는 생각이 들었다. 그녀는 씩씩거리며 결국 참지 못하고 물었다. "사실 너도 촨핑의 영향을 받은 거지? 솔직히 말해줘. 너도 졸업하고 바로 취업할 거야, 아니면 대학원에 갈 거야? 그것도 나쁘지 않아. 일하다 지식이 짧은 걸 깨닫고 필요한 공부를 하면 좋지. 대기업에서는 교육 지원도 많이 해주니까."

"맞아. 일할 거야." 장위안이 길가에 자전거를 멈추더니 강둑을 걸어가 풀밭에 앉았다. "근데 난 내 길을 갈 생각이야. 지금의 촨핑처럼. 촨핑의 경험과 노하우가 있으니 나는 좀 덜 돌아가도 되겠지."

"그렇게 단순한 문제가 아니야. 기술이 있다고 해서 혼자 할 수 있을 것 같아? 인맥도 필요하잖아. 우리 아빠도 처음 학생들을 가르치다 사업을 시작했을 때 다 그때 쌓아둔 인맥을 이용한 거라고. 그런데 넌 그게 없잖아."

"맞아. 이게 우리 사회의 폐단이지. 그래서 누구는 미국에 가서 다시 돌아오지 않겠다고 하는 거고."

"미국도 다르지 않아. 사람이 있는 곳이면 어디나 인맥이 있기 마련이라고." 허뤄가 눈살을 찌푸렸다. "그리고 들어봤을지 모르겠는데 미국인의 신조가 바로 '승자가 모든 것을 갖는다(The winner takes it all)!'야." 약자를 동정하는 것은 중국의 미덕일 뿐이라고. 마음의 준비는 하고 있었지만 장위안의 태도는 너무 확고했다. 그녀는 마음이 조급한 나머지 말투에서 질책이 묻어났다. 장위안이 듣기에 그녀의 한마디 한마디가 그저 설교로만 들렸고, 마치 자신을 무지렁이 아이처럼 취급하는 것만 같았다. 허뤄, 너와 내 생각이 다르다고 해서 나의 시야와 안목이 잘못되었다고 판단할 수 있는 거니? 자신도 그녀의 말에 동감을 하면서도 왠지 모르게 그녀의 말에 사사건건 반박을 했다. 남들과 다른 길을 간다는 것을, 자신이 특별하다는 것을 증명하고 싶어서였을까? 장위안은 가슴이 꽉 막힌 것처럼 답답했고 더는 말을 꺼내지 않았다.

* * *

허뤄는 여전히 주변에서 주워들은 얘기까지 들먹이며 설득했지만 장위안은 더는 아무 말도 하고 싶지 않았다. 허뤄는 발을 동동 구르며 말했다. "넌 아무 대답도 없는데 나 혼자 죽어라 떠들고 있는 거야?"

장위안이 그녀를 바라보았다. "오, 말 많이 해서 목마르지? 물 사다줄까?"

"이 얘기만 나오면 꼭 피하더라." 허뤄가 화를 내며 말했다. "넌 마음속에만 담아두고 나한테는 통 얘기를 안 해."

"그렇게 말 많이 하면 피곤하지 않아? 그냥 우리 이렇게 조용히 앉아만 있으면 안 될까? 그냥 너무 피곤해서 그래. 진짜." 그는 눈을 감고 하늘을 향해 대자로 뻗었다. 무릎까지 자란 잡초는 이미 누렇게 시들었고, 바람이 불 때마다 '쏴쏴' 하고 쓰러졌다 다시 일어나고 그리고 다시 쓰러졌다. 끝없이 펼쳐진 강가의 풀밭에 일렁이는 금빛 파도처럼.

허둬도 피곤했다. 줄곧 즐거운 척, 단순한 척, 아무 관심 없는 척 묻지 않는 것이 도리어 마음을 피폐하게 만들었다. 그녀도 말없이 두 무릎을 감싸 안은 채 풀밭에 주저앉았다. 슬쩍 장위안을 훔쳐보았다. 곧은 콧날, 앙다문 입술, 석양에 도금한 듯한 그의 얼굴선. 눕고 싶었다. 두 다리를 모은 채 그의 가슴을 거침없이 베고 누워 그의 강하고 힘 있는 심장 소리를 조용히 듣고 싶었다. 하지만 그는 전혀 미동도 없었다. 예전 같았다면 다투고 난 뒤 두 눈을 감고 웃을 듯 말 듯 한 입술을 하고는 긴 팔을 쭉 뻗어 그녀의 옷자락을 잡아당겼을 것이다.

* * *

"내년 봄에는 우리도 와서 연을 날리자. 어때?" 그녀는 침묵을 깨고 싶었다.

"응." 피곤한 음성이었다.

"뭐가 응이야. 도대체 좋다는 거야, 싫다는 거야?"

"응. 피곤해." 이틀 동안 제대로 눈도 못 붙이고 있다가 그녀 곁에서 모든 긴장이 풀어져버렸다.

그가 대답이 없자 그녀도 더는 묻고 싶지 않았다. 고개를 들자 살쩍에 잔머리들이 바람에 들렸다 다시 내려앉았다. 바람은 거셌고 구름도 빠르게 지나갔다. 가을날 북방의 하늘을 이렇게나 높고 이렇게나 짙고 푸르며, 이렇게나 적막했다. 하지만 하늘 아래 우리는 그저 미약한 존재였다.

곧 무슨 일이 벌어질 것만 같았다. 마치 남방의 초원과 북방의 기러기가 매년 겨울을 맞이하는 것처럼.

제10장 안녕, 나의 첫사랑

안녕, 나의 첫사랑! 너와 함께한 시간은 헛되지 않아요
바람을 타고 바다를 나간 일이 없으니 파도를 가를 일도 없었지요
과거의 장면을 언제든 꺼내보세요
잊지 마요, 너와 나, 꿈을 활짝 펼치기로 했다는 걸

by 룽주얼 '안녕, 나의 첫사랑'

허뤄는 울적했지만 그래도 편안하게 쉴 수는 없었다. 몸이 편안해지고 나면 장위안에게 전화를 걸어 그의 목소리와 웃음소리를 듣고 싶어질 것만 같았다. 사실 그와 아무렇지 않게 통화한 것이 언제인지 까마득했기 때문에 그렇게 생각하는 것도 당연했다. 매번 수화기를 들며 의례적인 안부 인사를 전하고 몇 마디 대화를 주고받고 나면 금세 침묵이 찾아왔다. 무슨 말을 하면 좋을까? 적당한 화제를 찾을 수 없었다. 미래는 너무 멀고, 현실은 너무 무거우며 과거는 너무 제한적이었다.

침묵. 딱히 싸울 이유가 없으니 폭발할 일도 없는 침묵.

* * *

차이만신은 내년 5월 토플 시험을 등록하기 위해 베이와이 대학에 가면서 허뤄도 함께 가서 줄을 서자고 회유했다.

"출국할지 결정도 못 했는걸. 장위안의 계획도 들어봐야 하고."

"장위안 전공이라면 유학 가는 게 더 좋을 텐데. 그건 나중에 의논하고 너부터 시험을 보는 게 어때? 유학은 안 가더라도 외국 기업에 취업하는 데 더 유리하니까. 대학원 간다고 해도 점수가 높으면 영어 시험은 면제되잖아."

* * *

허뤄는 시험을 등록하고 장위안에게 전화를 걸었다. "시험 삼아 보는 거지, 꼭 유학을 신청하겠단 건 아냐."

수화기 저편의 반응이 무덤덤했다. "신청하는 것도 나쁘지 않지."

"내가 출국했으면 좋겠어?"

그는 잠시 침묵하고는 "네 미래니까 내가 대신 선택해줄 순 없지." 하고 대답했다.

익숙한 대답. 3년 전에도 '네 일이니까 네가 결정해야지.' 하고 말했던 그였다.

허뤄는 불쾌했다. "나는 지금 우리 둘의 미래를 말하는 거야. 나 혼자만의 미래가 아니라. 내가 꼭 출국하겠다는 얘기가 아니라 네 계획은 어떤지 듣고 싶은 거야."

* * *

장위안은 대답하고 싶지 않았다. 허뤄의 반응이 어떨지 충분히
상상이 갔기 때문이다. 그의 결정을 그녀라면 따뜻하게 격려해줄
것이다. 하지만 행간에 감춰진 '모험', '투기', '환상', '유치'라는 단
어들. 공부만 파고드는 사람은 싫다면서도 공부에 매진하라며 타
이르겠지. 장위안은 깊은 무력감에 빠졌다. 만약 그때 장위안이
칭화에 합격했더라면 지금처럼 그녀가 에둘러가며 자신에게 포기
하라고 종용했을까? 하지만 장위안도 내심 미래가 안개에 휩싸인
것처럼 불안하긴 마찬가지였다. 고집스럽게 밀어붙인다고 자신이
원하는 결과를 얻을 수 있을까? 혹시 촨핑의 전철을 밟게 되는 것
은 아닐까? 거울 속 꽃이나 호수 속의 달처럼 이 모든 게 허상이
라면 그땐 어떻게 허뤄의 은근한 바람을 마주해야 할까?

* * *

그해 겨울은 일찍 찾아왔다. 찬 기운이 두 도시 기온을 차례로
떨어뜨렸다. 지독히도 추운 겨울이었다. 애정 전선이 얼어붙으면
서 그들의 추억도 함께 꽁꽁 얼어버렸다. 냉담과 소원함은 거대한
빙산의 일각에 불과했고 차마 나누지 못한 더 많은 세세한 이야
기들이 그 안에 숨어 있었다. 허뤄는 이제 친구에게 이러쿵저러쿵
털어놓는 것도 지쳐서 아예 입을 닫아버렸다. 장위안도 자신처럼

인생의 가장 추운 겨울을 지내고 있다는 사실을 알지 못했다. 찬 평은 모든 것을 접고 장위안을 다른 프리랜서 프로그래머에게 소개해주었다. 하지만 그리 친한 사이는 아니었던 그는 장위안을 경계하며 기술을 가르쳐주기보다 대부분 잡일과 심부름만 시켰다. 장위안은 지고 싶지 않았다. 여기저기서 주워들은 이야기로 고객의 요구를 파악하고 참고 서적들을 뒤적이며 밤낮으로 연구했다. 하지만 실력 향상은 더디기만 했고 그의 견해는 늘 무시당하거나 너무 유치하고 혹은 효율이 낮다는 비난을 받기 일쑤였다.

"젊은 친구라 역시 경험이 부족하군." 장위안은 다른 사람의 동정 어린 시선이 경멸하는 시선보다 더 견디기 어려웠다. 그는 많은 시간을 들여 찬평의 업무 성과를 연구했고 어떻게 하면 노하우를 쌓을 기회를 잡을 수 있을까 끊임없이 생각했다. 생각이 복잡했다. 그런데 기말고사는 벌써 코앞이었다.

그는 생의 처음으로 과락의 맛을 보았다. 그것도 두 개 과목이나. 하나만 더 빨간 불이 들어오면 학위도 보장하기 어려웠다.

* * *

때마침 고향에 돌아온 허뭐는 1등 장학금을 받아 기쁨을 억누르지 못하고 어디서나 자신감을 드러냈다. 함께 택시를 탄 장위안은 침묵했다. 아무 말이 없자 차내 공기도 영하로 떨어졌다. 둘은 있는 말 없는 말 두서없이 늘어놓았다. 택시 기사가 그들의 대화에 끼어들며 물었다. "말투가 여기 사람이 아니네."

허뤄가 웃었다. "어머나. 저는 여기서 나고 자란 사람이에요. 본
토박이. 고등학교를 졸업하고 베이징에 공부하러 간 것뿐이에요."

기사가 부러워하며 말했다. "수도, 좋은 곳이지. 국경절 퍼레이
드를 보니까 톈안먼이 아주 시끌벅적하던데."

"저도 거기 있었어요." 허뤄는 흥분해서 재잘재잘 베이징 얘기
를 늘어놓았다.

"얼마나 좋아." 택시기사도 웃었다. "자네 같은 대학생들은 졸업
하고 외국에 가거나 베이징에 남으려고 하지 고향으로 돌아올 생
각은 안 하지?"

허뤄는 갑자기 입을 닫고 고개를 떨군 채 의자에 기대앉았다.
곁눈으로 살짝 장위안을 살폈다. 그가 그녀의 손을 톡톡 치면서
열 손가락 깍지를 끼워주기를 얼마나 바랐는지 모른다. 그러나 그
는 아무 말 없이 계속 창밖만 응시했다. 회색빛 겨울 길가 풍경이
하나하나 스쳐 지나갔다.

* * *

장위안은 뭐라 대답해야 좋을지 떠오르지 않았다. 그녀의 말
에 지금이야 대충 몇 마디 대답해줄 수 있겠지만 그렇다면 앞으
로는? 그녀가 좀 더 넓은 세상으로 떠난다면? 예전처럼 자신 있게
대학원이나 출국이 능사만은 아니라고 말할 수 있을까? 지금도
그녀가 말했던 것처럼 '승자가 모든 것을 독식'하고 있지 않은가.

허뤄의 말수는 점점 줄어들었고 뭔가 하고 싶은 말을 꾹 참으

며 기분이 점점 더 가라앉고 있다는 것을 장위안도 알 수 있었다. 그는 조용히 그녀를 안고 싶었다. 시간이 영원히 지금, 이 순간에 멈춰버렸으면 하고 바랐다. 하지만 그녀의 앞에서 미래에 대해 자신 있게 이야기할 수 있을까? 이미 정상에서 추락해본 경험이 있질 않던가. 지금 눈앞은 온통 가로막힌 높은 산들뿐이다. 더는 날을 수 없다는 것을 누구보다 잘 알았다. 그저 성지 순례하는 마음으로 한 걸음씩 발자취를 남기며 기어오를 수밖에 없었다. 그리고 언제든 더 깊은 나락으로 떨어질 수도 있었다. 하지만 허뤄는 이미 그를 위해 한 번의 기회를 포기하지 않았던가. 그녀는 좀 더 다채로운 인생을 살 수도 있었다. 그녀를 자신의 곁에 묶어둘 수도 없는 노릇이었고, 그리고 그럴 힘도 그에게는 없었다. 그랬다. 같은 연이라도 공중을 날 수 없는 연은 실패자였다. 그녀는 더 멀리 더 높이 날아간다. 그는 그저 멀리서 지켜볼 뿐이었다. 길게 늘어진 연줄은 팽팽해지고 얼레의 실도 그 끝이 보이기 시작했다.

장위안의 손에 아직 끝내지 못한 프로젝트가 있었다. 학교로 돌아가니 옆 방 룸메이트 하나가 실연을 당해 겨울방학인데도 집에 돌아갈 생각은 안 하고 매일 가요만 틀어댔다. 며칠 지켜보던 고추장이 시끄러워서 잠을 못 자겠다며 스위치를 뽑아버리겠다고 난리를 쳤다. 장위안이 옆방으로 건너가 실연당한 친구를 위로하며 책상에 널브러진 담배꽁초를 치웠다. "너무 바다까지 떨어지진 마. 침대에 이러고 있는다고 그녀의 마음을 돌릴 수 있어?" 상대방은 혼잣말처럼 중얼거렸다. "헤어질 줄은 알았지만 그날이 이

렁게 빨리 올 줄은 몰랐어."

장위안은 잠시 침묵한 후 그의 어깨를 토닥였다. "돛대는 내가
가져간다." 그는 처음으로 속 담배를 피웠고 숨이 막혀 눈물이 나
올 것만 같았다. 헛기침을 두어 번 하고 나니 정말 눈가가 촉촉해
졌다. 이 담배를 다 피우고 나면 이제는 결정을 내려야겠다고 생
각했다. 두 사람 모두 편해질 수 있는 결정, 서로의 미래를 가로막
지 않을 결정.

지금, 이 순간 그는 갑자기 한 뼘 자란 것만 같았다. 아니면 세
파에 휘둘렸다고 해야 할까?

* * *

설 즈음하여 인플루엔자가 유행했다. 허뤄는 1주일을 꼬박 고
열에 시달렸고 대낮에는 37도였지만 밤이면 40도를 넘나들었다.
허뤄의 엄마는 딸이 점점 초췌해지자 마음이 아팠다. "당신 친구
들 많잖아. 방법을 좀 찾아봐. 명의한테 데려가봐야 하는 거 아냐."

허뤄의 아빠는 무기력하게 대답했다. "이게 무슨 불치병도 아
니잖아. 당신이 한번 가봐. 맨발의 의사부터 전문의까지 진단 결
과는 다 같을 거야. 그저 잘 먹고 잘 자고 링거를 맞는 거 말고는
달리 방도가 없다고."

"이러다간 고열에 애가 큰일 나겠어. 당신도 봐봐. 온종일 정신
이 오락가락하잖아." 허뤄의 엄마는 마음이 아파 곧 울음이 터질
것만 같았다.

"살짝 아프고 지나가는 것도 나쁘지 않아. 체내에 있는 다른 나쁜 세포들도 함께 죽일 수 있으니까." 허뭐의 아빠는 아내를 찬찬히 달랬다. "열이 난다는 건 사실 온몸의 독소를 빼주는 거야. 그렇지, 허뭐야?"

"아. 맞아요. 전 괜찮아요." 허뭐는 억지로 엷은 미소를 지어 보였다. "그냥 잠을 너무 많이 자서 낮과 밤이 바뀌어서 그래요." 웃는다는 것 역시 너무 피곤한 일이었다. 그녀는 고개를 돌려 창밖의 텅 빈 거리를 바라보았다. 마음이 공허했다. 유리창에는 반투명의 서리가 내려앉았고 네온사인의 흔들리는 불빛에 옛 기억들이 한 장면씩 떠올랐다. 사람을 취하게 만드는 밤이었다. 카펜터스의 노래로도 어제를 되돌릴 순 없었다. 카펜터스의 예스터데이 원스 모어.

* * *

어떻게 그 사람이 그런 말을 할 수 있을까? 이건 분명 고열에 정신이 혼미해져 기억이 조작되며 악몽을 현실로 받아들이고 있는 게 분명하다.

"헤어지자. 난 네가 원하는 사람이 아니야."

"장난하지 마." 허뭐가 잡은 옷자락을 그는 슬그머니 빼고 돌아서 떠나가버렸다. 밤 8시, 허뭐는 그 거리에 혼자 서 있었다. 영하 30도 날씨에 눈썹에 내려앉은 눈도 녹지 않았다. 장난하는 거지? 허뭐는 그 자리에서 꼼짝도 하지 않고 우두커니 서 있었다. 최근

둘 사이의 냉전으로 그녀도, 그도 모두 마음이 피폐해져서 허뤄가 전화로 이렇게 말한 적은 있었다. "우리 서로에게 조금 냉정해질 시간을 좀 주자."

그녀는 이젠 좀 지쳤으니 우리 잠깐 쉬었다 가자고 했을 뿐인데 그는 이젠 그럴 필요가 없다며 게임 오버를 선언했다.

* * *

게임 오버. 그는 과거 아무 일도 없었던 것처럼 살아갈 수 있을까? 파일들을 모두 리셋해서 재부팅할 수 있을까? 허뤄는 그럴 수 없었다.

그의 등 뒤에서 바보처럼 그의 옆모습을 그렸었다. 주황색 가로등 아래서 그가 웃으며 '허뤄, 평생 기억하겠어'라고 하지 않았던가.

반딧불이가 춤을 추던 그날 밤 '너랑 있으면 즐거워'라고 하질 않았던가.

포옹. 입맞춤. 겨울날 고구마를 받쳐든 그녀의 손을 들고 나머지 한 손으로 그녀의 손을 잡아주지 않았던가. 그를 지우고 나면 그녀의 삶은 공백 상태가 된다. 그런데 그렇게 아무렇지 않게 '난 네가 원하는 사람이 아니야'라고 말할 수 있을까?

* * *

그 길모퉁이에서 설움이 북받쳐 올라 고개를 숙인 채 울었다.

넌 내가 원하는 바로 그 사람인데. 내 손을 잡으며 '너랑 같은 생
각'이라고 했잖아? 내 생각은 너랑 평생을 함께하는 거야? 그럼
너는?

　그녀는 눈 속에서 바보처럼 30분을 서 있었고 온몸이 얼음 동
상처럼 얼어버렸다. 몸이 부르르 떨리며 위아래 치아가 서로 마주
치며 딱딱 소리를 냈다. 그제야 자신이 여태 그가 떠난 그 자리에
서 있다는 것을 깨닫고는 그가 사라진 그곳을 향해 망연히 바라
보았다. '집에 가자.' 가슴에 조금의 온기가 남아 있을 때 어서 집
으로 돌아가야지. 여긴 너무 추워. 엄마의 품이 그리워.

　창밖으로 어지럽게 흩날리는 등불이 그녀의 뺨을 갈겼다. 거리
에 여전히 웃고 떠드는 인파가 창밖에서 소리 없이 출렁이고 있었
다. 3년 전과 달라진 게 하나 없는데 이젠 곁에 수줍게 그녀의 손
을 잡아줄 그가 없었다.

＊ ＊ ＊

　허뤄는 더 많은 수업을 수강 등록했다. 바쁘게 공부하다 보면
잊을 수 있을 거라 생각했다. 상황을 되돌리고 싶지 않았던 것이
아니라 너무나 급하게, 너무나 갑작스럽게 찾아온 이별이라 차마
믿을 수 없었던 것뿐이었다. 이메일을 썼다. '이유를 말해줘. 내가
힘들어할까 봐 걱정하지 말고 사실대로 말해줘.' 그러나 그는 회
신이 없었다.

　그런데 더 물어볼 필요가 있을까? 네가 없으면 난 살 수 없다

고 말해야만 할까? 이 모든 것이 사실이라도 차마 그녀의 신중함과 자존심 때문에 말을 꺼낼 수가 없었다.

* * *

몇몇 친한 친구들만이 겨울방학 동안의 일을 알고 있었다. 톈샹이 흥분하며 말했다. "제 복도 몰라보고. 다음에 내가 그 녀석을 흠씬 두들겨 패준 다음에 밧줄로 꽁꽁 묶어서 제자리로 돌려놓을 거야."

허뤄는 가볍게 웃은 뒤 그녀의 어깨에 기대 눈을 슬며시 감고 낮은 한숨을 쉬었다. "그럴 수 있었다면 이렇게 헤어졌겠어?"

"그럼 넌 어쩔 생각인데?"

"몰라. 내가 진짜 원하는 건 유학도 대학원도 아니야. 장위안이랑 함께하는 거지. 그런데 태연하게 그런 말을 할 수가 없었어. 그럼 마치 내가 비굴하게 애걸복걸하는 것으로 보일까 봐. '난 오직 당신만을'이란 노래 알아? 다른 가사는 다 좋은데, '그러니 부탁할게요. 떠나라 하지 말아요'라는 마지막 구절이 너무 비굴해서 싫어."

* * *

머리로는 사랑해도 고고함과 자존심만은 지켜야 한다고 생각했다. 하지만 마음은 줏대 없이 또 아파왔다. 미시경제 수업 시간에 온몸이 또 나른해졌다. 종이에 케이크, 아이스크림을 그리다 말고 갑자기 '네 생일 처음으로 카드 한 장 보내지 않았네.' 하고 중얼거렸다.

"우리 과 수업 들으면서 집중해서 듣지도 않고 또 그 사람 생각 한 거야?" 차이만신이 씩씩거리며 다가와 그녀의 노트를 뺏으려 하자 허뤄는 꼭 쥐며 놓지 않았다. "감정이란 게 매몰 비용이야. 꼭 그 사람의 모든 게 다 좋아서 이러는 건 아냐. 그저 너무 많은 걸 쏟아부어서 회복하기 어려운 것뿐이야."

"매몰 비용인 걸 알면서 계속 투자하겠다?" 차이만신이 입을 삐 죽거렸다.

"응. 그게 손실을 최소화하는 방법이니까." 허뤄가 웃었다. "다 털리고 파산하긴 싫으니까."

차이만신이 한숨을 쉬었다. "사랑이란 게 어려운 거지. 정답도 없고. 난 여태 누군가한테 그렇게 빠져본 적이 없거든. 근데 누군 가를 사랑하게 됐다는 건 어떻게 알 수 있을까"

허뤄는 잠시 생각했다. "처음 사랑이 올 때는 바보가 되고 소심 해져. 감히 그 사람 곁에서 숨을 쉬기도 힘들고 말도 제대로 못하 고. 근데 정말 사랑하면 용감해져야 해. 아니. 무모해져야 해. 나중 에 어떻게 될지 따위는 생각지 말고. 어쨌든 완전히 다른 사람이 되지."

차이만신이 안도의 한숨을 내쉬었다. "다행이다. 난 아직 나 자 신을 놓아본 적이 없어서. 난 앞으로도 그건 힘들 것 같아. 세상에 나보다 중요한 건 없으니까."

"Sooner or later." 허뤄는 전혀 그럴 리 없다며 말했다. "나도 그런 말을 했었지. 근데 사랑하지 않을 때 했던 말들은 다 무효야."

* * *

자신이 다른 사람에게 했던 말들 역시 모두 무효였다. 매일 밤 몸을 뒤척이다보면 오만방자했던 자아가 미련한 자아에게 철저하게 패하고 말았다. 자존심 까짓것 없으면 어때. 먼저 숙이고 들어가면 또 어때. 그가 하자는 대로 하면 되지. 너무 조바심을 내는 것일 수도 있지만 그래도 널 잃는 건 더 두려워. 톈샹의 말처럼 그리우면 한바탕 우는 게 어려운 일이니? 다음에 그를 만나 대성통곡이라도 해볼까? 그럼 그가 어쩔 줄 몰라 하며 나를 안고 '울지 마. 눈이 복숭아처럼 빨개지면 갖다 버린다'라며 달래주진 않을까? 여러 번 꾸었던 꿈이었다. 꿈에서 깨고 나면 이걸 희망이라 봐야 할지 절망이라 해야 할지 애매했다.

자오청제가 갑자기 메신저로 다짜고짜 물었다. "너 아직도 장위안이랑 사귀어?"

갑자기 멍해졌다. 뭐라 말해야 하지? 허뤄는 제 짝에게는 아직 지난겨울의 일들을 얘기하지 않았다. 그저 얼버무릴 수밖에 없었다. "어, 그대로지 뭐."

"연 이틀 그 녀석이 예쁜 아가씨랑 밥 먹는 걸 목격했는데. 내가 농담으로 입막음 비용을 주지 않으면 허뤄한테 다 일러바친다니까 장위안이 '우리 헤어졌어.' 이러던데."

우리 헤어졌어. 그가 그렇게 말했다고? 말투는 어땠어? 애잔하게 말했을까? 아니면 남 얘기하듯 말했을까?

그의 곁에 아름다운 여학생이라면…… 허뤄가 자판을 신경질적으로 두드렸다. "다 알면서 왜 물어?"

"네가 헤어지자고 먼저 말한 거 아니었어? 우린 네가 베이징에 가고 나니까 성대에 있는 우리 같은 것들은 거들떠보지도 않는 줄 알았지."

허뤄의 마음은 쓸쓸했지만 웃는 얼굴의 이모티콘을 띄웠다. ":) 내가 예쁘지 않아서 그 애가 날 차버리고 다른 여자를 만났다는 생각은 안 해봤어?"

자오청제는 한참 동안 아무 말이 없다가 이모티콘의 머리를 흔들었다. "언제는 뭐 그 녀석 좋아하는 예쁜 여자들이 적었냐? 어떻게 걔가 먼저 헤어지자고 했겠어……. 널 그렇게 사랑하는데. 왜 18시간을 서서 베이징에 널 보러 왔었잖아."

* * *

"다들 그만 전원 끄세요!" 컴퓨터실 선생님이 재촉했다. "얼른 파일 저장하고……. 거기 여학생. 얼른 가. 곧 전원 내릴 거야."

허뤄는 차마 뒤를 돌아볼 수 없었다. 어깨를 들썩이며 이미 펑펑 눈물을 흘리고 있었다.

그가 너를 그렇게 사랑하는데. 너를 그렇게 사랑하는데.

맞아. 나를 그렇게 사랑했는데, 나를 그렇게 사랑했었는데.

* * *

허뤄는 룸메이트에게 전화를 걸어 친척 집에 놀러 간다고 하고는 가방을 짊어지고 나왔다. 자정의 밤거리를 헤매고 다니다 정처 없이 아무 밤차나 잡아탔다. 불빛이 넘실거리는 네온사인에 수많은 추억이 떠올랐다. 따뜻했던 그의 손, 매섭던 겨울밤의 망설임……. 조용히 차가운 유리창에 이마를 기대고 있노라니 눈물이 주책없이 흘러내렸다.

24시간 영업하는 융허더우장(대만의 유명 패스트푸드점 체인—옮긴이)에 앉아 함께했던 추억들을 떠올리며 장문의 편지를 썼다.

이렇게 펜을 드니 하염없이 눈물이 흐르고 목이 메어와 숨 쉬기조차 힘들어. 기억해? 여자 농구 연습 때 내 손을 잡았던 일. 치통으로 괴로워할 때 내가 치과 의사를 소개해주었던 일. 내 막대사탕을 먹으며 너무 시어서 이빨이 다 빠져버리겠다고 했던 일. 벨 말고 여기저기 소리가 난다던 자전거를 빌려와 휘파람을 불며 함께 드라이브했던 일. 하루에 네 통의 편지를 썼던 일. 18시간 넘게 서서 먼지투성이가 되어서 날 보러 왔던 일. 날 '엽기녀'라고 불렀던 일. '허뤄, 널 평생 기억하겠어'라고 했던 일.

그런데 헤어지잔 말 한마디로 헤어질 수 있어? 나중에 내 곁에 네가 아닌 다른 사람이 있다는 상상해본 적 있어? 넌 아무렇지도 않을까? 그럴까? 그런데 네 곁에 내가 아닌 다른 사람이 있다는 상상을 하면 나는 마음이 너무 아파. 마음이 너무 아파서 이깟 심장쯤 없어져버렸으면 좋겠단 생각이 들어.

나도 알아. 많이 힘들었지. 나도 많이 힘들었으니까. 나도 잠깐 멈춰서 숨을 고르며 쉬고 싶었어. 난 줄곧 우리가 길동무라고 생각했어. 걷다 지치면 서로 손을 잡아주고 누구도 그 손을 놓지 않을 거라고 생각했지. 그런데 우리가 가는 길이 다르다면서 나보고 떠나래. 우리의 이 감정이 서로에겐 부담이 되었던 거니?

그녀는 단숨에 편지를 써 내려갔다. 이튿날은 주말이었다. 기숙사로 돌아가 부족한 잠을 자고 나니 정신이 어느 때보다 맑아졌다. 깨어나 자신이 쓴 편지를 다시 읽어 보니 말투가 너무 비굴했다. 곤경에 빠진 소녀가 흙바닥에 납짝 엎드려 왕자의 발등에 입을 맞추며 살려달라고 구걸하는 꼴이었다.

* * *

눈물도 상심도 점점 무뎌지기 시작했다. 허뤄는 자신에게 끊임없이 물었다. 장위안이 그렇게 냉정하게 헤어지자고 하면서 말다툼이나 망설임이 전혀 없었다는 것은 분명 심사숙고 끝에 내린 결정이리라. 그러니 편지 한 통으로 관계를 되돌릴 수 있을까?

그의 인생 여정과 내가 추구하는 미래가 어쩌면 교차할 수도 있지 않을까? 집착과 상심이 서로에 대한 미련 때문일까, 아니면 아름다운 학창 시절에 대한 그리움 때문일까?

온 마음을 다해 울며불며 돌아와달라고 애원하는 일을 허뤄는 차마 할 수 없었다. 설사 장위안의 마음을 되돌린다고 해도 평생 그 마음을 지킬 수 있을까? 아무런 원망이나 후회 없이 그럴 수 있을까?

정말 상대방의 심장이 차갑게 굳어버려 고개를 저으며 거절한다면? 사랑은 잃었지만 적어도 자존심만은 지켜야 하지 않을까?

그녀는 굴욕을 자처하고 싶지는 않았다.

* * *

토플 시험 당일, 잠에서 덜 깬 허뤄를 차이만신이 아침 일찍 끌고 고사장으로 갔다.

고사장으로 가는 길, 찬바람에 머리가 맑아졌다. 아침밥을 거른 허뤄는 주머니에서 전날 사둔 다크 초콜릿을 꺼내 작게 잘라 입안에 넣고 그 익숙한 맛을 천천히 음미했다.

그 여유로움이 마치 어제 오후처럼 느껴져 마음이 끊어질 것처럼 아팠다.

언제였던가? 벌써 4년 전 일이었다. 그때의 장위안은 닿을 수 없을 정도로 멀게만 느껴졌고, 매일 어김없이 그녀의 일기장에 등장했다. 죽 쑤어버린 물리 시험, 그녀에게 농구를 가르쳐주고 그녀의 공부를 도와주었던 일이 생각났다. 학기말 시험 전 그가 건넸던 다크 초콜릿.

"긴장 풀고, 행운을 빌게." 장위안이 말했었다.

"행운을 나한테 주면 너는 어쩌려고?"

"내 운은 언제나 좋았거든." 그가 고개를 쳐들며 미소를 지었었다. 그에게 감염된 허뤄도 자신만만해졌다. 그 순간 온 세상이 여름날의 향기로 반짝이기 시작했다.

그 순간은 눈부신 여명만이 앞길을 찬란하게 비추고 있었다. 하지만 앞으로 그녀가 걷게 될 걸음걸음이 어쩌면 이미 그와는 전혀 다른 방향을 향하고 있었는지 모른다.

* * *

"너를 위한 미래를 생각해야 해. 다른 사람 때문에 네 생각이 휘둘려선 안 돼." 고사장에서 나오면서 차이만신이 말했다. "가치 있는 사람이 있는가 하면 그럴 가치가 없는 사람도 있어. 지난 몇 개월 동안 그 남자가 너한테 한마디 변명이라도 한 적 있니?"

변명의 여지가 없었다.

그는 이제 예전의 그가 아니다.

* * *

바로 지금, 이 순간, 한때 애틋했던 서로의 감정이 이미 황폐해져버렸다.

기숙사는 적막했다. 남쪽으로 난 창밖으로는 키 큰 플라타너스가 서 있었고, 정오의 반짝이는 햇살은 점점이 긴 목제 책상 위에 흩뿌려졌다.

허뤄는 서랍을 열어 순백의 편지 봉투들을 꺼냈다. 가장 위 두 개의 봉투에는 장위안에게 쓴, 부치지 못한 편지가 들어 있었다. 그중 첫 번째 것은 애절하고 처절한 장문의 편지였고, 두 번째 것은 어제 저녁 쓴 한 줄의 편지였다. "나 내일 토플 시험 보러 가. 넌 지금 뭘 하고 있니? 안녕, 나의 첫사랑. 잘 자."

* * *

피로했다. 마음이 너무 피로했다.

사랑은 비록 막다른 길에 이르렀지만 남은 인생은 길었다. 네가 손을 놓았으니 나는 아무 근심, 걱정 없이 훨훨 날면 그뿐이었다.

이 모든 것을 나도 잘 알고 있었다. 그러니 부디 내게 잊을 수 있는 시간을 좀 주겠니.

제11장 더는 사랑이 힘들지 않도록

더는 네 곁에 머무르기를 원하지 않는다면
난 하루빨리 운명에 굴복해야 하겠지

by 판원팡&장신저 '더는 사랑이 힘들지 않도록'

선례가 뛰어와 허뤄를 찾았다. 웃는 얼굴로 그녀의 가방을 빼앗았다. "허뤄. 토요일 오후인데 도서관에 가지 말고 우리 연극 동아리 리허설 보러 가자. 고대 그리스 새드 스토리 《안티고네》를 개작한 거야." 그가 실없이 웃으며 말했다. "너희 외삼촌 모셔서 고견을 좀 듣고 싶은데. 외삼촌이 냉정하게 평가해주시면 대회에서 승산이 커."

"무슨 대회?" 허뤄는 놀라 물었다. "그리고 넌 또 언제 연극 동아리에 든 거야?"

"대학 연합 대회. 나의 사소한 일까지 네가 알 리가 없지."

"오……." 허뤄는 웃기만 할 뿐 대답하지 않았다.

"내가 왜 연극 동아리에 가입한 줄 알아? 여학생과 접촉할 기회가 생기니까. 평소에는 여자들이 하나같이 콧대가 높아서 상대하기가 쉽지 않거든. 연극을 하게 되면 여자들이 적극적으로 대시하면서 내 손을 잡고 눈물이 그렁그렁한 큰 눈으로 날 바라보며 '오! 사랑하는…….'"

그는 잠시 말을 멈추었다. 허뤄가 흥미진진하게 자신의 얘기를 듣고 있는 것을 확인하고 다시 말을 이었다. "그럼 여자들이 내 손을 잡으며 외치겠지. 오! 사랑하는 아빠!"

* * *

허뤄의 외삼촌 뤄 대사는 연극을 극찬하며 학생들의 연극 연습을 지도해주겠다고 흔쾌히 대답했다. 시나리오는 차이만신이 개작한 것이었다. 어른과 젊은이가 마치 오랜 친구처럼 함께 어울려 연습이 끝난 후 《안티고네》에 대한 법률 및 윤리적 문제에 관해 토론하고 있었다. 그렇게 저녁 시간이 다 되어갔다.

뤄 대사가 말했다. "얘들아 배고프지? 저녁은 내가 책임지지. 우리 저녁 먹으면서 얘기 나누자."

줄곧 땀을 뻘뻘 흘려가며 소품들을 챙기느라 정신이 없던 선례가 분장을 한 채 달려왔다. "외삼촌, 저희가 신세를 졌는데 밥까지 사신다니요."

차이만신이 큰소리로 웃었다. "선례야, 언제 봤다고 친한 척이야. 허뤄의 외삼촌이 어떻게 네 외삼촌이 됐지? 뭐 선생님이나 뭐 대사님이라고 해야지."

허뤄는 얼굴이 붉어졌고, 선례를 손을 내저으며 말했다. "너, 너. 내가 다 긴장해서 그러지. 처음으로 차관급 높으신 분을 뵙는데 말도 제대로 안 나온단 말이야."

뤄 대사는 가볍게 고개를 끄덕이며 의미심장하게 웃었다. "모두 허뤄의 친한 친구니 외삼촌이라고 불러도 좋아."

* * *

며칠 후 허뤄는 외삼촌 집에 저녁 식사 초대를 받았다. 외숙모가 웃으며 말했다. "네 외삼촌이 그러시는데 선례라는 남학생이 널 쫓아다닌다며?"

허뤄는 생선 요리를 먹다가 하마터면 가시가 목에 걸릴 뻔했다. "그럴 리가요? 나도 못 들어본 얘기를 외삼촌이 어떻게 알아요?"

뤄 대사가 대답했다. "30여 년간 외교관 일을 했다. 말이나 얼굴만 봐도 상대방의 마음속 말까지 들여다볼 수 있지. 하물며 너희 같은 애송이들이야 내 손바닥 안이다."

선례의 관심, 허뤄도 모르는 바 아니었다. 하지만 그도 줄곧 선을 지켜가며 친구로서의 안전한 거리를 적당히 유지해왔다. 예전에야 장위안이 있어서 고백하지 못했다지만 지금은? 허뤄는 마음이 혼란스러웠다. 그건 한 번도 생각해보지 않은 일이었다. 만약 선례가 고백한다면 받아들여야 하나 거절해야 하나? 사실 매번 그 문제에 부딪힐 때마다 그녀는 습관적으로 피해왔다. "외삼촌, 지금은 그런 생각하고 싶지 않아요. 대학 졸업하고 나면 다들 각자 제 갈 길로 갈 텐데 지금 감정을 논한다는 건 다 부질없는 일이잖아요."

"하지만 젊어서의 감정이 제일 진실한 거니까. 이 세상에 너랑 생각이 맞는 사람은 많을지 모르지만 마지막까지 함께할 사람은 그중 진심으로 서로를 이해하고 포용해주는 사람뿐이다. 선례는 괜찮은 녀석이다. 겉으로야 매일 희희 하하 실없어 보이지만 다른 사람에게 살갑게 굴 줄도 알고 말이다."

허뤄는 어려서부터 외삼촌을 집안의 전설적인 인물로 추앙해왔고, 그의 말이라면 신중하게 다시 생각해보았다. 그럼 이젠 과거를 놓아야 할 때가 온 것일까? 요즘 그 남자는 무엇에 관심이 있는 걸까? 뭘 하느라 바쁜 걸까? 알 수 없었다. 알고 싶지도 않았다. 그는 이제 나와 다른 세상의 사람이니까.

* * *

팩트는 이미 무수히 많은 사람들의 가공, 전달, 재창작의 과정을 거쳐 전혀 새로운 논픽션으로 변해버렸다. 장위안은 매일 아침 일찍 나가 저녁 늦게야 들어오는데도 불구하고 그와 허뤄가 헤어진 이유에 대한 무수한 버전을 들을 수 있었다. 어떤 사람은 그녀가 새로 사귄 남자친구와 찰딱 붙어 다닌다고 하고, 또 어떤 사람은 둘이 손을 잡고 나란히 학교의 가로수 밑을 거닌 것을 봤다고 하고, 또 어떤 사람은 그 남자가 여름방학에 허둥 집에 와서 부모님께 인사를 드린다고 했다……. 자오청제는 성대 분교에서 자전거를 타고 도시 반을 가로질러 장위안을 찾아왔다. 그를 보자마자 팔짝팔짝 뛰며 말했다. "형님. 도대체 수염은 언제 깎은 거야? 이러다 산도적 다 되겠네!"

"바빠. 시간이 없어."

"밥 먹을 시간은 있지?" 자오청제가 그를 끌고 학교 밖의 작은 식당으로 데려갔다. 자리에 앉아 닥치는 대로 요리 두 개를 시켰다.

음식을 기다리며 장위안은 주머니에서 담배와 라이터를 꺼내 자오청제에게 권했다. "피울래?"

자오청제는 얼른 사양했다. 장위안도 더는 권하지 않고 담배 까치에 불을 붙였다. 궁금해 죽겠는 것을 억지로 참고 있는 자오청제의 눈빛을 보고는 장위안이 웃으며 말했다. "요즘 매일 밤을 새워서 정신 좀 차리려고 피우는 거야."

"여자 문제라면 그냥 잊어버려." 자오청제가 위로했다. "내 짝꿍처럼 야망이 큰 여자들은 그냥 친구가 딱 좋아. 여자친구로는 좀 피곤한 스타일이지."

"여자도 피곤할 거야." 장위안이 미소 지었다. "뇌 구조가 우리랑 다르거든. 자, 그런 얘기는 그만하고 밥이나 먹자." 그는 밥 두 공기를 순식간에 먹어치웠다. "어제부터 컵라면 하나 먹은 게 다야. 것도 생라면을."

"뭐가 그렇게 바쁜데? 여자들 쫓아다니느라고?"

"무슨 헛소리야!" 장위안은 손가락을 꼽아가며 말했다. "전공, 재시험, 영어 4급, 프로그래밍 대회. 하나같이 목을 조여오는데 한가할 틈이 어디 있어 여자나 쫓아다니냐!"

"농구 하러 왔다가 네가 어떤 예쁜 여자랑 즐겁게 식사하는 걸 봤는데. 것도 물까지 따라주면서!"

"언제?" 장위안이 골똘히 생각했다. "예쁜 여자라? 키가 작고 곱슬머리에 눈이 큰 애?"

"그럼 또 있다는 거야?" 자오청제는 씁쓸하게 웃었다.

장위안이 정색하며 말했다. "아, 장웨이루이. 걘 그냥 친구야. 그날 대자보에 붙은 프로그래밍 대회 수상자 명단을 보고 와서 축하해준 거고. 함부로 말하지 마라. 걔도 자존심이 있지."

"그럼 다음 날은?" 자오청제는 인정하지 못하겠다며 추궁했다. "이틀 연속 와서 축하해주니?"

"첫날은 올해 프로그래밍 대회 시험 문제 물어보러 온 거지. 걔 후배가 시험 볼 거라면서. 그래서 집에 돌아가서 시험 문제 떠올리며 적어두었다가 다음날 전해준 거고."

"그래. 그게 다야?"

"그래. 그게 다야."

자오청제는 큰일났구나 싶었다. 그는 억지웃음을 지었다. "형님, 내가 할 말이 있는데……. 절대 때리면 안 돼." 그는 온라인에서 허둥을 만났던 일을 설명했다. "혹시 내 짝꿍이 홧김에 아무 남

379

자나 만나는 거라면 내 죄가 커."

장위안은 잠시 아무 말 않더니 꺼내 든 담배를 피우지 않고 들고 있었다. "나도 좀 들은 게 있어. 대충 누군지 짐작이 가. 어쩌면 내가 본 사람일지도 몰라." 그는 천천히 들고 있던 담배를 뜯어 잘게 부수었다. "괜찮은 사람이야. 그 정도면 훌륭해."

* * *

그 남자라면 허뤄의 이마에 주름을 펴줄 수 있겠지? 그에 대한 에피소드를 말할 때마다 그녀의 눈꼬리가 내려갔다. 어쩌면 자신은 영원히 해줄 수 없는 일이었다. 어쩌면 그녀는 내가 순간 머리가 돌아서 헤어지자고 한 줄 알겠지? 하지만 이미 오랫동안 담아두었던 생각이었다.

헤어질 때마다 금세 다시 보고 싶어졌지만 막상 다시 만나면 그녀를 똑바로 바라볼 수가 없었다. 허뤄의 눈빛은 예리했고 말에는 날이 서 있었다. 하지만 반박할 입장도 아니었고, 더는 물러 설 곳도, 약한 모습을 보일 수도 없었다. 둘의 세계는 점점 멀어지며, 함께 나눌 수 있는 화제도 점점 줄어들었다. 가을바람 속에 앉아 하늘과 적막한 초원을 바라보았다.

* * *

기말을 코앞에 두고 허뤄의 학교에서 헌혈 활동이 있었다. 자원 봉사라고는 하지만 신체 검사를 통과한 학생들은 대부분 헌혈을 권유받았다. 이의를 제기하는 친구도 있었지만 대부분은 기쁘게 응했다. 학교와 과에서 인당 400위안의 보조금과 대추 두 근을 지원했고, 식당에서도 무료 닭고기 탕을 제공했다. 그리고 3일간 특별 휴가를 주기도 했다.

저우신옌은 시간도 있고 돈도 생겼으니 타이산에 가야 한다며 설레발을 쳤다. 그녀의 남자친구는 선례의 룸메이트인 장즈야오였다. 오리엔티어링에서 그녀를 놀렸던 그가 다친 저우신옌을 적극적으로 병원으로 호송했고, 매일 자전거로 그녀의 등하교를 도왔다. 그렇게 오가며 싸우기도 하고 웃기도 하며 정이 든 지 벌써 1년이 넘었다. 저우신옌의 호기로운 계획을 듣고 예즈가 깔깔 웃었다. "너 그러다 타이산에서 쓰러지면 그땐 장즈야오도 널 학교 병원까지 옮겨줄 순 없을 거야."

장즈야오가 정색을 했다. "신나셨구만. 운동 부족이면서. 혈관이 가늘어서 의사가 두 번이나 바늘을 찔렀는데도 혈관을 못 찾았대요. 온 건물이 떠나가라 소리도 질렀다니까."

"뭐야. 산통 깨는 거야?" 저우신옌이 주먹을 휘둘렀다. "선례를 좀 봐. 아침 댓바람부터 보온병을 준비해서 헌혈하고 나오자마자 식당에서 닭고기 탕을 담아서 우리 기숙사에 가져다줬다고. 본 좀 받아라!"

"나쁜 놈. 우리 기숙사에는 안 가져오면서 너희들한테 줬다고." 장즈야오가 선례를 흘겨보면서 마뜩찮은 미소를 지었다.

"여자들 기숙사에 가져다준 게 뭐 잘못이야?" 선례는 뻔뻔한 얼굴로 말했다. "남자는 많고 여자가 적잖아. 그리고 니들은 보온병으로 되겠냐? 살수차 한 대 정도는 돼야 성에 차지."

"평계는." 장즈야오가 까발리며 말했다. "이런 이타적인 인간! 농구 경기 엄청 기대하고 있었으면서 자기 스태프 목걸이를 어떤 여자한테 넘겨. 이미 다른 꿍꿍이가 있었던 거지."

"네 마음만 받을게." 저우신옌이 웃었다. "보온병은 됐다가 허뤄 돌아오면 줘."

"무슨 일 있어?" 선례가 급히 물었다. "역시 혈관을 못 찾은 거야?"

"네가 직접 가봐." 그녀가 눈을 찡긋했다.

* * *

선례는 한달음에 로비까지 달려갔다. 허뤄가 피곤한 얼굴로 의자에 앉아 태양혈 누르고 있는 모습이 보였다. 걱정된 선례는 다가가 물었다. "왜 그래? 어지러워? 설탕물이라도 가져다줄까?"

"아, 괜찮아. 적십자회 친구들도 다 자원해서 일하고 있잖아." 허뤄는 손을 저었다. "조금 전에 남학생 하나가 피를 뽑다 기절했어. 키가 큰 남학생이었는데 두 눈이 뒤집히면서 '꽈당' 하고 쓰러지는 거야. 여럿이서 땀을 뻘뻘 흘려가며 겨우 부축해서 옮겼지."

"얼른 돌아가서 쉬지 않고? 왜 이렇게 무리하고 그래." 선례가 입으로 한쪽을 가리켰다. "다른 자원 봉사자 중에서 오늘 헌혈한 사람 있나 봐봐? 넌 또 왜 적십자회에 가입한 건데? 그리고 GRE도 등록했다며! 진짜야? 죽고 싶어 그래?"

허뤄는 엷은 미소를 지었다. "못 죽어."

선례가 한숨을 쉬었다. "난 네가 진짜로 좋아하고 진짜 행복한 일을 했으면 좋겠어. 행복해서 웃는 네 얼굴을 언제 봤는지 기억도 않나."

"언제 행복하게 웃었지?" 허뤄가 고개를 갸웃거리며 물었다.

'장위안이 베이징에 왔던 그해' 선례는 차마 입 밖으로 그 말을 꺼낼 수 없었다. 그런 허뤄를 전에는 본 적이 없었다. 통통 튀는 그녀는 마치 어린아이 같았다. 온 얼굴에 '행복'이라 쓰여 있었고, 애교를 떨고 있었다. 표정은 순간에도 백 번이나 변했다.

하지만 지금은 '망연자실, 미소' 단 두 가지 표정만 지을 뿐이었다.

선례가 조금 더 다가가고 싶어도 허뤄는 마치 안개처럼 멀리서는 그나마 윤곽이라도 파악할 수 있었지만 가까이 다가갈수록 도무지 종잡을 수가 없었다.

* * *

여름방학이 다가왔다. 허뤄는 집에 돌아가지 않고 시간을 내 GRE 단어들을 정복할 계획이었다. 그리고 개학 전까지 토플 빨간 책을 통독해야만 했다.

룸메이트 넷은 돈을 모아 컴퓨터 한 대를 샀다. 명목상으로는 프로그래밍과 리스닝 연습을 위해서라지만 사실은 자료가 풍부한 학교 인트라넷에서 게임, 영화, TV, MP3를 다운받기 위해서였다. 저우신엔의 선동으로 모두 일본 드라마를 보기 시작했다. 자기 차례가 되면 누구나 컴퓨터 앞에서 머리를 산발한 채 이어폰을 끼고 바보처럼 울고 웃었다.

통자잉은 줄곧 자신을 단속했다. 그러나 어느 순간 유혹을 더는 참을 수가 없었다. 보고는 싶고 공부는 해야겠고, 그녀는 이를 악물고 자신의 계정에 비밀번호를 걸어달라고 예즈에게 부탁했다. "내가 TV 보려고 하면 네가 날 막 욕해줘."

예즈가 신나게 웃었다. "좋아. 대놓고 욕 해달라고 부탁하니 이건 보기 드문 절호의 기회 아니겠어. 넌 이제 앞으로 동네북이 되는 거야." 그러나 그 맹세는 채 이틀이 되기도 전에 여러 번 흔들렸다. 통자잉은 예즈를 강의실에서부터 도서관까지 졸졸 쫓아다녔다. "저기, 오늘 시험도 끝났는데 비밀번호 알려주면 안 될까? 좀 풀어지고 싶어서 그래."

예즈가 이를 부득부득 갈며 말했다. "풀어지고 싶어? 이 언니는 내일 볼 '세계 통사' 공부해야 하거든요."

기숙사로 돌아와서도 화가 덜 풀린 예즈가 모두 누워 대화를 나누는데 통자잉을 대놓고 성토했다.

* * *

허뤄는 집에 위성 TV가 있어 벌써 '도쿄 러브스토리'는 물론 웬만한 일본 드라마 명작은 모두 마스터해 별로 흥미가 생기지 않았다. 허뤄는 자신의 차례를 양보하고 열람실에 가서 단어를 외웠다. 뒤엣것을 외우고 나면 앞엣것이 생각나지 않았다. 책에서 보

면 아는 단어도 따로 떼어놓고 보면 전혀 생각이 안 났다. 머리털
이 다 빠지도록 아무리 외워도 기억이 나지 않을 것 같아 그냥 기
숙사로 돌아갔다. 시끌벅적한 사람들 속에 있으니 마음이 더 심란
해졌다.

기말고사 후 베이다이허에 가자는 선례의 제안에 저우신옌이
적극적으로 나서 허뤄를 설득했다. 여행 가서 기분 전환이라도 하
면 좋겠다 싶어 허뤄도 아무 생각 없이 그러겠노라고 대답했다.
그리고 또 누가 함께 가는지를 물었다. 모두 쌍쌍의 연인들뿐이어
서 조금 난처해졌다. 그녀가 망설이자 선례가 적극적으로 설득했
다. "거기 양로원도 있어서 철도국에서도 기차표 할인해줄 거야.
주변에 친구 중에 가고 싶은 사람 있으면 같이 불러서 가자."

퉁자잉은 "기차표가 너무 비싸."라고 했고 예즈는 "눈치 없는
꼽사리 되긴 싫어."라고 했다.

차이만신은 "내 스타일은 아냐. 베이다이허처럼 개발 중인 해
안 도시는 볼 만한 게 없어. 간다면 아무도 안 가본 곳에 가고 싶
어!"라고 했다.

톈샹은 "우리 부모님이 내가 보고 싶으시대."라며 거절했다.

리원웨이는 집에 일이 생겨서 여행 갈 마음이 없다고 했다.

* * *

스스로만 떳떳하면 남들이 뭐라 건 무슨 상관이 있을까. 자신
은 전혀 거리낄 것이 없었다. 소문이야 무성했지만 선례가 직접

고백을 한 것도 아니었다. 그녀의 삶은 마치 새롭게 펼친 일기장처럼 공백의 상태였다. 하지만 어제 쓴 글씨가 너무 진해 종이에 배겨서 오늘 펼칠 이 페이지에 패인 흔적이 남았다. 자칫 지난날의 그림자를 마주하게 될 수도 있었다. 아니 어쩌면 새로운 이야기로 그 모든 것을 가릴 수 있진 않을까?

선례는 모두를 위해 분주하게 여행 계획을 짜면서도 말이 많았다. 그녀는 그런 그를 지켜보았다. 비록 쓸데없는 말은 많았지만 빈틈없이 꼼꼼하게 모든 것을 준비했다. 선례는 훈남에 서글서글한 남자였다. 평소 히히 하하 실없게 웃다가도 진지해질 때면 눈을 부릅떴고, 엄숙해질 때는 엄지로 턱을 받치고 검지로 오뚝한 콧등을 만졌다. 하지만 그러다가도 그를 부르면 허뤄를 돌아보며 이내 진심 어린 미소를 지어 보였다.

늘 그가 자신을 즐겁게 해주었고, 허뤄는 힘들게 그의 비위를 맞출 필요가 전혀 없었다. 이런 사람이 만약 사귀자고 한다면.

만약 그가 그렇게 말한다면.

허뤄는 더는 생각하고 싶지 않았다. 가방을 챙기며 머리를 흔들었다. 혼자 너무 앞서 나가는 것이라고 자신을 욕했다. 새로 산 데오드란트를 열었다. 늦은 밤 라일락 향이 퍼져나갔다. 라일락은 고향에서 흔히 볼 수 있는 꽃으로 꽃말이 '첫사랑'이었다. 짙은 향은 오히려 사람을 우울하고 아련하게 만들었다.

저우신옌은 급할 것이 없었다. 모든 준비 작업을 장즈야오에게 넘기고 자신은 막 다운받은 일본 드라마 카시와바라 타카시와 사토 아이코 주연의 '장난스러운 키스'를 신나게 시청하고 있었다. 그런 저우신옌을 보고 허뤄가 타일렀다. "일찍 자. 내일 늦잠 자서 기차 시간에 늦지 말고."

예즈가 말했다. "아직도 보고 있다니 어려운 일하셨습니다. 여자 주인공이 귀도 크고 너무 못생겼던데."

저우신옌이 반박했다. "그게 특색이지. 큰 눈, 큰 귀, 큰 입. 그리고 카시와바라 타카시가 완전 미소년처럼 잘생겼잖아."

허뤄가 슬쩍 돌아보았다. "어. '러브레터' 속 그 남자?"

"'러브레터'도 일본 드라마야?" 예즈가 물었다. "무슨 얘긴데? 제목은 그럴싸하다."

"영화야. 스토리를 말해줄 순 없어. 듣고 나서 보면 재미없거든." 허뤄가 어깨를 들썩였다. "직접 빌려서 봐."

"주제는 잃어버린 시간을 찾아서야." 저우신옌이 끼어들었다. "요절해버린 풋사랑."

허뤄가 웃었다. "둘은 시작도 안 했는데 그게 어떻게 요절이야?"

"맞다, 맞다. 복중에서 사산해버린 풋사랑." 퉁자잉이 말을 거들었다. "시작은 했는데 일찍 끝나버린 게 진짜 요절한 풋사랑이지."

허뤄의 마음이 쿵 하고 내려앉았다.

예즈가 퉁자잉에게 죽어라 눈짓을 보냈다. "내가 뭐 말실수라도 했어?" 퉁자잉은 이내 상황을 파악하고는 서둘러 변명했다. "난널 얘기한 게 아니야. 허뤄." 말을 할수록 더 손해였다.

"난 괜찮아." 허뤄가 손을 저으며 천천히 침대 밑에 앉았다. 모두 아무 말도 하지 않았다. 컴퓨터 모니터에서는 두 와타나베의 중학교 시절 이별하는 장면이 나오고 있다. 당황하는 여자와는 달리 냉정한 남자, 자신의 이야기와는 달랐다. 하지만 그 꽃다운 시절의 꿈과 동경, 씁쓸함과 달콤함이 잇따라 떠올라 무덥던 여름 속에서 차갑게 반짝였다. 마치 북극의 오로라처럼.

* * *

자신의 감정이 더는 그를 향하지 않는다고, 언젠가는 새 삶을 시작하며 과거를 모두 훌훌 털어버릴 날이 올 것이라고 생각했다. 하지만 막상 그날을 생각하니 마음이 공허해졌다. 허뤄는 침대 맡에 놓인 빨간 책을 보며 자신에게 되물었다. 이게 진짜 네가 제일 원하는 거니? 그리고 다시 손에 든 베이다이허행 기차표를 들여다보며 자신에게 물었다. 이것도 네가 원하던 거였니?

한때 새로운 삶을 편안하게 시작할 수 있다고 착각했다. 깨진 관계를 되돌리겠다는 생각은 허무맹랑한 일이라고 생각했었다. 시간이 모든 것을 흐리게 해줄 것이라고 착각했었다. 그런데 단한마디가 너무나 쉽게 그녀의 사혈을 건드렸다. 요절해버린 사랑. 잃어버린 시간은 그저 추억으로만 남겨야 할까?

지난 반년 동안 앞으로 나아갔다 뒷걸음질 치기를 반복하며 자신을 부단히 괴롭혔었다. 무엇이 이토록 너를 여태 그리워하고, 너 때문에 울고 웃도록 만드는 것일까? 다름 아닌 사랑이었다.

허뭐는 갑자기 정신이 번쩍 든 사람처럼 차표와 환급 수수료를 선례에게 건넸다. 돌아온 것은 그의 당황스럽지만 이해하는 듯한, 그러나 체념하는 눈빛이었다.

"이미 결정한 거야? 그래?" 차이만신이 물었다.

"응." 허뭐는 결연하게 고개를 끄덕였다. "갑자기 깨달았어. 지난 반년 동안 시도조차 못해봤던 건 절망 때문이 아니라 내가 너무 상심해서 그랬다는 걸. 다행히 난 아직 젊으니까 회복도 빠르고 충격도 이겨낼 수 있을 거야. 난 매몰 비용을 더 투자해볼 생각이야."

"네 입으로 그랬잖아. 그를 잊지 못하는 건 순수했던 고교 시절을 잊지 못하기 때문이라고. 아니, 어쩌면 그가 먼저 헤어지자고 한 게 용납할 수 없었던 건 아닐까?" 차이만신은 답답했다.

"용납하지 못하는 것이어도 좋고, 고교 시절이 그리워서여도 괜찮아. 매몰 비용을 이미 너무 많이 쏟아부어서 그런 것이라도 좋아……. 그 이유가 뭐든 지금 결과는 같으니까." 허뭐는 손가락을 꼽으며 말했다. "그건 내가 정말 평생을 함께하고 싶은 사람이 그 사람 하나라는 거야."

* * *

고등학교 동창 모임이 있는 식당에 앉아 기다리고 있노라니 왠지 불안하고 초조했다. 베이징을 떠날 때만 해도 장위안과 차분하게 이야기를 하겠다고 호언장담했었다. 그런데 고향이 가까워질수록 겁이 났다. 좀 전 성대를 지나오며 황색과 흰색이 맞닿은 본관 건물을 마주하자 이미 너무 긴장되어 호흡이 불규칙해졌다.

장위안을 다시 보게 되면 첫마디는 뭐라고 해야 할까? '안녕' 아니면 '나 왔어' 지금, 이 순간, 첫사랑에 빠진 소녀가 좋아하는 남자에게 더듬거리며 고백을 하던 때와는 비교가 안 될 정도로 긴장되었다.

톈샹이 어쩔 줄 몰라 하는 허뤄를 보고 그녀의 손등을 토닥였다. "허뤄. 전에는 안 오겠다고 해놓고 오늘 갑자기 일정까지 변경해가면서 동창 모임에 참가하다니, 어떤 인간이 꼴 보기 싫지도 않아? 그리고 왜 이렇게 정신 나간 얼굴을 하고 있어?"

허뤄는 입을 꾹 다물고 미소 지었다. 얼른 장위안이 출현해주기를 간절히 바라면서도 기다리는 이 시간이 무한히 계속되기를 빌었다.

* * *

문이 열리자 홀의 시끄러운 사람들의 목소리가 쏟아져 들어왔고 술 냄새가 코끝을 찔렀다. 공기의 대류로 창가의 흰 레이스 커튼이 흔들리며 끝없이 춤을 췄다. 밤바람의 냉기가 가슴까지 파고들었다.

"모두 일찍 왔네." 장위안의 약간 가라앉은 목소리에 피곤함이 묻어 있었지만 허뤄는 알아들을 수 있었다. 그녀는 그의 초췌한 얼굴을 확인하고 싶어 자신도 모르게 고개를 돌렸다. 확실히 반년 전보다 많이 수척해졌지만 얼굴선은 더욱 분명하고 강해졌다. 방금 수염을 깎았다는 것을 알 수 있을 정도로 턱이 파랬다. 허둬는 순간 막 자라난 수염이 자신의 볼에 닿아 따끔거렸던 감각이 떠올랐고, 그리고 뒤이어 부드러운 심장까지 따끔거려왔다.

그때 장위안의 뒤에 빼꼼히 내민 티 없이 맑은 웃는 얼굴이 보였다. 그녀는 모두를 향해 시원하게 손을 흔들었다. "제가 여기 껴도 되지요?"

"쟤 뭐야?" 톈샹의 우렁찬 목소리에 장위안이 돌아보았다. 그곳에 허둬가 있었다. 순간 얼음이 되었다.

허둬는 몸을 돌려 톈샹의 손을 잡았다. "얼른 먹어. 우리랑 상관없는 일이야."

"쟤 이름이 뭐였지? 저 계집애, 거머리 같은 쟤 말이야!" 톈샹이 기억해내려고 애쓰고 있었다.

"정칭인." 허둬가 냉채를 집으려 했지만 너무 가늘어 자꾸 젓가락 사이로 빠져나갔다.

* * *

이미 열댓 명의 동창들이 참석해 있었다. 한 식탁에 모두 앉기는 힘들고 그렇다고 두 테이블로 나눠 앉기에는 대화가 힘들어서 두 테이블을 붙이고 앉아 있었다. 그런데 두 명이 더 늘자 자리는 더 비좁아졌다. 앉아 있던 친구들은 의자를 옮겨 두 자리를 내어

주었다.

"귀찮아 죽겠네!" 톈샹은 혼잣말을 한 것이었지만 목소리가 워낙 컸다.

"제가 어르신께 한 잔 올려도 안 되겠습니까?" 장위안이 웃으며 식탁 위 큰 병에 담긴 콜라를 들어 톈샹 앞에 놓인 잔에 가득 따랐다. 그리고 내친김에 옆에 앉아 있던 다른 친구들의 잔에도 가득 따랐다. 허뭐의 차례가 되자 그는 잔을 건네며 부드럽게 물었다. "네가 오늘 안 올 줄 알았어. 여름방학 내내 베이징에 남는다고 친구들이 그러던데."

"맞아. 고마워." 그녀의 예의 바른 말투가 오히려 더 소원하게 느껴졌다. 손가락을 치우며 가능한 그의 손가락이 닿지 않도록 피했다. "나도 갑자기 결정한 거야. 부모님이 방학이 많은 것도 아닌데 1주일이라도 돌아오는 게 좋지 않겠냐고 하도 성화를 해서서."

"언제 돌아가?"

"이번 주말에."

장위안은 '응.' 하고 짧게 대답했다.

정칭인이 그의 옆에 앉아 그의 옷을 잡아당겼다. "너무 숙이지 말아요. 옷이 음식을 먹겠어요."

톈샹이 '피식' 가볍게 콧방귀를 뀌며 그녀에게 눈을 흘겼다. "너도 참 할 일도 없다. 매 학년 모든 반 모임에 다 직접 납시게?"

정칭인은 그녀가 그러거나 말거나 웃으며 혀를 내밀었다. "아녜요. 우리 반 모임이랑 여기만 참석한 거예요. 다행히 우리 반 남

학생이 여기 코치님들이랑 계속 연락이 된다고 해서요. 그리고 그
중 장위안 오빠의 후배도 있거든요. 아니었으면 정말 모래사장에
서 바늘 찾기죠. 제가 어떻게 찾았겠어요?"

"못 찾으면 말 것이지. 찾아도 헛수고일 텐데." 톈샹이 구시렁거
렸다.

"에이. 이번에 온 건 장위안 코치님 찾으러 온 것도 있지만 반
대항 경기를 조직했으면 해서예요. 우리 반 남자들이 지금은 선수
모두 열심히 갈고 닦아 기량이 뛰어나다며 하도 허풍을 떨어서요.
또 경기를 직접 보고 싶기도 했고요. 지난 1년 홍콩에 있었는데
이렇게 키 큰 남자들은 눈을 씻고 찾아도 없거든요."

"홍콩에 있는 거야?" 누군가 끼어들며 물었다.

"네. 홍콩 대학 1년 예과에 들어가서 영어 보습도 좀 하고 가을
에 토론토로 갈 생각이에요." 정칭인이 입술을 말아 넣었다. "홍콩
은 재미가 없어요. 낯선 곳, 낯선 사람뿐이라서요. 전 고등학교 시
절이 제일 그리워요. 농구 코트 옆에 앉아 농구도 구경하고."

톈샹이 고개를 돌려 허뭐를 살폈다. 손으로 얼굴을 가린 후 입
모양으로 '얼빠네' 했다.

* * *

남학생 몇몇은 고등학교 시절 함께 땡땡이 치고 농구 하던 일
에 대해 이야기꽃을 피우고 있었다. 운동장에서 저 멀리 담임이
오는지 망을 보며 이곳저곳으로 흩어져 도망 다녔던 날들을 회상

했다.

"가오팡이 제일 교활해." 자오청제가 말했다. "부러 수학 교무실을 들러 우리 반 숙제 노트를 들고 와서는 무슨 바이렌을 도와서 노트를 가지러 갔다 왔다고 거짓말을 했지. 근데 결국 린 선생님이 한눈에 다 간파한 거지. '이 녀석, 농구에 네가 빠질 리가 없지. 다음에는 세수할 때 뒷덜미의 땀도 깨끗이 닦고 와라.' 그러셨잖아."

허뤄도 친구들과 함께 웃었다. 장위안이 날아다니던 그 시절을 떠올리니 마음이 복잡했다.

정칭인도 손을 들고 발언했다. "맞아요. 그땐 선배들 매일 농구하는 모습을 볼 수 있었는데. 한번은 제가 농구장 옆을 지나가다 공에 맞을 뻔했었거든요. 장위안 선배가 막아주지 않았으면 얼굴에 이만한 공 자국이 남았을걸요." 그녀는 얼굴에 큰 원을 그리며 말했다.

"귀여운 척은." 톈샹이 이를 부득부득 갈았다.

"그런 일이 있었던 것 같긴 해." 장위안은 잠시 말을 멈추더니 다시 조심스럽게 말을 꺼냈다. "근데 내 기억엔 그때 공은 우리 반 여학생한테 날아갔던 것 같은데. 안 그래?" 그는 톈샹에게 눈길을 보냈다.

톈샹이 얼른 허뤄를 툭툭 쳤다. 잠시 혼이 나가 있던 허뤄가 얼른 정신을 차렸다. "아. 그랬던 것 같아. 아마도." 어떻게 기억 못하겠어? 네가 그렸던 농구 소년 미니미도 기억하는걸. '점심에 농구장으로 나와. 첫 골은 너에게 주는 선물이야'라고 했었잖아. 그랬던 장위안이 탁자 건너편에 앉아 있는데도 멀게만 느껴졌다.

* * *

식사를 하는데 아무 맛도 느껴지지 않았다. 술이 삼 순배를 돌고 누군가 정칭인에게 노래를 청했다. "홍콩에 그렇게 오래 있었는데 광둥어 노래 한 곡 해봐."

그녀 역시 조금의 빼는 기색도 없이 시원하게 왕페이의 '약속'을 불렀다. 마이크를 감싸 쥐고 눈을 깜박이며 말했다. "고음은 안 올라가니까 놀리면 안 돼요."

톈샹이 다른 마이크를 잡아들었다. "내가 저우후이 표준어 버전을 부르지. 너 한 소절, 나 한 소절, 음이 안 올라가면 내가 대신 불러줄게." 그녀는 목소리를 가다듬으며 말했다. "장위안 넌 가서 허뤄 좀 찾아봐. 화장실 간 지 오래됐는데."

문가에 앉아 있던 자오청제가 나섰다. "내가 가볼게."

"거기 서." 톈샹이 발을 동동 굴렀다. "다른 사람은 여기서 내 노래 들어. 하나도 자릴 뜨면 안 돼!"

* * *

장위안이 식당 문 앞에서 허뤄를 발견했다. "비켜, 비켜!" 술에 만취한 누군가 비틀거리며 걸어와 그녀를 밀치더니 벽을 붙잡고 오바이트를 했다. 장위안이 성큼성큼 걸어왔다. "괜찮아?" 허뤄의 팔을 부축하려 하자 그녀가 몸을 피하며 고개를 들었다. "고마워."

그날 저녁 내내 그녀는 깍듯하고 예의 바르게 행동했다. 그건 보고도 못 본 척하는 냉담함보다 더 소원하게 느껴졌다. 무의식적인 신체 접촉을 피하는 그녀의 행동은 마치 '스톱, 날 건드리지 마!' 하고 말하고 있는 것 같았다.

내밀었던 손을 거두며 장위안이 어쩔 수 없다는 듯 고개를 저었다.

침묵. 둘은 팔을 뻗으면 닿을 수 있는 거리, 포옹할 수도 있는 거리를 두고 서 있었다.

"토플 성적 나왔어?"

"633, 작문은 5점."

"잘 봤네!"

"대충. 대부분 학교는 600점 이상, 작문 4점을 요구해."

"여름방학에 무슨 과목 신청했어?"

"GRE."

"오."

"대학원 입학 시험이랑 비슷해. 미국 석사, 박사 모두 GRE 성적이 필요하거든." 허뭐가 설명했다.

"석사 밟을 생각이야 아니면 박사?"

"아직 생각 안 해봤어. 꼭 유학을 가겠다는 것도 아냐." 네가 말하면, 네가 가지 말라고 말한다면.

"왜?" 장위안이 캐물었다.

너 때문에. 허뭐는 눈을 내리떴다. "우리 부모님 모두 여기 계시고. 특히 아빠는 회사 때문에 여길 떠나실 수 없어. 그리고 내가 출국한다 해도 결국 돌아와서 일자리를 찾아야 하니까."

"지금은 국내에서도 일자리 찾기 쉽지 않아. 일자리는 정해져 있고 사람은 많으니까. 공부 마치고 돌아와도 네 동기들이 먼저 자리를 차지하고 있겠지."

"그럼 내 생각은 어때? 내가 유학을 가야 할까? 아니면 바로 국내에서 일자리를 찾아야 할까?" 허뤄가 옆을 돌아보며 말했다.

"네 선택이지."

또 그 대답이야. 연인이 아니라도 친구로서 조언 좀 해주면 안 돼? 그게 어려운 일이야? 허뤄는 숨이 막힐 것만 같았다. "꼭 그렇지는 않지. 해외에서 경력을 쌓은 다음에 돌아와 취업한다면 더 유리한 위치에서 시작할 수 있잖아. 일자리가 정해져 있다면 내가 직접 자리를 하나 만들면 되지."

여전했다. 장위안은 고개를 살짝 저으며 나지막이 말했다. "허뤄, 어떨 때 넌 너무 강하고 고집스러워."

"응?" 허뤄가 고개를 들었다.

"대부분 그래. 자기 생각을 굽힐 줄 모르고 습관적으로 다른 사람의 의견에 반박해."

"내가 언제? 난 내 생각을 얘기할 뿐이야."

"봐. 지금도 그렇잖아."

반박하지 않으면 자신이 고집스럽다는 것을 인정하는 꼴이 되고, 반박하게 되면 실제로 자신이 고집스럽다는 것을 증명하는 꼴이 된다. 논리적 오류였다! 허뤄는 고개를 들어 매섭게 장위안을 노려보았다. 그의 눈빛을 읽을 수가 없었다. 그의 맘속에도 과거의 추억에 대한 그리움이 있긴 한 걸까 전혀 알 길이 없었다.

장위안은 어이없다는 듯 웃었다. "앞으론 이런 얘기 다신 못하겠지. 사실 내가 잘못한 게 많으니까." 그리고 앞으로는 만날 수 있는 기회도 많지 않겠지? 그리고 어쩌면 다음에는 네 옆에 다른 누군가가 있을지도 모르고.

"장위안. 넌 잘못한 거 없어." 돌아서는 그를 보니 더는 참을 수가 없었다. "날 위해서라는 거 알아. 다른 사람한테는 함부로 그런 말하는 사람 아니라는 것도 알고."

장위안이 돌아보았다. 눈빛이 점점 부드러워졌다. "톈샹이 와서 박수 치래. 얼른 들어가자."

* * *

톈샹은 여전히 마이크를 잡으면 놓을 줄을 몰랐다. 다행히 내공이 있어서 웬만한 대중가요의 성대모사가 가능했고 때문에 특별히 그녀에게 따지고 드는 사람도 없었다. 정칭인은 신이 나서 농구 대회 계획을 얘기하고 있었다. 장위안이 들어오는 것을 보고는 그에게 언제 시간이 되냐며 물었다.

"요즘 많이 바빠. 어렵게 다른 사람이랑 같이 프로젝트 하나를 맡았거든. 정신없이 일만 할 생각이야."

"무슨 재미있는 프로젝트인데요? 어디 얘기 좀 해봐요." 정칭인이 끊임없이 물었다.

볼우물이 예쁘게 팬 그녀의 웃는 얼굴을 보니 허뤄는 자신도 모르게 피곤해졌다. 그녀는 자리에서 일어났다. "부모님이 일찍 들어오라고 해서 나 먼저 갈게. 즐겁게 놀다 가."

톈샹이 분위기를 몰았다. "흑기사, 흑기사 없어?"

"버스 정류장 가까워." 허뤄는 친구들에게 일일이 작별 인사를 했다.

"다들 날도 어두운데 여자 혼자 집에 가게 내버려둘 거야?" 톈샹이 창밖을 가리키며 말했다. 북방의 7월은 8시가 넘어도 여전히 미명이 남아 있었다. 그녀는 슬쩍 풀이 죽었다.

"내가 갈게." 장위안이 자리에서 일어났다.

"돌아올 거예요?" 정칭인이 물었다.

톈샹이 눈을 부릅떴다. "넌 전속 기사도 있잖아? 넌 우리가 같이 기다려줄게."

* * *

자오칭제가 다가와 조용히 톈샹을 나무랐다. "다른 사람 일에 네가 왜 감 놔라 배 놔라야. 장위안을 부추겨서 뭐 하게? 애초에 허뤄가 싫다고 한 거고, 지금도 마찬가지잖아. 그런데 굳이 장위안을 계속 난처하게 만들 셈이야? 그리고 허뤄는 학교에 남자친구도 있다면서?"

"헛소리!" 톈샹이 눈을 부릅떴다. "어디서 주워들은 헛소리야?

어째 쟤네 둘이 삐걱댄다 했더니 너희들이 충동질해서 그랬구나. 허뭐는 다른 사람 사귈 마음이 반 푼도 없거든. 천 리 길 마다하지 않고 와서 너댓새를 기다린 게 설마 널 보려고 그랬겠니?"

* * *

장위안이 문밖까지 쫓아 나왔으나 허뭐는 이미 길 건너편에 서 있었다. 신호등이 빨간 불로 변했다. 곧 눈앞에서 허뭐의 모습이 인파 속에 사라지려 하자 그는 달리는 차들을 가로질러 총총히 뛰어갔다. 택시 한 대가 멈추더니 클랙슨을 눌렀다. 택시 기사 아저씨가 차 밖으로 머리를 내밀고는 욕을 퍼부었다. "뒈지고 싶어서 그래?" 텔레파시가 통했던 것일까? 허뭐는 무의식적으로 뒤를 돌아보았다. 장위안이 헐레벌떡 뛰어왔다. 둘은 나란히 정류장을 향해 걸었다.

"사람들이 운전을 너무 험하게 해. 조심해. 넌 네 몸을 아낄 줄을 몰라. 요즘도 잠 안 자고 밥 안 챙겨 먹지?"

"괜찮아. 그냥 바빠서 매일 담배 반 갑으로 버티고 있어."

"언제부터 담배 피우기 시작한 거야?" 허뭐가 이맛살을 찌푸렸다. "폐렴 조심해야지."

"폐렴? 병균이 다 담배 연기에 질식해 죽을걸?" 장위안이 웃었다. "바로 폐암으로 직행이지."

"말이 씨가 돼." 허뭐가 그를 나무랐다. "누가 말리니? 여자들은 대부분 담배 냄새 싫어해."

"내 여자친구도 아닌데 누가 나한테 이래라저래라 해?"

장위안이 잠시 말을 멈추더니 용기를 내어 물었다. "그럼 선례도 담배 못 피우게 하는 거야?"

허뤄는 아연실색했다. "내가 걔 뭐라도 되나? 이래라저래라 하게."

"진짜?"

"뭐 하러 거짓말을 해?" 허뤄는 한마디를 더 보탰다. "우린 줄곧 좋은 친구일 뿐이야. 단지 그뿐이야."

장위안은 그제야 한시름 놓고 물었다. "여름방학에 집에 며칠 안 있을 거라며. 그럼 국경절엔 올 거야?"

허뤄는 잠시 생각한 후 말했다. "잘 몰라. GRE랑 전공 모두 공부해야 해서 아마 시간이 없을 것 같아. 근데 겨울방학에는 돌아와서 연말을 보낼 생각이야."

"그때는 내가 있을지 모르겠네. 요즘 새로운 프로젝트를 맡았는데 다른 사람이랑 같이 바이싱 마트 물류 관리 시스템을 만들고 있거든. 거기 사장이 옌타이 사람인데 겨울방학에 산둥에 와서 한번 보자고 하셔서."

"그럼…… 내가 국경절에 돌아오면……." 허뤄는 눈치를 살폈다. "내가 뭐 도와줄 일이라도 있어?"

"그때 다시 얘기하자. 내가 밥 한번 살게. 춘빙이랑 훈제 고기, 채소 볶음 쏠게."

"내가 좋아하는 시골 밥상이잖아." 허뤄는 웃으며 고개를 끄덕였다. "좋아. 약속한 거야?"

제12장 적어도 당신만은

세상 모든 것을 잊는다 해도
당신만은
아끼고 사랑할 거예요

by 린이렌 '적어도 당신만은'

반년에 걸친 냉전 끝에 드디어 정상 수교가 이루어졌다. 둘은 어쩌다 온라인에서 만나 이런저런 얘기를 나누었다. 장위안은 최근 하는 일마다 모두 순조로웠다. 컴퓨터 공학과 박사 지도 교수가 작은 회사를 하나 차렸는데 친구들의 소개로 교수를 돕게 되었다. 노교수는 이미 성공해서 명망이 높았다. 교수는 그저 뒷전에서 고객을 유치하는 일만 할 뿐 명성에 연연하지 않았다. 오히려 몇몇 후학들을 격려하며 뒤를 봐주었다. 장위안의 전공 성적은 보통이었지만 그래도 그런대로 넘길 수 있었다. 다만 지난 학기 영어 4급 시험에서 58.5점을 받았다.

"1점 초과는 낭비지만 1점 부족은 범죄야. 봐! 진짜 하마터면 권총을 찰 뻔했다니까. 리스닝하고 작문에서 점수를 너무 많이 까먹었어." 허뤄는 토플 준비하면서 봤던 모범 답안을 정리해 부치겠다고 했다. 잠시 후 도서관에 가서 전문 참고 자료를 찾아보겠다고 얘기했다.

"우리 도서관에도 자료는 널렸어. 근데 그걸 일일이 언제 다 찾아보냐고?"

"내가 국경절에 가서 책 두 권 정도 골라줄게."

* * *

다시 고향을 찾았을 때는 이미 낙엽이 지고 흰 서리가 내린 후였다. 허뤄는 택시를 잡아타고 장위안을 찾아갔다. 가는 길에 그의 기숙사에 전화를 걸었다. 몽롱하고 낮게 깔리는 그의 목소리가 조금 전 잠에서 깬 것이 분명했다.

"어. 벌써 정오네? 또 아침밥 걸렀다."

"그걸 알긴 알아?" 허뤄가 웃었다. "10분 후면 도착이야. 내 전화 때문에 깼구나?"

택시 기사가 물었다. "친구 만나러 가요? 남자친구?"

허뤄는 순간 당황해서 그저 웃었다. "그렇게 말 안 했는데."

"얘기랑 목소리, 말투만 들어도 알겠는데요."

* * *

허뭐가 기숙사 로비에 도착하도록 장위안은 아직이었다. 그녀는 창가에 섰다. 시원한 바람이 얼굴을 어루만지고 머리카락을 가볍게 쓸어 올렸다. 기대와 더불어 초조함도 있었다. 낭만적인 장밋빛 꿈을 꾸는 꽃다운 소녀처럼 허뭐는 역광에 살짝 몸을 틀어 가벼운 미소를 띠며 돌아봐야겠다고 계산해두었다.

사감이 그를 부르자 잠시 후 '항아리'가 뛰어 내려와 부채처럼 큰 손을 휘저으며 말했다. "허 낭자, 결국 다시 만났네요."

"네." 그가 얼마나 꽉 쥐었는지 허뭐의 손이 저렸다.

"누가 좀 말려봐요. 제발 정상적인 생활 좀 하라고 타일러봐요." 항아리가 격앙된 목소리로 말했다. "연초에 사람들이 모두 허 낭자가 장위안을 찼다 그러더라고요. 그래서 내가 허 낭자는 그렇게 세속적인 사람이 아니다 그랬죠. 장위안 녀석한테 물어봐도 말도 안 해주고, 몇 날 며칠을 책만 보고 컴퓨터만 파더라고요. 눈이 완전히 토끼 눈처럼 빨개졌다니까요. 봤죠. 엄청 말라가지고 그 녀석 등짝을 스매싱하면 배 속이 비어서 엄청 크게 울린다니까요."

허뭐는 마음이 아팠다. 그리고 고개를 끄덕였다. "제가 말려볼게요. 제 말이 먹혔으면 좋겠네요……. 그리고 우리 정말 헤어졌어요."

항아리는 말문이 막혀 말을 더듬었다. "어떠…… 어떻게 그래요?"

허뭐가 방문을 열고 들어가니 장위안은 머리를 산발한 채, 잠이 덜 깬 눈으로 허뭐를 바라봤다. "잠깐만 기다려. 금방 준비할게."

그녀는 고개를 끄덕이며 얼른 눈을 비볐다. 책상 위 재떨이에는 담배꽁초가 엉망으로 눌려 있었다. 그녀는 눈살을 찌푸리며 구석에 있던 쓰레기통을 찾아 재떨이를 비웠다. 아예 재떨이까지 버리고 싶은 심정이었지만 잠시 고민하다 책꽂이 구석에 밀어 넣었다.

장위안의 머리는 어느새 많이 자라 있었고 얼굴에 수염도 자라 파리했다. 허뤄가 자신을 훑어보는 것을 느낀 장위안이 턱을 만지작거렸다. "매일 깎을 수가 없어서. 요즘 매일 밤샘을 했더니 얼굴에 여드름이 났어. 매일 깎으면 피부에 자극이 되잖아."

"그래. 계속 밤샘하다가 아예 부엉이가 되면 참 좋겠네. 우선 뭐 좀 먹자. 이러다 아침은 고사하고 식당 점심시간도 다 끝나버리겠다."

"넌 먹었어?"

"먹었어. 나도 늦게 일어나서 10시쯤 아점 먹었어."

12시 15분, 식당에도 차가운 잔반밖에 남지 않았겠구나 싶어 장위안은 아예 슈퍼에서 초콜릿 파이와 요구르트를 샀다. "우리 어디 앉아서 먹자."

* * *

둘은 도서관 옥상 벤치에 앉았다. 햇살이 유리 지붕을 뚫고 쏟아져 들어왔다. 날씨가 좋아 마음까지 따뜻해졌다. 둘은 요구르트와 초콜릿 파이를 먹으며 이런저런 수다를 떨었다. 장위안은 빈 병을 들고 쓰레기통으로 슛을 던졌다. 아름다운 포물선, 여전히 완벽한 슛이었다.

아무것도 변한 것이 없는 것 같았다.

"요즘도 농구 자주 해?"

"가끔." 장위안이 일어나 등을 두드렸다. "요즘 운동을 안 했더니 온몸의 관절이 녹슬었어. 그리고 고등학교 때처럼 멋있는 척하는 데 낭비할 시간이 없거든. 선택에는 희생이 따르는 법."

"아무리 그래도 건강 좀 챙겨." 허뤄가 걱정했다.

"맞아. 몸뚱어리가 재산인데. 난 경험도 없고, 인맥도 없잖아. 내가 가진 거라곤 젊다는 것과 건강한 신체밖에 없으니."

허뤄가 빙그레 웃었다. "어째 말이 부적절한 일을 하는 사람 같다."

"내가 늘 말했지만 넌 진짜 사상에 문제가 있어." 장위안이 부러 정색하며 엄숙한 척을 했다.

허뤄는 '그래? Sealed with a kiss, 봉투 봉합 부분 생각나?'라고 반박을 하려다가 고개를 떨구었다. 마음이 시큰하기도 달콤하기도 또 씁쓸하고 떫기도 하여 뭐라 규정하기 어려웠다.

그녀가 조용해지자 장위안이 다가와 말했다. "사실 돈 버는 제일 빠른 방법은 돈 많은 여자를 무는 거야. 나 정도면 괜찮지 않아?"

허뤄는 피식하고 웃음이 터졌다. "두 살 어렸을 때는 그나마 봐줄 만했어. 근데 지금은? 피골이 상접이야. 우선 집에 가서 두 달 동안 요양한 다음에 다시 얘기해."

* * *

장위안은 우스갯소리를 몇 마디하고는 갑자기 눈살을 찌푸리며 입꼬리를 실룩거렸다.

"왜?"

"속이 좀 불편해서. 설마 요구르트 유통 기한 지난 건 아니겠지?"

"그럴 리가? 나도 마셨는걸."

"너한테는 맛있는 건 죄다 유통 기한이 없잖아." 장위안이 웃었다. "괜찮아. 화장실 두어 번 왔다 갔다 하면 괜찮아져."

"돌아가서 약 먹자. 만날 밤이나 새니 소화 계통이 멀쩡할 리 없지. 자오청제한테 물어볼까?"

장위안이 이를 드러내며 얼굴을 찌푸렸다. "그 돌팔이? 됐어. 난 2년은 더 살고 싶어."

* * *

둘은 자료실을 한 바퀴 돈 뒤 책 몇 권을 골랐다. 장위안은 손에 들고 있던 하늘색의 캐주얼 점퍼를 허뭐에게 건네고 책을 들고 대여하러 갔다.

햇볕이 따스했다. 그의 옷을 안고 있으니 행복을 가슴에 품고 있는 것 같았다. 주변에 사람이 없는 것을 확인하고 코를 대고 향기를 맡았다. 땀 냄새가 아닌 상쾌한 세제 향이 연하게 풍겼다. 홀로 그곳에 서서 그와 포옹했던 당시를 바보처럼 회상하고 있었다.

* * *

"그래서, 다음은?" 톈샹이 추궁했다.

완전히 얼이 빠져버린 허뤄를 붙들고 톈샹은 흥분해서 어설픈 조언을 하고 있었다. 리원웨이는 그 둘의 어깨를 툭툭 쳤다. "두 처자들, 오늘은 내게 좀 도움을 주겠니?"

"예. 예." 톈샹이 머리를 조아렸다. "근데 우리가 추천해줘도 너는 다 맘에 안 들어 하잖아."

리원웨이가 손에 들고 있던 손목시계를 서로 비교해가며 말했다. "응, 다 비슷비슷하네. 특별히 맘에 드는 것도 없고."

톈샹이 한숨을 푹푹 쉬었다. "연애는 시간 낭비, 돈 낭비야. 쉬허양하고 기념일에 커플 시계를 하면 나중에는 씀씀이가 눈덩이처럼 더 불어날 텐데." 그러더니 허뤄의 왼손을 잡고 흔들었다. "얘네 둘은 더 해. Pt 950이래! 플래티넘 반지."

"잘 봐. 아무것도 없거든. 겨울방학 이후 바로 뺐어. 원래는 돌려줄 생각이었는데."

"이젠 그럴 필요 없을 것 같은데." 리원웨이가 히죽거렸다. "맞다. 둘이 진도는 어디까지 나간 거야?"

허뤄가 한숨을 내쉬었다. "뭐가 더 있겠어? 사이가 좋다고도 나쁘다고도 할 수 없어. 요즘 장위안이 많이 바빠서 밥은커녕 물 먹을 시간도 없어. 다른 일로 마음 쓰게 하고 싶지 않아. 설사 우리가 옛날로 돌아간대도 우선 툭 터놓고 얘기부터 해봐야 할 것 같아. 그렇지 않으면 나중에 같은 문제로 또 부딪힐 수 있으니까. 예전에 틀어진 경험이 있으니 더 조심하게 돼. 똑같은 실수를 두 번 할 수는 없잖아."

텐상이 말했다. "아예 매일 걔네 기숙사에 턱 괴고 앉아 눈만 깜박깜박하면서 바쁘게 일하는 그 녀석 얼굴만 쳐다보고 있으면 되지."

허뤄가 팔을 문지르며 말했다. "긴소매를 입었기에 망정이지 닭살 돋을 뻔했네. 그리고 걔네 기숙사에…… 가는 건 좀 그래."

"왜?"

"항아리랑 고추장 때문이지 뭐." 허뤄가 짜증을 냈다. "그날 내가 장위안 재떨이를 숨겼는데 장위안이 달라기에 전해주려고 봤더니 글쎄 안에……. 그게 다 항아리랑 고추장이 우리 없을 때……."

"뭔데?" 리윈웨이와 텐상이 물었다.

"너희들 '소오강호' 봤어?" 허뤄가 뚱딴지처럼 물었다.

"쓸데없는 말 그만해. 삼천포로 빠지지 말고!" 리윈웨이가 말했다. "그래서 네가 재떨이를 건넸는데 항아리랑 고추장이 뭐?"

"영호충하고 의림을 엮어주려는 부모처럼 글쎄 재떨이에 뭘 넣어놨어." 허뤄가 고개를 숙였다. "말 안 할래. 말 안 해……."

"그게 뭔데? 쪽지야?" 리윈웨이가 물었다.

"반지?" 텐상이 중지를 들어 흔들다 말고 저속하다 생각했는지 얼른 손을 내렸다.

"콘돔……." 허뤄는 몇 번을 망설이다 결국 입 밖으로 그 단어를 꺼냈다.

"그녀는 숨이 넘어가라 깔깔 웃으며 허뤄를 붙들고 물었다. "그래서 그걸 썼어? 어이, 썼냐고? 맞다. 리윈웨이는 써봤어?"

허뤄가 발을 굴렀다. "무슨 생각을 하는 거야? 당연히 안 썼지."

톈샹이 더 신나 물었다. "아하, 너희는 원래 그걸 안 쓰는구나!"

허뤄는 웃지도 울지도 못하고 낯빛이 어두워지며 톈샹에게 경고했다. "더 웃으면 너랑 안 놀아! 내가 이렇게 진지하게 우리 둘의 문제를 털어놨건만, 날 놀려."

"그러니까 질질 끌면서 진도를 못 나가니까 그렇지. 너희 둘이 세월아 네월아 하고 있으니 지켜보는 우리가 다 속이 터질 지경이라고."

허뤄가 어깨를 들썩였다. "장위안이 요즘 너무 바빠서 이런저런 생각할 겨를이 없어. 개만 매일 인도 시간을 보내고 있다고. 밥 먹듯이 밤을 새우니까 소화 계통도 망가져서 만날 배가 아프대."

"그건 배가 아니라 위가 아픈 거 아냐?" 리윈웨이가 말했다. "나도 위가 안 좋잖아. 너도 우리 집안 사정 잘 알지? 그때 이후부터 계속 회복이 안 돼서 늘 위가 아파. 너도 장위안더러 병원 한번 가보라고 해."

허뤄가 고개를 끄덕였다.

리윈웨이는 몇 마디 충고하고는 다시 시계를 골랐다. 그러다 갑자기 돌아보며 눈을 부릅뜨더니 못마땅하다는 듯 물었다.

* * *

허뤄는 집으로 돌아가 장위안에게 전화를 걸어 시간 내 병원에 한번 가보라고 당부했다. 그래도 마음이 놓이지 않았다. 입으로는 그러겠노라고 대답해놓고 돌아서면 잊어버릴 것 같았다. 그래서 이틀 후 다시 전화를 걸어 재촉했다.

장위안은 '응응' 건성으로 대답하더니 급하게 마지막 한마디를 던지고 끊었다. "알았어. 그만 바가지 긁으면 안 될까? 나이도 젊은 애가 왜 이렇게 잔소리가 많아. 전화 끊는다."

들고 있던 수화기에서 뚜뚜뚜 신호음만 들려왔다.

* * *

이튿날 장위안이 먼저 전화를 걸어와 미안해하며 말했다. "어제 누구랑 좀 얘기 중이라서 말투가 좀 딱딱했어. 화 안 났지?"

"안 났어……."

"병원 갔었는데 의사가 식사가 불규칙해서 그런 거라고 큰 병은 아니라고 했어."

"그럼 됐어. 나는 오늘 저녁 기차로 베이징에 돌아가. 넌 기숙사야, 집이야? 리스닝 노트 하나 더 찾았는데 내일 저녁 가는 길에 전해줄게."

"집이야. 근데 당분간 필요 없을 것 같아. 이미 너무 많아서 그것도 다 못 볼 것 같아."

허뤄는 떠나기 전에 그에게 전화를 걸었지만 집 전화는 받지 않았고, 핸드폰은 꺼져 있었다.

분명 며칠 전까지만 해도 서로 즐겁게 대화를 나누었는데 왜 또 갑자기 이렇게 차가워졌을까? 이렇게 덥다 추웠다 하면 마음에도 감기에 걸릴 것만 같았다. 허뤄는 혹시 그렇게 마주 보며 즐겁게 얘기 나누었던 시간들 자체가 아예 없었던 것은 아닐까 의문이 들기 시작했다.

* * *

베이징으로 돌아와 이메일을 열어 보니 그의 메일은 없었다. 메신저를 켜자마자 온라인에 자오청제가 보였다.

"헬로우." 허뤄가 말을 걸었다. "난 베이징에 돌아왔어."

"알아." 자오청제가 다시 소식 하나를 전했다. "장위안이 입원했어."

"언제?" 허뤄가 급히 물었다. "어제 전화할 때만 해도 병원 가서 검사했는데 괜찮다고 했다던데."

"그저께 아예 병원에 입원해서 검사했어. 내가 실습하고 있는 병원에서. 위염이야."

"그렇게 심각해?"

"당연한 결과야! 과로, 밤샘, 흡연, 불규칙한 식사에 온종일 컵라면만 먹어대니. 어떤 사람은 그래서 중증 위궤양에 걸렸어. 그리고 위암에 걸리는 사람도 있고. 위출혈로 죽기도 해!"

"겁주지 마. 도대체 어느 정도야? 내가 직접 전화해봐야겠어."

"절대 내가 말했다고 말하지 마. 그 녀석이 다른 사람한테 말하지 말라고, 특히 허뤄한테는 절대 말하지 말라고 신신당부를 했어. 넌 곧 돌아가서 수업 들어야 한다면서, 너한테 말해봤자 괜한 걱정만 끼치는 거라고 그랬어."

* * *

허뤄는 전화기를 들고 장위안의 전화번호를 눌렀다. 그의 목소리가 불안정했다.

"어디야?"

"집이지. 막 깼어."

"진짜야?"

"진짜지."

"조금 전 집에 전화했었는데 아무도 안 받던데."

"……." 장위안은 잠시 침묵하더니 흥 하고 콧방귀를 뀌었다. "나쁜 새끼. 분명 그 녀석이야."

"그날 네가 병원에 가서 검사받았다고 전화했을 때 넌 이미 입원 중이었지? 왜 말 안 했어?"

"기차표도 이미 끊어둔 상태고, 네가 온다고 해서 무슨 뾰족한 수가 있는 것도 아니고. 네가 무슨 신도 아닌데 네 '호' 해준다고 내가 낫는 것도 아니잖아."

허뤄의 눈이 젖어왔다. 그리고 가만히 물었다. "저기, 그래서 몸은 어때? 위궤양이나 위출혈 이런 건 아니지?"

장위안이 껄껄 웃었다. "위궤양이 무슨 구내염처럼 쉽게 걸리는 병인 줄 알아? 바보. 네가 또 쓸데없는 걱정할 줄 알았어. 위내시경 검사했어. 표재성 위염이래. 그리고 입원해서 하루이틀 경과를 지켜보면 괜찮아진대."

허뤄는 반신반의했다. 자오청제가 오버해서 얘기한 것도 있고 장위안이 별것 아닌 것처럼 얘기하는 것도 잘 알았다. 그녀는 걱정도 됐지만 마음 한편으로는 말할 수 없이 행복했다.

* * *

룸메이트는 모두 공부하러 나가고 없었다. 허뤄는 반짇고리에서 반지를 꺼내 몰래 중지에 끼고 손을 뒤집어가며 자세히 들여다보았다. 누군가 문 여는 소리가 들리자 그녀는 얼른 반지를 빼서 손안에 쥐었다.

눈썰미가 좋은 저우신옌이 흠흠거리며 물었다. "허뤄! 몰래 뭐하고 있었어?"

허뤄가 눈썹을 씰룩이며 성을 냈다. "도둑질한 것도 아니고 왜 그렇게 소리를 질러?"

"분명 뭐가 찔리는 게 있어." 예즈가 가방을 침대에 던졌다. "실실거리는 게 수상해."

허뤄가 한숨을 쉬었다. "내가 즐거울 일이 뭐가 있다고? 장위안은 입원하고 나한테 말도 안 해줬는데. 나한테 말했으면 어쩌면 이틀 늦게 돌아왔을지도 모르지." 그녀는 또 자초지종을 설명했다.

"장위안이 널 잘 알아서 그런 거야." 예즈가 감탄하며 말했다. "너까지 걱정할까 봐. 네가 걱정할 걸 아니까 숨긴 거지."

"너희 둘 다시 사귀기로 한 거야?" 퉁자잉이 물었다.

허뤄가 허망하게 고개를 저었다.

예즈가 그녀를 위로했다. "사실 사귀는 거나 다름없지. 누가 먼저 말을 꺼내냐의 문제 아니겠어."

허뤄는 억지로 웃었다. "말을 꺼내는 게 어디 쉬워. 문제는 여전히 남아 있잖아……. 사실 지금도 나쁘지 않아. 지금의 거리가 서로를 더 정확하게 볼 수도 있고 앞날을 생각하기도 적당하고."

"만약에 그 남자가 '허뤄, 유학 가지 마' 그러면 어쩔 거야?" 저우신옌이 물었다.

"그럼…… 안 가지."

"만약 앞으로 베이징이나 상하이에서 취업하지 말고 고향으로 돌아와 하면?"

"그럼…… 돌아가야지." 허뤄는 잠시 망설였다.

"'대학원 가지 마' 그러면?"

"그럼……." 허뤄는 잠시 생각했다. "지금 상태라면 진짜 내가 곁에 있어줘야 한다면 난 돌아갈 거야."

"세상에. 허뤄 대학원도, 유학도, 베이징도 다 필요 없다 이거야?" 저우신옌이 소리를 질렀다. "미래는 무슨? 분명 장 모 군이 네 미래라 하겠지!"

때마침 놀러온 차이만신이 방에 들어오면서 그 말을 듣고는 날카로운 비명을 질렀다. "미쳤어. 얘가 미쳤어."

* * *

　허뤄는 씁쓸하게 웃었다. 미래는 너무 먼 일이니 일단 미뤄두자. 지금은 그가 아프다는 말에도 가슴이 터져버릴 것만 같았다. 일, 대학원, 유학, 이 모든 것이 그에 비할 것은 아니었다. 리원웨이가 말했던 위에 좋다던 할머니의 민간요법들이 떠올랐다. 시간을 내 곧장 전화를 걸었다.

　"서방님을 위해 요리도 하시게? 완전 새댁인데." 리원웨이가 놀렸다. "넌 자존심도 없어? 걔가 돌아와달라고 말이라도 했어?"

　"사람이 아파서 저 모양인데 그런걸 뭐 하러 따져."

　"네가 여러 번 기회를 줬잖아. 생각이 있는 녀석이라면 자기가 기회를 잘 잡아야지." 리원웨이가 헤헤 웃었다. "걔가 감동해서 뜨거운 눈물을 흘리며 바로 청혼하는 거 아냐? 그래서 졸업하자마자 번갯불에 콩 볶듯 결혼하는 건 아닐까?"

　"놀리지 마. 그 사람은 지금 정신없이 바빠. 그리고 지금 우리 둘은 아무 사이도 아니라고. 너의 쉬허양처럼 초등학교 때부터 널 점찍었던 것도 아니고. 어쩜 네가 먼저 결혼할지도 모르지! 내기 할래?"

　리원웨이는 음흉하게 웃었다. "까짓것 내기하자. 먼저 결혼하는 사람이 축의금 안 받기로."

　"약속한 거다!"

'나중에 언니랑 결혼할 거예요?' 4년 전 정칭인이 이렇게 물었었다.

그때 장위안이 웃으며 말하지 않았던가. '너무 멀리 간다. 계획에 넣어보지.'

톈샹이 가슴에 두 손을 모으며 꿈꾸는 듯한 표정을 지으며 말했었다. '생각해봐. 너희가 애를 낳으면 러러보다 더 귀여울 거야. 넌 그런 생각 안 해봤어? 나중에 가정을 꾸리고 아이를 낳는 일 말이야?'

그때 나는 뭐라고 대답했던가? '아직 먼 미래잖아'라고 했던가?

그래. 미래는 너무 멀었다. 지금은 눈앞에 있는 김이 모락모락 나는 이 죽이 더 중요했다. 허뤄는 자신이 너무 오랫동안 정신을 놓고 있었다는 것을 깨달았다. 전기밥솥 안 미음에서 흰 거품이 보글보글 끓으며 넘치기 일보 직전이었다. 얼른 뚜껑을 열고 젓가락으로 휘휘 저었다.

"냄새 좋다. 배고파 죽겠어." 예즈가 침대에 누워 죽 냄새를 깊이 들이마시며 맥없이 얘기했다. "너무 오래 기다렸어. 허뤄, 언제 다 되는 거야? 이럴 줄 알았으면 야식으로 컵라면이나 먹을걸."

저우신옌이 급수실에서 돌아왔다. 손에는 예쁜 장미와 그에 잘 어울리는 크래클 문양의 화병을 들고 웃으며 물었다. "언니, 아주 행복하시겠어. 장위안은 아직 맛도 못 봤는데, 어르신 배 속으로 먼저 들어가게 생겼으니."

예즈가 벌떡 일어나 앉더니 위층 침대에서 기어 내려왔다. "아무래도 여기서 감시해야겠어. 허뤄 학생의 연습 성과물이 어떤지 말이야." 그녀가 웃었다. "장위안이 좀 더 아팠으면 좋겠네. 그래야 내 컵라면도 좀 아끼지."

허뤄가 말했다. "저주하지 마. 어차피 위가 하루이틀에 낫는 것도 아니니, 죽 요리는 더 연습하면 돼."

예즈가 그릇을 들고 희희 하하 웃었다. "잘됐네. 장 모 군이 일순간에 네 평생의 동정심을 샀구나!"

* * *

눈 깜짝하고 나니 겨울방학이었다. 허뤄는 아침 일찍 시장에 가서 살아서 펄떡펄떡 뛰는 붕어를 사와 깨끗하게 손질한 다음 밤새 담가 불려두었던 찹쌀을 넣고 약한 불에 은근히 졸였다. 생강 채를 넣어 비린내를 잡은 후 솥에서 꺼낼 때 송송 썬 파란 파를 뿌렸다. 죽을 보온병에 담아 흔들리는 버스를 타고 장위안을 찾아갔다.

날은 춥고 길은 미끄러웠다. 허뤄는 조심조심 걸었다. 장위안이 내려와 그녀를 기다리고 있다가 그녀를 보고는 웃었다. "어째 뒤뚱뒤뚱 걷는 게 꼭 펭귄 같다." 허뤄가 점심으로 죽을 싸온다고 하자 그는 미간을 찌푸렸다.

그는 죽을 무리해서 그릇에 가득 담았다. "너도 참. 우리 엄마랑 똑같다. 우리 엄마도 내가 너무 정크 푸드를 많이 먹는다면서 좀 담백하게 먹으라고 성화야. 굶어죽을 것 같아." 그는 마지못해 숟가락을 들었다. "자. 이 진밥('진밥을 먹다'가 '등처가'를 의미함—옮긴이)은 네가 먹으라고 한 거야. 네가 자초한 거다."

허뭐는 턱을 괸 채 장위안이 한 그릇을 뚝딱 비우는 것을 흐뭇하게 지켜보았다. 그는 한 그릇을 더 담았다. "맛있는데 딱 두 그릇 반밖에 안 나오네." 그가 한숨을 쉬었다. "어디서 사 온 거야? 나도 가서 사 먹게."

"파는 거 아냐. 내가 직접 만든 거야."

"네가?" 장위안은 믿을 수 없다는 듯 그녀를 쳐다보았다. "이럴 줄 알았으면 한 그릇 남겨뒀다 엄마 보여줄걸. 지난 24년 간 주부 경력이 부끄러워지도록 말이야."

허뭐가 일어나 그릇을 정리하자 장위안이 빼앗으며 말했다. "내가 설거지할게. 많이 먹었으니 운동도 할 겸. 다음에도 또 기회가 있겠지? 어때 네 육감은 잘 맞잖아."

"그래." 허뭐는 은근히 기뻤다. 이게 다 리원웨이 외할머니의 세심한 가르침과 기숙사에서 피나게 연습하고 고향에 돌아와 직접 할머니를 찾아가 연습한 덕분이었다. 하지만 예즈에게는 그런 행운이 돌아가지 않았다. 처음 허뭐의 솜씨는 형편없었고 그나마 한 번은 붕어 내장을 깨끗이 제거하지 않아 이상한 맛이 난 적도 있었다. 예즈는 크게 몇 입 들이켰다가 그대로 전부 그릇에 뱉더니 타박했다. "허뭐. 날 암살하려는 거지!"

* * *

　장위안은 배가 부르자 식곤증이 몰려왔고 낮잠을 청했다. 허뤄는 인터넷 모뎀에 연결한 후 메신저를 열었다. 딩동딩동 알림음이 연신 울렸다. 장위안도 그 소리에 잠이 홀딱 깼다. 아예 자리에서 일어나 베개를 끌어안고 앉아 허뤄와 즐겁게 대화를 나눴다. "타이핑 속도가 엄청 빠르네. 그래도 나보다는 조금 못한데. 우리 바쁠 때면 정말 손이 안 보일 정도로 엄청 빠르거든."

　허뤄도 잘 알고 있었다. 장위안의 회사 업무는 계속 바빴다. 특히, 최근에는 성내 대형 운수업체의 택시와 버스 배차 시스템 업무를 맡아 더 바빠졌다. 저녁에 또 회의가 있다기에 그만 자두라고 타일렀다. 그는 결국 고분고분 침대에 누워 편안하게 잠들었다.

　장위안은 조금 전까지만 해도 피곤하지 않다며 좀 더 얘기하자고 했지만 베개에 머리가 닿자 이내 깊은 잠에 빠져들었다.

　기숙사에 보는 눈이 있어서 허뤄는 몰래 장위안을 훔쳐보아야만 했다. 아이처럼 해맑게 잠든 모습, 쭉 뻗은 그의 익숙한 체형, 시큰한 만족감이 가슴 깊은 곳에서부터 차올랐다. 이미 오래 바라보고 그리워했던 사람, 준수한 용모, 또렷하고 빼어난 얼굴, 그가 이렇게 가까이에 있었다. 그의 이마, 뺨, 그리고 입술에 입 맞추고 싶은 충동을 힘겹게 억누르고 있었다. 사실 마음속에 새겨두었던 그의 실루엣을 손끝으로라도 만지고 싶었다. 허뤄가 바라는 것은 원래 이렇게 단순했다.

* * *

방 안은 순간 고요했다. 허뤄의 마음도 유독 차분해졌다. 비록 사람들이 수시로 들고 나고, 뒤에서 누군가는 속삭이며 대화를 나누고 있었지만 장위안의 존재만이 느껴졌다.

이 순간만큼은 그와 그녀의 세계만 존재했다. 그가 편안하게 잠든 모습을 보니 사소하지만 큰 행복에 질식할 것만 같았다. 그녀는 아무 잡념이 없었고, 고요히 흘러가는 시간의 소리만이 들렸다. 그리고 마음속의 울림이 있었다. '멈춰. 시간아 얼른 멈춰.' 이렇게 늙어가기를, 하룻밤 사이에 백발이 되어 영원히 헤어지지 않기를 얼마나 바랐는지 모른다.

제13장 내게 시간을 줘요

혜이, 얼마만큼의 시간이 흘러야 서로를 진심으로 이해할 수 있을까요

혜이, 대체 얼마나 그리워해야 당신의 시선을 머물게 할 수 있을까요

혜이, 당신 곁에 있어도 1만 광년은 떨어진 것처럼 느껴져요

이 거리는 잠시일까요, 영원일까요

사랑은 두 사람의 야생, 그런데 나 혼자 사냥을 해요.

어떻게 스치듯 지나가나요

당신 다시 사라지기 전에 내게 시간을 줘요

by 모원웨이 '내게 시간을 줘요'

허둬는 설이 지나자마자 곧장 학교로 돌아왔다.

차이만신은 GRE 시험을 준비하기 위해 일찍 돌아왔다가 허둬를 보고는 깜짝 놀랐다. "왜 이렇게 일찍 돌아왔어?"

"내 말이. 나도 며칠 더 있다 오려고 했지. 근데 과에서 얼른 돌아오라고 재촉을 해서. 지난 학기에 왔던 그 방문교수가 다시 온다잖아. 어차피 내가 예전에 그 사람 통역도 했었고 하니 이번엔 다른 사람 따로 안 알아본다고 그러더라고."

"하, 그 캘리포니아 공과대학 능력자 말이야? 좋은 기회네. 친

한 척 좀 하다가 그 사람 기분이 좋을 때를 노려 널 직접 추천해달
라고 해. 그럼 입학 신청할 필요도 없잖아."

"아직 생각 중이야. 신청할지 말지." 허뤄가 망설였다.

차이만신이 눈을 부릅뜨고 허뤄를 쳐다보았다. "뭘 망설여? 설
마 아직 미련이라도 남은 거야?" 허뤄의 달콤하고 황홀한 표정을
보고 그녀는 문득 깨달았다. "아무래도 죽을 헛 쑤진 않았나 보군.
남자의 심장을 잡으려면 먼저 위부터 잡아야 하는 거구나. 그래
서? 다시 만나기로 한 거야?"

"아니……." 허뤄는 괜히 제 발이 저렸다. 차이만신이 또 설교
를 한바탕 늘어놓겠다 싶어 얼른 외투를 챙겼다. "더 얘기할 시간
없어. 난 공항에 마중 나가야 해."

"에이, 난 아직 말도 못 꺼냈는데 도망가는 거야?" 차이만신이
코웃음 쳤다. "좀 쿨해지면 안 돼? 다시 만나든가 아니면 그냥 잊
든가. 세 발 달린 개구리는 드물어도 두 발 달린 남자는 세상에 널
렸다고."

허뤄가 외투를 입으며 웃었다. "세상에 널렸는데 어째 너는 그
중 하나가 안 걸리니?"

"그건 내가 피해 다니니까. 지금 해야 할 일이 얼마나 많은데
그런 생각할 여력이 어디 있니?" 차이만신이 혀를 빼물었다. "나라
고 뜨거운 연애 안 하고 싶은 줄 아니? 다만 주변에 있는 남자들
이 하나 같이 비현실적이거나 너무 장래가 없거나, 유치하니까 그
렇지. 난 남자들의 숨어 있는 장점까지 찾을 만큼 아메리칸 타임

이 없거든."

"그래. 그럼 너 미국 가서 아메리칸 타임 생기면 그때 다시 보자." 허뤄가 웃었다. "나 진짜 간다. 비행기 벌써 착륙했겠다."

* * *

공항 가는 버스에서 지금쯤 외부로 출장을 갔을 장위안에게 메시지를 보내려고 핸드폰을 꺼냈다. 그런데 무슨 말을 해야 할지 딱히 떠오르지 않았다.

'옌타이는 추워?' 아니면 '난 베이징에 도착했어.', '위는 괜찮아? 음식 주의하고, 술 적게 마셔.', '언제 집에 돌아와?'.

모두 이미 물었던 질문들이었다. 술자리에서 한창 고객 접대를 하느라 매번 회신이 간단해도 그렇게 간단할 수가 없었다.

'추워.', '좋아.', '알았어.', '아직 몰라.'.

허뤄는 장문의 문자를 썼다. '이번 방학 동안 많이 생각해봤어. 헤어질 수 없다면 다시 시작해봐야 하는 건 아닐까 하고. 그런데 너도 알겠지만, 나 혼자만의 노력으로 되지 않는 일들도 있어. 만약에 우리가 다시 만날 수 없다면 이렇게 헤어지게 되는 걸까?'

이 역시 적합하지 않았다. 한 글자 한 글자 수정하다 결국 전체를 삭제하고 새로운 메시지를 입력했다. '내가 좋아하는 사람은 여전히 너야.'

여러 번 '미리 보기'를 눌러 확인했다. 그가 핸드폰을 꺼내 어떻게 확인 버튼을 누를까? 그의 군더더기 없이 섬세한 손가락, 평평하고 가지런한 손톱을 떠올렸다. 하지만 그의 대답까지는 예상이 불가능했다. 장위안의 태도는 친근하지만 친밀하진 않았다. 그의 마음속에 특별한 감정이 이미 사라져버린 건 아닐까?

허뤄는 겁이 났다. 그런 장위안을 어떻게 대해야 할지 갈피를 잡을 수 없었다. 그는 줄곧 그녀에게 어떤 해명도 하지 않고 있었다. 만약 고고하던 그의 자존심이 이미 피곤하고 지쳐서 위축되었다면 지금과 달라지는 것이 있을까? 문제는 여전히 그곳에 도사리고 있었다. 그것은 마치 침묵하고 있는 돌덩이와 같았다. 밤길을 걷는 여행자처럼 그 돌덩이가 지금은 어디에 놓여 있을지 알수 없었다. 돌고 돌아 옛길로 돌아왔다고 해도 다시 그 돌덩이에 부딪힐 수도 있었고 더 처참하게 넘어질 수도 있었다.

버스는 이미 공항 고속도로 톨게이트를 통과하고 있었다. 녹색 바탕에 흰 글자의 이정표가 획 하고 스쳐 지나갔다. 허뤄는 마음을 가다듬고 입에 설은 교수 부부의 이름을 속으로 두어 번 발음해보았다. 미스터 앤 미세스 자비스토프스키(Mr. and Mrs. Zawistowski). 어쩐지 동유럽 태생 같은 이름이었다. 계속해서 만지작거린 탓인지 핸드폰이 점점 뜨거워지기 시작했다. 지금껏 차마 보낼 용기가 나지 않아 저장해둔 좋은 글귀들이 여전히 임시 보관함에 저장되어 있었다.

* * *

자비스토프스키 교수의 강의는 대부분 대학원 저학년들이 듣는 수업으로 대학생들은 거의 드물었다. "어렵긴 한데 너무 재미있어."

퉁자잉의 말에 허뤄도 한숨을 내쉬었다. "재밌긴 한데 너무 어렵지. 근데 하필 왜 날 조교로 채용해서는. 그나마 출석 체크랑 점수 올리는 일 말고 다른 일은 안 해도 되니까 다행이야."

대화 중 소등이 되었고 저우신옌이 기숙사 안으로 튀어 들어와 가슴을 쓸어내렸다. "아휴. 하마터면 사감한테 들킬 뻔했어. 문 닫히기 전에 겨우 세이프했지." 그녀는 랜턴을 들고 비틀비틀 허뤄 앞으로 걸어왔다. 푸른빛이 흔들거렸다.

"오밤중에 귀신놀이야." 허뤄가 등을 돌려 저우신옌의 눈을 비추며 웃었다. "귀신을 비춰라 요술 거울아. 왜? 또 물 뜨러 왔니? 우린 다 떴는데. 필요하면 네가 직접 뜨던가."

"으흐흐, 난 너희들이 제일 맘에 드는걸." 저우신옌이 허뤄의 볼을 꼬집었다. 허뤄는 튀어 올라 그녀의 엉덩이를 때렸다.

"만진다고 죽냐? 왜 이렇게 아프게 때려? 아야. 진짜 아파. 이따 잠도 못 잘 것 같아." 저우신옌이 툴툴거렸다. "피해 보상으로 내게 '스키' 교수의 필기를 넘겨라."

"제대로 다 기억도 안 나. 못 알아들은 부분도 많고. 나중에 가서 여쭤봐야겠어."

"넌 좋겠다!" 저우신옌이 호들갑을 떨었다. "진짜~ 진짜 좋겠다! 나중에 교수가 추천서라도 써주면 미국에 잘나가는 학교에 그냥 들어가기만 하면 되잖아?"

"예예." 허뤄가 씁쓸하게 웃었다. "나사(NASA) 추천서를 써주면 난 중국에서 처음으로 달에 발을 디딘 사람이 되겠지요."

"달은 별로야. 전설 속 상아는 너무 박복하잖아." 예즈가 애잔한 말투로 말했다.

* * *

허뤄는 태양이나 달을 생각할 여유가 없었다. 긴 도서 목록을 들고 학교 자료실을 돌고 또 돌았다. 분명 그중 몇 권은 대출이 불가한 책들인데도 서가에 없었다. 그래도 포기할 수 없어 책을 일일이 훑어보았다. 책등의 영문 제목이 모두 가로쓰기로 되어 있어서 고개를 모로 숙이고 서가를 일일이 확인했다. 목이 끊어질 것처럼 아팠다. 그리고 드디어 '스키' 교수가 추천한 참고 자료가 보였다. 흥분한 허뤄는 성큼성큼 걸어가 책을 손에 들고 머리를 들려다 하마터면 목을 삐끗할 뻔했다. 고통스러움에 신음이 나왔다.

"너무 기뻐서 탈이 나셨군." 선례의 음성이 옆에서 들려왔다. "뺏겨버렸네. 내가 이럴 줄 알았어. 누가 책을 다 보고 일부러 다른 사람이 못 찾게 구석에 처박아놨었어." 그가 손을 내밀었다. "내가 책 들어줄게. 얼른 목 주물러야 해."

허뤄는 고개를 들고 건성으로 웃었다. 이렇게 단둘이 함께하는 것도 정말 오랜만이었다. 마치 발생 가능한 모든 난처한 상황을 고의로 피한 것처럼 그랬다.

"뭐 하고 있어? 얼른 줘." 선례가 조용히 웃으며 말했다. "네 책

안 뺏어가?"

"너 먼저 봐." 상체를 비틀고 한참을 서 있었더니 허리며 등이 모두 아팠다. 그녀는 그대로 바닥에 양반다리를 하고 앉아 옆 목을 주무르며 차가운 공기를 가볍게 들이마셨다. "아이고 목 근육이야."

선례는 웃으며 고개를 저었다. 그리고 그대로 그녀 옆에 앉아 머리를 숙인 채 아무 말없이 책을 읽었다. 책장 넘어가는 소리만 사사사 들렸다.

"너도 이 과목 수강하는구나." 둘은 동시에 고개를 돌리며 이구동성으로 아무 의미 없는 대화를 시도했다.

봄날은 사람을 나른하게 만들었다. 황사가 약간 낀 하늘은 흐렸다 밝아지기를 반복했다. 햇살이 밝을 때는 창밖에 한들거리는 분홍 벽도꽃이 투명하게 빛났다. 가는 황사는 창틈으로 비집고 들어와 서가 아래쪽 구석에 차곡차곡 쌓였다. 허뭐는 진심으로 '미안하다'라고 말하고 싶었다. 하지만 지나치게 예의 바른 이 단어가 오히려 상처가 될 수 있었다. 게다가 상대방이 명확하게 고백을 한 것도 아닌데 무슨 근거로 그런 말을 할 수 있겠는가?

* * *

선례는 여전히 책을 뒤적거리기만 할 뿐 좀처럼 말을 걸 생각이 없는 듯 보였다. 공기가 느리게 흘러갔다. 허뭐는 이 정적을 깰 수 없어 서가 아래쪽에서 《학보 연감》을 꺼내 들었다. 온통 이해가 안 가는 문장들뿐, 그저 의미 없이 책장을 넘겼다. 햇살이 책장 모서리를 비추었다.

"참 나. 필요한 책을 하나도 못 찾았어." 서가 반대쪽에서 여학생의 볼멘소리가 들렸다.

"그 교수 수업 듣는 사람이 많아서 그렇지 뭐야. 다들 어떻게든 잘나가는 교수한테 줄을 대고 싶어서 그런 거지."

"반에 몇 명이나 추천서를 써주실까?"

"모르지……. 어쨌든 난 가망 없어."

두 여학생이 함께 한숨을 몰아쉬었다. 허뤄는 그들이 자비스토프스키 교수 수업의 대학원생이라는 것을 알 수 있었다. 그런데 갑자기 그들의 입에 허뤄의 이름이 언급되었다.

"허뤄는 대학교 3학년생 아냐? 근데 왜 걔가 조교를 해?"

"리포트 수정할 필요 없으니까. 그냥 영어나 잘하는 애 뽑은 거지."

"걘 영어 잘해? 듣자니 토플 성적도 그저 그렇다던데. 난 657점 맞았는데, 왜 내가 아니고 걔야?"

"걔네 외삼촌이 외교부에 계시잖아……." 덜 익은 귤을 먹은 것처럼 떨떠름한 말투였다. "자비스토프스키 교수가 양국 과학 기술 교류 프로젝트의 지원금을 받고 있으니까 당연히 관계자한테 잘 보이고 싶었겠지."

"역시 인맥이 있어야 하는구나. 외교부에서 교육부까지 간섭하는 줄 몰랐네."

"내 말이. 우리는 그냥 GRE, PS, 추천서나 열심히 준비하자. 누구는 말 한마디면 끝나겠지만.”

허뤄는 '탁' 하고 연감을 덮었다. 얼굴색이 어두워졌다. 당장이라도 뒤쪽 서가에 꽂힌 책 두 열을 모두 뽑아버리고 소리치고 싶었다. '우리 집안이랑은 무관한 일이야!' 목구멍에서 맴돌던 화를 결국은 쏟아내지 못했다. 이때 건너편에서 발걸음 소리가 들려왔다. 곧 서가를 돌아 이쪽으로 걸어오기 직전이었다.

선례는 허뤄의 기색을 살피더니 자리에서 일어났다. 서가를 끼고 돌아 제자리에 참고 문헌을 꽂아두었다. “여기, 여기 한 권 있다.” 두 여학생이 흥분해서 소리를 지르고는 그 자리를 떴다.

* * *

“다들 놀부 심보라 그래. 그냥 무시해버려.” 자료실을 나서며 선례는 허뤄를 빠르게 뒤쫓아갔다. “넌 도대체 공부의 신인 거야? 이건 일반인이라면 절대 불가능한 일이잖아. 어떻게 공부 하나 안 하고 그렇게 고득점을 받을 수 있어.”

“제발 그만 좀 해.” 허뤄는 난처했다. “지난번에도 네가 우리 외삼촌 꼬드겨서 연극팀 지도를 한 건 그렇다고 쳐. 근데 그리스 신화와 서양 문학 특강까지 주최할 건 또 뭐야. 난 그게 우리 외삼촌이 하는 건지도 몰랐어. 그리고 지금은 외교부에 계시다고?”

“그만큼 너희 가족이 잘나서 그래. 그냥 걔들은 부러워나 하라고 해.” 선례가 입을 삐죽거렸다. “나 원 참. 교육부 일인 거 뻔히 알면서 아무 상관없는 너희 외삼촌은 왜 갖다붙이고 그래. 내가 자비스토프스키 교수였어도 쟤는 조교로 안 썼을걸. 투덜이들."

"됐어." 허뤄는 선례가 원래 남들을 모함하는 스타일이 아니라는 것을 잘 알기에 그를 말렸다. "그만 욕해. 그러다 네가 투덜이 되겠다."

"그래. 말해봤자 입만 아프지. 진짜 이러다 내가 투덜이 되겠어." 선례는 답이 없다는 듯 손을 옆으로 펼쳐 보였다.

"무슨 소리야. 네가 얼마나 착한데." 허뤄가 웃었다.

"뭐라고?"

"착하다고." 허뤄가 눈을 찡긋했다. "내 말이 틀려?"

"여자를 칭찬하는 최고의 말은 '예쁘다'야. 그보다 좀 못하면 '분위기 있다', 근데 정말 못 봐주겠다 그럼 '똑똑하다' 그러는 거야." 선례가 히히 웃으며 말했다. "마찬가지로 남자를 칭찬할 때 '총명하다, 용감하다, 스마트하다, 멋있다' 다 괜찮아. 근데 정말 잘난 게 하나 없는 남자한테는 이렇게 말하지. '어머, 너 진짜 착하다.'"

"말도 안 되는 소리!" 허뤄는 고개를 절레절레 저었다. "남자든 여자든 친구를 고를 때 가장 기본적이고 가장 중요한 게 바로 정직하고 착한 거야."

"너도 말했다시피 그건 친구를 선택할 때야." 선례는 '친구'라는 단어를 힘주어 말했다.

친구!

친구는 그냥 친구일 뿐. 누가 널 붙잡고 울고불고 하소연하다가도 돌아서 다른 사람 품에 안겨도 넌 웃으며 축복해줄 사람이지.

* * *

허뭐는 입술을 깨물었다. 이 순간 미소나 침묵은 적합하지 않았다. "까짓 GRE 한번 보면 되지. 어차피 온라인 강좌도 있으니까."

"유학 가기로 결정한 거야?"

"꼭 그런 건 아니고. 그냥 한번 보는 거지 뭐. 내 실력을 확인할 겸해서. 그래야 다른 사람이 더는 날 무시 안 하지. 물론 노력한다고 다 보답을 받는 건 아니지만 난 그렇게 생각해. 대부분은 직접 부딪혀봐야 좋은 결과도 얻을 수 있다고."

"네 행운을 빌어줄 수밖에. 난 GRE 안 볼 생각이거든." 선례가 웃었다. "난 우리 과 석사 과정을 밟을 생각이야."

허뭐는 조금 놀랐다. 선례가 분명 유학을 갈 것이라고 줄곧 믿어왔기 때문이다. 그런데 지금 그가 웃으며 이렇게 말하고 있질 않은가. "나란 인간은 하루에도 5톤 이상은 말해야 직성이 풀리는데 그걸 영어로 한다고 하면 난 아마 피곤해 죽을지도 몰라. 그냥 편하고 자유롭게 살자 생각하니까 유학은 안 가는 게 좋겠더라고."

사실 유학이 꼭 답은 아니었다. 허뭐도 줄곧 해외 유학파를 고수했던 사람은 아니었다. 그런데 어떻게 이 지경까지 오게 된 걸까? 세상이 둥글다는 것은 이미 다 아는 사실. 아는 것이 많고 원주가 클수록 접촉할 수 있는 미지의 세상 역시 넓어진다. 그녀는 우물 밖 세상은 도대체 얼마나 넓은지, 얼마나 다른 풍경이 펼쳐질지 무척 궁금했다. 하지만 그때는 차마 놓아버릴 수 없는 감정 때문에 그걸 포기했었다. 그러나 지금도 역시 끊어낼 수는 없었다. 지구 저편에 정말 간절하게 가고 싶었다면 이미 4년 전에 떠났을 것이다. 장위안은 천 리 밖의 고향에서 일하느라 바쁘게 지내고 있었다. 그의 소식도 뜸해졌다. 허뤄는 그가 바쁘겠거니 생각했다. 어쩌다 한마디를 주고받아도 형식적인 안부가 다였다.

기말고사 후 얼마 지나지 않아. 허뤄는 만족스러운 GRE 성적, 2340점을 받았다. 이제는 당당해질 수 있었다. 고사장에서 나오면서 허뤄는 진심으로 자신을 의심하는 사람들에게 여봐란듯이 고개를 바짝 쳐들고 싶었다. 오늘은 소소한 허영심을 마음껏 누려보자. 이래도 누가 내 뒤에서 날 의심할 수 있나 두고 보자.

* * *

장위안의 몸 상태가 어떤지 궁금해 물었더니 그는 전화기 저편에서 요원한 미소를 지었다. "아주 좋아. 잘 먹고 늘어지게 쉬었더니 배에 튜브가 생겼다니까. 복통? 위가 어디 있더라. 요즘은 개가 있는지도 못 느끼고 살았다니까." 허뤄는 여전히 마음이 놓이지 않았다. 일부러 장위안이 바쁜 틈을 타서 그의 집으로 전화를 걸었다.

"지난번에 장위안한테 메모를 남긴다는 게 너무 급하게 떠나느라고 못했어요. 아주머니께서 적어두시면 감사하겠어요." 허뤄가 붕어 찹쌀죽 레시피를 알려주었다.

장위안의 엄마는 신나게 받아 적으며 가끔 허뤄에게 이것저것 물었고 또 웃으며 말했다. "이상하네. 얘는 원래 죽 싫어하는데. 먹어도 배가 안 찬다면서."

허뭐는 시치미를 떼며 말했다. "지난번에 위가 아프다면서 병원에 가서 검사받은 후로는 많이 못 먹더라고요."

"뭐? 위가? 병원엘 갔었다고?" 장위안 엄마의 목청이 갑자기 높아졌다. "나쁜 녀석, 나한테는 한마디 말도 없이."

* * *

그 일이 있고 난 후 장위안이 한숨을 내쉬며 말했다. "난 처음 알았네. 너도 고자질을 다 하는구나. 내가 얼마나 곤란해졌게. 우리 엄마가 이젠 신나서 밥을 해주잖아. 이젠 핑계 김에 날 만날 불러서 밥을 먹이려고 든다고."

"몸 좀 챙겨." 허뭐가 잔소리를 했다. "네 한계가 어딘가 확인해보고 싶어 그래?"

"노력도 안 하고 어떻게 따라잡을 수 있겠어? 이번에 큰 프로젝트를 맡았는데 최종 브리핑이 베이징에서 있어."

허뭐는 메시지를 무작위로 날렸다. 온라인 상태의 친구 이모티콘이 메신저에서 흔들리고 있으면 대충 몇 마디 주고받거나 대충 격려 한마디 해주고 나서 흥분하며 '장위안이 베이징에 온다'는 소식을 일일이 전했다. 그녀는 부모님께 유학 자료를 준비한다는 핑계를 대며 학교에 좀 더 머물다 내려가겠노라고 둘러댔다.

회의가 끝나자 장위안은 다른 사람의 차를 얻어 타고 곧장 허뭐를 찾아왔다. 정장을 갖춰 입은 장위안은 처음이었다. 떡 벌어진 어깨, 곧은 등. 올 블랙의 클래식 정장에 가운데 단추만 잠근 그의 모습. 그녀가 기억하는 티셔츠에 청바지를 걸친 소년이 아니었다. 허뭐는 가슴이 울렁거렸다.

"날도 더운데 땀띠 나게 생겼네!" 장위안은 넥타이를 풀고, 셔츠의 단추를 풀었다. "왜? 못 알아보겠어?"

"갑자기 네가 많이 달라 보여서. 네가 원래 어떻게 생겼었는지 기억이 안 나네."

"줄곧 전봇대처럼 생겼었지." 장위안은 찬란하게 웃었다. 마치 고향의 여름날, 강렬하지만 포악하지 않은 햇빛처럼 찬란했다.

"전봇대라 하기엔 너무 작은데?" 허뭐는 길가의 경계석을 밟고 올라갔다. 거기에 웨지힐까지 신은 허뭐가 꼭 아이처럼 고개를 쳐들며 말했다. "봐. 너랑 키가 비슷하지."

장위안이 대각선 앞에 자전거 보관소를 가리키며 웃었다. "아예 저기 꼭대기에 올라가지 그래. 그럼 나보다 더 클 텐데."

* * *

아직 할 일이 남은 그가 인터넷을 하기 위해 허뭐와 함께 컴퓨터실로 갔다.

가는 길에 리원웨이와 쉬허양을 만났다. 둘은 손을 잡고 유유하게 산책을 하고 있었다. 둘을 본 리원웨이는 놀라며 뛰어와 장위안을 주먹으로 한 대 후려쳤다. "짝꿍. 제대로 차려입었네." 그녀는 둘을 손가락으로 가리키며 의뭉스럽게 웃었다. "너네. 너희 둘······."

허뤄는 대답하지 않았다.

장위안이 웃으며 말했다. "우리 서로 상부상조, 귀감이 되자고."

"허뤄 GRE 잘 봤다며." 쉬허양이 물었다. "넌 PS랑 추천서 다
준비했어?"

허뤄가 고개를 저었다. "유학 갈지 말지 최종 결정 못 했어."

둘은 유학에 관해 대화를 나누었다. 리원웨이와 장위안은 끼어
들 틈이 없었다. 그저 서로를 바라보며 하릴없이 옅은 미소만 교
환했다.

* * *

"쉬허양 유학 가?" 컴퓨터실에 자리 잡고 앉은 후 장위안이 물
었다.

"아마도."

"그럼 리원웨이는?"

"그런 말 없었어. 아까 직접 물어보지 그랬어?"

"만약 한 사람만 유학 가는 거라면, 물어보면 괜히 난처해지잖
아." 장위안이 어깨를 들썩였다.

"어쩌면 나중에 리원웨이도 F2 비자 받아 같이 따라갈지도 모
르지. 어쩌면 2년 후에 쉬허양이 귀국할지도 모르고."

"2년 후엔 많은 것이 변해 있을 거야." 장위안은 담담하게 말했
다. "혹시 그중 하나가 배반한다면 바로 국제 망신이 되는 거지."

허둬는 아무 말도 하지 않았다. 그와 대각선 뒤쪽 컴퓨터에 앉아 장위안의 뒷모습을 바라보았다. 마음이 울적했다.

* * *

공기는 습하고 후텁지근했다. 컴퓨터실에서 나올 때 즈음 밖에는 보슬비가 내리고 있었다. 장위안이 한가롭게 천천히 걷는 바람에 허둬의 새로 감은 머리가 수모를 당하고 있었다. "좀 더 빨리 걸으면 안 돼?" 허둬가 원망하듯 말했다.

"엄마가 새로 사주신 신발 때문에 발이 너무 아파서 그래." 장위안이 인상을 쓰며 손에 들고 있던 양복 상의를 받쳐들었다. "들어와. 최고급 우산이야. 어차피 조금 전에 땀을 한 바가지 흘려서 세탁해야 해."

그가 받쳐 든 보송보송한 작은 하늘 속, 깊은 호흡이 그녀의 살짝을 어루만졌다. 이대로 멈춰서 몸을 살짝 틀기만 해도 바로 따뜻하고 익숙한 그의 품속이었다. 우리는 늘 이렇게 가까이에 있었지만 1만 광년은 떨어진 것처럼 멀게 느껴졌다.

때로는 가깝고, 때로는 소원한, 차갑고도 뜨거운 서로의 온도에 심장이 수축했다 팽창하기를 반복하며 열상을 남겼다. 네가 다가서면 내가 물러나고, 네가 물러나면 내가 다가갔다. 허둬는 마음으로 씁쓸하게 웃었다. 둘은 지금 왈츠를 추듯 서로 호흡을 맞추며 스텝을 밟고 있었다. 스텝의 규칙은 정확히 지켜야 한다. 동시에 서로 앞으로 나아가려 한다면 누군가의 발을 밟을 수도 있었다.

* * *

"내가 쏠게. 학교 녹두 음료가 참 맛있어. 난 아이스 먹을게, 넌
뜨거운 것 먹어."

그녀는 우렁이 요리도 함께 사와 장위안과 함께 먹었다. "나는
속이 안 좋아서 좀 적게 먹어야 해. 괜히 많이 먹었다가 배탈 날
라." 말은 그렇게 해놓고 그는 한 접시를 더 시켰다. 정갈한 셔츠
의 소매까지 걷어 올리고 배불리 먹었다.

둘은 서로를 쳐다보았다. 손과 입이 온통 기름투성이였다. 두
마리의 얼룩 고양이처럼 회심의 미소를 지었다.

"네가 진짜 부럽다. 이렇게 지내는 것도 참 편하고 좋아." 장위
안이 손을 닦았다. "요즘 너무 피곤했거든. 하루에 평균 3시간 정
도밖에 못 잤어. 네 곁에 돌아오니 사람이 게을러져서 움직이기도
싫어지네."

내 곁에 '돌아왔다'고? 그냥 '온' 게 아니라? 단어의 미묘한 차
이를 허뤄는 반복하며 곱씹었다.

"그럼…… 한 이틀 더 쉬면서 숨 좀 돌리고 다시 돌아가."

"그럴 팔자는 아닌 것 같아." 장위안이 미간을 찌푸렸다. "이번
일이 순조롭긴 한데 표면에 드러난 문제가 적지 않아. 우리처럼
작은 회사들은 규모가 작고 경영에 체계가 없어서 좀 크거나 정식
프로젝트를 맡으려면 다른 사람과 손을 잡고 일해야 하거든. 솔직

438

히 말하자면 남의 따까리나 하는 거지. 중간 업체에 이것저것 뜯기고 나면 거의 남는 게 없어. 고객은 제한적이고 직접 연줄을 댈 백이 있다면야 생계 걱정은 안 해도 되겠지만 큰 시장은 개척하기 힘들거든." 그는 회사 발전에 걸림돌이 되는 여러 요인을 단숨에 늘어놓았다. 하지만 모두 허뤄가 경험해보지 못한 문제들뿐이어서 딱히 뭐라 위로할 말이 없었다. 그저 가끔 고개만 끄덕일 뿐이었다. "뭐든 처음은 어렵기 마련이지. 결국, 마지막까지 살아남는 자가 승리하는 거잖아."

"살아남는 것도 살아남는 것이지만 무엇보다 최적의 생존 공간을 찾는 게 중요해."

"그래서…… 대기업에 취업하려고?"

"그럼 너무 구속을 받잖아. 그래도 선진 경영 기법을 배울 순 있겠다. 한번 잘 생각해봐야지." 막 펴지기 시작했던 그의 미간이 다시 일그러졌다. 손은 습관적으로 배 위쪽에 놓여 있었다.

허뤄는 근심 어린 눈빛으로 장위안을 쳐다보았다. 그런데 어떻게 지금, 이 순간 애정 문제까지 꺼내 장위안을 심란하게 만들 수 있을까?

장위안은 허뤄의 관심 어린 눈빛을 보고, 순간 목소리가 누그러지기 시작했다. "허뤄, 난 괜찮아. 아마 오늘 좀 많이 먹어서 그런가 봐."

"거짓말. 몸이 안 좋으면 약을 먹어야지." 허뤄는 눈을 흘겼다. "나도 먹었지만 난 괜찮잖아."

439

그는 반달눈을 하고 미소를 지었다. "너야 매일 군것질을 많이 하잖아. 네 위는 사륜구동이라 출력이 높으니까 소화제가 따로 필요 없는 거지."

* * *

장위안은 잠시 베이징에 머무르며 엔지니어, 기업가와 미팅을 하느라 정신없이 바빴다. 책상 앞에서도, 술자리에서도 밤낮없이 일했다. 이 도시는 마치 거대한 바다와 같아서, 그녀가 사랑하는 그가 그 안에서 물고기처럼 오르락내리락 헤엄쳐 다니는데도 정작 그의 그림자를 볼 수도, 그의 목소리를 들을 수도 없었다.

그의 세계는 순식간에 너무 많은 것이 변해버려서 그녀가 설자리가 없었다. 그저 그의 길고 긴 뒷모습만을 쫓아야 했다. 허뤄는 말할 수 없는 실의에 빠졌지만 한편으로는 안도했다. 어쨌든 지금의 장위안은 자신감에 가득 차 있질 않은가. 비록 미간은 여전히 찌푸리고 있지만 적어도 분명하고 자신감에 가득 찬 그의 눈빛에서는 광채가 났다.

이게 바로 허뤄가 가장 사랑하는 그의 모습이었다. 몇 년 전 남자 농구 대회에서의 그의 모습처럼 차분하고 고집스러우며 강한 승부욕에 가득 차 있었다. 그때의 그는 온몸에 햇살을 가득 담은 소년이었다. 눈동자는 투명했고, 여우처럼 영리했으며, 높이 뛰어오를 때는 마치 매처럼 비상했다. 그의 청춘의 빛이 사방을 비추며, 그의 앞길을 막을 것은 아무것도 없어 보였다.

자신감을 회복한 장위안은 오랜만이었다.

그런데 나는? 어디로 가고 있는 거지?

* * *

"제대로 얘기할 시간이 없었다고? 설마 앉아서 커피 마시고 대화 나눌 시간도 없었단 말이야?" 톈샹은 다짜고짜 캐물었다. "이렇게 국가 원수를 만나는 것보다 더 어려워서야. 미국 대통령도 매일 TV에는 나오는 데 말이지."

"커피야 한 잔, 두 잔, 석 잔, 넉 잔, 얼마든지 마실 수 있지. 근데 장위안이 고민할 시간이 있을지 모르겠어. 지금 제일 바쁠 땐데 나까지 보챌 순 없잖아."

톈샹이 이해 못하겠다는 듯 물었다. "원래 넌 장위안이 대학원엘 갔으면 했잖아? 그런데 지금은 그의 일을 응원해주는 거야?"

"그때 나는 그 사람이 진짜 하고 싶은 게 뭔지는 생각하지 않았어. 그저 더는 떨어져 있고 싶지 않다는 생각뿐이었어." 허뤄는 씁쓸하게 웃었다. "생각해보면 그가 헤어지자고 했던 것도 어쩌면 당연한 일인지 몰라. 난 장위안을 내 옆에 잡아두고 싶은 생각뿐이어서 그의 감정 따위는 무시했어. 연인 관계로 묶여 있지 않으니까 오히려 그의 모든 결정을 전적으로 지지해줄 수 있겠더라."

"자아비판 시간이야?" 톈샹이 콧방귀를 뀌었다. "그럼 지금은 그의 선택이 옳았다고 믿는 거야? 네 모든 걸 버려가면서까지 걔랑 함께할 거야? 너야 그런다고 쳐. 걔가 그걸 받아들일 수 있을까?"

* * *

대학 4학년 초반이면 다들 자신의 진로를 결정한다. 출국하든 대학원을 가든 둘 중 하나를 선택해야 한다. 학교로 미국 대학 홍보 책자가 속속 날아들었고 주변 친구들은 이미 등록을 준비하기 시작했다. 대학도 설명회를 열어 대학원 입학 절차를 설명했다. 설명회가 끝나고 대학원에 갈 친구들은 그 자리에 남아 문의를 했다. 선례도 그 자리에 그대로 남아 미동도 없이 허뤄를 지켜보고 있었다.

정작 허뤄는 선례를 발견하지 못했다. 미래로 향하는 갈림길에서, 우리는 떠나든지 남아 있어야 한다. 마음이 복잡해진 그녀는 장위안의 목소리가 듣고 싶었다. 그녀는 고개를 숙이고 장위안에게 메시지를 보냈다. '집이야, 학교야? 내가 전화할게. 지금 당장.'

'회의 중. 저녁에 통화하자.'

저녁에? 이미 저녁 8시 반이었다. 허뤄는 잔뜩 골이 나서 핸드폰을 집어넣고는 옆에 앉은 여학생 친구에게 말했다. "나 먼저 갈게."

* * *

반쯤 걸어 나왔을 때 전화기가 울렸다.

"왜? 무슨 급한 일이라도 있어?" 장위안이 다급하게 물었다. "회의하다 말고 나왔어. 간단하게 말해봐."

허뤄는 당황스러웠다. "아냐." 이런 상황에서 어떻게 두세 마디 말로 마음속에 가득한 이 아득함과 당혹스러움을 분명하게 설명할 수 있을까.

"난 또 무슨 큰일이라고. 네가 지금 당장이라고 해서." 장위안이
한숨을 돌리며 말했다. "다음에 다시 말하자. 난 얼른 들어가봐야 해."

허뭑는 그러겠노라고 대답하고 전화를 끊었다.

하루를 그리고 또 하루를, 그렇게 며칠을 기다렸는지 모른다.
하지만 장위안은 다시 전화를 걸어오지 않았다. 그녀의 마음은 점
점 무거워졌다. 반은 비어버렸고, 남은 반마저도 포기해야 한다는
아쉬움으로 가득했다.

* * *

늦여름이 가고 백로, 상강 절기가 되면 이내 겨울이 찾아와 세
상은 온통 눈으로 뒤덮일 것이다. 나뭇잎이 분분히 떨어지던 그
계절, 듣고 싶었던 약속을 끝끝내 들을 수 없었다. 하지만 가을에
는 더 이상 선택을 미룰 수 없었다……. 선택의 저울 앞에서 다른
사람의 말과 행동에 따라 자신의 판단의 추를 움직여야 하는 걸
까? 허뭑는 자꾸 아빠가 했던 말이 떠올랐다. '진짜 두려운 건 자
신한테 지는 거야. 자신의 길은 자신이 결정해야 한다. 다른 사람
이 네 감정을 휘두르게 되면 쉽게 실망하고 상처받게 돼.' 개인의
신념이 운명의 수레바퀴를 거스를 수는 없었다. 어차피 닥칠 일은
언제고 닥치게 마련이고, 떠나간 것은 결국 구름과 연기처럼 희미
해지기 마련이었다.

일찍이 여름의 햇살에 마음속까지 깊이 따뜻하고 뜨겁게 데워
졌던 허뤄의 감각이 계절의 변화로 순식간에 사라질 리 만무했다.
공기 중에는 여전히 여름날의 향기로 가득했지만 상쾌한 가을바
람이 이미 불어오기 시작했다. 그럴 때면 허뤄는 지금 이 초가을
이 시원한 여름과 별반 다르지 않다는 착각이 들곤 했다.

어쩌면 기다릴 시간이 좀 더 남아 있는 건 아닐까? 장위안이
당당하게 '허뤄, 가지 마!' 하고 말해줄 때까지 기다려야 하지 않
을까?

하지만 넌 얼마나 더 내가 기다리고 방황하도록 할 거니?

제14장 애매해

난 이제야 집착에서 어느 정도 벗어날 수 있게 됐어

이별은 예견된 것이라며 받아들일 수 있게 됐어

가벼운 미풍마저도 내가 여태 너를 얼마나

그리워하고 있는지를 시험해

네가 놓고 간 우산은 여전히 내 창가에 기대어 있어

창밖에 유유히 흐르는 봄빛

나는 이기적이게도 마음속으로 여전히 기대해

애매하게 쾌청한 날씨

이 도시 어딘가에 서 있으면 마치 사랑처럼 적막해

마치 떠가는 구름처럼 만났다가 다시 흩어져버려

by 허우샹팅 '애매해'

그날 이후 허뤄는 늘 도서관 문이 닫힐 때까지 공부하다 기숙사로 돌아갔다. 편안한 대형 쿠션을 사서 그곳에 몸을 기댄 뒤 나른하게 노트북을 켜고 입학 신청 서류며 이력서, 자기소개서, 추천서, 전공 소개서 등을 작성했다. 유학 서류들을 준비하면서 자신의 전공 지식이 많이 부족하다는 사실을 깨닫고 급한 마음에 도서관에서 지난 1주일을 죽치고 앉아 제대로 먹지도 않고 매일 빵이나 물로 때우고 밤을 지새우며 공부했다. 바쁜 일상 속의 행복이란 게 바로 이런 것일까? 저녁에 커피를 마시며 광둥어 버전 '심진기'를 관람했다. 고집스러워 보이는 여배우 쉔쉔이 극 중 항소룡을 '음란 마귀'라고 욕하는 장면이 나왔다. 구텐러가 입술을 앙다물고 웃는 모습이 장위안과 얼핏 비슷했다. 장위안 얼굴이 좀더 그을리고 나이가 든다면 더 비슷할 것도 같았다. 쓸데없는 생각을 하고 있었다. 또 장위안이 기획서 샘플을 찾아야 한다고 했던 말이 떠올라 인터넷에서 관련 영문 자료들을 찾아 딱 한 문단을 번역하고 나니 눈꺼풀이 무거워졌다.

* * *

예즈와 저우신옌은 본과 대학원 특채로 합격한 후, 마음 편하게 '유성화원'을 몰아보고 있었다. 둘은 각각 옌청쉬와 저우위민의 팬으로 매일 지겹도록 언쟁을 벌였다. 논쟁거리는 단 하나 '누가 더 잘 생겼는가?'였다.

"옌청쉬는 눈이 삼각형이야!" 저우신옌이 소리쳤다.

"저우위민은 목소리가 계집애 같아!"

"무슨 소리. 우아한 거지. 티라노사우르스 같은 누구처럼 야만인 같지 않고."

"뭐 야만? 그건 극 중 캐릭터지!"

허뤄에게 판결을 내려달라고 할 참이었는데 그녀는 이어폰을 긴 채 쿠션에 몸을 모로 깊이 묻고 잠들어 있었다.

* * *

여럿의 입으로 전하고 전해서 장위안도 허뤄가 출국을 준비 중이라는 사실을 알게 되었다. 이런 중요한 결정에 대해 그녀가 직접 말을 꺼낸 적이 없었다. 장위안은 허뤄가 급하게 자신과 전화하고 싶다고 해놓고 막상 전화를 거니 아무 일도 아니라며 하려던 말을 삼켰던 일이 떠올랐다. 그때 장위안은 진행 중이던 일이 어느 정도 가망성이 있어 보였고, 그걸 성사시켜서 허뤄에게 보여줄 작정이었다. 그런데 막상 바빠지기 시작하니 시간도 잊게 되고 줄곧 전화를 걸지 못하고 있었다.

그가 일하는 작은 회사는 원래 한 노교수가 설립한 것으로 노교수가 곧 퇴직을 앞두고 있고 거기에 건강까지 악화된 상태라 진행 중이던 일을 어서 마칠 생각뿐이었다. 전자 상가 사무실 계약도 만기되고 나면 노교수가 요양하고 쉴 수 있도록 남쪽 고향으로 모실 작정이었다. 모두 우선 진행 중인 프로젝트를 끝내고 사무용품을 정리하느라고 바빴다. 그리고 삼삼오오 모여서 앞으로의 진로를 의논했다. 회사의 몇몇 젊은이는 완전히 이 바닥을 떠나서 대학원에 진학할 작정이었다. 또 일부는 새로운 하이테크 기업에 취업할 생각이었다. 그리고 장위안과 아는 몇몇은 장위안을 따르기로 하고 함께 창업을 결심했다.

장위안은 곧 계약이 끝나는 사무실에 앉아, 한때는 분주했던 사무실의 책상과 의자들이 어지럽게 널려 있는 모습을 바라보았다 머리 위 형광등 하나가 나가서 깜박거리고 있었다. 지난 2년간

447

파란만장했던 시절을 떠올리니 감개가 무량했다. 시운이 따라주지 않았던 대입 시험과 비교해도 지금 자신이 선택한 이 길이 더욱 험난하고 기복이 많았다. 하지만 그래서 심장이 더욱 빨리 뛰었다. 그건 마치 농구 코트에서 서브 휘슬이 불 때의 기분과 같았다. 놀이동산에서 회전목마를 좋아하는 사람이 있는가 하면 롤러코스터를 좋아하는 사람도 있다. 그는 바로 후자였다.

* * *

그런데 모든 것을 정리하고 새롭게 시작할 준비를 하고 있던 그때, 바로 누군가가 그의 심장을 쥐어뜯는 소식을 전했다. '허뤄가 떠난대. 지구 저 반대편으로.' 그 소식을 듣자 그는 미간을 찌푸리며 입술을 깨물었다.

"설마 내 짝꿍이 너한테 아무 말도 안 했어?" 자오청제가 놀라며 물었다.

"어, 그래. 영어를 잘하니까. 준비하는 데 어려움은 없었을 거야." 장위안이 담담하게 말했다. "허뤄는 줄곧 이곳저곳을 구경하고 싶어 했으니까. 유학이 아니면 어디 미국에 갈 기회나 있겠어."

"그렇긴 한데, 넌 못 가니까 방법을 생각해봐야 하는 거 아냐?"

"무슨 방법? 미국에 갈 방법은 많아." 장위안이 가볍게 웃었다. "우리 반 여자 중 출국하는 애들이 많으니까 너도 그중 하나 골라서 F2 비자 받으면 되겠네."

자오청제가 입을 삐쭉거렸다. "난 내 짝이랑 제일 친하니까 그

럼 허뤄 통해서 F2 비자 받아야겠다. 괜찮지? 흥, 날 설마 죽이진
않을 거지?"

* * *

"왜 갑자기 유학 가기로 결정한 거야?" 장위안이 허뤄에게 전화
를 걸었다.

호흡 소리도 들리지 않을 만큼 조용했다. 그리고 잠시 후 허뤄
가 종잡을 수 없는 목소리로 더듬더듬 말을 꺼냈다. "오래…… 생
각했던 거야. 갑자기가 아냐."

"어…… 어떻게 되어가? 듣자니까 잘나가는 교수가 추천서를
써줘서 따놓은 당상이라던데?"

"어디 백 프로인 일이 있나?" 허뤄가 한숨을 내쉬었다. "그리고
그게 뭐 별거라고. 내가 그저 운이 좀 좋았던 거지."

"오늘의 운은 대부분 과거의 노력으로 쌓아 올린 결과이자 개
인의 능력을 보여주는 거잖아. 너도 너무 겸손할 것 없어." 장위안
은 웃으며 농담처럼 얘기하고 싶었지만 입 밖으로 나온 말들은 딱
딱하기 그지없었다.

허뤄는 가볍게 웃었다. "이번엔 네가 날 안심시키는 거야? 사실
유학은 안 가도 그만이야."

"어?" 장위안은 잠시 말을 멈췄다. "그럼 국내에서 대학원 진학
하면 되겠네."

"맞아. 근데 특채가 끝나서 시험 보고 들어가야 해. 난 시험 준

449

비를 한 것도 아니어서 힘들 거야. 만약 유학이 무산되면 편안한 일을 찾아볼 거야. 여기저기 현장 실습도 해보고. 차이만신도 예전에 워싱턴 세계 은행에 실습하러 갔었는데 매달 2000달러나 받았대. 취업하는 것보다 더 괜찮지 않아?"

"근데 졸업하고는 실습생으로 갈 수는 없잖아." 장위안이 꼭 집어 말했다.

"어, 하긴 그래." 허뤄는 잠시 침묵했다. "그럼 직접 가게를 내는 거야. 그날 다 같이 수다 떨면서, 학교 인근에 작은 식당 하나 낸 다음에 여행하며 사둔 기념품과 각지의 음식을 팔면 좋겠다고 했었거든." 그녀는 분위기가 썰렁해질까 봐 구매 방법에서, 마케팅, 신제품 아이디어 개발까지 주저리주저리 이야기했다.

"여자들이란 뜬구름 잡는 얘기만 하더라!" 최근 사업자 등록 절차를 알아보고 있던 장위안은 그녀의 말에 이마를 쓱쓱 문질렀다. "음식 관련 사업은 특히 절차가 복잡해. 공상 세무, 위생 검역도 알아봐야 하고 직원들의 자격증도 필요해. 거기에 보관하고 가공할 적당한 장소도 찾아야 하는데 그걸 감당할 수 있겠어?

"나는 웃자고 한 말인데." 허뤄가 변명했다. "정말 할 생각이었다면 나도 자세히 알아봤겠지."

"넌 그럼 먼저 어떤 일을 하기로 정한 다음에 타당성 조사를 한단 말이야?" 장위안이 사뭇 진지해졌다. "우선 어느 정도 일의 가능성을 타진한 다음에 세부적인 것을 알아봐야지."

"저기요. 전 그냥 웃자고 한 말인데 그렇게 죽자고 덤빌 건 뭔가요?" 허뤄는 기분이 상했다.

"이미 세부적인 계획을 세운 것 같아서 그러지. 널 말리지 않으면 바로 다음 날이라도 충동적으로 개업식 테이프를 끊을 기세라서."

허뤄는 답답해서 말도 나오지 않았다. 이젠 상황이 완전히 역전되어 버렸다. 허뤄는 여태 장위안이 미래에 대한 허튼 꿈이나 꾸는 소년이라고 생각했었다. 그런데 그런 그가 지금 몇몇 여자들의 로망까지 무참하게 짓밟아가며 비난하고 있질 않은가. 난 그저 출국이 유일한 답은 아니라고 말하고 싶었을 뿐인데. 그걸 왜 모르는 걸까? 허뤄의 말투는 냉정해졌다. "됐어. 됐다고. 그 얘긴 그만하자. 어차피 그냥 웃자고 한 얘기고 다들 진지하게 생각해본 것도 아니잖아."

"허뤄……." 그의 묵직한 목소리, 그녀의 이름을 불러주는 가장 아름다운 목소리였다. "앞으로 뭘 할 건지 생각은 해봤어? 네가 심사숙고해서 내린 결정이라면 난 무조건 찬성이야."

허뤄는 입술을 달싹였다. 눈가는 이미 촉촉하게 젖어 있었다. 나도 묻고 싶었다. 그럼 너는? 너는 계획이 뭔데? 혹시 '너랑 같은 생각'이라 말해주진 않을까?

* * *

"생각했지. 당연히 생각해봤지. 현모양처! 내 평생 소원은 언제부턴가 현모양처로 변했어. 너랑 결혼해서 줄줄이 애를 낳는 거야. 너무 많다면 최소 농구팀은 어때?" 허뤄의 말을 듣고 있던 톈샹이 웃으며 말했다. "이렇게 말했어야지."

기분이 상한 허뤄는 정색을 하며 나무랐다. "내가 이럴 줄 알았다니까."

"아니라고?" 톈샹이 허뤄를 위아래로 훑었다. "네 꼴 좀 봐. 완전히 얼빠진 꼴이라니. 그래서 넌 뭐라고 했는데?"

"계획 없다고, 그냥 상황 봐가면서 결정할 거라고 했지. 합격하면 가는 거고, 아니면 칼튼 대학도 있다고 했어."

"때가 어느 땐데, 둘 다 아직도 뜸을 들이고 그래?"

허뤄는 억지로 웃어 보였다. "이미 다 말했어. 안 가도 좋고 스스로 길을 알아볼 수도 있다고. 설마 내 입으로 직접 '네가 성공하지 못해도 나는 너와 동고동락하기로 마음먹었어. 네가 물을 길어 오면 내가 논에 물을 대면서 그렇게 살고 싶어.' 말해야 속이 시원하겠어? 그럼 걔는? 격려는 못해줄망정 나한테 생각이 없다며 나무라던걸. 난 진짜 걔가 무슨 생각을 하고 있는지 도통 모르겠어. 지금 우리가 연인 사이도 아니고 어떤 약속을 한 것도 아닌데 나 혼자만 애쓰는 게 너무 힘들어."

"그럼 내가 대신 말해줄게!" 톈샹이 자리에서 튀어 오르며 핸드폰을 집었다.

허뤄는 그녀를 제지하고 쓴웃음을 지으며 고개를 흔들었다. "그 사람 맘속에 내가 있다면 자기가 말했겠지. 근데 만약 내가 없거나, 내가 일보다 중요하지 않다면 내가 백만 번을 말해도 결국 내가 구걸해서 얻어낸 것밖에 더 돼? 그게 무슨 소용이 있어? 이제 우리 사이가 '널 좋아해. 우리 같이하자.' 이런 단순한 말로 해결될 사이는 아니잖아. 그럼 나중에 문제가 생기면 또 헤어질 수도 있잖아. 그럼 나는 진짜 미쳐버릴 거야."

"내가 다 미치겠다!" 톈샹이 악을 썼다. "앞으론 너희들 문제는 나한테 얘기도 꺼내지 마! 듣는 내가 다 짜증난다. 정말 너네는 답이 없어."

"앞으론 말 안 할게. 곧 입학 신청 자료들을 다 우편 발송할 거야. 이젠 하늘에 맡기고 행운을 비는 수밖에."

* * *

11월 말 장위안은 친구의 도움으로 베이징의 신흥 기업과 연이 닿았고, 직접 기획서를 브리핑할 기회를 얻었다. 마침 베이징에는 입동 이래 첫눈이 내렸다. 유난히 많은 눈이 내리는 바람에 빙판길 운전 경력이 짧은 기사들로 거리가 온통 북새통이 되었고, 교통이 마비되었다. 그는 기차역에서부터 흔들거리는 차를 타고 꼬박 4시간이나 걸려 허뤄의 학교에 도착했다.

장위안은 기숙사 앞 가로등 아래 서 그녀를 기다렸다. 온 하늘에 큰 눈꽃 송이가 춤을 추고 있었다. 허뤄는 기숙사 창문으로 밖을 내다보았다. 어두운 밤의 빛깔이 희뿌옇고 적막한 천지를 물들이고 있었다. 그는 마치 텅 비어버린 무대 한가운데 서 있고, 그 위를 원추형의 노란 불빛이 덮고 있는 것만 같았다. 기숙사에서는 샤브샤브가 끓고 있었고, 그 습기가 창문에 그대로 엉겨 붙어 그의 모습이 희미하게 보였다. 그는 고개를 들고 길게 휘파람을 불었다.

허뤄는 책상의 자료를 들고 뛰어나갔다.

"우리만 좋게 생겼네. 더 먹을 수 있겠어." 나머지 세 룸메이트는 서로의 얼굴을 쳐다보고는 어깨를 들썩이며 입술을 씰룩거렸다. 그리고 계속해서 냄비 안에 채소와 양고기를 두고 쟁탈전을 벌였다.

* * *

장위안은 차분한 미소를 지으며 무릎까지 내려오는 남색 파카를 입고 깃을 잔뜩 세운 채 목에 회색 목도리를 헐렁하게 두르고 있었다. 마치 지난 6~7년이라는 시간이 이 순간에 농축된 것처럼 허뤄의 가슴 깊이 쌓여만 갔다. "지난번에 정리해둔 자료야. 해외 중소기업 초창기와 성공 경영 사례가 들어 있어." 그녀는 자료를 건넸다. "차이만신이 많이 도와줬어. 그리고 차이만신이 해준 조언도 뒤에 적어놨어. 혹시 프레젠테이션할 때 쓸모가 있을까 해서."

"이렇게나 많이!" 장위안이 자료를 펼치며 이맛살을 찌푸렸다.

허뤄가 웃었다. "나도 잠자코 했는데, 왜 네가 많다고 난리야."

"다 널 위해서 한 말이지." 장위안이 파일을 챙겼다. "타이핑하기도 힘들었겠다. 나도 타이핑할 때 허리며 등이 다 쑤시고 아프거든. 내 잘 알지. 자, 여기." 그가 어깨뼈 옆쪽을 만지려고 손을 뻗었지만 옷을 너무 많이 껴입은 탓에 팔이 구부러지지 않았고 행동이 둔했다. 허뤄의 마음까지 부드러워졌다. 그가 헤헤 웃으며 "맞지! 내가 대신 두드려줄까?" 하며 말했다.

"괜찮아. 나에겐 대형 쿠션이 있거든." 허뤄는 손으로 크기를 설명했다. "그래서 별로 힘들진 않아."

"괜히 신세만 졌네. 나도 내가 이쪽 경험이 부족하다는 거 잘 알아. 근데 그게 또 장점일 수도 있어. 틀에 박힌 사고에서 벗어날 수 있잖아. 하지만 또 생소하고 유치하다는 느낌을 줄 수도 있지. 친구가 그러는데 자룽 기업이 현재 소프트웨어 사업을 확장할 계획이래. 우리가 회사로 편입될지 아니면 우리가 투자를 받아내 사업 파트너가 될지는 이번에 제안하는 솔루션이 사장님의 눈에 드느냐에 달렸어."

진지한 그의 말투가 허뤄는 낯설었다. 장위안의 앞에서, 그의 확신에 찬 눈빛을 바라보면서 허뤄는 적당한 화제를 찾을 수가 없었다.

"네가 가려는 길이 어렵고 험난하다는 걸 알았다는 게 제일 중요해." 허뤄가 내쉰 긴 한숨은 공기 중에서 순식간에 하얀 입김으로 변해버렸다. "등산이랑 비슷하지. 우린 정상을 주시하고 있어야 방향을 잃지 않을 수 있어. 하지만 마찬가지로 발밑에 길이 고른지도 잘 살피면서 걸어야 해."

"말은 정말 청산유수야." 장위안이 웃었다. "이메일로도 이미 말했던 내용이잖아.《허씨 어록》을 낭독하고 있습니다만."

허뤄도 웃었다. 그녀도 당시《장씨 어록》을 가지고 있었다.

* * *

‘12·9’ 가요 대전이 다가오고 있었다. 학교 광장에는 이미 노천 무대가 마련되어 있었다. 주요 통로 양쪽에 늘어선 회화나무와 은행나무의 메마른 가지 위에 황금색 전구들이 걸려 있었고, 수 미터마다 큼지막한 붉은 등이 걸려 있었다. 장위안이 갑자기 돌아서며 물었다. "네 카메라 어디 있어? 이런 장관은 찍어줘야지!"

시간이 순간순간 정지되었다.

장위안은 오동나무에 손을 뻗어 마치 손이 물려 아픈 것처럼 일그러진 표정을 지었다.

오른손에 탕후루를 검처럼 들고 왼손으로는 두 번째 손가락과 중지를 펴고 나머지 손가락은 접어 둥글게 만들어 바짝 쳐들고 '탕후루 광고, 노산도사 버전' 하고 외쳤다.

목도리를 손목에 둘둘 감은 뒤 허뤄의 모자챙을 주먹 위에 올리더니 웃으며 '이건 허뤄의 은신술' 하고 말했다.

허뤄는 깔깔깔 신나게 웃었다. 그녀는 연보라색의 중국 전통 대금(좌우 깃이 포개지지 않고 앞 중심에서 서로 단추를 채우는 중국 전통복—옮긴이) 저고리를 입고 있었다. 구름문양의 수가 놓여 있었고, 목과 소맷부리, 옷섶에는 황토색의 토끼털이 둘려 있었다. 장위안이 웃으며 "꼭 커다란 장갑을 뒤집어쓴 것 같아." 하고 놀렸다.

"어디가 장갑 같아?"

"이 조합이 왠지 장갑을 떠올리게 한다니까. 이렇게 생긴 장갑 있지 않아?"

허뤄가 고개를 끄덕였다. "오래전이지. 벌써 구닥다리가 되어버려서 어디다 뒀는지도 몰라."

장위안이 안에 입은 양복이 보이도록 파카를 팔꿈치까지 내려 입고는 허뤄를 불렀다. "이리와. 같이 사진 찍자. 대비가 아주 극명하잖아. 어설픈 신사와 산골 처자." 그는 한 학생에게 사진을 찍어 달라 부탁하고는 허뤄의 머리 위에서 토끼 귀를 만들며 혀를 내밀었다. 허뤄는 비스듬히 그의 앞에 서 있었는데 위에서 사각사각하는 소리가 들렸다. 그녀는 헛기침을 한 번 하고는 팔꿈치로 가볍게 그를 찔렀다. "뭐야. 토끼 귀 하지 마라."

"누님!" 장위안이 찬 공기를 "흡"하고 들이마셨다. "너무 세잖아. 나 위엄 있는 거 몰라?"

"그거 고소하다!" 허뤄가 그를 나무랐다.

"진짜 독하다." 그가 어깨를 들썩였다. "안 하면 되지." 그는 손을 내리고 있다가 플래시가 터지는 순간에 그녀의 어깨에 내려놓았다.

허뤄는 온몸이 떨렸다. 그의 가벼운 터치에 순간 공기도 응집되어버렸다.

* * *

그녀는 장위안을 교문까지 배웅했다. 택시는 그림자도 보이지 않았고 그나마 가끔 오는 버스도 손님을 가득 태운 채 천천히 달리고 있었다. 둘은 텅 빈 거리에서 이러저리 뛰어다니며 눈을 뭉쳐 눈싸움을 했다. 눈밭을 지치며 누가 더 멀리 가는지를 겨루었다. 순수했고 즐거웠다. 밝은 등불 아래서 왁자지껄 신나게 뛰어놀았다.

눈꽃에 적절하게 반사되는 황금색 등불, 공기 중 익숙한 차가운 냄새, 마치 고향처럼 친절했다. 장위안의 이번 일정은 매우 순조로웠다. 어떤 방식으로 합작을 하더라도, 장위안 팀은 자룽의 기존 기술 부서 및 선전의 한 작업 그룹과 합병하게 될 것이고, 그러면 모든 상황이 달라질 것이다. 그의 구상은 기술 센터를 베이징에 설치해 북방에 기존 국영 기업이나 정부 기관을 대상으로 각종 시스템과 소프트웨어 서비스를 제공하는 것이었다.

그가 첫 번째로 선택한 도시는 허뤄가 근 4년을 생활한 도시였다. 미래는 알 수 없는 심해와 같아서 지금 빛을 발사해도 굴절과 너울에 많은 것이 달라질 것이다.

* * *

호텔로 돌아오자 회장의 팡 비서가 장위안을 기다리고 있었다. "어디 다녀오셨나요? 전화도 안 받으시고요. 오래 기다렸습니다."

"아. 죄송해요. 급한 일이라도? 친구한테 갔다가 늦게 돌아온다고 이미 말씀드렸었는데."

"아. 내가 너무 급작스럽게 온 거죠." 뒤쪽 소파에서 정칭인이 머리를 내밀었다.

"너?"

458

"세상 참 좁죠!" 그녀는 반달눈을 하고 웃었다.

"아가씨가 오랜만에 귀국해서 어렵게 옛날 친구를 만났는데, 선배라는 분이 여기저기 구경 좀 시켜줘야죠. 어차피 요즘에 특별한 일도 없고, 조직 위원회의 심사 결과만 기다리고 있잖아요." 팡 비서는 의미심장하게 웃었다. "먼저 얘기들 나누세요. 전 전화 좀 걸고 올게요." 그는 벌써 눈치 빠르게 자리를 피해 현관 쪽으로 걸어갔다.

장위안은 뭔가 잘못 돌아가고 있다는 생각이 들었다. 그리고 곧이어 상황을 파악한 그가 웃으며 정칭인에게 말했다. "베이징은 나도 잘 몰라. 많이 와보긴 했는데 대부분 기차역하고 허뭐 학교만 왔다 갔다 해서. 그러지 말고 허뭐 보고 구경시켜달라고 해볼래?"

정칭인은 입을 축 늘어뜨리며 억지로 웃었다. "지난번 봤을 때만 해도…… 언니가 뚱하니 말도 안 하고, 그리고 둘이……."

"다툼 없는 커플이 어디 있나? 허뭐 기분 풀어주는 건 진짜 쉬워. 맛있는 것만 사주면 되거든."

잠깐 망설이던 정칭인의 표정이 굳어졌다. "아, 그랬던 거구나."

"그리고…… 말하기 좀 그런데……." 장위안이 잠시 말을 멈추었다. "이번에 자룽 기업과의 면담 고마웠어."

"지난번 모임에서 선배가 프로그래밍 일을 한다고 했잖아요. 왜 바쁜지도 선배들이 다 말해줬어요." 역시 부인하지 않았다. "자룽의 사장님이 우리 집안이랑 대대로 교분이 있는 집안이에요. 전 그냥 아빠한테 추천해달라고 했을 뿐이고요. 이 기회는 결국 선배

실력으로 얻은 거예요."

"나도 우리 실력을 믿어." 장위안이 웃으며 정중하게 말했다. "도와줘서 고마워."

정칭인은 억지로 입꼬리를 올리며 웃어 보였다. "됐어요. 전 기사 아저씨랑 쇼핑이나 갈래요. 사실 이번에 선배를 만날 거라곤 상상도 못했는걸요. 사람들이 선배도 베이징에 있다고 해서 얼굴 보고 인사라도 하면 좋겠다고 생각했어요."

그녀는 고개를 떨군 채 잰걸음으로 엘리베이터를 향해 걸었고, 팡 비서가 그녀를 뒤쫓아갔다.

* * *

"자네 기획서의 아이디어가 참신하긴 한데, 제일 좋은 건 아닐세." 준비 위원회 책임자 류 사장이 책상을 치며 말했다. "찬성과 반대 의견이 반반일세. 사실 소프트웨어 자회사를 키우는 데 주력할 생각이긴 한데 워낙 모험이 커. 우리 회사가 사실 회장님이 지배주주셔서 최종 결정은 그의 한마디에 달렸네."

"전 가장 최악의 결정을 하겠습니다. 짐 싸서 떠나죠." 장위안이 웃었다. "저에게 이렇게 도전할 기회를 주셔서 감사합니다. 그동안 새로운 것도 많이 배웠습니다."

"지금 당장 포기하지는 말게." 류 사장이 웃으며 말했다. "젊은 사람들이란 너무 충동적이고 쉽게 흥분해. 자네 회사는 큰 회장님이 직접 추천한 곳이니 가망이 있다고."

장위안이 웃었다. 정칭인의 태도 때문에 경쟁에서 무게를 실어
준 것이라면 이건 내가 나를 우롱하는 꼴이 된다.

* * *

그는 허뤄와 함께 사진을 찾으러 갔다. 그의 얼굴빛은 내내 어
두웠다. 성큼성큼 걸어가는 그의 걸음을 허뤄는 잰걸음으로 달려
야 겨우 따라잡을 수 있었다. 허뤄는 무언가 이상한 예감이 들었
지만 차마 기획서에 관한 얘기를 물을 수가 없었다. 그리고 장위
안이 드디어 입을 열었다.

"포기하려고. 결재권자가 이 기획서를 진짜 좋아하는 것 같진
않아서." 장위안은 무거운 표정으로 분개하며 말했다.

"그러지 마." 허뤄는 조급했다. "그렇게 오래 고생했는데 아깝지
도 않아? 나라면 그렇게 많은 공을 들인 일은 절대 포기하지 않을
거야."

"사내대장부는 배포가 커야 해. 어디 성공의 기회가 이번 한 번
뿐이겠어. 여기서 날 받아주지 않는다면 다른 곳도 도전해봐야지."

"근데 네가 그랬잖아. 자룽의 노선이 너랑 생각이 잘 맞는다며.
게다가 자룽은 운영 자금이랑 인력 자원이 풍부해서 네가 자유롭
게 일할 수 있도록 해줄 거라며?" 허뤄는 장위안이 했던 말을 되
풀이했다. "사내대장부는 배포가 커야 한다지만 만약에 단기간 안
에 사업을 일으키지 못하면 계속 그렇게 방황하기만 할 거야?"

"그럼 기간을 오래 잡으면 되지! 다음엔 좀 더 어려운 질문을

해라!" 장위안이 가볍게 웃더니 한참 생각에 잠겼다. "그냥 원망스러워서 그랬어. 근데 단 한 가지, 내가 어떤 결정을 내렸든 그건 다 이성적으로 사업을 추진하기 위해서였다는 거야. 절대 다른 잡다한 이유 때문이 아니라."

* * *

허뤄는 당황해서 기계적으로 대답했다. 오늘 장위안이 중간중간 많은 말을 생략하며 말하는 통에 자신이 중심을 어떻게 잡아야 하는지 감이 오질 않았다. 처음부터 다시 곱씹어보아도 여전히 맥락이 잡히지 않았다. 허뤄는 둘의 사진을 보고 또 봤다. 엷은 미소가 떠오를 때도 있었지만 대개는 속으로 한숨만 나왔다. 마치 그날의 행복이 착각과 환영만 같았다.

하지만 장위안과 함께 캠퍼스를 거니는 지금, 달빛은 서늘했고, 수목의 검은 그림자는 적막하게 드리워져 있었다.

"31일에 올 거야?"

"글쎄." 장위안이 고개를 저었다. "요즘 골치 아픈 일이 좀 생겨서 바빠."

실망스러웠다. 어쩌면 이게 내가 중국에서 보내는 마지막 신년이 될 거란 생각은 안 해봤어? 나는 너와 함께 신년의 타종 소리를 듣고, 사람들의 환호성을 듣고 싶어. 뭐가 그렇게 바빠서 그 시간도 못 내는 거야?

* * *

시간은 어느덧 올해 마지막 10시간을 앞두고 카운트다운에 들어갔다. 장위안은 집을 나서 택시를 잡아탔다. 그에게 관리 프로그램을 맡겼던 프랜차이즈 회사의 비서가 갑자기 전화를 걸어왔다. "사업 파트너를 찾는다고 들었습니다. 우리 사장님이 지인분이랑 식사하려고 하시는데 그 지인분이 IT 사업을 해볼까 한다고 하시네요. 저의 사장님이 장위안 씨 생각이 나서 면담할 생각이 있는지 물어보라고 하셨습니다." 장위안은 그러겠노라고 대답하고 허뤄에게는 친구와 식사가 있어서 약속을 못 지킬 것 같다고 전했다.

"그래도 올 수 있도록 노력해봐! 알았지?" 그녀는 여전히 희망을 버리지 못하고 있었다. 이런 애매한 대답은 이미 그녀를 희망과 절망 사이를 오가며 피로하게 만들었다.

그녀는 모든 모임을 거절했다. 그리고 침실에서 두 무릎을 감싸 안은 채 잠자코 기다렸다. 그에게 전화를 걸었지만 그는 받지 않았고, 문자를 넣어도 회신이 없었다. 그녀는 무료하기 짝이 없었다. 차이만신이 연습을 해야 한다며 그런 그녀를 붙잡고 모델 삼아 화장을 했다. 거울 속 자신을 보니 너무 조숙하고 낯설어 보였다. 고개를 저으며 얼른 화장을 지웠다. 하지만 장위안은 여전히 오지 않았다.

* * *

8시가 다 되어 겨우 전화가 연결되었다. "얼른 와. 우리 얘기 좀 하자."

"오늘은 너무 피곤해 다음에 다시 얘기하자." 조금 전 면담이 생각처럼 잘되지 않았다. 상대방은 장위안 팀의 능력을 반신반의했고 그가 너무 젊다고 말했다. 바짝 긴장한 상태로 몇 시간을 보내고 나니 장위안은 온몸의 기운이 다 빠져나가버린 것만 같았다. 게다가 술을 너무 많이 마신 탓에 머리가 둔해졌다.

"그래. 기다리라면 기다리지." 허뤄는 낙심했다. "넌 늘 그 말뿐이야. 더 기다리다간 내년이 올 거고, 또 기다리다간 내가 출국을 하겠지. 그럼 날 다신 볼 수 없을 거야. 이제 더는 너에게 잔소리하고 괴롭힐 일도 없어지겠지."

장위안이 웃으며 말했다. "애처럼 꽁하지 말고. 정말 피곤해서 그래. 다음에."

우리에게 다음이 얼마나 있을까? 허뤄는 울적했다. "자꾸자꾸 미뤄. 그래서 서로 대화하고 싶지 않을 때까지 미루다 보면 더는 할 말도 없겠지."

장위안은 이렇게 제멋대로에 그를 배려하지 않는 허뤄는 처음이었다. 그러니 지금의 상태로 만난다 해도 또 싸울 게 뻔하겠다 싶었다. "떼쓰지 말고. 허뤄. 오늘은 정말 안 될 것 같아." 그는 머리가 터질 것만 같았다. "설마 내가 이번에 베이징에 온 게 너 때문이라고 생각하는 건 아니지?"

"그래…… 나도 알아. 너 바쁘다는 거." 허뤄는 입술을 달싹였다. 눈물도 나오지 않았다. "내가 괜히 널 귀찮게 했네."

* * *

그래. 목소리가 피곤해 보이더라. 그렇게 무장해제 되었을 때 결국 너의 진심이 나온 거지. 너의 미래에 너는 한 번도 나를 염두에 두지 않았던 거야. 네가 베이징에 온 것도 결국 너의 선택일 뿐 나 때문은 아닌 거지.

그리고 장위안이 했던 '어떤 결정을 내렸든 그건 다 이성적으로 사업을 추진하기 위해서였다는 것. 절대 다른 잡다한 이유 때문이 아니라'는 말도 떠올랐다.

내가 바로 그 '잡다한 이유'였구나. 이제 보니 내가 널 힘들게 하고 있었던 거야. 나는 너를 힘들게 하지 않으려고 매번 나 자신을 힘들게 했어. 애매하게 떠보는 듯한 너의 행동들은 그저 너의 평소 의미 없는 행동일 뿐이었구나. 근데 나만 혼자 극 중에 몰입했던 거야. 너는 주인공도 심지어 관객도 아니었는데. 네가 오고 다시 떠나가도록, 나만 혼자 우리가 다시 잘될 거라는 신기루를 만들고 있었던 거야.

* * *

허뤄는 수화기를 붙들고 이 순간 모든 희망이 무너지는 것을 느꼈다.

그리고 결심했다. 앞으로 다시는 그 사람 때문에 눈물 한 방울도 흘리지 않겠다고.

제15장 더 멀리 더 높게

홀로 이 상심의 거리를 거닐며
어떻게 뒤를 돌아보던 당신의 모습을 잊을 수 있겠어요
당신과의 거리를 잊어보자 용기를 내보지만
어떻게 사랑이 천천히 식어간다고 말할 수 있겠어요
차라리 나의 굴레로부터 멀리 그리고 높이 날아볼까요
내겐 더는 물러설 길이 없어요
어떻게 말을 꺼내야 할까요
어떻게 날 사랑해달라고 말할까요
홀로 이 상심의 거리를 거닐며
어떻게 당신의 모든 것을 받아들여야 할까요
당신과의 거리를 잊어보겠다 용기를 내어보지만
어떻게 당신이 없는 내가 익숙해질 수 있을까요

by 린이롄 '더 멀리 더 높이'

허뤄 가족은 싼야로 겨울 여행을 떠났다. 비행기 창밖으로는
남국의 쾌청한 하늘이 보였다. 운해 위를 비행할 때 이어폰에서는
멍팅웨이의 '목면화 길'이 흘러나왔다. '아 사랑은 목면화 길처럼
계절이 지나고 나면 시들어버리네' 그녀는 별다른 감흥이 없었다.
따뜻한 해풍이 마음을 촉촉이 적셔주고, 모든 잡념을 씻어주었다.

무거운 겨울은 저 멀리에 버려두었다.

무수히 많은 별과 바다 풍경을 보고 있노라니 세상 끝에서 대양의 피안을 바라보고 있는 것처럼 느껴졌다.

누군가 그랬다. '사랑을 잃은 자, 거칠 것이 없으므로 오히려 도박판에서는 대박을 터트린다.' 정말 그랬다.

유학이라는 도박에서 허뤄는 첫판에 승리를 거두었다. 하이난에 도착해 3일째 되던 날 이메일을 열자 두 통의 입학 허가서가 동시에 날아들었다.

* * *

장위안은 어디에서도 허뤄를 찾을 수 없었다. 핸드폰도 집 전화도 불통이었다. 설날 동창 모임에서 다들 "허뤄 출국한다는데 너 몰랐어? 이미 여러 군데서 전액 장학금 제의를 받았다던데."라고 말했다.

"너에 대한 허뤄의 감정도 이미 시들해졌어. 예전 같았다면 아무 고민 없이 너를 위해 모든 걸 포기하겠다고 했을 거야. 그런데 지금은 그렇게 단순하고 완강하지 않아." 텐샹이 콧방귀를 뀌며 말했다. "확신을 주는 게 그렇게 어려웠어?"

"나도 오늘이나 내일을 보장할 수 없는데, 어떻게 확신을 줄 수 있겠어."

"적어도 네 태도를 분명히 했어야지. 사랑하면 말을 해야지. 혹시 걔가 네 속을 다 들여다보고 네 마음 구석구석까지 다 꿰뚫고 있다고 착각한 거야."

사랑 때문에 그녀의 날개를 잘라버려야 할까? 장위안은 이맛살을 찌푸렸다. 모든 것이 그의 애초 계획과 달라졌다. 당당하게 그녀의 곁에 서고 싶었던 것뿐이었다. 그녀가 허무맹랑한 꿈같은 얘기를 늘어놓을 때도 이성적으로 분석하기보다 '괜찮아. 진짜 안 되겠다 싶으면 내가 널 먹여 살릴게'라고 말하고 싶었다. 사업 역시 실패해도 낙담하지 않고 계속해서 기회를 찾아볼 생각이었다. 그런데 이별의 날은 점점 다가왔고 그녀의 보폭은 따라잡을 수 없었다.

설사 순조롭게 사업 자금을 조달하여, 고생 끝에 희망이 보이는 그날이 온다 해도, 허뤄를 되돌리기엔 이미 늦어버린 건 아닐까?

* * *

허뤄가 장학금을 받는다는 소식에 부모님은 싱글벙글 기뻐하며 그녀가 밝은 색으로 염색해도 된다고 흔쾌히 승낙했다. 어린 미용사가 한사코 진한 자주색으로 염색을 하라고 권했다. "바이올렛색이 유행이에요. 완전 간지나요."

허뤄는 단칼에 거절했다. "전 인간의 머리에서 자랄 수 있는 진짜 머리색을 원해요."

표백, 컬러 배합, 염색, 장장 4시간이나 걸렸다. 그녀의 머리는 대대적인 공사를 거쳐 울긋불긋하고 갈색에 어두운 와인색을 띠었다. 허뤄의 아빠는 썩 내키진 않았지만 그저 머리카락 상한다는 한마디만 던졌다. 허뤄는 머리칼을 들어올리며 말했다. "층이 아주 예쁜데. 조금이라도 어릴 때 꾸밀 만큼 꾸며봐야지."

허뤄의 아빠는 딸을 이상하게 쳐다보았다. 집으로 돌아와 아내에게 딸과 대화 좀 해보라고 일렀다. "허뤄가 매일 실실거리는 것도 그렇고, 예전에 유치하다고 안 하던 일만 골라 하는 것도 그렇고 뭔가 이상해."

허뤄는 엄마의 말에 손을 저었다. "있긴 뭐가 있어. 너무 즐거워서 그러지. 이젠 캘리포니아 대학 가는 게 확실해졌으니까. 선샤인 비치."

* * *

전화가 드디어 연결되었다. 장위안은 저자세로 다정하게 말했다.

허뤄의 아빠는 경계하며 허뤄를 지켜보았다. "돌아오자마자 전화가 빗발치네. 너무 늦게까지 놀진 마."

허뤄의 엄마도 말했다. "그래. 나랑 너희 아빠 온종일 걱정시키지 말고."

허뤄가 웃었다. "걱정하지 마. 걔랑 할 말도 없어."

* * *

장위안이 모교 정문에서 그녀를 기다리고 있었다. "봐봐. 내가 뭘 찾았게?" 벌써 아주 오래전 일이었다. 고3 장위안의 생일 때 허뤄가 선물을 숨겨두고 지도를 그려 장위안에게 찾아보라고 했었다. 선물을 발견한 그가 교실에서 반도막 난 분필을 들고 나와 벽에 'THANKS'라는 글자와 웃는 얼굴을 그려두었었다.

허뤄는 잠깐 훌쩍거렸다. 수년간의 헤어짐과 만남, 기쁨과 슬픔, 처음의 흔적이 여전히 남아 있었다. 과거와 멀어지며 점점 흐려졌겠지 했는데 굳이 세월의 시련을 견뎌내고 있었다. 영원할 것 같았던 집착도 이미 지쳐버렸다. 시간이 모든 것을 바꾸어 놓았다. 분명했던 글자의 흔적도 이미 모호해졌다. 그리고 이것 역시 얼마 가지 않아 구름처럼 안개처럼 사라져버릴 것이다.

이젠 더 뭘 할 수 있을까? 이미 얼룩덜룩해진 추억을 다시 하나하나 그려 넣어야 할까?

* * *

"어느 학교 갈지는 정했어?"

"최종 결정은 못 내렸는데, 캘리포니아 대학 분교로 가지 않을까 싶어. 그 대학 분교 두 곳에서 입학 허가를 받았거든."

"축하해."

"그런 말밖에 할 말이 없어?"

"그래." 그는 잠시 말을 멈추었다. "그리고 좋은 소식이 하나 있어. 예전 고객이 우리가 작업한 게 맘에 든다면서 새로운 파트너를 소개해주셨거든. 톈다 회사라고 역시 베이징에 있어."

"오, 축하해." 허뤄는 자리에서 일어나며 담담하게 말했다. "그래서 날 보러온 거야? 더는 도망 안 치고?"

"내가 언제 도망쳤다고 그래?"

"넌 줄곧 도망만 쳤잖아. 문제가 생기면 나랑 함께 해결할 생각은 전혀 하지 않았지. 고등학교 때 내가 출국한다고 했을 때도 넌 공을 나에게 넘겼지. 그리곤 나중에 우리가 갈 길이 다르다면서 헤어지고 서로 갈 길로 가자고 했었어. 미래가 불확실하니까 좋은 친구인 척, 아무 일도 없었던 것처럼 지냈어. 근데 그게 날 더 지치게 만든다고는 생각 안 해봤어? 포기해야지 결정하고 나니까 진짜 알겠더라. 넌 가장 편한 길을 선택한 거야. 너의 미래에 나는 전혀 없었던 거지. 날 위해서라고 하지만 사실 나를, 그리고 우리 미래에 대한 책임을 지고 싶지 않았던 거야. 두려웠던 거야. 책임지지 못할까 봐 두려웠던 거라고!"

그녀는 단숨에 모든 말을 뱉어버렸고 그녀의 태도는 결연했다. 장위안은 아무것도 할 수 없었다. 허뤄를 응시하며 조용히 그리고 천천히 말을 꺼냈다. "날 그렇게 봤던 거야? 그때, 내가 어떻게 너를 그리고 미래를 책임질 수 있었겠어? 너한테 공수표를 날리는 거야 쉽지. 근데 내 약속을 지키지 못한다면? 너까지 내 불안한 인생에 끌어들인다면 넌 절대 후회하지 않을 자신 있어? 너희 부모님이 허락하셨을까?" 그는 깊게 숨을 들이마셨다. "네가 원하는 생활, 네가 누릴 수 있는 광활한 세계를 난 줄 수 없잖아. 인정할게. 난 어려운 길을 선택했어. 아니, 외줄을 타는 것이나 마찬가지였어. 그 과정에서 넘어지기도 하고 처절하게 추락하기도 했지. 상대적으로 대학원이 안정적이긴 해. 그런데 난 이미 도박을 한번

해보기로 결심했어. 근데 넌 그런 날 진심으로 응원해줄 수 있어? 서로를 힘들게 하느니 잠시 냉각기를 갖는 게 좋을 것 같았어. 계획이 없었던 게 아니라, 너에 대한 책임감이 없는 게 아니라, 난 그저 일이 정상 궤도에 올라 어느 정도 기본적인 여건이 되었을 때 너한테 확신이든 약속이든 하려고 생각했어."

"그럼 내가 늘 그 자리에서 계속 기다려줄 줄 알았니?" 허뭐는 가슴이 벌렁거렸다. "나한테 잘해주는 사람도 있었어. 그때 내가 너한테 돌아오지 않았다면 벌써 다른 남자의 여자가 되어 있었겠지!"

"널 믿어⋯⋯." 장위안이 확신했다.

"널 너무 믿는 건 아니고!" 허뭐는 그의 말을 잘랐다.

"그건 내 마음속엔 언제나 너뿐이니까." 장위안이 말했다. "내 곁으로 돌아와달라고 감히 말할 수가 없었어. 내 미래가 어떻게 될지 나도 모르니까. 너랑 다투고 싶지도 않고, 널 다시 실망시키고 싶지도 않았어. 근데 그것만은 알아줘. 내 마음속에는 언제나 너뿐이라는 거. 난 네가 행복하게 잘살기를 바랐다는 거."

"하지만 난 그동안 조금도 행복하지 않았어." 허뭐는 눈물이 흐르지 않도록 눈두덩을 누르며 하늘을 올려다보았다.

* * *

장위안이 조용히 속삭였다. "허뭐. 내가 너한테 빚진 게 많아서 쉽게 다가설 수가 없었어. 더 많은 빚을 지게 될까 봐."

허뭐가 쓸쓸하게 웃었다. "절대 나한테 빚졌다고 생각하지 마.

정말 그게 빚이라면 넌 영원히 갚지 못할 테니까. 어떤 일이 있어도 난 네 옆에 있을 거란 걸 너는 믿지 못했으니까. 결과가 어떠하든 내 선택에 후회하지 않을 거란 걸 믿어주지 않았으니까. 너랑 함께할 때 정말 행복했어. 넌 다른 사람이 내게 줄 수 없는 행복과 낭만을 주었어." 그리고 마지막 말은 목구멍으로 삼켰다. '그리고 다른 사람이 줄 수 없는 아픔과 상처도 주었지.'

"너랑 있으면 나도 즐거워." 익숙한 이 말이 다시 장위안의 입에서 나왔다. "내가 무슨 말을 해도 지금은 너무 늦어버린 걸까?"

"응. 이미 너무 늦어버렸어. 두 달 전이었다면 괜찮았겠지." 허뤄는 자리에서 일어나 학교 밖으로 걸어나갔다. "난 이미 온 신경과 에너지를 유학에 쏟아부었어. 이젠 돌이킬 수 없다는 걸 모르겠어? 감히 돌아볼 수도 없다고. 이미 두 사람의 마음에 균열이 생겨버려서, 이젠 어떻게 해야 알 수 없는 미래를, 지구 반 바퀴나 떨어져서 보내야 하는 시간들을 꿋꿋하게 마주할 수 있을지도 모르겠어."

장위안이 그녀를 불렀다. "허뤄, 나한테 기회를 한 번만 더 줘." 더는 생각할 틈도 없이 마음속 깊은 곳의 말들이 쏟아져 나왔다. "여기 남아줘!"

허뤄는 걸음을 멈추었다. "남아달라고? 진짜 제멋대로구나. 네 말대로 너의 미래 계획에 내가 있다면 나랑 같이 출국하는 건 어때?"

장위안은 웃었다. "F2 비자를 받으라고?"

허뤄의 표정은 진지했다. "F2면 안 돼? 넌 이제 막 정상 궤도에 올랐다는 사업을 포기할 수 있어?"

장위안은 아무 말도 할 수 없었다.

허뤄는 담담하게 웃었다. "나도 내 미래를 포기할 순 없어. 내 입학 허가서도 내가 노력해서 얻은 거라고. 힘든 상황에서 서로 동고동락하느니 더 큰 세계로 각자의 길을 가는 게 나아."

"왜? 더 큰 세계에서 서로 동고동락해도 되잖아?" 장위안은 뒤 쫓아와 그녀와 나란히 걸었다. "4년이 됐든 5년이 됐든 더 오랜 시간이 걸리든 난 상관없어. 네가 돌아올 때까지 기다릴게."

"내가 돌아온다고 했던가?" 허뤄는 하늘을 망연히 올려다보았다. "이 세상은 너무 넓어. 이미 각자의 길로 흩어졌다고. 아직도 모르겠어?"

* * *

허뤄의 아빠는 운전 연습장에서 허뤄에게 운전을 가르쳤다. 허뤄는 집중하지 못하고 방향 지시등을 잊거나 정차 후 기어를 빼지 않거나 출발하자마자 시동을 꺼트리곤 했다.

"멈춰. 멈춰. 정신을 딴 데 팔고 운전하면 위험해!" 아빠가 한숨을 내쉬었다. "허뤄. 무슨 고민이라도 있니? 지난 몇 개월 동안 꽤 힘들어 보이는구나."

"내가 힘들대?" 허뤄는 여전히 악으로 버티고 있었다.

"내 딸인데 우리가 그것도 모를까 봐? 나랑 네 엄마가 널 얼마나 금이야 옥이야 키웠는데. 네가 우울하면 우리도 우울해진단다.

지금껏 네가 이렇게 힘들어하는 건 처음 봤어. 네가 이렇게 억지로 웃고 즐거워하는 것도 처음이고." 허뤄의 아빠는 잠시 망설이는 듯하더니 드디어 결심한 듯 말했다. "물론 네가 남자 하나 때문에 네 앞길을 망치면 안 된다고 했지만, 넌 우리의 하나뿐인 딸이란다. 네가 이렇게 여위어가는 꼴을 아빠는 차마 볼 수가 없다. 됐어. 그냥 사랑하면 그 사람한테 가도 돼. 유학 까짓거 안 가고, 일 없으면 놀면 되지. 아빠가 먹여 살리지 뭐."

허뤄는 눈앞이 흐려졌다. 길가에 차를 세우고 핸들에 머리를 묻고 펑펑 울었다. "아빠, 아빠, 그럴 수 없어. 이젠 희망이 없어."

* * *

장위안은 5월 말 베이징으로 허뤄를 찾아가 언제 떠나는지를 물었다. "내가 바래다줘도 괜찮을까?"

"아니. 이틀 후 대사관에 가서 비자를 받아야 하는데 괜히 다시 싸웠다가는 영향을 줄 것 같아."

실습이 끝난 차이만신이 허뤄에게 비자 수속 끝나면 함께 남쪽 해변으로 여행을 가자고 부추겼다. 허뤄가 거절하자 차이만신이 걱정했다. "다시 얼굴 보려고? 얼른 이 상처뿐인 곳을 떠나는 게 좋겠어!"

허뤄는 침울하게 웃었다. "떠나? 곧 완전히 사라져버릴 건데 뭘. 처절하게 아파봐야 완전히 미련을 버릴 수 있잖아. 그래야 출국하고도 환상 같은 걸 품지 않을 수 있겠지."

"그럼 네 말은 환상이란 게 아직 남았다는 거야?"

"아니." 허뤄가 고개를 저었다. "그런데 옛일이 떠올라 추억할지도 모르지."

* * *

미국 대사관 출입국 관리소는 사람들로 북적거렸고 에어컨은 세게 돌아갔다. 반소매 티셔츠를 입은 허뤄는 계속 부들부들 떨면서 면접관이 묻는 문제에 웃으며 대답했다. 명문 대학의 전액 장학금, 뛰어난 언어 실력 덕에 면접관은 몇 마디 질문만을 던지고는 "Go to Window 10, Good Luck!(10번 창구로 가세요, 행운을 빕니다)"이라며 웃었다.

실외는 여전히 40도에 육박하는 불볕더위였다. 허뤄는 비자를 들고 대사관을 나섰다. 길가에 서자 냉기가 심장 밑에서부터 밖으로 뿜어져 나왔다. 태양은 머리 꼭대기에 매달려 있고, 그림자는 발아래서 슬금슬금 몸을 움츠렸다. 사람들이 끊임없이 다가와 "오늘 어떻게 되셨나요?" 하고 물었다. 영업 사원들도 항공 할인권에 관한 전단을 계속 찔러 넣었다. 그녀는 눈앞이 핑 돌았다. 누군가의 손에 이끌려 그늘로 갔다. 무언가 차가운 것이 그녀의 이마에 닿았다.

장위안의 긴 몸이 빛을 등지고, 두 손에 큰 요구르트를 든 채서 있었다. "네가 제일 좋아하는 거야. 플레인 요구르트."

　오기를 부릴 일도 없었고, 말다툼도 더는 무의미했다. 더는 고집을 부리지 않고 편안하게 이별하는 것이 서로를 탓하는 것보다 낫다고 생각했다. 장위안은 택시를 잡으려 했지만 허뤄는 버스를 타고 거리의 풍경을 보고 싶었다. 다행히 버스에는 사람이 적었다. 허뤄는 차창에 기대 바람을 맞았다. 무정한 미래가 사람의 가슴을 답답하고 먹먹하게 했다.

　이 버스는 허뤄의 학교를 지나지 않았다. 둘은 종점에서 내려 버스를 갈아탈 생각을 하지 않고 정처 없이 걷고 또 걸었다. 체육대학을 지나다 장위안이 연습용 인공 암벽을 가리켰다. "너희 학교 암벽보다 낮네. 해볼래?"

　"난 모험이 싫어." 허뤄가 고개를 저었다.

　장위안은 가볍게 웃어 보이고는 손바닥으로 난간 끝을 짚고 가볍게 뛰어넘더니 정상까지 단숨에 기어 올라갔다. 보호 장비 하나 갖추지 않았지만 허뤄는 그저 웃기만 할 뿐 더는 말리지 않았다.

　농구를 하던 아이들이 몰려와 손으로 햇빛을 가린 채 장위안을 올려다보며 소리쳤다. "형, 내려와요. 떨어지면 많이 아파요. 누나가 걱정하잖아요."

　허뤄는 그의 핸드폰과 지갑을 들고 있었다. 마음이 복잡했다. 세상을 잊고, 시간을 잊고, 오늘의 태양과 땀 그리고 마지막 한 조각의 온정만을 탐욕스럽게 기억하려 애썼다.

* * *

허뤄는 수도 공항에서 출발했다. 장위안은 배웅을 나오지 않았고 대신 리원웨이 편에 편지를 보내왔다. 편지 봉투를 열어 보니 그가 친필로 그린 어두운 배경 속 미니미 그림이 들어 있었다. 문어('문어'를 중국어로 '장위'라고 발음함—옮긴이)가 '장위 십계명'이라고 쓴 피켓을 들고 서 있었다.

1. 단 음식 금지. 그 옆에는 상자를 든 뚱뚱한 소녀가 비행기 문 입구에 끼어 있었다.

2. 밤샘 금지. 같은 소녀의 눈에 다크 서클과 핏줄이 그려져 있었다.

......

그리고 마지막으로 간단한 그림 한 장. 가을바람에 은행나무 잎들이 부채처럼 흩날리고 있는 그림이었다. '믿음을 버리지 말 것. 너를 믿어. 내가 날 믿는 것처럼.'

* * *

그녀가 그에게 들려주었던 그 말이 그대로 돌아왔다. 마음이 찢어질 것 같았다. 그녀는 핸드폰을 들어 임시 보관함에 저장해둔 메시지를 열었다. 줄곧 보내지 못한 그 말을 다시 찬찬히 읽었다. '내가 좋아하는 사람은 여전히 너야.'

문자를 삭제하고 부재중 전화를 지웠다.

'어제'는 비행기 수화물 무게 제한 64킬로그램 외 반입이 금지

된 물품이었다.

* * *

비행기는 두꺼운 구름층을 뚫고 3만 피트 고도로 진입했다. 바다 저편만큼의 거리였다. 국제 날짜 변경선으로 날아들자 승무원이 비행기 창문 덮개를 차례로 내렸고 주위의 대화 소리도 점점 잦아들었다. 금발에 푸른 눈을 한 중년의 여성이 온화하게 물었다. "아가씨, 지금은 휴식 시간이에요. 창을 좀 내려주겠어요?"

허뤄는 고개를 끄덕였다. 동반구의 마지막 햇살이 천천히 잘려 나갔고 마지막 황금빛이 눈앞에서 사라져버렸다. 마음도, 한 사람도 망망대해로 침몰해 들어갔다.

그녀는 더는 참지 못하고 눈을 가렸다. 눈물이 쉴 새 없이 흘러 내렸다.

* * *

헤어지던 교차로에 섰던 그날, 불꽃처럼 붉은 저녁노을은 하늘 끝으로 구불구불 이어져 있었다.

장위안이 물었다. "우리 이렇게 그냥 헤어지는 거야?"

"응. 오늘부터, 각자……" 허뤄의 말투는 딱딱했다. "각자의 행복을 찾아가는 거야."

그녀는 더는 아무 말도 하지 않았다. 그녀는 장위안이 내민 두 손을 뿌리치고는 돌아서 택시를 잡아탔다. 그리고 다시는 뒤를 돌아보지 않았다. 그 자리에 꼼짝하지 않고 서 있는 장위안의 모습이 백미러 속에서 점점 작아졌다.

* * *

이제 우리 각자 높이 날아오르는 거야. 지난 일은 그냥 지나가 버리도록 내버려둔 채. 처음부터 다시 시작하기엔 이미 너무 늦어 버렸잖아.

* * *

그만하자.
헤어지자.
잊어버리자…….

홀이금하 ❶ ; 그해 여름

초판 1쇄 인쇄 2019년 9월 18일
초판 1쇄 발행 2019년 9월 27일

지은이 명전우후(明前雨后)
옮긴이 이지윤
펴낸이 연준혁

출판 2본부 이사 이진영
책임편집 조한나
디자인 조은덕

펴낸곳 (주)위즈덤하우스 미디어그룹 **출판등록** 2000년 5월 23일 제13-1071호
주소 경기도 고양시 일산동구 정발산로 43-20 센트럴프라자 6층
전화 031)936-4000 **팩스** 031)903-3893 **홈페이지** www.wisdomhouse.co.kr

값 15,000원
ISBN 979-11-90305-40-2 04820
    979-11-90305-42-6 (세트)

이 도서의 국립중앙도서관 출판시도서목록(CIP)은 서지정보유통지원시스템 홈페이지(http://seoji.nl.go.kr)와 국가자료공동목록시스템(http://www.nl.go.kr/kolisnet)에서 이용하실 수 있습니다. (CIP 제어번호: CIP2019034208)